阿克拉的阳光

——一个骨科主任的援非记忆

瞿东滨◎著

中国文联出版社
http://www.clapnet.cn

图书在版编目（CIP）数据

阿克拉的阳光：一个骨科主任的援非记忆 / 瞿东滨著 . 一 北京：中国文联出版社，2016.4（2025.4重印）

ISBN 978-7-5190-1340-0

Ⅰ. ①阿… Ⅱ. ①瞿… Ⅲ. ①散文集—中国—当代 Ⅳ. ① I267

中国版本图书馆 CIP 数据核字 (2016) 第 073942 号

阿克拉的阳光——一个骨科主任的援非记忆

著　　者：瞿东滨

出 版 人：朱　庆

终 审 人：金　文　　　复 审 人：王　军

责任编辑：郭　锋　　　责任校对：刘晓红

封面设计：凤凰树文化　　　责任印制：陈　晨

出版发行：中国文联出版社

地　　址：北京市朝阳区农展馆南里 10 号，100125

电　　话：010-85923033（咨询）85923000（编务）85923020（邮购）

传　　真：010-85923000（总编室）　010-85923020（发行部）

网　　址：http://www.clapnet.cn　　http://www.claplus.cn

E - mail：clap@clapnet.cn　　guof@clapnet.cn

印　　刷：三河市宏顺兴印刷有限公司

装　　订：三河市宏顺兴印刷有限公司

法律顾问：北京天驰君泰律师事务所徐波律师

本书如有破损、缺页、装订错误，请与本社联系调换

开　　本：710 × 1000　　1/16

字　　数：330 千字　　印　张：18.25

版　　次：2016 年 6 月第 1 版　　印　次：2025年 4 月第 3 次印刷

书　　号：ISBN 978-7-5190-1340-0

定　　价：55.00 元

献给

陪伴共和国已半个多世纪的人们。

目　录

序

“春风又绿江南岸”（宋·王安石）。援非回国两年后，瞿东滨主任医师完成了其第二部援非散文集《阿克拉的阳光》的创作，实属可喜可贺。

“看似平常最崎岖，成如容易却艰辛”（宋·王安石）。在众多弟子中，瞿东滨属于比较独特有个性的一位。其生长在农村，考上军医大学。军校毕业后，被分配到二炮导弹旅卫生队任军医，他干得挺好；研究生毕业了，被分配到二炮基地医院任外科医生，他干得挺好；博士毕业了，被分配到大学附属医院，历任主治医师、副主任医师、主任医师，他干得挺好。即使被派遣执行援非任务，他还是干得挺好，这两部援非散文集就是见证。

王国维在《人间词话》写道，“古今之成大事业、大学问者，必经过三种之境界”。习近平总书记在文艺工作座谈会上讲话，引用其意，深刻指出：文艺工作者要志存高远，就要有“望尽天涯路”的追求，耐得住“昨夜西风凋碧树”的清冷和“独上高楼”的寂寞，即便是“衣带渐宽”也“终不悔”，即便是“人憔悴”也心甘情愿，最后达到“众里寻他千百度”、“蓦然回首，那人却在，灯火阑珊处”的领悟。其实，不仅文艺工作者要如此，科技工作者也应如此，任何人要做成任何事情可能都要如此。

与众弟子交谈时，我常提到一个观点，就是要成为适应型的人才。这世界并非为哪个人量身定制的，也没有什么“天造地设”。“人生之路，有坦途也有陡坡，有平川也有险滩，有直路也有弯道”，“道路不可能一帆风顺，蓝图不可能一蹴而就，梦想不可能一夜成真”（习近平）。每个人都要经受得起顺境和逆境的考验，既有“望尽天涯路”的胸怀和追求，又有“量力而行，尽力而为”的勇气和行动。

瞿东滨应算是一位比较成功的“适应型人才”，这与其积极的人生态度、善于适应的个性、脚踏实地的努力是分不开的。“乐不在外而在心，心以为乐，则是境皆乐；心以为苦，则无境不苦”（清·李渔）。因此，在援非艰苦的生活中，他亦可“如鱼得水”，以独特的散文之作纪录一段难忘的记忆。

“梅花香自苦寒来”。援非生活“艰苦”在哪里？为了国家需要，一代又一代的中国医生义无反顾地走进非洲，他们“不畏艰苦、甘于奉献、救死扶伤、大爱无疆”（习近平），但他们也有七情六欲，也有后顾之忧。这部书以“援非焦虑症”为题着重描述了援非医疗队员对人身安全的担忧、对寂寞枯燥生活的品味、对夫妻分离痛苦的忍受、对后方家人的牵挂等。这些内容以前很难见于报端，在这部书中作了较详尽的刻画。这不但不会削弱援非医疗队员的光辉形象，反而令他们的形象更加生动、丰满、感人，更令人由衷敬佩。

“到处皆诗境，随时有物化；应酬都不暇，一岭是梅花”（宋·张道洽）。这部书中，依然充满着瞿东滨对远方亲朋好友的真情，对援非工作的热情，对非洲大地的深情。题材丰富，富有思辨，颇有启发。尤为可贵的是，书中披露其为《新华社内参》提供素材，深入思考援外工作的现状，提出自己的建设性意见，展现“位卑未敢忘忧国”的情怀。

“细看造物初无物，春到江南花自开”（宋·苏轼）。两年援非艰苦生活，成就了瞿东滨一段人生传奇，成就了医疗援非50余年历史上的一段佳话：在《阿克拉的阳光》下，《心儿向着远方》。如此富有诗情画意的援非生活，诸君何妨一读？抑或亲自体验一番？

中国工程院资深院士

南方医科大学教授 钟世镇

2015年11月25日 年91岁

阿克拉的阳光（代自序）

1

阿克拉是一座非洲城市。如果没有与其结缘，我真不知道这世界上有座城市叫阿克拉。

援非任务下达，才知道此行援非目的地是阿克拉 (Accra），西部非洲加纳共和国的首都。在广东外语外贸大学接受出国英语培训时，来自美国的外籍老师Peter说，这 Accra 读作 ['a:kre]。到了阿克拉，才知道英国人将 Accra 读作 [e'kra:]，但真正的加纳人都读作 ['a:'kra:]，还是阿——克拉！看来美国人并不是说什么都是标准的！

据说，Accra 一词来自当地原住民阿肯族语言 nkran，意思是蚂蚁。从前当地有一种黑蚂蚁，可能给人印象太深刻，就把黑蚂蚁生活出没的地方如此命名。对于国人来说，此乃万万不能接受。尤其作为城市或者首都，名字自然需要响亮一些。倘若祖先没什么文化，随便捡一个名字，后人需赶忙找机会更名，如能攀上什么名人典故更好，即使神话传说也无妨。非洲没我们那么讲究，所以很实在。

这实在，恰如阿克拉的阳光。

阿克拉的地理坐标是北纬 5° 33′ 00″ 、西经 0° 12′ 00″ 。其南面是浩瀚大西洋的几内亚湾，0° 经线通过其东面的特马市。因此阿克拉如此介绍自己：世界上最靠近 0° 经线和 0° 纬线的百万级人口城市。这世界上的参照物很多，不同的参照，就会有不同的结论，都会找到属于自己的独特位置。阿克拉如此介绍，无非就是告诉人们，这也是一座大城市，而且是不缺乏阳光和海风的大城市。

不过，在援非散文集《心儿向着远方——我在加纳的援非经历》中，我却闹个大大的笑话。我一直误认为0° 经线将这个地球分为东西两个半球。去特马市阿达风景区旅游，必须跨越这0° 经线，因此我很自豪地宣布：我从西半球跑到了东半球，从地球的这一端到了地球的那一端，那还不远吗?

一位高中同学是中学地理老师，读到上述散文集后，赶忙打电话给我指正：西经20° 经线才是东、西半球的真正分界线。我不好意思托词体育老师教的世界地理，似乎那个时代农村中学没开这门地理课，或者列为自学，或者因为升学不考，所以没有学好。不过，这也提醒自己：教授同样是没有文化的，就看那参照物设在哪里。

当地时间2011年12月21日13时，阿联酋航空的航班降落在加纳科托卡国际机场。我到达此行的目的地——阿克拉。

迈出机舱，走下舷梯，瞬间就体验到非洲那炽热的阳光。长途空中飞行机舱内冷气空调带来的寒意一下子被驱散了，身子顿时感受到一阵热浪在流淌，毛孔毫不顾忌地沁出汗珠，眼睛不由自主地眯了起来，脑袋里轰地变成了一片空白……

——这阿克拉的阳光!

在停机坪上稍加驻足，我朝空中挥一挥手，算是给这阿克拉阳光一个善意问候，尽管这阳光热烈得有点让人晕乎。

透过手指缝间，在阿克拉的白得耀眼的阳光中，我见到其中透着红红的光芒，就像小时候那样总喜欢淘气地从双手指缝间去见识太阳的光芒。

怎么?走进非洲，第一感觉竟然是小时候的那种感觉!

2

一双沾满黑黝黝泥巴的小手淘气地举向太阳，那些黑黝黝的泥巴充填在小小的指缝间，阳光透不过去，那双小小的眼睛看到只有两个巴掌大的影子。小手朝着太阳，用力地甩甩，指缝间的泥巴纷纷落下，于是阳光从指缝间钻了过来，刹那间那巴掌的影子不见了，眼前出现一片光芒，还有脸上散落着黑黝黝的泥巴，以及"咯咯咯"无邪的笑声飘向那片海滩……

从小生长在福建罗源湾边，家外面就是海滩，其实不过是一片宽阔的滩涂，尽是些黑黝黝的泥巴，岸边有一些稀拉的海草。涨潮时，滩涂淹没了，那就是大海；退潮时，滩涂又黑黝黝地展现眼前，海水又回到远处守候着这片滩涂，静静地注视着几个小孩与滩涂的亲密。

在阳光下，几个小孩穿着短裤，从岸边走下滩涂。有时到滩涂上捡拾些钉螺、香螺之类，可作为家中一道下饭的简菜；有时只是去看大人们脚蹬着“土撬”去挖那些钻进滩涂泥巴中的“跳跳鱼”；有时去逗弄一些刚从滩涂泥巴中爬出来的招潮蟹，将那个穴洞封住，看看它是否还知道回家的路。更多时候，这几个小孩会用自己的小手，将滩涂表面那层海水浸泡的烂泥推开，挖出深层黏稠的泥巴，放在太阳下晾晒会儿，就成了黑黏土。用竹签将其切割成小块，做成圆饼状、方块状，再刻上歪斜的汉字，那就是自制的象棋、军旗，以后趴在地上可以相互厮杀一阵子了。或者直接搓成小圆球，在阳光下晒干结，成了偷袭别人脑袋的小弹丸。然后将沾满黑黝黝泥巴的小手，举向太阳，似乎让太阳见证。再转身，看看自己挥舞着小手印刻在地上的身影，总感到一种说不出的内心喜悦……

——那片滩涂就是我小时候的乐园。

求学去了，就离开了那片滩涂。即使后来无数次回到罗源湾，也只能在远处默默地注视着小时候游戏的那片滩涂。早已经沧海桑田了，那个地方被围垦开发，那片滩涂变成了养殖场，再后来变成了开发区、工业园。很多记忆只留在脑海里，以及那尚未迟钝的笔端。

唯一能找到的感觉就是，将自己的大手举向太阳，从指缝间看看透射过来的光芒。同时，也把自己的背影印刻在这片土地上。

以后走了很远、很远，每一次远行，都把自己的背影留给家那个地方。离开那片滩涂时，出生满月后就一直养育我的外公外婆在村庄外目送着我远行的背影；离开家乡时，父亲母亲在乡镇公路旁目送着我远行的背影；以后，又多了妻子女儿在城市火车站目送着我远行的背影。每一次远行，我都能感受到那些注视自己远行背影的殷切目光，那殷切的目光中永远饱含着美好的愿望和无尽的祝福。现在，这人世间注视着我远行背影的目光已经少了几双，但我相信，他们会在天堂上听我歌唱，依然会注视着我前行，目光中依然是美好的愿望和无尽的祝福……

我还要迎着太阳前行，把自己的背影印刻在这片大地上。每一次远行，我都会将那些殷切的目光珍惜地收藏在心底深处。每一次远行，有自己的背影和那些目光相伴，我怎会孤独?

于是，我又到了非洲。

终有一天，这个前行的背影会逐渐远去。背影变成天际边的一个点，最后这个点也消失在天际边……耀眼的阳光依旧……

——阳光下，一双沾满黑黝黝泥巴的小手举向太阳……

3

一双大手举向太阳，指缝间透过的阳光依然红彤彤的。我坐在屋顶天台的一只小板凳上，享受着这阿克拉的阳光。

身上热烘烘的，心里暖洋洋的，脑子里空泛泛的……

这世界太大了，走过的、路过的，如以脚步丈量，那难计其数。但在每个人心中，或许只有小时候那种感觉永远令人不倦地回味，因为那是这世界照耀到自己身上的第一缕阳光。

不过，走过的、路过的多了，这日起日落便无暇顾及。人生啊、事业啊、追求啊、成功啊、功名啊、利禄啊……总让那颗心没有一点儿消停，不是念叨这个，就是顾及那个，哪有闲心去痴迷那天天伴随自己的阳光呢?

来到非洲，我又找到阳光的亲切感，而这种感觉真的非常美妙，因为那是中年人难觅的一种心中纯真。

很快，阿克拉的阳光告诉我，人生中真正迷失的是心中那分纯真。那分纯真的迷失不是因为别的，而是对人生、对生活的一分苛刻，加上一分无奈。

现代人讲究，论起人生、论起生活，非要衡量个“境界”。博大精深、源远流长如江河大海的中华文化为这种“境界”提供无穷的解说。有的说，人生要“有所为”。有为，则应有所成就、有所功名，否则有为亦无为。这是“有为”的境界。有的说，人生要“有所为、有所不为”。这是“有为有不为”的境界。达到这个境界也难，因为人是贪婪的，对任何诱惑的割舍并不情愿，总想什么都揽进自己怀里。有的说，人生要“有不为，则有为”。这种人生很洒脱，因为先坚定自己不做什么，再决定自己要做什么。这是“不为则有为”境界。这需要有先天的优越条件，否则容不得如此选择。有的说，人生真正的境界是“无为有为”。什么都做不了的时候，却能做出一点名堂，那才叫境界。比如，这世界陷入经济危机、金融危机时，却还能赚到钱的，那才是真正的“经济学家”中的“高手”。为了如此等等境界，让自己陷入无休止的选择之中。因此，纯真迷失了，烦恼而生了。

举起一双手，向着太阳，看那从指缝间透过的阳光……

——啊，这阿克拉的阳光!

在阿克拉的阳光下，我脑袋里轰地变成了一片空白。我什么都可以不想，什么都可以想；没人知道我都想些什么，有时连我自己也不知道在想些什么；想到开心处不禁嘿嘿一笑，惹到伤感时也会泪眼盈盈……

在阿克拉的阳光下，我心底又有着小时候那分敞亮。于是，我提笔去写散文、杂文、随笔，当然还有考察报告、医学论文。最后，带回国的有厚厚四本的“援非日志”……那些都是从指缝间透过的阿克拉阳光！

——援非的生活原来也可以如此美妙啊！

4

举起一双手，向着太阳，看着从指缝间透过的阳光……

阿克拉的阳光如此炽热，就像非洲人民的热情，总不让人有一段适应时间，猛然就扑在我的身上，然后就在我身上刻下深深的印记。

——这阿克拉的阳光比家乡那片滩涂上的阳光火辣！

刚开始，有点松弛的皮肤出现一种火辣的烧灼感觉，已经有点苍白的黄皮肤可以看到红彤彤的色彩。晚上，手臂、脖子、肩膀痒得厉害，皮肤隆起厚厚的风团，就像被厚厚的大手重重地拍打过。这是浓烈的阳光造成的“日光性皮炎”。不需特别处理，用凉水不时进行降温即可。没两天，皮炎消退了。再享受阿克拉的阳光，阳光带来了暖洋洋的感觉，还有不停分泌的汗滴，以及皮肤上出现淡淡的黑色斑。

黑色斑是阿克拉阳光送给我的礼物，我不能拒绝，更不会因此给自己涂上一层厚厚的防晒霜。英俊、潇洒早已与自己无关了，尽管自己不会刻意追求沧桑，但沧桑降临时，我会毫无保留地接受。阿克拉的阳光已经给我的心涂覆上一种金黄色的基质，那就是恬淡、随缘、静心，从此心底里敞亮无比。

人在非洲，就要享受非洲。阿克拉的阳光如此告诉我。

援非第一年回国时，大家说，我有点变黑了，不过还不是那么黑，似乎非洲阳光并没有那么毒辣。

我如痴地享受着阿克拉阳光的热情拥抱，渐渐地摸索出在非洲享受阳光的心得。阳光沐浴后，不要躲在树荫下乘凉，让和风带走身上的汗滴；更不要钻进冷气房里，让开放的毛孔骤然收缩。而是带着汗珠，让流动的凉水直接浇淋那些裸露的部位，让滚热的皮肤再汲取一点水分。有阳光的照耀，又多一分滋润，身体自然多一分调和，生命会充满了不尽的活力。

任务结束回到国内时，大家惊呼着，为什么援非第二年还没有第一年那么黑呢？

噢，阿克拉的阳光告诉我，真正的快乐并不是耽于享受，而是学会了享受。因此，并不短暂的两年援非生活留给我的，都是一些美好的记忆。

举起一双手，向着太阳……

我挥一挥手，要从非洲带走这最美妙、最珍贵的馈赠——阿克拉的阳光。仅带走一点阳光，收藏在自己的心里，在自己的心底闪耀着……

——于是，心就会有小时候那分纯真和敞亮。

2014-05-14 初稿

2015-09-20 修改

候鸟的祖先们早已告诉后代：既为候鸟，无须与天公试比高，你的目标不是高度，而是远方；既为候鸟，无须坚守着那一座灯塔，日月星辰是最好的伴侣；既为候鸟，无须留念那一片绿水青山，只要记住天外有天、山外有山；既为候鸟，人生的精彩就没有千篇一律的标杆；既为候鸟，最欣慰的事就是告诉人们自己一路前行的悦耳篇章……

——摘自援非散文集《心儿向着远方——我在加纳的援非经历》

空空的行囊

1

我站在岸边，望着茫茫的大西洋，脚下不是美国的东海岸，而是非洲大地。海风吹拂我的脸庞，一阵熟悉的旋律在耳边回荡：

> 我已是满怀疲惫，
> 眼里是酸楚的泪，
> 那故乡的风、那故乡的云，
> 为我抹去创痕……

举目四望，没见到有人在歌唱。偌大的海滩上，只有一行我的足迹，陪伴我的是那不知疲倦扑向沙滩的白色波浪，还有几只海鸥低空飞翔、追逐着海浪……

这歌声断断续续的，总在耳旁缭绕，有时着调，有时走调，有时高亢，有时低沉，有时舒缓，有时忧郁，就像 KTV 里一个独饮者的自我陶醉。

——噢，一定是幻听！

不然，就是我的心在歌唱……

这一次，的确是我在独自地哼唱，单调重复着那么一句：

> 我曾经豪情万丈，
> 归来却空空的行囊……

加纳当地时间2011年12月21日13时，阿联酋航空的航班降落在加纳科托卡国际机场。我到达了此行的目的地——阿克拉。

一周后各项工作交接完毕，第一批医疗队撤离回国，我们正式进驻加纳政府提供的中国医疗队驻地。那是一栋三层洋楼，我们医疗队11名队员全部入住于此。位于三楼西北角的一间不足8平方米的房间就是我的蜗居。

房间打扫整洁，几件简单家具使房间略显拥挤。我把行囊打开，口中重复哼唱着“空空的行囊”，将携带物品归位放置，准备好好过上两年的援非日子。

旅非的行囊并不琐碎，简单至极。旅行箱一件（夏季衣物及充电器材）、登山包一件（蚊帐与床上用品3件套）、手提箱一件（2部笔记本电脑、1部iPad、充电电池）、手提摄影包一件（尼康单反相机D300、卡片式数码相机）。唉，所谓“中国标准”或许就是没有标准。各类电器插口不一、充电设备不能通用，万国制式的充电器材占用了1/3的箱体，让远行者难免心疼，却无可奈何。

衣物行装都是出国前一个月从网上购买的。行前在网上做足功课，阿克拉的天气没有春夏秋冬之分，只有夏秋，因此准备的衣物都是夏季的。短袖衬衣6件（白、蓝各3）、短袖Polo衫6件（不同颜色）、长裤6条（浅、深各半）、领带3款、内衣1打、袜子1打、休闲鞋3双、皮带2条。即使从军20余年，素来没有那么勤快，勤换勤洗之类良好习惯一直没有养成，以上都是以每天换衣、每周洗衣来准备的。正装一套，为深蓝色的西装，配浅色长袖衬衣及黑色商务皮鞋，仅供礼仪场合。出国前广东省卫生厅统一为各位医疗队员制作了西服，为量体定制，毛料的，内贴牌为“凯撒”，说是体现领导对援外同志的关心，其实以前援外人员还真有这笔置装费开支。不过，后来发现这西服质量确实不咋样，遇水就褪色，洗条西裤，不知要漂洗多少遍、费多少水？可能只能干洗！如此娇贵，岂是为援非准备？反正不怎么讨人喜欢，还不如那些网购的物品，实惠又实用。

行囊中还有一小包物品。临行前那天中午，我正收拾行李时，同事加兄弟老朱急匆匆赶到家里，并支开我妻子，将这一小包物品偷偷地塞到行李箱内，说那边HIV（艾滋病）多，需要这些东西，还是让朋友专门弄过来的，型号齐全，质量上乘，属于享受型的奢侈品。现在看到这包物品，我不禁摇头一笑，“谢谢祖国人民关心！”便将之置于衣柜的角落。

没费多长时间，行囊已空，物品全部归位。我倚靠在沙发上，环顾着拥挤的小房间，凝视那个空空的行囊，又不禁哼唱：

我曾经豪情万丈，

归来却空空的行囊……

归来？归去？

2

举杯，为你送行！

举杯，为我壮行！

……

初冬，夜色中的北京，总有另一种风情。闹市一隅，没有华灯溢彩，没有都市喧嚣。在一家热气腾腾的东北菜馆里，几位大学同学一起小型聚会。吃的是东北乱炖，喝的是北京二锅头，聊的自然是非洲的事。

一年一度规模盛大的全国骨科学术大会（COA）于2011年12月1日至4日在国家会议中心举行。我有两篇论文入选大会口头发言，一篇是关于胸腰椎骨折内固定节段的选择，属于生物力学研究；另一篇是颈椎前路轴向螺钉固定，属于解剖学研究及临床应用，都是自己的研究成果。刚好主编《脊柱内固定学》的书稿已经完成，借此机会送达位于皇城根的科学出版社，我便提前一天到达京城，晚上参加这场小范围聚会。

在中国，凡能冠以“第一”，大概都是鼎鼎有名的。我们上的大学是军校——第一军医大学，当时也是一所全国重点院校，不过历史和名气略逊色一点。1983年我高考入学，300多名同学汇聚祖国南大门——广州。身穿着65式绿军装，“一颗红心头上戴，两面红旗挂（衣领）两边”，拿的是战士的津贴，享受着干部的服饰（“四个衣兜”）。外人看来，一个个都是既威武又有朝气的年轻军官，只是人人脸上少年稚气未脱。那个时代的人思想都单纯，在军校更不容有自己的思想。军队的使命就是我们的使命，军人的理想就是我们的理想，我们的誓言只有两个字——祖国！毕业后同学们各奔东西，至今还在军队服务的，已不足1/4。我奋斗了21年，也脱下了那身热爱的军装。第一军医大学于2004年裁军撤编，那段绝版的历史成了自己最美好的记忆。

那个时候我们真年轻！那个时候我们什么都不懂……

老赵同学组织了这次聚会。刚入学时，他是班长，我是班副。现在，他是总部机关的师级大校。7月初老赵就知道我去援非的事，是我主动给他电话，告诉自己的选择。一些好同学还是尽早知会为好，那是同学之间的信任和默契，本就没有什么神秘，无须遮遮掩掩。2008年汶川大地震时，老赵作为总部医务先遣队负责人最早到达震区。当时我们通过电话，我佩服其勇气和豪情。说实在话，军队留给我们这些曾经军人的唯一财富就是勇气和豪情，我珍视之。老赵说，绝对支持！人生有这样援非的经历，那是宝贵的财富；可以选择自己的人生道路，令人无比欣慰！人到中年，有机会静下心来，思考一些事情，也是非常难得！老金同学在军区门诊部工作，我们两人一起在桂林实习。老金说，老瞿就是牛！好日子不过，自己去非洲图清静，敢想，还敢做！

人生短短几个秋啊，不醉不罢休！……来呀来个酒啊，不醉不罢休！

在大学同学中，我不是第一个走进非洲，参加联合国维和行动的同学比我更早为非洲人民服务。因为这世界乱，所以才需要维护和平。因为这非洲乱，维和部队就进驻非洲；这非洲哪里乱，中国医疗队就及时撤离那里。因此，这维和行动比我们援外医疗队更加艰苦，更加困难，更具牺牲精神。老杜同学在总部研究所工作，在利比里亚维和部队一年。在非洲时，他患了视网膜剥脱，差一点就将身体的一部分牺牲给人类伟大的和平事业。刚入学时，老杜和我、老赵都是一个班，他还是区队长，比我们都成熟、老成一点。老杜说，在非洲最怕的就是疟疾，要做好必要准备，药品要带上，预防要做足，千万马虎不得。领导说起话来，就像老大哥。老谢同学是总部某医院的管理干部，在苏丹维和一年，属于较高层次的联合国维和部队医疗指挥官，拿着联合国的工资，比我正高级援外津贴还高不少。我说，官员比技术人员工资高，到了非洲还这样啊！老谢说，到了我们这个年纪，钱似乎不是考虑的内容；到了非洲，钱似乎更不是考虑的内容。我说，我去援非，就是踏着你们的足迹前进，向你们这些帮助非洲的老前辈同学学习啦。

为非洲，干一杯吧！

40多岁了，人生已不苛求什么轰轰烈烈，但老牛同学不一样，他在北京航天城负责航天员医学，直接服务于中国航天员，属于“飞天”人士。11月初，天宫一号和神舟八号交会对接成功。这次老赵带来几本纪念册，我们就拜托老牛，找那些航天员签个名吧，最好有女航天员签名，几年后他们当中总会有人上天，那就太有收藏价值了（后来好几个航天员都到了天宫一号）。尽管对现实，我们也会埋怨那些不如意之处，但我们总是为自己的祖国强大而感到自豪，也为自己曾经的誓言而不倦追求。

干一杯吧？干！

同学都变老了，就成了老同学。青春不再，豪情更要冲天。北京的初冬，对于我这个一直生活在南方的南方人来说，感觉挺冷的，但心里很暖和。

3

为了理想，我要远行……

身边只有一个空空的行囊。

……

17 岁那年上军校。因在农村，录取通知书晚到几日，我只能独自前往广州。从未一个人出过门，这一出门就是一趟远门。不过，录取通知书中一些注意事项让人生的初次远行变得轻松，没有更大负担。除随身物品外，不需要携带被褥、衣物等，军校将统一配发。所以，出门远行的帆布提包里，仅有牙膏牙刷、水杯及一套换洗衣服，没带一本书，也没带一本杂志。

父母从乡里送我到县里，又从县里送到福州，从那里有隔日开行的福州至广州的列车。在福州借住在我老师家里，晚上这位物理老师给我上的中学最后一课，内容是怎么坐火车、火车上怎么上厕所、厕所里水龙头怎么开、怎么使用抽水马桶……哈哈，人生第一课！

父母和老师把我送到火车上，并托付一位暑期返乡休假的第一军医大学学员照应。从福州到广州，途径江西、湖南，三天两夜（那时候火车像蜗牛），我基本上没有合过眼，并不是惦记着那个空空的行囊，而是窗外一切让我感到无限新奇。人生的初次远行更是那么新奇，让我兴奋，无法入眠。

一个空空的行囊伴我远行……

远行，远行。从此后，再也停不下远行的脚步，而且越走越远。大学实习那年，到了桂林，在那里生活了近一年。次年大学毕业，挺进云南，在那片大山里生活了好几年。

绝对不会忘记大学毕业分别时的情景。毕业典礼时，多数同学都已经知道分配去向，我被分配到云南昆明二炮 53 基地。恢复高考后已经培养多年大学生了，人才奇缺的局面已有所缓和，因此我们的出路就是充实基层、充实边海防，这点同学们已经心知肚明。军校学子自有青春豪迈，古人尚有“马革裹尸还”，我们去边疆、海岛又何妨！毕业典礼上，放映几部电影纪录短片。看到旖旎天山南北，吐鲁番瓜果飘香，还有美丽动人、能歌善舞的新疆姑娘，台下掌声雷动；看到西藏的冰天雪地、大雪封山和天地间只有牦牛的踪影，同学们不约而同地低下头……哪想到呢，多年之后，同学们不约而同地组团游览西藏。

毕业典礼后，就是一顿最后的晚餐，人生第一次有生离死别之感。大学及学员队领导担心军校毕业生会借酒消愁、借酒抒情或者借酒滋事，取消了大型聚餐会，而是各班（军队编制10人）在宿舍内各自进行。将各人的书桌拼接一起，算是餐台，10位同班同学围坐一起。啤酒及饮料定量供应，没有白酒，菜式亦由炊事班统一配送。这一招确实比较绝，怎么喝也不会喝多，怎么闹也只是局部事件。只是苦了那些领导，成群结队地从一个宿舍房间走到另一个宿舍房间，从这层楼再到那层楼，同样一句话要重复N多遍。不过那晚上大家一样无法入眠，毕业时配发的新军装和被服早拿去典当变现了，偷偷准备了一些烈酒，就是为了最后的疯狂。酒正酣，情更浓，于是将楼外那些还晾晒的裤头、背心之类，浇上一点白酒酒精，点燃着，让火花在空中飞舞，就像那漫天飞舞的烟花，为自己的明天壮行！大学时代如没有疯狂，以后就不可能再疯狂了。

次日，我与同学们挥手告别，微笑地走向远方，身边依旧是那个空空的行囊，只不过多了几本词典和专业书籍。

那时候，歌声是这么唱的：

当春雨飘呀飘地飘在，
你滴也滴不完的发梢，
戴着你的水晶珠链，
请跟我来……

我只能在远方等你！

4

古来圣贤多寂寞，唯有饮者留其名！

这世界什么都能缺，就是不能少了酒。“何以解忧？唯有杜康！”“人生得意须尽欢，莫使金樽空对月！”倘若生活少一点酒兴，似乎便会索然无味。

家在农村，即使在那个贫穷的年代，温饱并未解决，家家也会毫不吝啬地酿上一两坛糯米红酒。田间劳作之后，喝上一碗温酒，既解乏又强身；如遇亲朋造访，更是推杯换盏，尽管没甚美味，也是其意融融；而红白喜事之时，必有酩酊大醉之徒。

从10岁开始，我便有酩酊大醉之记录，看来确有必要健全青少年保护法。以后，似乎这种记录从未中断。从军路上，更是少不了这酒的陪伴，即使没有那个酒量，也要有那个酒胆。因此，既有美酒下肚，也不乏劣酒、假酒充斥。在云南那片大山中，5分钱一小块的建水烤豆腐，还有1角钱一两的苞谷酒，便是那段青春时光的最美记忆。在事业发展期，更是豪情万丈，“宁伤自己胃，不伤兄弟情”，酒风成了作风、酒品成了人品的代名词。不过，酒喝不少，也不能达到俞敏洪的那种境界，豪饮二斤白酒，便走出新东方的天地。年龄渐长，肝脏已不堪重负，酒量也小了，很多场合能躲就躲、能免就免。自己觉得，如果只是为了拼酒而喝酒，或者为了喝酒而拼酒，那是糟蹋粮食的精华，也是糟蹋自己的身体。人到中年，为取悦别人而祝酒，更无一点情趣。酒，亦如茶、咖啡之类，只是饮品，饮一饮、品一品而已。只饮不品，图着酒精的欣快，醉生梦死间，“轻舟已过万重山”；且饮且品，阅尽人生百态，雾里看花般，“沉舟侧畔千帆过”，那就是另一番意境。

在我这里，这酒的文化亦经历一番返璞归真。场面上陪酒，几乎少之又少。意气相投、志同道合的人聚在一起，一杯小酒，无须豪饮，却令人回味无穷，感慨万千。偶尔独斟独酌，让心情放松，也无落魄寡欢之感。

劝君更尽一杯酒，西出阳关无故人！

同学、战友、老乡、兄弟，一场接一场，似乎我这一去非洲，不知何时才能归还。花雕、白酒、葡萄酒、威士忌，一杯接一杯，似乎我这一去非洲，要把这两年的美酒捎上。动情、纵情、倾情、煽情，一浪接一浪，似乎我这一去非洲，就让我坠入无边的情深义海。

12月10日，脊柱骨科为我送行，地点选在东莞市谢岗镇。白天，南方医院脊柱骨科和谢岗人民医院一起举行“骨与关节关爱在南方”社会义诊行动，并举办学术讲座。晚上，就是一场餐会和歌会，既有联谊性质，又有送行意味。

东道主很热情，餐会时准备的是轩尼诗威士忌。对我来说，威士忌酒劲还是大些。我请护士长准备了几瓶花雕酒，倒在玻璃杯中，色泽与洋酒差不多，不是为了浑水摸鱼，而是我一直对花雕酒情有独钟。刚开始，没有引起大家注意，后来被发现了，那就洋酒、花雕一起上。毕竟场面大一点，气氛浓烈，酒喝到半拉，就有点乱。我趁机从主桌开溜，起身去其他桌敬酒，尤其在女士那些桌逗留稍长时间，举杯意思一下，不用多喝酒，再闲聊一会儿，醉眼偷看主桌那些兄弟在拼酒，顿觉自己还是有计策的。花雕度数稍低，很快被大家瞄上，你来我往几下，先把花雕给解决了，也剥夺了我独享的奢侈。酒文化，酒文化，这酒就像文化一样，多了，就融合一起，分不出彼此，要想守住那份特色，还是比较难的。

歌会在酒店附近歌厅举行。酒到酣处，情更浓。乘着酒兴，歌声飞扬。不过，已不是在深情歌唱了，而是在吼唱。合唱《歌唱祖国》依然让人热血沸腾；一曲《送战友》响起，感情真挚，催人泪下。我也发表了一番豪情云天的演讲。从 17 岁上军校开始，立志为国效力，虽多方辗转，矢志莫忘。今年届 45 岁，能再次为国出征，倍感荣幸。人生几何，能做成的事情又有几何？我很荣幸，工作在一个很好的集体，遇上了很好的师长，结交了很好的朋友，做成了一些事情，也有了一点小成就。可以自豪地说，我无愧于我的人生，无愧于我的追求，无愧于这个时代。兄弟们紧紧相拥，热血在胸中激荡……

酒喝干，再斟满，今夜不醉不还！……醉卧沙场君莫笑，古来征战几人回！

——我出征了！

5

2011 年 12 月 19 日晚上，广东省政府在广州花园酒店举行第 2 批援加纳中国医疗队欢送会。

当日下午，我来到位于仓边路的省卫生厅培训中心集合。刚刚修剪的小平头，藏青色的西服套装，白色衬衣配深色领带，黑色皮鞋擦得锃亮，再戴个黑色墨镜，怎么看也不像一个医生，活像一个贴身保镖。也是，我们就要为非洲人民的健康护航。

从北京卫生部援外中心过来的田副主任给我们作了动员讲话。援非医疗工作是国家对外工作的重要组成部分，援非医疗队员是民间外交的使者、文化交流使者、医学交流的使者，肩负使命重大。从广州有这么好工作生活条件的地方到非洲援非，大家都做了牺牲，精神可嘉可慰。希望大家不辱使命，在非洲工作好、生活好，为援非事业作出新贡献。说完了，大家一起拍照合影留念。我心里默想，这合影千万不要成为一张遗照啊！

参加欢送会的有第2批援加纳医疗队11名队员，还有各派出医院一名领导。广东省政府雷于蓝副省长、省政协副主席兼卫生厅厅长姚志彬出席，负责援外工作的廖新波副厅长主持欢送会。几位领导都讲了话，然后一起合个影。雷于蓝副省长称赞这批援外医疗队员着装整齐，精神面貌不错，定会把中国形象、广东形象带到非洲，并请各单位要解决好后顾之忧。欢送会后，雷于蓝副省长、姚志彬副主席先行离场，我们开始享用欢送晚宴。可能很少光临五星级酒店就餐，总觉得菜肴并不可口，风味也不地道。场面上的应酬，酒是浅尝辄止，次日有20个小时的飞行旅程，还是早一点回家休息吧。

12月20日晚上8点，从南方医院出发前往广州白云国际机场。去机场送行的人很多，一辆24座中巴还不够，又从医院临时调配一辆面包车。科室医生、护士、研究生都来了，其他科室的几位兄弟也来了，医院几位领导也来了，还有一些朋友直接赶往机场欢送。在机场出发大厅，我和妻子手持鲜花，与大家一起合影留念，先照集体，再照个人合影。我们南方医院打出的横幅标语最大气——“白求恩式的好大夫”、“中非人民热爱的好医生”，不过有点吓人啊！我想成为好大夫、好医生，但我绝对不想成为白求恩，请他老人家保佑我！

各个单位欢送人群齐聚白云机场，机场出发厅人声鼎沸，顿时成了一片欢呼的海洋，彩旗飞舞，闪光灯频亮，机场警卫也无可奈何。作为军人，曾有过无数次出征，我并不喜欢这种喧哗的欢送，任何的欢呼都无法令我激动。我知道，真正的硬战在前面等候着我，我只能将激情深深埋藏在心底，默默前行，去夺取最后的胜利。办理完登机手续，托运了行李，护照及登机卡到手，还领到下发几十美金的途中补助，我就向送行的人们告别。敬个军礼，握个手，道声珍重，拥抱妻子和朋友，然后轻轻地挥一挥手，我默默地迈步走进出境大厅。

夜色已浓，一切喧嚣总会归于沉静。坐在候机厅的椅子上，我凝望着停机坪上灯光照耀的那架阿联酋航空空客飞机，忽然觉得它那么可爱，那么亲切，它将带我去一个更远的地方，一个我从未涉足的远方——非洲，耳塞里那首歌曲深情地回荡：

归来吧，归来哟，
浪迹天涯的游子；
归来吧，归来哟，
我已厌倦漂泊……

6

阿克拉的阳光。

我站在岸边，望着茫茫的大西洋，脚下不是美国的东海岸，而是非洲大地。海风吹拂我的脸庞，一阵熟悉的旋律在耳边回荡：

我已是满怀疲惫，
眼里是酸楚的泪，
那故乡的风、那故乡的云，
为我抹去创痕……

灿烂耀眼的阳光下，大西洋海面上波光粼粼。几艘风帆动力的小木船正驶离附近的小渔港，奔向渔场。小渔船随波浪轻盈起伏前行，如欢乐跳跃的音符，仿佛在弹奏一曲悠扬的乐章，期待着满载而归。

多么熟悉的画面！

就像小时候坐在岸边看到的一样，只是海没有这么辽阔，天没有这么高远，周围也没有这么静悄悄……

2012-01-30—2012-04-07 初稿于阿克拉

2014-12-01 修改

加纳，就像一个美少女，亭亭玉立在大西洋边，那沃尔特河从北向南滋润着这块富饶的加纳大地，恰似一条蓝色的飘带萦绕在她美丽的胴体上，而绵绵五百多公里的海岸线就是那一串串晶莹闪亮的珍珠，点缀着那健美的臂膀和站在沙滩上光滑的赤足。在这么美丽的地方生活，怎能不激起我心中一道道涟漪。尽管这里只是异域他乡，却也是我梦里寻找的地方，我不能不为她轻吟浅唱……

——摘自援非散文集《心儿向着远方——我在加纳的援非经历》

加纳并不遥远

1

非洲大陆。加纳。非洲撒哈拉沙漠以南的一个西非国家。

2011 年 12 月 21 日，作为第 2 批援加纳中国医疗队成员，我搭乘阿联酋航空公司的航班，经迪拜中转，到达加纳共和国首都阿克拉。

“朝辞白帝彩云间，千里江陵一日还”。1 万多公里的旅途，20 个小时的行程，在当今这个时代，应不算什么遥远的距离了。

美国、加拿大在 1 万公里之外，似乎没人觉得那地方遥远；欧洲、澳洲同样在 1 万公里之外，似乎也没人觉得那地方遥远。但在很多人心目中，非洲就是那么遥远，仿佛在遥远的天边……

但对非洲，我们从未陌生。

当我们知道“美帝国主义”和“苏联修正主义”时，我们就知道了非洲，那是许多黑人朋友生活的地方。那地方非常贫穷（那时候我们也很贫穷），非常需要我们的帮助（那时候我们也饿着肚子）。后来，我们知道了，非洲是世界上最乱的地方，一个上尉或者少校（连营职军官）就可以发动政变推翻政权，而种族间的战火从来就没有休停。这些年，我们知道了，非洲是众多野生动物的天堂，马赛马拉的动物大迁徙每年都吸引着全世界的目光。

没去非洲之前，与许多人一样，我对非洲的了解也仅限这些。这并非因为我不好学，也不是因为我不想了解外面的世界。只是我们那些主流媒体——电视、报纸、网络等，他们什么时候正面地报道过非洲呢？假如不是中国领导人会见哪个非洲国家或政府首脑，或许我们就见不到非洲的影子。因为这些主流媒体关注的是美国、欧盟、日本，还有俄罗斯，仿佛世界上就这么几个国家。

“富居深山有远亲，穷居闹市无人问”。这世界恰似这人间百态。美国强大，欧洲富庶，日本先进，俄罗斯霸气，大家都在津津乐道。在民族之林中，谁都在仰望着强大、先进、富裕、安逸，而很少有人去关注弱小、落后、贫困和战乱。这世界上，人都有这么一种势利观，或许我们也不例外。

尽管我们并不陌生，但我们淡忘了。非洲被淡忘，南美洲被淡忘，岛国被淡忘，小国被淡忘……即使我们口口声声地宣称，“国不分大小、贫富”，那是政府的层面，但在一般国民的心目中，那些小国、穷国渐渐地被淡忘了、淡忘了……

如果没有走进加纳，可能我也这么认为，这些非洲国家与我何干？当世界有美国、欧盟、俄罗斯和中国几足鼎立时，就可以支撑起整个地球的天空，天应该就不会坍塌下来。因此，我们已经不讲“我们的朋友遍天下”了，我们的口号已经改为“合作共赢”、“合作双赢”。世界总是在变，思维固然不能停止在从前的岁月，但我们不能忘记，还有一个口号——“合作共存”。

当我走进加纳后，很快理解了这句话的含义。

何况我们并不能忘记非洲，我们也不能没有非洲。什么是世界观？连非洲都不认识，何来树立什么正确的世界观呢？

有幸作为一名援非中国医疗队员走进非洲、走进加纳，让我有机会去认识非洲、认识加纳，从此我所看到的世界完整了。我觉得，这应是每一个援非医疗队员的最大收获。

让我们一起认识加纳吧。

2

走进加纳，认识加纳。

加纳朋友一说起广州印象，那就是拥挤、非常拥挤、极度拥挤。广州6千多平方公里面积生活着2千多万人口，加纳2千多万人口生活在23万平方公里的土地上。因此，我们仿佛生活在积木堆积的狭小空间里，而他们则信步行走在舒展开来的地毯上。

10个省区（region）拼接成加纳的国家版图——大阿克拉省、中部省、西部省、东部省、沃尔特省、阿散帝省、北部省、上东省、上西省及阿孔省。其中沃尔特省在殖民时期属于法属西多哥，多哥独立时，其公投加入加纳。这说明加纳在那个年代就已经具有很大的吸引力。

在加纳生活的两年时间里，上述10个省区中，除了上东省、上西省及阿孔省外，我的足迹踏遍加纳的大部分地区。

加纳是个多种族、多部落国家。部落酋长手握权杖，代表威严与权势，管辖一方。有语言的部落或者种族就不少，也就是当地的方言。官方语言是英语。因此，加纳入籍要求有这么一点，就是要会说一种当地的方言，否则即使再有钱，也免谈。这点限制了某些国人胡思乱想的一些念头。

阿散帝省是个王国，有自己的国王。这个王国比加纳更为古老。因为加纳这个词是一些建国者从非洲历史中引用来的，而不是当地历史中原有的部落或国度。这说明了这个多种族国家人民的智慧。没有历史，或许就没有负担。

在加纳，为什么总统和国王会相安无事？人们告诉我，总统代表国家，而国王只是自己属国的国王，他又没有野心去征服别的地方，而且过得挺好的，地位和利益都没有受到威胁，自然没有必要去争取什么独立。当然，军队是国家的军队，警察是国家的警察，外交是国家的外交，只是在那些税收分配上享受更多的自主权。所以，你当你的总统，我当我的国王，相安无事。

加纳也是多宗教的国度。60%的人口为基督徒，百分之三十几的人口为穆斯林，还有一些原始拜教徒，大家相安无事。任何宗教本来就是自己内心的追求和心灵的归宿，是为了超度自己；倘若宗教变为了驾驭别人、超度别人的工具，那世界就有无穷尽的战争。你唱你的歌，我颂我的经，信仰可以不同，世界更加多彩。

鲁迅说过，世界上本没有路，走的人多了，就变成了路。不过，世界上有一条天然的路，人走不走，它都在那里，那就是海路、水路。加纳的南面是大西洋的几内亚湾，那里是繁忙的海上通道。加纳母亲河——沃尔特河纵贯南北，曾经有发达的水路交通。现在加纳的陆路及空中交通更为便捷，使加纳成为最具吸引力的西非国家。

加纳国体是共和国。如以社会制度区分，她应是一个资本主义国家；如以政权制度区分，她应是一个民主国家；如以经济制度区分，她应是一个中等收入的发展中国家……但存在部落酋长、属地王国等制度，社会民生福利等较为落后，如按照二元论观点，似乎怎么划分都缺乏充分理由。对此，我亦十分困惑。那就不分了，这世界本来就是多样化的。

走进加纳。我才知道，加纳也是充满无穷魅力的美丽国度。

从三毛散文那里，我知道了一望无际的撒哈拉沙漠。从动物大迁徙的画面，我知道了一望无际的非洲稀树大草原。从马达加斯加的图片，我知道了奇异的猴面包树。从南非的好望角，我知道了一望无际的非洲海岸线。从埃及的金字塔，我知道了同样一望无际的灿烂的非洲历史和文化。从加纳的奴隶堡，我知道了人类历史上最黑暗的一页——贩卖黑奴……

在《心儿向着远方》一书中，我如此形容加纳：

加纳，就像一个美少女，亭亭玉立在大西洋边，那沃尔特河从北向南滋润着这块富饶的加纳大地，恰似一条蓝色的飘带萦绕在她美丽的胴体上，而绵绵五百多公里的海岸线就是那一串串晶莹闪亮的珍珠，点缀着那健美的臂膀和站在沙滩上光滑的赤足……

非洲曾经是欧洲殖民者攻城略地的地方，并不仅仅因为那地方离欧洲近，也从另一角度反证非洲的美丽和富饶，因为殖民者从来不是去观光的。加纳，殖民期的名字是“黄金海岸”，并不是澳洲的金色沙滩，而是真正金灿灿的黄金产地，加纳有丰富的黄金宝藏。

现在加纳依然是非洲主要的黄金出口国，也有世界第一大可可出口国。其渔业资源、森林资源十分丰富，2004 年在沿海发现了石油，亦成为一个产油国。前几年加纳按人均收入就进入中等收入国家的水平。

任何一个地方的发展都是不平衡的，有的富裕，有的贫穷，有的先进，有的落后，有的现代，有的原始，有的快乐，有的悲戚。文明的太阳早已普照非洲大地，非洲人民并不是生活在水深火热之中。

世界在变化。我们要清醒地观察外面的世界，任何自我陶醉都是“痴人说梦”或者“自欺欺人”。何况我们根本没有任何资格去轻视非洲、看不起非洲或者对非洲说三道四。

但是，拉近国人与加纳情感的却是一段久远的故事……

3

在阿克拉市中心区，坐落着恩克鲁玛陵园。一代伟人、加纳国父恩克鲁玛长眠在这肃穆幽静的陵园之中。

在当年恩克鲁玛宣布加纳独立的地方，矗立着一尊栩栩如生的恩克鲁玛铜像。恩克鲁玛身着加纳长袍，迈步向前，眼神坚定，高举右手，手指前方，仿佛在指引加纳人民为“独立”、“自由”而英勇奋斗。

铜像后面是塔形结构的纪念碑，底层是安放恩克鲁玛遗体的大理石棺椁。有人演绎认为，这座纪念碑上端酷似埃菲尔铁塔，中部寓意金字塔，下方形似泰姬陵，象征恩克鲁玛为了国家和人民的利益走遍世界、奋斗终生。我每周数次经过这里，也数次参观游览这个陵园，觉得这个演绎有点牵强附会。其实，这个建筑就是加纳传统尊崇的“凳子”，代表着至上、尊贵和荣耀，如同现在加纳总统府一样的建筑理念。让一个国家缔造者、独立和自由的战士躺在金字塔或泰姬陵里长眠，他会心安吗？

这座陵园内有恩克鲁玛生平事迹陈列室，那是一座半地下室建筑。弗朗西斯·恩威亚·克瓦米·恩克鲁玛（Francis Nwia Kwame Nkrumah）于 1909 年 9 月 21 日出生在加纳（那是为英国殖民地黄金海岸）西部靠近科特迪瓦的一个小乡村。加纳男人姓名中常嵌入出生那天星期几，如 Kwame 为“星期六”，而我们熟悉的前联合国秘书长科菲·安南中“Kofi”则为“星期五”。恩克鲁玛出生社会底层，天资聪颖，接受过良好教育，曾任小学老师，1935 年始赴美国留学十年，并在那里接受了黑人独立运动和泛非主义思想。1947 年，恩克鲁玛返回黄金海岸，为加纳独立和民族解放运动奔走，曾身陷囹圄，矢志不移。1957 年 3 月 6 日，黄金海岸独立，取国名加纳，成为第二次世界大战后第一个获得独立的黑非洲国家，恩克鲁玛任加纳第一届政府总理。1960 年 7 月 1 日，加纳废除以英国女王为国家元首的制度，建立总统共和制，恩克鲁玛当选为加纳共和国首任总统，兼任武装部队总司令、加纳科学院院长、加纳大学校长等职。还有一个职务，就是加纳医学会会长。1963 年，恩克鲁玛同其他 30 个非洲独立国家元首倡议并成立了“非洲统一组织”，非洲国家的民族独立运动从此揭开新的一页。1965 年，恩克鲁玛连任加纳总统，达到了人生的巅峰。

在纪念碑的另一侧，矗立着一尊锈迹斑斑的恩克鲁玛铸铁塑像，只不过是一尊断头的塑像，它在默默地告诉参观者这伟人的悲剧一面。正如那个时代许多理想者一样，缔造一个国家可能不会是终极目标，最后要“全人类解放”，恩克鲁玛的理想是全非洲的独立和解放。正如那个时代许多理想者一样，缔造一个国家似乎显得相对“易得”，而在国家发展道路选择上却陷入了彷徨。正如那个时代许多理想者一样，缔造一个国家后，自己没有站在人民的中间，而变得高高在上，自尊为神。

基座上写着“国家的缔造者”的恩克鲁玛塑像在加纳被竖立起来。1966 年一场军事政变，那尊矗立在议会大厦前“国家的缔造者”塑像轰然倒地，头颅也被割了下来。幸有一位恩克鲁玛的追随者偷偷地把这个头颅掩埋保护起来，等到恩克鲁玛陵园建成之时，才把这个塑像头颅敬献出来。现在，这个恩克鲁玛的头像就静静放在那尊断头塑像旁边，无言地述说那段曾经的历史。

无论如何，历史已有公论，恩克鲁玛作为国父的形象在加纳官方和民间得到了正面的肯定。2009 年 9 月，加纳总统约翰·阿塔·米尔斯宣布，将每年的 9 月 21 日(时值恩克鲁玛诞辰一百周年)定为国家法定假日，以此向恩克鲁玛表示崇高敬意。2010年，加纳发行了印有恩克鲁玛头像2塞地纸币，恩克鲁玛永远与他的人民在一起。

每逢节假日，有很多加纳青年夫妇选择在恩克鲁玛陵园里拍摄婚纱照，以幸福的笑容告慰长眠于此的这位加纳国父。

4

很多中国人到了加纳，一定会拜谒恩克鲁玛陵园。

走进恩克鲁玛生平事迹陈列室，映入眼帘的是很多幅醒目的黑白照片，记录了恩克鲁玛与新中国第一代领导人毛泽东、周恩来、陈毅的交往。实物中，有一件恩克鲁玛最心爱的物品——灰色呢子中山装，那是在中国订制的，也有说是中国领导人送给他的礼物。驻足其中，一段中国与加纳交往的记忆逐渐启封……

最早踏上加纳这块土地的新中国领导人是聂荣臻元帅。1957 年加纳独立庆典时，作为国务院副总理的聂荣臻率中国代表团出席。那时，中国与加纳尚无外交关系，加纳属于以女王为国家元首的英联邦国家。

1960 年 7 月 1 日加纳成为共和国，7 月 5 日即与中国建立外交关系。1961 年 9 月恩克鲁玛访问中国，成了继几内亚总统艾哈迈德·塞古·杜尔之后第二位访华的非洲国家元首。周恩来总理亲自陪同恩克鲁玛赴杭州会见其崇拜的伟人——毛泽东主席。

1963 年 12 月至 1964 年 2 月，周恩来总理和陈毅副总理兼外长率中国代表团访问了非洲十国。这 10 个国家是非洲阿拉伯联合共和国（今埃及）、阿尔及利亚、摩洛哥、突尼斯、加纳、马里、几内亚、苏丹、埃塞俄比亚和索马里。此次出访堪称新中国外交史上建立中非新型关系的“开山之旅”，为中非长期友好合作奠定了坚实的基础。

当时随团摄影记者杜修贤曾回忆说，“我记得，不论到哪个国家、哪个城市，几乎都是万人空巷，男女老少穿着颜色鲜艳的民族服装、踏着激昂欢快的鼓点，尽情欢歌狂舞，到处都是纵情的欢笑和热烈的掌声……”

中国代表团拟定于 1964 年 1 月 11 日至 16 日访问加纳。但在 1964 年 1 月 2 日，加纳发生刺杀总统恩克鲁玛的事件，恩克鲁玛受伤，总统卫士长被打死，加纳国内形势骤然紧张。恩克鲁玛一家离开总统府，搬进了位于阿克拉市 Osu 区的克里斯蒂安堡，并取消一切外出活动。

周恩来总理听到上述消息后，仍坚持按原计划赴加纳访问。周恩来说，我们不能因为人家遇到暂时的困难就取消访问，这是不尊重人家，不支持人家。这个时候去才能体现我们是真正的友好，真正的患难友情。至于外交仪式，我们可以打破通常的礼宾惯例。

后来，在戒备森严的克里斯蒂安堡里，恩克鲁玛一见到周恩来总理就万分欣喜地说：“欢迎您，很感激您能前来！”

所谓患难见真情，在这种情况下依然有一个大国总理来访，这是一种莫大的支持。但恩克鲁玛后来还是被推翻了。

有两位国家元首顺道访问中国途中，飞机甫一落地，他们就已经不是国家元首了，他们的国内政变了，他们的政权被推翻了。一位是大家非常熟悉的老朋友柬埔寨国王西哈努克，以后他长期生活在中国，那是 1970 年 3 月。另一位就是加纳总统恩克鲁玛，那是 1966 年 2 月 24 日。

1966 年 2 月 24 日下午，在北京机场的凛冽寒风中，周恩来总理亲自迎接加纳总统恩克鲁玛的到来。当各项礼仪活动结束后，恩克鲁玛返抵钓鱼台国宾馆，周恩来总理才让中国驻加纳首任大使黄华到恩克鲁玛下榻的房间，告诉他加纳国内发生政变的情况。之后，周恩来总理两次同恩克鲁玛单独会谈。恩克鲁玛深为感激，敬佩周恩来是一位重友谊重感情主持正义的真朋友。

1966年2月28日，恩克鲁玛离开北京，经苏联、南斯拉夫和阿尔及利亚去几内亚。1972 年 4 月 27 日，恩克鲁玛因前列腺癌病逝于罗马尼亚的布加勒斯特，身后才回到自己热爱的祖国——加纳。

“新中国老一代领导人与恩克鲁玛开创的中加友谊一直铭记在中国人民和加纳人民心中。1971 年中华人民共和国恢复联合国席位时，与中国双边关系处于停止状态的加纳毫无迟疑地为中国投下了赞成票。当时代表加纳的是加纳外交部副部长库福尔，后来他成为加纳的第三任民选总统。”

这是前任中国驻加纳大使龚建忠接见援非医疗队时说的。

5

在加纳首都阿克拉，随处可见中国援建或承建的项目，如加纳国家大剧院、国防部大楼、外交部大楼等。我曾经戏谑地说，在加纳，只要看到外墙贴有瓷砖的建筑，大概都是中国人的杰作。

在国与国的交往中，政治、教育与文化交往只是“搭台”（医疗援外亦为其中），而经贸才是“唱戏”，而且是“重头戏”。

据中国海关数据，2014 年中加双边贸易额再创新高，达 55.87 亿美元，增长了 8.53%，在所有非洲国家中列第 7 位，在 24 个中西非国家中仅次于尼日利亚和刚果（布）列第 3 位。其中，中国对加纳出口 41.35 亿美元，增长了 4.76%，中国自加纳进口 14.53 亿美元，增长 20.91%。

在投资方面，2014 年中国对加纳非金融类直接投资额达 2.3 亿美元（该年度中国投资超 2 亿美元仅 5 个非洲国家），在所有非洲国家中列第 5 位，在 24 个中西非国家中仅次于刚果（布）列第 2 位。截至 2014 年年底，中国对加纳累计非金融类直接投资额达 11 亿美元。据加纳投资促进中心统计，2014 年中国对加纳投资 17 亿美元，占加纳全年吸引外资的 50%，成为加纳第一大投资国。

在工程承包方面，2014 年中国企业在加纳新签工程承包合同额 24 亿美元，在所有非洲国家中列第 8 位，完成营业额 15.3 亿美元。加纳是中国在中西非 24 个国家仅次于尼日利亚的第二大工程承包市场。截至 2014 年年底，中国在加纳累计新签工程承包合同额 138 亿美元，完成营业额 80 亿美元。加纳最重大项目均由中国企业建成，代表着中国对外承包工程的最高水平。如中国水电集团建设加纳第二大水电站——布维水电站；中石化集团承建加纳沿海天然气管线和天然气处理厂项目，也是中国在加纳承包工程历史上金额最大的项目；中国葛洲坝集团承建凯蓬供水一期工程，为首都阿克拉市上百万人口供应优质生活用水等。

数据有点抽象。归根到底，中加关系在传统友谊基础上获得长足发展，两国经贸合作取得了丰硕的成果。

这或许只是中国和非洲关系的一个缩影。但这是老一辈领导人高瞻远瞩、倾注心血建立起来的中非传统友谊的结晶，我们理应倍加珍惜。

据说，在广州有20多万非洲裔黑人，故有人惊呼，广州要沦为“非洲”。可是，在非洲，有100多万中国人，也没有非洲人惊呼，非洲要沦为“中国”。国与国之间的政治、经济、文化、教育交流不是靠人与人的交流，难道真的全部依靠空中互联网、远程视频、卫星电话吗？闭关锁国的思维竟然还在现代一些人的脑子里根深蒂固，这确实相当可怕的。

贫贱之交不可忘啊。需要再重复一遍，何况我们根本没有任何资格去轻视非洲、看不起非洲或者对非洲说三道四。

2013年，习近平在坦桑尼亚尼雷尔国际会议中心说，“这段历史告诉我们，中非关系不是一天就发展起来的，更不是什么人赐予的，而是我们双方风雨同舟、患难与共、一步一个脚印走出来的”。

2014年，李克强总理在埃塞俄比亚首都亚的斯亚贝巴非盟会议中心说，“和你一同笑过的人，你可能把他忘掉，但是和你一同哭过的人，你却永远不忘”。

也让我们记住加纳国父恩克鲁玛的一句格言，“我们面向不是东方，或者西方，我们面向前方！”（We face neither East nor West，We face forward！）

“风物长宜放眼量”。中加友谊历经半个多世纪的洗礼，就像美酒一样醇厚飘香。

——加纳并不遥远！

2015-09-05 修改

每一年去一个以前从来没有到过的地方，纵然穷尽一生，也无法涉足世上的每个角落，但是总会看到一个新天地。每一年去体验一次以前从未有过的生活，纵然苦海无涯，没有体验，怎么知道自己适合什么样的生活，又怎么理解生活的多姿多彩？每一年去跨越一个从未有过的高度，纵然毫末之微，对别人可能毫无惊奇，却是自己一个新的高度。每一年都不停止前行的步伐，只要脚步一直向前，道路总在延伸……

——摘自援非散文集《心儿向着远方——我在加纳的援非经历》

援非第一课

1

2012 年 2 月 1 日正式下科室——加纳大学医学院克里布教学医院（Korle Bu Teaching Hospital）神经外科。

因为与神经外科主任 Dakurah 医生（昵称：达主任）已相熟，我就直接到其办公室见面，而没有让大外科秘书带着去科室报到。在国内时，忘记去精心准备一件小礼物（没有人提醒），只好带上拟自饮的几盒中国茶叶作为见面礼，也不知道非洲人是否中意饮茶。

“我已经接到通知了。”达主任指着墙壁白板上张贴的一张纸说。那是大外科主任转发给他的。

“从现在起，我要加入你的团队，真诚希望得到你和你同事的合作和帮助。”

达主任笑着说：“欢迎加入我们团队，我们一起交流、合作，并希望你在加纳有一段美好的经历。”

这些属于外交礼仪说辞，也就是客套话。

我说：“由于医师执照尚在办理中，我想这两个月时间先在科室参观、学习，熟悉一下情况。”

“我知道你在中国是脊柱外科医生，是骨科的脊柱外科医生，而我们是神经外科，可能有很大不同，你要先熟悉一下。”

“不管怎样，等到加纳执照下来后，我很乐意随时听从你的调遣。”

达主任笑道：“你是来自中国医疗队医生，我没有权利去调遣你，但我相信，我们会合作愉快。”

“谢谢你的合作。”

达主任带着我，走进病房，向我介绍了Akoto医生、Wepeba医生、Bankah医生以及护士长等。达主任还专门交代说，还有一位医生在美国学习。然后，他告辞离开，我自行跟着一群年轻医生后面——他们在进行病房查房。

那天，就这么跟在一群年轻医生后面，查看了30个病人，在病房转了两个多小时，站得我双腿酸胀不适，感觉比做一台手术还疲惫。已经有半年时间没有参加临床工作了，在广外学习外语4个月，出国前准备1个月，来到非洲又休了1个月，看来现在首先要学会适应新工作——在非洲的临床工作。

什么援非不援非，当医生到哪儿还不是干医生的活？只是空间变换了，周围的同事变换了，服务的对象变换了，而自己的角色也变换了，已不再是一名主任医师了（非洲没有那么多头衔、职位），而是回归到最基础的职位——脊柱外科（专科）医生。

这并没有多大挑战，只是一切要从头开始。我仿佛觉得自己又回到年轻医生的岁月，那是多么富有朝气的年代啊！

——非洲，将让我变得年轻！

2

在加纳，脊柱外科由神经外科医生负责，这点与众多西方国家类似。

加纳的脊柱外科刚刚起步，很多地方并不规范，有些方面甚至看不过眼。要是在国内，我肯定要说话了，谈自己的看法，指导一下嘛，也是对他人负责、对病人负责了。说实在的，在国内都是自家人，那还好说（其实说不好，也得罪人）；在这里，人家是主，我是客，这说话呀，就不能那么随便。因此，援非第一课就是要学习怎么说话。

这天又跟在一群年轻医生后面查房。有一年轻女性患者，车祸后导致腰3椎体骨折。伤后曾出现双下肢感觉异常，几天后麻木症状消失了，运动功能很好。Akoto医生见我跟在后面，热情地向这些年轻医生（都是培训医生、轮转医生、实习生）介绍我，并将手中的X线片递给我，“Dr Qu，此例患者，你对治疗有什么看法呢？”

我暗自好笑，因为在国内，这么简单的病例一般很少讨论，因为在治疗上不会有很大的异议。旋即，我又想，他们是在教学查房，在这些年轻医生（学生）面前，查房时基本问题都要反复强调。

我说："这个腰椎骨折已经累及椎体前部和后部结构，属于不稳定骨折，需要手术进行内固定治疗。"

别的，我就不说了。因为把骨折类型及手术适应证讲明白了，我觉得那就够了。话说多了，就变成我在查房了，把这些年轻医生的目光齐刷刷地吸引到我这里来，那置人家上级医生于何境地呢？谁都要 face（面子）嘛。我提醒自己，不能喧宾夺主。

Akoto 医生说："我也是这么认为的。"

我对 Akoto 医生微笑地点点头，心里嘀咕一下：如果换在中国，大概你只有点点头的份了。

第二天，这个病人手术，我也进了手术室。我仔细阅读了这个病人的 X 线片、CT 等影像学资料，判断腰 3 椎弓根基本完整，至少左侧椎弓根完整性良好（资料不全，费脑啊），所以就向 Akoto 医生建议，能不能也考虑在伤椎腰 3 也进行置钉固定，不但可以提供更好的稳定性，还有助于椎体高度恢复。

我知道，他们连内固定的横连接杆都没有（不知怎么想的，省不了几文钱），而且在脊柱骨折固定时通常采用单纯跨节段固定，这对于这种累及椎体前部和后部的脊柱骨折病例，所提供的固定稳定性并不足够。我的一个硕士研究生刚完成这些生物力学研究，应该说我在这个领域有一定的发言权。但是，我不能讲太多。初到贵地，大家互不了解，话说多了，会不会被认为"指手画脚"、"干涉内政"呢？我不知道，那就谨慎一点。这次就提这么一点关于术式选择的看法。

Akoto 医生认真地看了病人影像资料，向我微笑地点点头，"I think so."（我认为可以）

全麻后，病人的体位摆好了。我看到他们用手触摸腰椎棘突的方法进行手术节段定位，忍不住又提醒一句："我们是不是可以用 C 臂 X 线机来定位一下？"

Akoto 医生说："没关系，不会有错。"

他们可能没有采用 X 线术中定位这个习惯，幸好这个手术病人比较瘦小，否则哪摸得出来啦！我没有固执地坚持，等以后有机会自己上台时，再告诉他们中国脊柱外科医生都是怎么做的。果不其然，术中切口偏下了，还要往上延长。不是我有什么先见之明，只是这些细节问题我们以前早已遇到，光靠手摸等体表定位并不可靠，要结合 X 线透视定位，否则还会犯错误的。这是经验，哪本书也不会写到这一点。

今天似乎不能再说了。

当然，以自己的专业造诣，还可以说得更多，如螺钉选择、复位技术、融合要求等等，但我不能再说了，要识抬举，更不能得寸进尺啊。毕竟人家是主，我是客。在人家地头，说多了，那可能被认为高高在上、指手画脚，也可能被认为瞧不起人家的智慧，何况非洲人的自尊心很强（当然中国人也不差）。“你算哪根葱？”如若引起他们反感，那不就等于一句话都没说了？所以，必须抑制自己说话的冲动（当老师者，经常有这种冲动，故有云“人之患好在为人师”），等以后有机会，再说下一句。

在非洲，就得学会这样的本事，把话分开，一句、一句地说，这很累人。但是，如果一天能有一句话受到他们认同，能有一句话影响到他们的行动，那日积月累，也不乏援非的成绩了。

当然，不说话，那绝对不行。那他们会认为中国医生没有料，或者就不是这个行里的专家，纯属滥竽充数，那亦会引起他们的轻视，甚至蔑视。说多了，也不行，因为他们毕竟不是你的学生，谁碰到多嘴的不感到厌烦？因此，要更好地交流，那就得把握说话的内容、节奏、语气等，这就需要费心琢磨。

其实，说话就是行动。任何的行动都要充分体现对非洲同事的尊重，这是交流、合作的前提和基础。可惜，出国前的培训并没有获得这方面的知识，学语言为主，注重如何听懂别人说的、如何表达自己的想法，但没有好好讲讲如何把话说好或者如何说好话。

说话算话，那是管事的，当然不是我要关心的内容。不知说话管用与否，但还是要说的，即通常所谓建议之类的话，那说起来就有很大的学问。自己军人出身，说话总是直来直去，有一是一，有二是二，没有学会含蓄，更不会绕弯弯。因此，经常说者无意，听者不快，总没有那么讨人喜欢。由于出乎真诚，没有私心，故常可获得谅解。不过，自己内心还是有点自责，为什么不注意学习说话的学问？

有哪个地方可以不讲究这些说话的学问吗？似乎没有。有的人总觉得自己经历过风雨、经验老到，不说，心里憋得慌。有的人乐于倾听别人意见，兼听则明，可以弥补自己的欠缺。但毕竟所处位置不同，说者有心，听者有意，才能达到良好的交流目的。如果言者热情有余，听者已不耐烦，那就是喧宾夺主，忘记了谁是主、谁是宾。其实，很多经验的获取并不是靠别人说的，而是靠自己的实践，并不断地总结自己的经验。为什么自己可以通过实践获得经验，却不允许别人也有自己的实践呢？时过境迁，很多具体环境、条件都在改变，自己的经验与别人的体验并不一定一致，如果倚老卖老地卖弄自己的经验，而全然不顾别人的体验，那就是相当讨人嫌了。

所以，说话要讲究说话的学问。能不说，就不说；能少说的，就不多说（言多必失）；要说，就说在点子上。现在不说，以后还有机会；现在说错了，以后再想说的机会都没了（切忌胡说）。说是说，仅供参考；接受与否，当局者定。归根结底，尊重他人，说话前提；否则说也白说，不如不说。

没想到，来到加纳以后，援非第一课就是自学说话的学问。如此热爱学习，看来援非两年时光，定然不虚此行！

3

接下来要学习的是恭维。

屈指算来，自己学习英语有30多年时间，就是没有从哪一本书上看到如何恭维，也没有哪个老师教过这些内容。有时想想，不是"用时方恨少"，确实"读书无用"！"……太美了"、"……太漂亮了"可能是这世界上应用频次最高的恭维用语，人、景、物、事等，诸事皆宜。任何交流似乎都是从这个最直白的恭维开始，相互恭维更是拉近双方之间距离的前提。

其实，在国内时，我们也会这样，"哇，今天的手术真是太漂亮了！"哪个外科医生听了，心里都会甜滋滋的、美滋滋的。

因此，看到黑人同事辛苦完成手术，那就得上去恭维几句，密切一下感情。学习英语时间很长，学会唯一的"中国功夫"，那就是直译了。"漂亮"——beautiful，"太漂亮"——very beautiful，再狠一点，就是wonderful。当然，非洲兄弟大概也明白，就是有些茫然，回了句："very nice."

后来一起相处、工作一段时日，知道他们常用语无非就是good，very good，nice，very nice，好像不怎么说beautiful。一了解，才知道，这个beautiful，就是外表给人一种愉悦，也就是赏心悦目那种。对人工作、技巧的评价，自然不能说他外表漂亮了，那会被误解为花架子，而应该赞美其内在、本质实在的"好"、"漂亮"（手术确实解决问题，不是单纯好看），那只能用这个good系列。而wonderful纯属夸张渲染的用语，大概这种漂亮是无与伦比的，偶尔用之，亦不太令人反感。

过些天，我找到一份加纳大学医学院大学生考试成绩的分类表述：

A　70 - 100　Excellent（优异）

A-	65 - 69	Very Good（很好）
B+	60 - 64	Good（较好）
B	55 - 59	Above Average（中上）
B-	50 - 54	Pass（及格）

第二栏是大家熟悉的百分制，不过及格线是50分。从这里可以知道，good，充其量就是60分；而very good，也没到70分。但是，确实没有找到nice、very nice大概能在百分制的哪个位置，因为70分以上就excellent。难怪，我们的“三好学生”就是译成“Three Excellencies of Student”。

后来又看到银币等收藏品的国际NGC（Numismatic Guaranty Corporation，钱币认证公司）机构评级，从低到高，依次为poor（差）、fair(一般）、about good(稍好）、good（较好）、very good(非常好）、fine(精美）、very fine(非常精美）、extremely fine（极精美），再上面就是描述了，如about circulation(可能流通）、un-circulation（非流通）、Mint state(精制），评分就到70，更没有什么excellent。此也说明这些机构的评级是相当苛刻的。

因此，假如我们在恭维人家时，仅不痛不痒地“good”一声，可能就是暗示人家充其量60分，只是“一般般”好，那就是埋汰人家。这恭维的马屁就拍在马腿上了！

一天，Akoto医生完成一台腰椎内固定手术，术后进行C臂X线透视复查。手术确实漂亮，螺钉位置非常正，复位也很好。我不禁恭维地说：“Excellent.”

不料，Akoto医生回复一句：“Perfect！”

我想啊，你们的成绩单上不是只有Excellent吗，怎么又冒出一个perfect？这可不是一个医生或者学者的真正谦逊?

回到驻地，专门查阅了这两个单词的区别。噢，还真有差异！这Excellent、Perfect差别，就在于对人和对事之分。我们经常说，对事、不对人，就是对一件事情的评价只是针对事情本身，而不涉及对人的评价。那么这个时候，可以用perfect。perfect是完美，强调没有瑕疵的完美，因此，只能用在事物上，如perfect technique(完美技术）、perfect facilities(完美设施）、perfect service（完美服务）等。所谓“金无足赤，人无完人”，或者“人非圣贤，孰能无过”，不会有perfect person(完人）。道格拉斯主演的美国电影《完美男人》，英文只是wonder boys。而excellent却是对人的，更注重卓绝的那种好，其中含有尊重与崇敬，故有His/Her excellency(阁下）。“from perfect to excellent”，从完美到卓绝，大概只是中文的理解和用法吧。

不过，语境不同，我们的恭维也不能太夸张，Excellent 一下似乎就差不多。倘若恭维极致，动不动夸人家 perfect，那人家就不知道该怎么接话。恭维不要害得人家总是要保持那份警觉，害怕被下套，那更谈不上什么受用了。

其实，这世界上最令人受用的莫过于恭维，那犹如饮杯蜜糖水，心里甭说有多甜，没有人会拒绝恭维。外国人接受恭维，很是直接，那就是 Welcome（谢了），而中国人较为谦逊一点，忙不停地说“where、where（哪里，哪里）”。如遇到恭维女主人，几个“where?where?”的谦逊却让地道的外国人十分尴尬。

在国内，本是正常的恭维，纯属礼节或者修养的范畴，现在却不太时兴了。本来好好的一段赞美或者夸奖的语言，却不时被冠以溜须拍马之嫌。如果哪天，对一个女士大加赞美“今天你太漂亮了！”管保会招来白眼：“你什么意思？”确实，国人活得太实在，生活的情趣在一点一点地消退，没意思很长时间了，彼此对有意思的事都不太习惯。所以啊，为了挽留一点生活的情趣，要先学会恭维。

早已知道，外国人在恭维时毫不吝啬词汇，话说得很夸张，有时简直有点肉麻，什么样的溢美之词都可以从他们口里出来，只要不从他们口袋里掏钱。他们很实在，嘴巴就是用来说的，钱是用来花的，光说不花，岂不乐哉！因此，很多人会说，“噢，你是世界上最美丽的女人”，可以高兴一下就行，千万不要往心里去，因为最重要的是在自己心爱人心中的位置。对于所看到的你的一些工作，他们也会说，“噢，这是世界上最伟大的发现（工程、项目等）”，或者“这是世界上最美丽的声音（音乐、作品等）”，你也高兴一下就行，千万不要往心里去，因为这是恭维，而恭维不是科学评价。倘若科学评价，那一定不在个人的私信中，也不会停留在口头上，而是在权威杂志的文字表述中。但是，国内很多人很受用外国人的恭维，经常会云里雾里，仿佛真的有一道真理之光在眼前，甚至在国内还大肆炫耀世界上某人的夸奖，宛如因此真的成为世界巨人。更有甚者，在媒体上大做文章，那就有点恬不知耻了，当然也可以糊弄一些更为多情的官爷们了。恭维仅是恭维，何必太当真呢？

以前看书说，欧洲人喜欢从天气开始交谈。因为欧洲那地方天气多变，一时阴来一时雨，如果外表装扮少了一分整洁或者典雅，抱怨一下天气，可以减少见面的一点尴尬。在非洲加纳，尽管现在进入雨季，但是多数都是晴朗天，天气自然成不了交谈的点睛话题。因此，每天走进病房或者走进手术室时，如何选择交谈的话题确实伤脑筋。后来，找到一个交流、沟通的捷径，那就是恭维。可以称赞人家的工作、学习、生活，也可以称赞人家的青春、阳光、活力，当然不能忘记称赞人家给自己的配合和支持。虽然对任何恭维技巧都可一笑了之，但能够真诚对非洲同事给个赞美或者感谢，那一定被回报以真诚的笑容。开心的一天就可以这么开始了。

其实，恭维也好，被恭维也好，本是人际之平常。不要不以为然，要学会恭维；也不要太以为然，尤其被恭维时。

援非生活开心与否全在于心态。其实，在这个世界上，谁都没有欠谁的（按合同法借债除外）。到了非洲，去援非，人家也没有欠你的。少了谁，这地球照样转动，日月星光并不会因谁而耀眼，也不会因谁而黯淡。没有你的日子里，他们也同样珍惜自己。到了非洲，我不敢奢望他们的世界因我而更加美好，我只是希望我们相处快乐、相互学习、合作共事。我的人生因援非而收获，他们也因我而有自己的收获。

这样，我的援非生活就会开开心心。

4

"这神经外科有多少个医生？"

对一个科室的了解，应该从人员组成、结构梯次开始。下科室不久，我习惯地想知道这个答案。但是，这个问题不好意思向达主任提出，就像一见面不能没有礼貌地问人家家底如何、殷实否。

看到病房里走来走去的年轻医生不少，想必这神经外科也是我们国内经常描述的那样，"技术力量雄厚，人才结构合理"？

有一天，在手术室休息室里，我们都在等候麻醉医生的到来。Wait（等待），Wait（等待），反正闲着也是闲着，我忍不住地问 Mawuli 医生这个问题。因为我观察到，他应属高年资的医生，经常在病房中带着其他年轻医生查房，而且手术操作上算是"训练有素，操作熟练"。

Mawuli 五官夸张地挤到一起，一副百思不得其解的表情。过了一会儿，他才说："Dr Qu，克里布医院是家教学医院。"

教学医院？有什么特别之处？我心底嘀咕道，我们国内有大量的教学医院，很多医院门口都挂着教学医院的牌子。

Mawuli 见到我疑惑的样子，说："我不知道你们中国的情况。在加纳，只有 2 所教学医院，加纳所有的实习医生、专科培训医生都要在这 2 所教学医院学习、受训。"

稍停顿片刻，Mawuli 说，"我与 Yankey、Seth 一样，只是专科培训医生，不过我明年（2013 年）就要毕业了。"

“噢，原来如此。我们中国现在才开始专科医生规范化培训。这点，我们要向你们学习。所以，我来到你们加纳。”

Mawuli 笑着说：“Dr Qu 在说笑。我们都知道，中国发展很快，我很想到中国看看。”

“欢迎啊。你在克里布医院工作，医院没有派你薪金、津贴什么？”

“在培训阶段，我们工资薪金是加纳卫生部派发的，而克里布医院医生的薪金是加纳财政部直接派发到医院的。”

“噢，不同的政府预算途径。”

“所以，坦率地说，我们这个神经外科只有达主任、Wepeba 医生、Akoto 医生、Bankah 医生等几位专科医生，还有一位在美国，现在还没有回来。”

“噢，我明白了。你明年毕业后，就可以成为他们中的一员，成为顾问医生，收入会有显著提高的。”

Mawuli 笑得很灿烂，连连说：“No、No，只能成为 Specialist（专科医生），神经外科只有一个 Consultant（专科顾问医生），那是达主任，其他医生都是专科医生。当然，那时收入肯定会比现在高。”

聊天中，我了解了 Mawuli 的经历。他于 2003 年 9 月从加纳大学医学院毕业，加纳绝大部分医生均是毕业于该学校。先在克里布医院当 1 年 Houseman（实习医生），然后去下面基层医院工作 2 年。Mawuli 说，是克里布医院大外科让他去锻炼一下，而非政府强制性。然后又回到大外科当 Resident（类似住院医师规范化培训）三年，最后在神经外科受训三年（专科医生培训）。

这时，Bankah 医生走了进来，听我们交谈，饶有兴趣地插话道：“要先干大外科 Resident（住院医生）三年，确定专科（神外）后再干三年，毕业后才谋到 Specialist 职位。”

“你这么年轻，就是 Specialist，很不简单。”

Bankah 笑道：“年轻？No，已经不年轻了。今年 38 岁，Hair are grey（头发已经花白）。”

“过段时间，你要去美国霍普金斯医院学习小儿外科，那是世界著名的医院，那里出来的医生都是世界著名医生，以后你也会闻名世界的。”

Bankuh 又是 No、No 回答：“闻名世界？在西部非洲有点名气就算不错了。”

“加纳政府提供全额赞助吗？”

Bankuh 又是 No、No 回答：“没有全部，仅有一部分，主要靠自己。”

一旁的Mawuli接着说："在专科培训阶段，我们医生一般不能出国，因为无法获得赞助。只有Specialist和Consultant，才有机会出国学习。"

想一想，这点我们国内确实做得不错。在南方医院，每年有20名年轻医生可以获得医院的资助，到国外进修学习。每人10万元赞助，医院1年需支出200万元，对年轻医生的培养确实有很大的促进作用。这项政策落地前，自己就是一个强力呼吁者之一。

"Bankah医生，这一年学习结束，你不会也不回来吧，在美国当一个Rich man（富人）？"

Bankah又是No、No作答，"肯定回来，在美国，我只能是Poor man（穷人），再说我们加纳的气候比美国好。"

"哈哈，你太幽默了！"

确实，假如一个外国人问我这么一个问题，我肯定会毫无迟疑地回答：我热爱自己的祖国。我肯定不会这么回答：我热爱那里的气候，我热爱那里美丽的山水，我忘不了那里美食的香味，我思念我的老母亲……对我们来说，政治的口号越响亮越好，总不会有人指责你境界不高。不然，即使为国家拿着奥运会金牌，如第一句话就是感恩父母，那很多人绝对不会轻易饶了你。

10时多，麻醉医生来到手术室。手术终于可以开始了。

Bankah医生说："Dr Qu，今天和我们一起上台吧。"

我赶紧站了起来，也No、No回答："我还没有加纳的执照呐。"

我又坐在沙发上，把今日听到的内容以及心得感想，简要记录在笔记本上。我想，下午可能要花上个把小时，来完成今日的援非日志了。

这时，看到桌上一本小册书《圣经的箴言》，读到一句话：A wise man will hear and will increase learning， and a man of the understanding will attain unto wise counsels(智者要聆听和提高学习，而明白人要接受明智的忠告)。

或许，这世界上进步的阶梯都是一样的，多听、多看、多想、多干，没有什么投机取巧之处。2013年6月《中华医学教育》杂志刊载"加纳专科医师培养制度与启示"一文（见附篇），就是在这些日志基础上整理出来的。这就是援非实实在在的收获。

这是后话。

5

从手术室出来，就遇到了达主任。

达主任微笑地问道："Dr Qu，你已经拿到加纳医生执照吗？"

我一样微笑地回答："应该快了。"

"这些政府部门做事都是 delay、delay（延迟），你可能也等着急了。"

"噢，不着急，一点也不着急。加纳是如此美丽的国家，我很想有更多的时间去欣赏一番。"

"这段时间你都去哪些地方游览呢？"

"在阿克拉附近逛逛，还去一趟 Ada（阿达）。"

"Ada？"达主任迟疑一下，后来明白我这个中式英语，笑着告诉我说："A-Da！"

"对，就是阿达！真没有想到加纳是如此漂亮、美丽！我一定要把美丽的加纳介绍到中国去。"

达主任高兴地说："中国一样是美丽的国家。上次，董医生安排我去了广州、杭州、苏州等，印象非常深刻。我很想再去中国访问。"

"欢迎！我正想找你谈谈此事。如果方便的话，我们希望邀请你参加 11 月在北京召开的中国骨科国际大会，并顺访广州。"

"11 月份？我想我应该可以成行。"

"好，那我就启动有关程序。我真诚地希望，我们可以相互交流、相互学习，更好地增进我们的友谊。"

达主任友好地拍拍我的肩膀，说："这也是我的真诚希望。"

"相信我，我可以做到。"

"那我记得你的友谊，也记得你的真诚承诺。"

……

后来，我做到了（要感谢许多幕后工作人员）。

这就是实实在在的民间外交。

2015-08-30 修改

附一篇：

加纳专科医师培养制度与启示（节选）

加纳是非洲的发展中国家，国土面积23.8537万平方公里（大小相当于我国的广西壮族自治区），人口2439万。加纳医师数量显著不足，据2009年统计，每千人仅有0.083名医师。而专科医生更加缺乏，全国神经外科医师仅10人，这种状况已经严重制约加纳社会经济的发展。作为英国前殖民地以及现在英联邦国家，加纳医学制度多数沿袭英国模式，但在专科医师培养上，又具有明显的本国特色。

（一）加纳专科医师培养制度介绍

1. 加纳专科医生

加纳医生职位有医助（medical assistant)、助理医师（physician assistant）、实习医师（house officer）、高级实习医师（senior house officer）；医师（medical officer）、高级医师(senior medical officer）、专科医生 (specialist) 或顾问医生(consultant)。其中医助、助理医师不能单独行医，但是在一些农村缺医地方，这些医助也发挥重要作用，一般只能在一些私人医疗机构做一些辅助工作，并没有获得政府正式注册。

实习医师为医学院毕业后，已获得医学学士和外科学士（MB ChB）学位，进入临床实习的医师，仅具有部分医师权限，要按照规定进行轮转。加纳卫生部规定，实习期为2年，第1年为实习医师，第2年为高级实习医师。轮转期间，在专科医生或顾问医生指导下具体负责病人的管理。完成2年轮转并通过考试，才能获得完整权限的注册，具有独立行医资格。

经过2年实习并获得注册的医生为医师。在英国，这个医生职位为practitioner/general practitioner（医师/全科医师）。由于经过十分严格的轮转学习，这个职位就是全科医师。这是年轻医生谋职的职位。其可以在公立医院和私立医院任职。高年资则为高级医师，因没有进入专科培训，故无专业区分，可能一辈子就是该职位。

专科医生和顾问医生是专科医师职位，经过严格专科医师培训后，才能获得的职位。完成初级培训后为专科医生，而顾问医生则需完成高级培训，是专科医生的最高职位，在英美等国亦是如此，具有独立决策权限，并负有指导本专科下级医生的责任。

2. 加纳专科医师管理机构

在加纳，有一个独立机构专事专科医师培养及管理，即加纳内科医师和外科医师学会（Ghana College of Physicians and Surgeons， GCPS）。该学会属于获得加纳议会授权的行业管理机构，负责专科医师的录取、培养、考核和颁证，决策权力为董事会所有，对加纳卫生部长负责，加纳卫生部及检察总长等派代表参加董事会工作，并履行对董事会的监督职能。故其职能类似于伦敦皇家内科医师学会、英格兰皇家外科医师学会。为了保证专科医师培养的质量，加纳医师学会的另一个职能就是专科医师培训基地的遴选和认证。

3. 加纳专科医生培训

加纳专科医师培训有两个阶段，即会员（Membership）阶段和委员（Fellowship）阶段。

会员阶段类似于国内目前的住院医师规范化培训，但是分内科、外科等大专科进行轮转。要进入专科医师培养，申请者需在40周岁以下，已获得医师正式注册，并履行政府协议，在社区医院、地区医院或者农村地区从事医疗服务至少1年。申请者要通过入学考试及面试。这个阶段一般为3年。按规定轮训，并通过最终考试者，具有会员资格（Membership of Ghana College of Physicians and Surgeons），缩写为MGCP。

委员阶段亦为3年，需具备会员资格，并履行在省区一级地区医院进行医疗服务1年，通过面试决定录取。完成此阶段培训，考试合格者具有委员资格（fellowship of Ghana College of Physicians and Surgeons），缩写为FGCP。

上述会员资格和委员资格是专科医生必须具备的资格。具备会员资格的，可以担任专科医生；而只有获得委员资格的，才能担任顾问医生。因此专科医生、顾问医生不但代表着专科医师职位，也代表着受训经历。这点与国内截然不同，把国外专科医生对等于国内“主治医师”，或者把低年资顾问医生对等于国内“副主任医师”，都是一个误解。

4. 加纳专科医师培训制度要求

加纳的医疗资源分布严重不均衡，为了有效调节资源配置、充分利用有限资源，加纳在专科医师培养制度上专门设计几点要求：

（1）医院轮转要求。加纳卫生部要求专科医师培养不仅要在专科专业之间轮转，还要在不同培养医院之间轮转。加纳医疗资源相对集中于两大城市——阿克拉、库玛西，尚没有足够医院达到具备专科医师培训的相当实力。为了保证所有培训人员可以在培训开始时获得坚实和一致的基础训练，所有进入专科医生培训人员在第一年需要在两所教学医院进行，即加纳大学的克里布（Korle Bu）教学医院和恩克鲁玛科技大学的科姆福阿诺吉（Komfo Anokye）教学医院。其余 2 年培训计划，多数专业至少有 1 年必须在这两所教学医院以外的认证医院或者省级医院进行。

（2）服务基层要求。加纳基层医院及农村地区都严重缺乏医生，因此规定医师接受专科培训前，需要有 1 年在基层医院或者农村地区服务的经历。完成会员资格专科初级培训时，也要到农村地区服务 1 年，才能进入更高层次的专科培训。如果属于连续培训委员资格，则一般需先完成 1 年服务基层的要求。这是加纳结合本国实际制定的很有特色的规定，以促进医疗人力资源的公平分布。

（3）服务年限要求。加纳专科医生外流到英美国家相当严重，因此接受专科医生培训者需要与政府签署协议，规定完成培训计划后为国家的服务期间，否则视为违约，需要支付相关的培训费用及利息。完成会员资格，协议服务期为 3 年；对于在加纳成功完成会员资格者，协议服务期为 3 年。住院医生在国外进行委员资格培训，直接或者间接获得政府资助的，则协议服务年限为 4 年。

（二）加纳专科医师培养制度的启示

医学毕竟是门实践科学，是通过不断实践、不断累积而不断提高、进步的。医生成长的早期是个塑形期，需要依赖于规范的培训，而专科医师的成长更要求有渊博的专科知识和高超的专科技能，能够解决更为复杂化的医学问题。因此，无论欧美发达国家，还是非洲、亚洲国家，大部分均制定严格的专科医生培养计划，以保证能为社会提供合格的专科医学人才。加纳虽然是个小国，但在专科医师培养制度建设上却一点也不落后，在英国模式基础上，更具有自己的特色，值得我们认真思考。

1. 专科医师培养的规范化。在专科医师培养上，加纳遵循注册医生（全科医生）——个人报名（个人专业意愿）——考试选拔——初级培训（专科轮转）——专科医生——高级培训（专科培训）——专科（顾问）医生的培养程序。其中专科轮转阶段，无论内外科医师均需完成，这就有利于专科医师具备坚实的临床能力。而高级专科培训阶段，仅内科部分专业可以采用类似研究生培养模式，外科专业需要更高临床技能要求，而不是科研能力要求，故只有纯粹的临床培训，这就可以保证专科医师的专业素质。内科和外科在专科培养要求上侧重点不同，至少培养途径需要区别对待，我们开展规范化专科医师培养应注意到这一点。在专科医师培养上，我国以往主要依靠两种途径：临床进修和研究生教育。尽管目前也开始了住院医师规范化培训等，但至今尚未形成有效的规范的专科医师培养制度。临床进修只能算是短学制，而把研究生教育作为专科医师培养途径。为了提高研究生的临床能力，现在把研究生教育分为临床型和科研型，但是众多科研型研究生最后还是成为专科医师，而博士毕业后 2 年即可以晋升到副主任医师，因此，不少专科医师成为只会做科研、写论文，而不会看病开刀的医生。专科医师队伍素质参差不齐，缺乏规范化的培养制度是最根本的原因。这不但无法满足大众对专科医生素质的要求，而且延迟了医生成长过程，也是典型的人才浪费。

2. 管理机构的去行政化。加纳内科医师和外科医师学会是专门负责专科医师培养的非官方机构，其运作更趋专业化、民主化，由专科医师组成的专业委员会制订完整的培训计划，使专科医师培养有统一的模式，具有系统性和规范性，保证了专科医师培训质量，也得到英美发达国家的认可。该学会具有议会授权的独立权限，不受制于加纳卫生部，但其颁发的各种条例、规定同样具有法律的效力。国内也有一些学术团体或者机构开始进行这方面的工作，包括专科医师培养的方案、专科医师培养基地认证规定等。从法律的角度来说，这些没有经过授权的团体或者机构所制定的条例是不具备法律效力的。中央政府鼓励一些非政府行政主导的领域可以尝试由行业协会来进行管理，专科医师培养的管理机构势必也会与国际接轨，那么，在各省成立专门负责专科医师培养的独立管理机构并获得相应授权就很有必要。

3. 资源配置的有效化。加纳是一个发展中国家，医疗资源有限，而且分布极为不平衡，主要资源集中在两个大城市，不但城乡差距很大，一些省区医院也面临严重缺乏专科医师问题。如何既要保证专科医师培养质量，又要满足基层医院的需求，加纳做了有益的探索。其规定，除神经外科等个别专科外，专科医师培养的第一年需要在两家教学医院进行，而至少有 1 年以上需要在其他认证医院进行。这样各地医疗资源只要可以满足专科医师培养要求的，都可以得到有效利用，而专科医师也可以分散到各地，也为各地医疗服务提供充满活力的技术力量。我国专科医生队伍尽管比较庞大，但参差不齐，医疗资源尤其是人力资源集中于大城市、大医院，造成了社会不公平，也造成资源浪费，众多问题、矛盾凸显：（1）大医院实力强、资源多，自然有助于专科医生成长；而进基层医院的，则没有更多机会，故没有人甘心情愿地服务基层。（2）公立大医院的医学教育资源是全社会的资源，由于条块分割、区域分割以及用人体制等制度不公，这些资源并不能得到充分利用，也不是所有专科医师均能分享。（3）市、县一级医院在专科医师培养方面无疑“老牛拉大车”，步履蹒跚、力不从心，不能满足不断发展的专业建设需要。（4）政府鼓励大医院的大医、名医、专家等（都是专科医师）到基层服务、多点执业等，有些治标不治本，这些资源更应用来培养更多专科医师，而不是亲自“冲锋陷阵”，这也是资源浪费的一种形式。因此，如何根据具体实际，在专科医师培养方面，做到资源的有效、优化配置，值得我们进一步探讨。

综上所述，我们正在建立适合中国实际的专科医师培养体系，需要从不同国家、不同模式中吸取有益的经验，设计中国专科医师的成长路径，使更多教育资源充分发挥优势，为社会提供更多合格的、适应要求的专科医师，真正提高各级医院专科医疗水平，满足广大人民更高的医疗需求。

（收稿日期：2012-06-11）

加纳人天性快乐，他们用舞蹈、用歌声表达对自然的热爱、敬畏和感激，诠释对生活、对快乐的理解。虽然很多人并不富裕，但他们并不奢望更多的物质占有，因为他们的幸福感来自内心；并非他们不知道外面的世界，靠巫术治病的部落已经很少，大地也早已沐浴着现代科技的阳光和雨露，但他们还会坚守心灵的平静……

——摘自援非散文集《心儿向着远方——我在加纳的援非经历》

复活节

2012 年 4 月 9 日，西方复活节。这天是加纳的国家假日。

加纳属于英国前殖民地，现在英联邦国家，有六成多人口信奉基督教。对于基督徒，基督圣诞、基督复活是最盛大的节日，普天同庆。

既是假日，待在中国医疗队驻地，睡个懒觉，似乎百般无聊且无趣。既然来到加纳，这么重大的节日不去感受一番，怎么也说不过去。因此，就约老彭翻译一起，开着三菱帕杰罗去“买菜”，顺便在阿克拉市兜一圈，看看人家怎么过复活节，感受一下复活节的气氛。本来嘛，体验也是援非生活的重要内容。

早上起来，天气阴沉沉的，没有往日的明媚阳光，感到些许凉爽，可能雨季来了。路上的车辆和行人都不多，道路顺畅，连穿行车流中兜售小商品的小商贩们也放假了，看来这非洲人的确没有我们那么“勤劳”。

在阿克拉市中心的 MAX 超市附近，我们驶进一家 TOTAL（道达尔）加油站。先给帕杰罗加点柴油（Diesel），每升 1.723 塞地（当时 1 美元 =1.8 塞地），比国内可能便宜不少。加纳车辆多，所以加油站也多，似乎也没什么垄断经营，谁愿投资都欢迎，市场调节、盈亏自负、纳税即可。市区地产租金昂贵，多是 TOTAL 大型加油站，市郊或乡下加油站品牌就是五花八门了，有的小加油站就是一个简易加油泵。加油完毕，付讫油费，工人仅给我一张手写的收据，作为报销凭证。

我看着类似涂鸦的收据，暗道：“这确实简单。假若国内都是如此报销凭证，可能天下已经大乱！”在加纳，除了大型超市、商场，许多地方并不提供发票之类。加油站的油品税款已含在出售油价里，政府不用担心这部分税收会流失，至于谁花钱买油，似乎不是政府关心的范围。我们进行车辆保养修理时，最后也只有一张收费清单，既为报账凭证，又是保修依据。个体店购物多数为涂鸦式收据，如索要正式税务票据，需另付 15% 税金。加纳大型商场、超市，用的就是税控收款机，购物消费单上清楚注明 15% 消费税，一些加纳国内产的水果、蔬菜等免税，则不能开具税务发票。我们国内很复杂，商家不开发票，就怀疑人家会偷漏税；买家不开发票，更是说不清、道不明费用支出，因此全中国真发票、假发票漫天飞舞。看来，非洲有些地方管理比我们更先进、更完善。

阿克拉市最大商场是 Accra Mall，那里有家 Shoprite 大型超市。来到加纳几个月，基本每周都光顾这里一趟，因为这里的商品琳琅满目、种类齐全。我们到达那里时，看到停车场上车辆也不少，知道今日超市还是正常开张营业。文化差异啊！有时就担心节假日商场没有营业或者推迟营业，会辛辛苦苦白跑一趟。

商场门口有一家小酒屋。每次来到这商场，我会习惯地走进这家小酒屋。即使不买，也了解一下国际上品牌美酒以及行情，这可能是好酒之徒的一种偏好。5 年芝华士威士忌标价 85 塞地，轩尼诗 VSOP 标价 100 塞地，会比国内便宜一点。红方（Red Label）、黑方、绿方、蓝方等苏格兰威士忌品种，因年限不一，价格相差较大，最便宜为红方，1 支 750ml，仅 18.2 塞地，确实不贵。现在，每个队员的房间里已经统一添置了小冰箱，买些小酒，冰藏其中，晚间看电视时，小酌几口，岂不乐哉？在加纳，最令人放心的是，这些都是地道的原装进口洋酒，口感醇厚，没有假冒！

进了超市，为队里采购了 2 大袋土豆，每袋 5 公斤，12.99 塞地，确实不贵。为自己买的东西却不少。几天前已经买了一些青苹果，现在再买几个红富士苹果，每个 1 塞地，属于进口苹果，并不昂贵。到了加纳，我一直提醒自己，宿舍里牛奶和水果这两样东西千万不能中断。牛奶和水果，营养元素齐全，且能充饥、解渴、耐饿，又便于贮藏，不分白天黑夜，食用极其方便，乃异国他乡生活之客必备食品。本地产的菠萝、香蕉等，虽一样香甜且价格低廉，但我并不喜欢食用（在国内就不喜欢），而是喜欢苹果、橘子、油桃等。这些水果均为进口，价格有点高，但为了健康地在非洲生活，吃还是要吃的，何况并非吃不起。倘若到了非洲，仅是为了体验节俭生活，或许就是本末倒置。宿舍里苏打饼干库存还多，就再买点脱脂牛奶和橙汁，以及一瓶 1.5L 百事可乐。加纳中午太阳很大，下班回来，汗流浃背，吹吹空调，饮杯冰镇可乐，解渴倍超爽，胜似活神仙。结账后，一看口袋里还剩有 20 塞地，就返回商场门口那家小酒屋，再买瓶红方威士忌酒。

哈哈，这个月够奢侈！或许到了非洲，才真正明白，活着并不是沉重的话题，许多事情都是自找的。拿又拿不起，放又放不下，能享受时不享受，无法享受时又渴望享受，岂不自我折磨？没有必要等到复活的那一天吧！

从超市出来，直接返回驻地。在整个阿克拉城区绕行一周，想感受一下节日的喜庆气氛，但结果有点令人失望。在阿克拉市几个商业区域，并没有看到什么热闹的场景，没有张灯结彩，没有花团锦簇，大街上没有熙熙攘攘人群，公园里没有人声鼎沸的游乐，整个城市与往常一样平静安详。

没有在国外过复活节的经历，只是在电视上见过复活节的狂欢。因此，回驻地路上，心想这加纳的复活节不会就是如此平静吧？

下午 1 时许，天空依然阴沉。

老彭来电话说，“别午睡了，一起感受复活节去。”

“啊？不是一样静悄悄的复活节吗？到哪儿去感受呢？”

老彭说：“很近，Korle Bu Beach（克里布沙滩）！”

援非的日子怎能虚度？！我赶忙驱离那如期而至的瞌睡虫，打起十分精神，又与老彭等驱车前往大西洋边上的克里布沙滩。

这个沙滩就在我们医疗队驻地所在的克里布地区。

我们上班工作的医院是加纳大学医学院克里布教学医院（Korle Bu Teaching Hospital）。克里布地区位于阿克拉的西南角，与阿克拉古老城区詹姆斯小镇仅隔一道狭长的潟湖。殖民地时期，克里布地区居住者是为詹姆斯小镇殖民者服务的“打工一族”。现在，除了这所加纳最大医院像样一点外，周围居民区多为低矮、拥挤的房子。不过，在我们驻地附近，有成片开发的别墅新区，有点“鹤立鸡群”或者“一枝独秀”之感。

一会儿就到了沙滩附近。在路边泊车后，我们一起走向沙滩入口处。这些沙滩并非公共沙滩，属于“私家沙滩”，岸上的土地主相应拥有自家的沙滩。尽管这些土地并未开发，但都有一些围墙和简易建筑，代表着圈地之内属于神圣的“私人物业”。因此，有好几个入口可以进到沙滩上，而这些入口处都聚集了绝对是“黑压压”的人群，与上午见到的冷清的大街截然不同。

老彭说：“这些海滩平日没有什么人来玩，都是自由出入，看来今天复活节，出来玩的人多了，他们也做起生意来了。”

看到我们走过来，就有当地黑人热情地招呼我们，允诺带我们从一个小门进去，可以省些费用。可能我们几个中国人在一片黑压压人群中很是醒目，一个小伙子赶忙跑过来呵斥他们，并指引我们到路边一个铁皮盒子屋的窗口前，购买几张入场券。

支付了每人 3 塞地的入场券，那小伙子引领着我们来到一个较为宽敞的入口处，并很认真地在我们胳膊上盖了个醒目的鲜红的图章。看着上面印有“PAID”（付讫）字样，我心里觉得十分别扭，好像我们也成了被贩卖的非洲奴隶，那部落首领一手收钱，一手就在被贩卖的奴隶身上留个鲜明的印记。在国内，只有从屠宰场出来的白条猪肉上才见有这种“付讫”印章。

老彭说：“文化差异，不必在意，我们也是找乐来的！”

确实，没有必要因此坏了节日的心情。我们说说笑笑地走进这家复活节海滨狂欢的场子里。尽管没有明媚的阳光，我们几个黄皮肤胳膊上那些“PAID”鲜红印章还是觉得相当扎眼。

我们走进了这家场子，中央有一个水泥板块搭建的高台，周边有一间卖啤酒、烤鱼、烤肉的杂货店，前面是几处类似非洲草屋的简易木棚架子，木棚下摆放一些粗木长桌和中国产的塑料椅。高台上大音箱播放着加纳民族音乐，那富有节奏的强烈鼓点总是那么急促，震耳欲聋，似乎催促人们尽快去干些什么、去享受些什么。几个当地黑人行进中，迎合着鼓点，随便扭扭胯、抖抖腿，无不充满了非洲舞蹈的地道韵味。

高台上有个小伙子热情地招呼我们，“nihao”(你好)，地道的中文随口就飞了过来。对于外国人来说，最容易说、最不拗口的中文就是“nihao”，就像中国人最容易说、最不拗口的英语就是“bye-bye”一样。假如要挑选一个词语来代表中国，我绝对推举“你好（nihao）”。什么“长城”、“北京”、“长江”、“黄河”、“龙”、“熊猫”等等，又有几个外国人知道呢？

简易木棚架子下，那些桌子和椅子已经全部被占领，男男女女，围坐一起。小孩很多，基本没有什么老年人，多数一看就是一家子出来的。他们准备很充分，桌台旁放着一两个恒温箱，那里面有他们精心准备的手抓饭、烤鱼、啤酒等，他们将这些自携的食品摆放在桌台上，全家乐呵呵地享用起来。小孩不停地绕着桌台嬉闹着，每个人脸上洋溢着快乐的笑容。这家场子已经没有我们落座之地了，我们只好走下斜坡，来到沙滩上。

沙滩上，海风吹来，尤为清爽。大西洋远处海天一色，近处的几内亚湾，可以分辨出海面上有个色彩分界，200 米开外是那种深蓝或者蔚蓝色，而近处则有一点浑浊的灰蓝色。海浪一个接着一个扑向沙滩，那些黑人也不用穿什么游泳衣，男子穿着沙滩裤和白背心等迎着海浪欢叫着，而女性也是穿着裙子或者裤子站立海水里，让迎面而来的海浪将他们淹没，当海浪退去，就会传来一阵爽朗的笑声。

几个勇敢的黑小子不断迎着海浪向大海游去。看到他们在海浪起伏中若隐若现，我由衷佩服他们的勇敢，这可是在大西洋里游泳啊！改革开放初期引进的电视剧《大西洋底来的人》，在全国刮了一阵很猛的大西洋飓风，让我们真正知道科幻是怎么一回事，并不是什么“孙猴子大闹天宫”的神话。今日站在大西洋边，真想知道这大西洋底究竟有多少那些怪事！

沙滩上一群男孩在玩排球，腾挪跳跃，轻盈翻滚，不时冒出几款足球招式，有模有样。假如有一天，国际排球联合会允许排球或者沙滩排球比赛时可以手脚并用，进行救球或者传球，我愿意证实其一定来源于加纳。还有几个男孩在比试立定后滚翻动作，他们面向沙滩斜坡，向后腾空跃起，也带起了不少黄沙。有的落地很稳，有的过了，一头栽到沙滩里，赶忙站起来，眼睛都没睁开，先露出白白的牙齿，憨厚地对着我们笑了起来，仿佛我们就是专门欣赏他们表演的观众。

有对黑人青年躺在沙滩上，紧紧相拥。谁冒出一句：“那男的肯定是同性恋。”我说：“怎么可能？看花眼了，他抱着的肯定是个女的。”果不其然，等到那对年轻人站起来，是真真的一男一女。加纳青年男女臀部曲线差不多，也没有飘逸的头发，在远处看有时还真的难以判断真实性别。不过，在大庭广众下，两人紧紧相拥，不时毫无顾忌地热吻一下，也让我们见识了非洲的开放。

沙滩上有几匹枣红色大马在溜达。这些马长得很健美，不像那些阿克拉的牛精瘦精瘦的。没有看到沙滩上还有其他游乐项目，大概这骑马运动就是唯一的收费游乐项目了，但是并没有什么人去骑马游乐。海上也没有什么游乐项目，只有两个汽车大轮胎载着几个人在逐浪漂浮。沙滩上没有游乐，却充满欢乐。

此时此刻，在这沙滩上，都是一些最原始的最自然的游乐，沙滩、海浪、海风是最好的享受，亲朋好友伴着音乐和笑声聚在一起是最惬意的人生。

这个世界上，很多东西的确不是以金钱来衡量的，或者用金钱可以买来的。幸福、快乐并不与财富、学识正相关。反而，越是贫穷的日子，越会酣畅淋漓地享受快乐，因为只有快乐才是这世界上最廉价的却又最珍贵的东西。它不用钱买，用钱也买不到，它不是贵族的奢侈品，也不是富人的专用品，而是真正生活者的享用品。

我们跨越一道沙滩上的木围栏，进到邻近的沙滩。

那是另外一家场子，那里有一个简易的舞台，很是热闹。不过又被要求买张入场券，“私家领地，非请莫入”。在舞台一侧，我们找了几把塑料椅子坐下，在沙滩上走了几圈，休闲鞋里已经钻进不少细沙砾，很想脱下鞋来清理这些细沙砾，只是碍于脸面，只好让双足继续享受这种极不舒适的与沙砾亲热接触。

其实这个场子也没有什么正式的舞台，中间有块水泥平地，那是一个舞池，周围有三面环形的观台，其中一个观台就成了舞台，周围摆放着巨型音箱。

大概在沙滩上游玩均已尽兴，大家就来到这块中央舞池，随着震耳欲聋的非洲音乐，跳起了非洲舞蹈。多数人跳着 Azonto 舞，那是手、肩、髋、膝的运动，也有跳起比较传统的非洲舞蹈，就像打谷子那样，一抽一抽的，在我看来，那更像是僵尸舞。

有两个小伙子前后夹击着一个大姑娘，在一起扭动，根本不是什么贴面舞，而是前贴胸、后贴臀的扭动，纯属原生态的挑逗。看到他们汗流浃背的样子，肯定陷入了极端的兴奋、陶醉之中。

有一个小伙子像是轻度脑瘫或者脑积水患者（这病此地多见），脸上表情有点扭曲，动作不是那么协调，但是手舞足蹈的动作幅度很大，舞跳起来有点颤悠悠的，不时还会双膝跪地，但不用旁人搀扶，也不用自己手支，竟然也能自己站了起来。这令我有点激动，没想到非洲舞蹈竟有如此功用，让一个脑瘫患者也可以和着音乐起舞，以后可以考虑将非洲舞蹈引进到中国的康复中心去啊！

我们每人要上一支 Club 啤酒，仰头猛吹一口，一阵清爽直达心底。坐在大西洋边，吹拂着海风，静静地看着沙滩上、舞池里尽兴取乐的人群，我不禁从心里觉得，这样的非洲生活，难道不是一种享受吗？

从物质上来说，这些加纳人肯定比我们国内差多了，但他们的幸福感肯定比我们强多了。我们越是发展，越是有钱，越觉得心里空落落的，越是担心明天会有什么意想不到的灾害降临，越是害怕哪一日一贫如洗、什么保障都没有。有地方赚钱的，拼命、搏命、不要命地去赚钱；而挣不到钱的，更是整日抱怨，人比人，更是气死人呀。大家活得都很累，好像物质追求没有一个休止点似的，要不停地奔波下去。其实停下来，到非洲来看一看，看看他们享受生活的快乐，肯定会知道一切烦恼还是源自心中的那个“贪”和“痴”。

老彭又讲起那个意大利亿万富翁和渔夫的故事。其实追求生活的终点常常就是原来那个起点。我在“阿克拉的明日歌”（见散文集《心儿向着远方》）一文中也讲了类似观点。在这世界上忽悠地转一大圈，定睛一看，又回到了起点，这不是讽刺，只是提醒人生的一切适可而止。国人有句话“知足常乐”，又有几人能参透呢？

舞池里已经聚集了一片黑压压的人群，都在翘首期待着简易舞台上主持人的出现。今天，这个场子里有一场 Azonto 舞蹈比赛活动，很多人跃跃欲试，想跑上舞台表演，一展舞姿，因此场面有点嘈杂，有点混乱。

小伙子主持人上来了，讲的不是英语，而是当地话，我一句也没听懂，但从舞池里人群的情绪，感受到其煽动性很强，鼓捣着台上台下群情盎然。他要求先上来的三个小伙子比赛。有意思的是那个脑瘫小伙子也被推选上来，看他有模有样的痉挛性抽搐动作，惹来台下一片尖叫。黑人们一激动，就不管什么场合了，几个人就窜到台上来，抱起台上的人，自己也扭起来了，赶都赶不下去，还需要警察出面维持一下秩序。

过了一阵，换了几个黑姑娘上来。音乐响起后，主持人声嘶力竭地催促女士挺胸、扭臀、甩头等。那黑人女性个个臀部肌肉都很发达，一扭起来，那是臀浪汹涌，就像大西洋边的波涛一样，不断滚滚而来，说不清那是主动肌肉收缩，还是惯性抖动。音乐停了，主持人举起一个姑娘的手，下面一阵嘘声，又举起另外一个，下面又是不断挥手换人，最后一个那一定是赢得不少掌声了。

第三波上来的是几个小女孩，跳起来的舞蹈让人看了很舒服，我不禁鼓起掌来。

旁边一个加纳小伙子问我："你听懂他们说什么吗？"

我摇摇头说："我不懂这加纳语言，但我可以感受这语言，他们都很快乐！"

接着上来的就是小男孩。他们跳的 Azonto 特别有韵味，因为屁股小，也扭不出什么名堂，多数是颈、肩、上肢和下肢动作。有一个大概 8、9 岁小男孩，敞胸露怀，肚子上那个脐疝很显著地凸显出来，十分逗人啦。他跳舞节奏感很强，动作也协调，台下尖叫声似乎比前面几轮都高，而且一波一波地传来。舞台下面的黑人男性又激动起来了，纷纷跑上台，扛起小男孩，自己也陶醉地跳了起来，疏松的裤子已经滑到大腿，也浑然不知。周围几个人很有意见，拼命大喊大叫，像在投诉，台上乱成一团，比赛也进行不下去了。几个离开到沙滩上巡逻的警察又跑了过来，把那几个"激动"分子赶了下去。

比赛需要暂停，小伙子主持躲在一旁休息去了，有说有笑地吹着 Club 啤酒，看来要等这些家伙先平静下来，才能再次进行煽情主持了。

老彭说："我们得走了。不然等到最后，全部黑人一激动起来，那不知道会出现什么事情了。趁着现在他们舞没有尽兴，酒没有喝多，我们赶紧撤离。"

确实，刚才那几幕我们也看到了，那黑人一激动，就难以自制，冲上来就是又抱又搂又亲又啃，那绝对不是我们中国人享受的方式。老彭在非洲待过，有经验，虽然我们意犹未尽，但还是要安全第一。

车辆驶往中国医疗队驻地，那震耳欲聋的非洲鼓点还在耳边回响。这是此生第一次领略非洲的复活节，似乎也打开我心灵的另一扇窗户。

在中国，节日喜庆气氛主要靠营造，张灯结彩，彩旗飘扬，锣鼓喧天，鞭炮齐鸣，人来人往，熙熙攘攘。这些东西都是外在表现，我们似乎都要靠这些外在的东西来渲染内心的喜悦，而每个人心里的真实感受如何，却很少有人知晓。在阿克拉过复活节，我并没有见到大街上有多少喜庆气氛，但真真实实地感受到非洲人心中的喜庆，那是在欢乐的海滩上、在他们的歌声中、在他们近乎疯狂的舞蹈中……

或许有人说，这是宗教的熏陶。试想一下，倘若没有宗教，人类会找到自己的归宿吗？我想，随着人类文明的进步，世界上任何一个宗教，其宗教的成分都会慢慢淡化，文化的底蕴会逐渐凸显，而文化就是全人类共享的财富，并不会在乎你信仰如何。

来到非洲，我才明白，真正的享受应该是自己内心的体验，而不是那些“迷乱眼”的纷扰。

2015-01-02 修改

这里的山水同样孕育这里的人民。当人类不停寻求更广阔的外面世界时，这里的人们坚守着人类共同的故国家园。来到非洲，不要只看到这里的简陋，也不要只看到这里的愚昧，不要只看到这里无助的目光，也不要只看到这里的懒散。在这块土地上，他们一样奋力地生存，奋力地创造，奋力地发展。只不过他们比我们知足，所以他们的舞蹈永远都少不了欢快，他们的歌声中永远少不了欢笑，他们的笑声中永远少不了一份舒心，还有那一份甜蜜……

——摘自援非散文集《心儿向着远方——我在加纳的援非经历》

他们的世界里

1

加纳大学医学院克里布教学医院也有晨会，不是医疗交接班，而是学术晨会（morning presentation）。而每天早上8时医疗交接班，则由住院医师、培训医生在床头进行，上级医生并不参加。每周安排一次教学查房，神经外科在周五上午进行。

为什么将晨会安排为学术活动？刚开始，我亦有点困惑，后来才有点明白。人家是法制社会，工作日是工作日，上班时间是工作时间，除此之外，均属个人支配的时间，非突发事件，一般不得征用。只有早上时间，参会的人才较齐。到了下午，大概找不到几个人了。干完事的走了，没事干的也早走了；没人支付加班费，超时工作不干！

刚下科室第二天，我参加大外科晨会。大外科晨会每月一次，即每月第一个周一（first Monday），参加人员需要签到，属于继续医学教育项目。克里布医院大外科涵盖专业太多、太广泛了，包括五官科等，故学术内容极为繁杂，对于我这个骨科医生来说，没有多大吸引力。何况晨会7点半就开始，确实有点早，我仅参加过2次。

神经外科晨会每周有2次，周二与周五，都是8点钟开始（这还差不多）。每次晨会时间不一，半个小时到一个小时，主要视学术内容以及大家兴趣程度，如讨论激烈，则可能拖延一些时间，如无什么新鲜内容，就草草结束。

2月7日周二，早上7时30分，我就到达神经外科学习室，开始第一次非洲神经外科晨会的体验。

晨会由Akoto医生主持，报告者是一名轮转女医生，内容是三叉神经痛。参加晨会的有培训医生、轮转医生、实习医生，以及科室几位专科医生，当然还有我这位“外来”中国医生。年轻女医生报告很投入，说起来有条不紊、头头是道，从历史定义、分类、诊断及治疗进行了全方位综述。这部分内容属于跨专业，我并不熟悉，抱着“丰富自己知识”的想法，我只好强提起精神注意听讲，至少可收获一些专业词汇。

女医生报告完毕后，Akoto医生说：“Any question and any comment？”（有什么问题或者评论？）

大家对报告中的一些进展比较感兴趣，如伽马刀、神经切断术等，提问踊跃，抛出问题不少。那位女医生超级镇静，只是微笑地注视着提问者，没有作答，可能也回答不上来。

Akoto微笑地看着我，似乎想让我讲几句。我耸耸肩说：“很抱歉，不是我的专业。”

Akoto医生也没有更多评论，大概他的专业关注点也不在这里。神经外科的几位专科医生均有明确的专业方向，如Wepeba医生擅长垂体肿瘤（好像整个加纳，就他一人开展这个手术），Bankah医生专注小儿神经外科（后来去美国霍普金斯医院进修），而Akoto产生的主要方向是脊柱外科。

晨会结束后，我来到狭小的医生办公室，见到本月学术晨会安排表。报告者有六位医生，内容多数为神经外科领域，仅有两个专题涉及脊柱外科，一个是胸腰椎骨折的处理，另一个为脊柱原发性肿瘤和转移癌的处理。

后来，又参加了几次晨会，内容是胶质瘤、脑脊液、脑积水、脑室分流系统等，我看出了端倪：①报告者均为在训的年轻医生，包括专科培训医生和轮转医生；②选择专题是经典的教科书内容；③采用方法是授课式或者综述式，属于经典教学法，面面俱到，无一遗漏；④幻灯媒体采用图片都是从杂志或书本上下载的，没有新内容，没有自己的资料。这个学术晨会呀，充其量为学习报告会。因此，听起来让人感觉昏昏欲睡，就像弹奏一首催眠曲。可能并不是我一个这么觉得，因为我发现也有几位小伙子在昏昏欲睡。

有一天，Seth讲述几种常见类型的脊髓内肿瘤和脊髓外肿瘤。其讲述亦系统性有余，症状、体征、影像、治疗均齐全，但重点不突出，有些内容引自陈旧且非经典文献，可能属于“人云亦云”。后来，在病房查房时，正好有一个颈椎髓内肿瘤（星状细胞瘤），Seth刚才对其影像学特点等描述很详尽，连我都听明白了。在一群年轻医生后面，我低声问Seth：“这么一个颈椎管内肿瘤病人，应该考虑什么诊断呢？”Seth拿着MRI片子端详半天，也没有回答上刚才自己讲的内容。

当然，晨会并非都是让人昏昏欲睡的，有时亦很精彩。有次周五晨会，Yankey为下周四大外科学术晨会演讲，报告了3例颅脑硬膜下血肿病例，先让大家观摩一下，提提意见和建议。第1例是再生障碍性贫血患者，出现慢性头痛呕吐等，CT显示颅内硬膜外血肿，经输血以及手术清除血肿后好转。第2例系长期应用抗凝药物（缩写词很多，没明白什么病），突然出现意识问题、肢体一侧无力，CT显示颅内硬膜外血肿，经手术清除治愈。第3例是外伤患者，车祸引起急性颅内硬膜外血肿，还有颈椎外伤，手术清除血肿后第2天因为脑疝死亡。Yankey为此制作了19张幻灯片。

Akoto医生认为，"学术报告应突出重点，现在把急性和慢性硬膜外血肿放在一起，重点则应放在慢性出血和急性出血的鉴别上。"

Yankey医生回答说："我的意思是，急性出血很危重，即使及时手术，可能预后也不会很好，而慢性出血，及时手术效果则不错。"

我亦提个问题，"最后一例急性出血病例，合并有颈椎外伤，怎么能鉴别死亡原因是脑疝形成，还是颈脊髓损伤后引起呼吸中枢衰竭？"

Akoto医生转头看着我，"那你的意见呢？"

我很简洁地回答："假如无法明确，那要考虑是否删除这个病例，因为说不清楚的，最简单的方法就是不说。"

话刚说完，我就注意到Yankey面有难色，因为每个人都有自己的想法和用意，尤其颇费精力和时间组织起一个病例，已经占了其报告1/3的篇幅。

我笑着对Yankey说："只是个人意见，仅供参考。"

回到医生办公室后，我又与Yankey及几位年轻医生讨论，直率地讲了几点意见：①病例报告要有完整患者信息以及病史资料；②医学图像要清晰，选择几幅典型图片就行，不要用整张CT图片，那样缺乏重点；③要引导听众讨论，演讲中可以提出几个问题，将听众注意力吸引到你的重点内容来；④死亡病例亦可以保留，用于讨论硬膜下血肿手术时机的问题。

"对于此类合并颈椎骨折的颅脑外伤，你是否想提出这样观点，要及时手术减压清除血肿，而不是耐心等待观察呢？"

Yankey点点头，"我是这么认为的。"

"那你最好将此观点直接表述在幻灯上。"我提醒Yankey。这点我有经验，年轻医生作报告时，一些想好要说的台词，一紧张就会健忘；况且报告时，台下听众不会那么专心，如果没有适当文字引导，他们更不知道讲到哪儿了。

"Dr Qu，谢谢您的建议。"

幸好，Yankey 还处在专科培训阶段，否则今天我的话可能有点说多了。没办法，“人之患好在为人师”。当大学老师的，看到年轻医生工作，不说说自己的意见和看法，似乎过意不去。其实，我更想对 Yankey 说，“谢谢你报告这几个病例，对我来说，也是学习，收获很大。”

不过，接下来的那个周四，Yankey 报告取消了，由一位来访的美国新墨西哥大学教授进行头颈部畸形（Chairi 畸形）的讲座。自己的英语水平还差点，没有注意讲座结束时主持人的说明。看到一班年轻医生转到另一个课室去，还以为 Yankey、Seth 等在另个课室进行学术活动，所以也跟了过去，很认真地坐在课室后面，没想到大家齐刷刷地回头看着我。这时，Seth 赶忙走过来，轻声地告诉我，这是他们住院医师培训教学，不是学术活动。嗨，闹笑话了！

参加神经外科的这种晨会，我坚持了一年，援非第二年头就不去了。因为自己并不想日后改行当神经外科医生，毕竟不年轻了，也没有跨界发展的必要。

2

早上起来，乌云密布，阵风刮起，接着下起一阵雨。原以为气候恶劣，不用到医院去了，没想到过了会儿，乌云散了，大雨停了，风也温柔了，和煦的阳光又降临大地。

8 时半，我到了医院，没去病房，直接进了手术室。

手术室交换区内有两位病人在等候手术，一个是大头娃娃（脑积水）患儿，另一个是颈胸交界部压迫导致不全瘫的成年男性。神经外科手术室有两个手术间，两台手术同时开展，还是一台做完再接另一台，得由麻醉医生决定，因为麻醉医生人手不够。当初加纳政府曾提出，中国医疗队最好派出 6 名麻醉医生，亦说明麻醉医生缺口较大。

最后麻醉医生决定接台进行，因为小孩麻醉后要加强监护，他手下只有一个助理麻醉医生。

大头娃娃的手术由 Yankey 主刀，进行脑室分流手术。在右侧脑袋上钻个小洞，将一枚套管针穿刺到扩张的脑室内，通过这个套管针，把一根引流管放置到脑室，然后在皮下打“隧道”到颈部、胸部、腹部，将引流管的另一端放进腹腔内。这是神经外科最基本的一个手术，不过以前在国内时，没有观摩过这个手术，因此很感兴趣。

手术很快结束，我很虚心地向Yankey请教问题。为了避免误解，我专门申明自己只是一个骨科医生出生的脊柱外科医生，所以不太了解神经外科手术。

“为什么手术都是选择在脑袋右侧进行？”

Yankey回答说：“一般人是右利的（右撇子），其主要功能区在左脑比较集中，从右侧进去，对功能区的影响不会那么严重。”

确实有道理。我点点头。

“但是，这次手术选择在上腹部（剑突下）做个腹腔入口，我看到也有在下腹部做入口的，这有什么区别呢？”

Yankey迟疑了一会儿，“应该没有多大区别，但不敢肯定。”

他走到休息室，请教Akoto医生。

Akoto医生认为，“总的说，没有更多区别，都是靠肠道大网膜来吸收脑脊液。站立行走时，采用剑突下入口，则脑脊液接触大网膜的吸收面积大；如果把入口置于下腹部，则很大部分脑脊液会集中到盆腔部。”

经Akoto医生这么提醒，我记得上次那个超大头孩，因为起不了床，所以入口就选择在下腹部。我似乎明白地微微点头，向Akoto医生和Yankey道声谢谢。

Akoto医生刚进手术室。他找把椅子坐下，从老旧小背囊中拿出饭盒。准备挺丰盛的，有三明治、沙拉和水果，自顾地享用起来，这就是他的早餐和午餐的并餐。护士长走了过来，给他冲泡了一杯速溶雀巢咖啡，放在他的面前。Akoto医生又加好几块方糖，不改非洲人喜欢甜味的习惯。

Akoto医生有1米7多的个子，偏瘦一点，显得精干。他与Bankah医生同年完成专科医生培训，但专长在脊柱外科，且小有成就，应该算是加纳最著名脊柱外科医生（没几个人），因为这个月他上台参加了加纳前总统库福尔的腰椎手术。

我在手术登记簿上见到上周六Akoto医生完成了一台腰椎后路手术，就问：“Akoto医生，你连周六都不休息啊，还在手术？”

Akoto医生说：“一般周六没有休息，在外面骨科诊所、FOCOS医院都有活。上周六那个病人来自利比里亚，腰椎管狭窄，跌倒后下肢症状加重，所以就早一点进行急诊手术。”

“我知道Boachie-Adjei医生是你的好朋友，他是世界顶尖的脊柱外科医生，我们中国很多脊柱外科医生都熟悉他。他在加纳建设的FOCOS医院已经开始运作吗？”

“现在还没有，下个月可能正式开业。”

Boachie-Adjei医生是加纳裔美国人。2002年，Akoto医生还是一名克里布医院培训住院医生时，认识了在加纳进行慈善医疗的Boachie-Adjei医生。以后在其提携下，专注脊柱外科领域。2009年，Akoto到美国进修一年脊柱外科。后来Boachie-Adjei医生退休后，携其创立的FOCOS基金会，投资1亿美金，在阿克拉东北部办了一家FOCOS骨科医院。

不知道谁将一份当地Today旧报纸放在桌上，报纸头版有一篇关于克里布教学医院的报道很吸引眼球。这篇报道说，克里布医院在内战（还真采用internal war）。医院管理层认为，2012年医院日历上出现已离职行政处主管名字，这是不应该的，需要回收销毁，重新印制；而下面部门及科室认为此系小题大做，增加额外开支，故反对。报道还说，医院工作人员认为现任CEO在任期内腐败严重，向总统建议免除其CEO职务，还认为医院管理董事局（即management board）没有起到更大作用，可以撤销。民主国家，什么议案都可以提出，能否被通过或者采纳是另一回事。

我问Akoto医生对此则新闻的看法。

Akoto医生连头都未抬起，继续享用其美餐，“对此不感兴趣，这不是我的专业。”

我亦感到这个话题可能比较敏感，不适合深入交流，因为是在揭克里布医院的疮疤。这是个面子问题。尽管很多医生对政治不感兴趣，但是对腐败，谁都感到深恶痛绝。赶紧转移话题！

“在医院网站上，看到成立神经外科中心的计划，那对你们的专业发展一定很有帮助，因为成为医院下面的预算分中心（Sub-MBC），就具有很大的财权和人事权，可以自己组织团队。”

这个话题合适。Akoto医生抬起头说：“那是当然，只是目前尚在计划中，不知道什么时候能够实施。在加纳，做什么事情，都要漫长地等待。”

Akoto医生摇晃自己的颈椎，叹口气，有点沮丧，“现在这种状况没多大意思，普外科做疝气修补和我们做脊柱手术收费一样，因为脊柱手术属于新手术，国家医疗保险收费项目中没有脊柱手术内容，所以只能参照普外手术来收费，人家干一个小时，和我们干两个多小时，收费都一样。那还有什么意思呢？”

我笑着说：“在中国，脊柱外科刚开始时也是如此，政府管理永远都是跟在医学发展的后面。以后发展了，就单独有各种脊柱手术的收费内容了。”

Akoto医生主动提及FOCOS骨科医院事情，同样腰椎管减压手术，在克里布医院收费仅2000塞地，而FOCOS收8000塞地，如果再进行椎弓根螺钉内固定，克里布医院仅2500塞地，而FOCOS则收13000塞地。

“这个收费价格与中国差不多。”

Akoto医生转着有神的眼珠子，看着我，反问道：“Dr Qu，你说，我是不是更应该在FOCOS兼职一份工作呢？”

我还以为FOCOS医院完全是一所慈善医院，没想到还是私立的（按我们习惯，应称为民营盈利性医院）。这种模式很有意思啊，该干慈善时干慈善，该高额收费时还是要高额收费。服务于不同对象嘛，满足社会不同层次的需求，这本是无可厚非的。正如冯仑说了，追求理想，顺便把钱赚了。难道这不好吗？

“我们中国实行计划生育，我和我妻子只有一个孩子。因此，我觉得，我似乎不需要那么多兼职工作，我也不想活得那么累。”

Akoto医生接着说：“我已经42岁了，有3个孩子，小的才8岁。家庭负担很重，所以要努力工作，多提高一些收入。”

“你现在住在医院里（医院廉价公租房），以后你要建三幢房子，你的孩子一人有一幢。”

他哈哈大笑，“那不行，我做不到，我只能支持他们完成大学学习，以后就是他们自己的事了。”

我心里暗想，那也不容易啊，所以他们都要如此卖劲地工作。而我仅比他年长4岁，似乎觉得什么都不太想干了，因为只有一个孩子，且孩子已经20岁了，还有什么驱动力让自己不辞辛苦地劳作呢？

再让我想一想。

3

这天周五，早上有个学术晨会，然后科室大查房。

晨会结束后，Mawuli告诉Akoto医生，Bankah医生已经进手术室，准备手术，所以请他主持大查房。

非洲医院的查房比较有特色。克里布医院是一所教学医院，科室大查房属于比较严格意义上的教学查房，一般由Specialist（专科医生）或者Consultant（顾问医生）进行。参加人员有专科培养医生、轮转医生、住院医师、实习医生以及见习医学生等。所有病人都得巡视一遍，但有重点。由于病人都是从下级医院介绍转诊过来的，并经他们专科门诊检视，一般都是住院准备手术的。所以，周五大查房的重头就是安排下周的手术以及术式选择。而平时查房一般由高年资的专科培训医生进行，负责日常病人的管理，高级医生一般不参加。病历、医嘱单及检查单都在床头，查房时书写病历记录、下医嘱以及书写检查申请单就同时完成。这不像我们国内，先查房，然后回到医生办公室进行这些工作。可能他们没有像我们那样宽敞的办公用房。神经外科的医生办公室不到 6 平方米，摆放一张办公桌和几把椅子，多数时候供实习医生、见习医生放个包，也接待个别熟人会诊，周五查房后的茶歇也是安排在这里，偶尔大家簇拥在一起进行药品推介会等。

这天查房重点是脑积水。前段时间学术晨会上也进行了这个专题的报告。

脑积水在加纳是个常见的病例，就是大头娃娃。病房里等待手术的有 6 例患儿，其中 1 例患儿已经 15 岁了，脑袋发育特大，身子消瘦，比起脑袋来，长长的脖子纤细得像一个竹竿，根本就支撑不起那个大脑袋。扶着站立，都要有人帮助托举着脑袋，因此，躺在床上已经两年多了。但是，这患儿的两只眼睛特别有神，滴溜地转，似乎也没怎么影响到他的智力发育，比较乐观和调皮。平时见到我来到他的床前，会友好地说："You are from China."（你是中国人）但是，一拿起他的 CT 片，我心里就寒了半截。那是怎么样的一个脑袋呀！大概只剩下一个袋（脑壳），脑子都不知道被挤到哪儿去了，一片积水。我就想，脑组织被挤扁成这样的人，竟然不会出现痴呆，那我们一般人怎么做个 CT/MRI，见到脑组织沟回深了一些，就说会影响智力，那简直有点忽悠人了。

Akoto 医生来到这个病人面前，伸手与小孩友好地握手，对后面一群年轻医生说："这个是脑积水患者，岁数有点大了，大家有什么问题或者看法呢？"

与我们国内的大查房一样，众目睽睽之下，一般很少有年轻医生或者实习医生主动站出来回答，主要是不想惹火上身。因为提问要有一定水平，太弱智的问题，弄不好就会被老师说道一通，"先回去看看课本"。也有担心一个问题刚完，会被老师追问下去，最后被问得哑口无言、满脸通红（黑人看不出来），那也是相当尴尬。所以，一遇老师提问，多数学生习惯性低头，或者悄悄地往后躲，或者干点别的事、借故离开。

Akoto 医生自然了解这种情况，所以讲了一番鼓励的话："要学习提问，提出问题了，说明你思考了；也要积极回答问题，即使答不出来，也会促进学习。大家之间要互相提问，一起讨论，寻找答案，就共同提高了。"

很有道理！自己也当老师，也带教学生。其实，当老师的，其思想、思维和观点基本都接近，因为逻辑学都是黑格尔时代的产物，大概没有什么更大创新和进步。不仅我们吸收着这世界的文明，非洲人也沐浴在世界文明之中。

大家面面相觑，气氛有点沉闷。教学讲究互动，不然老师的积极性就调动不起来，学生的思维也会在休眠中。因此，我就大胆提个问题。由于对神经外科并不熟悉，可能提的问题比较简单，但我不会觉得有所尴尬，因为大家在一起有段时间了，他们知道我只是个骨科医生中的脊柱外科医生。

“在病房中我发现有小孩进行脑室－腹腔内分流，也有小孩进行外分流，要如何选择病例呢？”

Akoto 医生回答说：“谢谢 Dr Qu。外分流是临时治疗，为下一步病因治疗提供基础，如肿瘤切除等。而内分流如不阻塞，其可以长期发挥作用。”

“这个病人脑壳如此巨大，即使进行内分流后，其脑壳也不会恢复正常，这需要怎么处理呢？”

Akoto 医生说：“目前来说没有更好的办法。”

“我读过一篇报道，通过计算机辅助设计，可以将这种脑积水病人的脑壳切割下来，切成几块，编号，然后采用计算机模拟缩小设计，再重新拼接，重塑一个新脑壳。”

Akoto 医生瞪圆眼睛，吃惊地说：“噢，Dr Qu，别忘记了，这是在加纳！在非洲！很多事情我们可以想想，但很多事情我们做不到。或许等到 long long time（很久、很久）以后，我们想做什么，就可以做什么。这个病人到了 15 岁才能接受外科治疗，已经说明了很多问题，不是吗？”

确实是，在国内，我们可以玩一些花里胡哨的创新、尝试，但在非洲不行，因为他们更多的资源需要放在那些最需要的地方。

这就是非洲。很多年以前，我们也是这个样子。那时候，我们很清醒，告诉别人，这是中国，not your country（不是你那个国家）。现在我们似乎有点迷失了，经常忘了自己身在何方，言必称“国际接轨”、“最新方式”，动辄就是“美国制度”、“欧洲模式”，殊不知米粥、馒头、咸菜与面包、牛奶、咖啡，还是有所区别的。

“众人皆醉我独醒”。不，Akoto 医生比我清醒。

4

每天都是走去上班、下班走回，真正行走在非洲大地上。

说是上班，其实就是去看看，反正加纳执照没有下来，我就不会有什么上班的压力。从驻地到医院不远，半个小时的行走路程。对我来说，不仅是很好的步行运动，而且可以捋一捋自己写作的思路。除了一些工作上的日志，那些杂文、散文都是在上下班步行途中在脑海中形成的。

当然，还有一个大好处，就是可以晒晒阳光。这阿克拉的阳光，那是看起来热烈的滚烫，但照耀在身上，却有一种热敷般舒坦。享受非洲的生活，岂能不享受非洲的阳光!

走进手术室时，短袖衬衣都已经被汗水浸透了，赶紧更换了携带的洗手衣，将衬衣挂起。等我走出手术室时，相信衬衣早已干透了。

今天仅一台手术，是颈椎前路手术。患者是个女性，53 岁，车祸伤后已经 3 个月了，颈 5/6 脱位，幸运的是没有出现脊髓损伤。主刀医生是 Bankah 医生。麻醉医生正在给病人麻醉。

手术间里空调使劲鼓吹，温度保持在 24℃左右。我不在休息室逗留，直接进了手术间，一则可以让空调冷气停止自己的汗腺分泌，二则可以了解一下病人的情况。病人的影像学资料很齐全，X 片、CT 和 MRI 全部都有，那 CT 三维重建的效果甚至比我们国内的还清晰、逼真。无疑，诊断是明确的，属于颈椎屈曲损伤，后方单侧关节突脱位交锁。只是受伤时间长，现在手术已很难复位了。

这时，Bankah 医生哼着小曲，走进手术间。

“Dr Qu， 你有什么建议呢？”

“病人受伤时间太长了，可能术中很难复位，单纯完成融合手术就行了。”

“我也这么认为。对于这类病人，你在中国都是怎么处理呢？”

“颈椎单侧关节突脱位交锁这类病例在中国也经常遇到，我们在处理方面有一些自己的经验，就是要早期牵引复位，亦可辅助在麻醉下手法复位。解除关节突交锁后，前路手术融合固定就比较简单。此类病人处理关键是要早期处理，2 周后复位就很困难。”

“我们的病人很难在受伤早期就能得到这些有效的治疗。”Bankah 医生苦笑地说。

“我有一例病人，伤后 1 个月手术，即使从颈椎后路进行关节突切除，也很难复位，只能再从前路进行原位融合。”

“我会尝试一下复位，如果不行，我们就原位融合。”Bankah 医生说，似乎显得有点信心不足。

麻醉后，Bankah 医生领着助手给患者摆手术体位。尽管外科手术的基本原则一致，但各个地方做起事来的规矩和习惯差异很大。初来乍到，我还是袖手旁观为主，看到他们有需要时，再帮助递个物品什么的。他们在手术体位上还很讲究，习惯采用枕颌带进行颈椎牵引。这招确实不错，颈椎可以得到制动，也达到牵引目的。然后在颈肩部垫枕，颈椎后伸一点，便于手术显露。很有意思的是，他们还撕上两条很长的宽胶布，从病人一侧肩部向下到手，粘上后再固定到手术床尾，进行反向牵引，有助于显露较为下位的颈椎。我们有时在下位颈椎手术时，常因肩膀阻挡，C 臂 X 线透视下很难看清楚，故要牺牲自己，亲自拉手臂牵引下透视，直接暴露在 X 线辐射下，而他们这招就不错，看来黑人兄弟还是很聪明的，值得学习。

这是我第一次观摩 Bankah 医生手术。在手术操作上，其熟练程度比 Akoto 医生稍差点。手术显露后，Bankah 医生告诉我：“可以看到及摸到颈椎脱位台阶样改变，当然我们还是需要 C 臂机定位。”

Yankey 在台下操作那台中国产 C 臂机。根据经验，我告诉他将电压提高一点，条件高一点，图像就会清晰一些。果然，图像比上次使用就清晰好多，可以看到定位准确。

减压后，Bankah 医生拿骨凿进入椎体间，试图复位，根本就是纹丝不动。

“我尝试了一下，根本无法复位。”Bankah 医生告诉我。

“你不想多尝试几下吗？”

“No、No，别浪费时间了。”

手术器械台上摆放很多器械。颈椎前路拉钩都有好几套，还有碳素撑开器等，全都是名牌产品。这些器械都是一些基金会在这里进行慈善手术后留下来的，或者国外机构赠送的。这些工具看着让人眼红，都是一些我们渴望的宝贝，比我们国内使用的手术器械还高档、奢华、气派。不过，在这里，尽管大牌堆砌，但新旧不一，残全不一，相互之间不通用、不配套，可能不能物尽其用。这就像一些土豪一样，全身都是大牌、名牌，但总给人不太协调的感觉。颈椎前路内固定钛钢板是中国某品牌的，即使在国内我们都不太用，可能价格低廉一点，更适合加纳的国情。

从切皮到缝皮，花了整整 2 个小时。完成手术后，我对 Bankah 医生说：“如果能够复位，那手术就 perfect（完美）。”

Bankah 医生摇摇头说："early（早期）处理、early 治疗、early 干预，这才是关键。可问题是，等到病人到克里布医院，什么事都是 late（迟）、too late（太迟）、always late（通通都迟了）。"

Bankuh 医生无可奈何地摊开一双大黑手，一种"英雄无用武之地"的无奈。

"It will be better in the future!"（将来会好的！）我微笑地说。

"Every thing will be better in the future. God bless me. God bless you. God bless every one."（将来一切事情都会变好的。上帝保佑我，也保佑你，保佑每一个人！）

Bankah 医生哼着小曲，走出了手术间。

他们的世界里，有他们的思想，还有他们的烦恼。或许无论走到世界的哪个角落，都是这样。我们的世界里，不也一样吗？

2015-10-06 修改

想了很多，不觉已经到了驻地，“哐当”一声，铁门在我的身后关上了。抬头望一眼蓝天和白云，我知道这后半辈子不会忘记非洲炽热的阳光了。40多年前周恩来总理向非洲派出了第一支医疗队，再往前40多年，少年周恩来写道：“面壁十年图破壁，难酬蹈海亦英雄。”作为援非医疗队队员，在这块非洲大地上，或许我做不了更多的事情，但我不会懈怠，一定会努力去做一些事情。为什么我的眼里饱含着热泪，是因为我对这片土地爱的深沉……

——摘自援非散文集《心儿向着远方——我在加纳的援非经历》

一样有我的故事

1

他们的世界里，一样有我的故事。

我的加纳医师执照签注有效期自2012年2月27日开始，有效期一年。拿到这页纸张却是3月中旬的事，这表示我可以在加纳合法行医了。当然我没有忘记知会达主任一声，并友好地告诉他：愿意听从他的吩咐。

复活节假期后上班。已经有6天没去医院，再不去转一转、看一看，可能大家会认为Dr Qu失踪了。那就糟糕了！

虽是周二，这天学术晨会其实是个座谈会。已经来神经外科访问一个月的美国西墨西哥大学Tuner医生本周就转去埃塞俄比亚，他在那里还要访问一个月，然后返回洛杉矶——回家。Tuner医生有60多岁，头发已经花白，相当魁梧，只是背有点驼。这老头多半在美国接近退休或者已经退休，在基金会支持下，继续发挥一些余热。这次是他第三次访问加纳，每次时间都不长，就1个月。他十分惊讶我怎么可以待2年。言下之意，那不是什么事情都不要干了？这种短期的交流访问效果也不错，至少不时有当地医生会在那里感激美国政府的支持和帮助。而我们来帮助如此长时间，可能不一定有那么确切效果。Tuner医生讲了一些看法，包括加强病例收集及科研合作等。大家在一起热烈讨论，主要意见也是我们在中国经常遇到的，就是术后复查需要费用，如MRI等检查费用都比较高，病人一般难以承受；而且门诊MRI检查常常要排队1 ~ 2个月（指医保病人），因此难以获得比较完整的随访资料。富裕地方来的，钱不是问题时，讲的是理想；贫穷落后地方的，钱是现实大问题时，讲的只能是费用。理想与现实并不矛盾，只不过所处位置、所看角度、所想问题的方式不同罢了。

回到病房，在那狭小的医生办公室内，见到了本周手术安排表，周二到周四都安排 2 台手术。墙上白板还有月初的一份通知：麻醉科缺乏麻醉药物维库溴铵、阿曲库铵（肌松剂），故暂停择期手术 2 天。但愿不会再停今日手术！

今日第 1 台手术是脑脊膜瘤手术，由 Wepeba 医生和 Mawuli 施行。在手术室里等到 9 时半，麻醉医生才进来，连美国 Tuner 医生都有微词。

我开玩笑地问："在美国，是否都是外科医生给麻醉医生发钱，所以麻醉医生都比较准时？"

"那倒不是，麻醉医生是医院的，外科医生可以与几个医院签约（多点执业），但是大家配合都很好，基本上 8 点钟就可以开始第一台手术。"

"我们中国也是 8 点钟开始手术。不过我们外科医生和麻醉医生都属于同一家医院的。"

Tuner 医生说："不用着急，相信不久以后，中国也会是一个医生与好几家医院签约，因为全世界哪个国家的医生都是不足的。"

我笑着说："是啊。我现在就是签约到非洲来。"

第 1 台手术等到 11 时才正式开始动刀。我在台下观摩一会儿，达主任就进来了。他在台下看了一会儿手术，对我说："你等下跟我一起做台腰椎手术吧？"

"Sure（好），当然没有问题。不过，我现在需要先回去一下，让我的队友协助我更换一下临时驾照。"

"没问题，第 2 台手术没有这么早开始。还要等会儿。"

我赶忙致电中国医疗队雇请的黑人司机，请他开车过来接我回去。回到驻地，把临时驾照交给老彭翻译（后来也没有换成），然后在自己房间里，吃半包饼干，喝杯牛奶，再吃个苹果，姑且当个午餐。这个能量可能差不多，足够应对下午的体力劳动了。12 时，我又让司机送我回到医院。

这台腰椎手术在第 2 手术间进行。患者 60 岁女性，腰 4/5 椎间盘突出、椎管狭窄，并有节段明显不稳。MRI 还是半年前的，在国内依据这样旧 MRI 进行手术还是很少见的。

患者肥胖，将她翻身过来，抬了起来，摆好手术体位，确实是个重体力活。Seth 拿着一支马克笔在腰椎部进行切口的标记，我则走出手术间，将停放在外面交换区的C臂X线机推了进来。

达主任说："我们都是完成手术内固定后再进行透视。"

"这个患者很胖，触摸式解剖定位不是很准确，采用C臂透视定位，可以明确间隙，手术切口就不需要那么长，手术显露创伤就小点。"

但是，这台中国南京产的C臂X线机并不争气，图像效果不是很好，即使电压提高到120KV，图像还是不太清晰。不知道是C臂机的设计性能问题，还是加纳人肥胖，或者C臂机选择的参数不当，反正清晰度不够，图像模模糊糊的。唉，中国装备、中国制造！靠着几个人的火眼金睛，才模糊确定定位点在腰4棘突。这下，我心里就有数了。

看我忙乎完，达主任也认为这种方法确切，并不耽误时间。

我知道，下月Atoko医生休假，带家人赴英国度假，科里没有人啦，所以今日达主任要亲自试探一下我的真功夫，否则就目前其他几位医生的水平，大概脊柱手术就得停了。既然如此，客随主便，我自然不能退缩；既然如此，以我为主，我更要刻意炫耀一下自己的中国技术。否则，以后迎接我的就不会是友好、热情的目光，只会是若即若离的不屑一顾。

穿上手术衣，我先站到患者右侧，这一侧是第一助手的位置。这是一种外科医生的无声语言。那就是，你为主，我为辅，这是对主人、主任、上级医生、高资质医生等表示尊重的方式。正可谓，高手出招，无招胜有招。达主任看在眼里，朝我颔首致意，走到术者的位置。Seth作为二助，站在他的身旁。

"We start?"（开始吧）我征求达主任的指示。

"OK!"

我示意Seth开始切皮。根据术前定位，我用骨膜剥离子示意了切口长度。

他还"噢"了一声说："很短切口。"

我回答说："已经够了，我们已经通过透视，确认了需手术间隙以及椎弓根的大概位置。"

这个病人很胖，其脂肪层非常厚，所以手术切口很深，Seth不停地更换各式撑开器，但是显露效果不是很好。

我说："我们可以尝试用椎板拉钩，挂在关节突外侧，这样显露会好很多。"

他又"噢"了一声："这确实是好办法。"

我专心进行手术显露。达主任结合我的操作，不停地向Seth讲解腰椎后路手术显著的要求及注意事项，如何切开、不要进入骶嵴肌，如何减少出血，要在椎板上进行骨膜下分离等等。达主任是顾问医生，Seth 只是专科培训医生，因此注定这台手术一定是生动的教学示教。

显露完毕，可以看到腰 4/5 关节突增生明显，这是局部明显不稳造成的，与术前 CT 影像相符。

因此，我说："这说明我们定位是准确的。手术定位错误是最低级的错误，并不少见。如何避免？没有哪一种方法是万能的。只有解剖学、影像学以及术中病理学这些方面结合一起，相互验证，才能避免这种错误。"

达主任说："Dr Qu 说得很有道理。"

我很想告诉达主任，我刚刚完成了一部《脊柱内固定学》专著的编写，即将正式出版。这些观点不过只是自己书中的几句话。但是题外话说多了，易让人反感。所以，我继续手术操作。

"下面，我们要将置钉点这部分结构良好显露，根据相互解剖关系，确定置钉点，置入螺钉。"

我边说边用电刀沿着关节突外侧以及椎板外侧进行分离，显露置钉点。哈哈，解剖学博士出生，这些专业英语对我来说驾轻就熟。其实，对很多援非外科医生来说，最大的困难就是这些专业英语，做手术很容易，但把手术描述清楚，确实需要一定功夫。

"有很多种腰椎椎弓根置钉的方法。但是……我们需要明白一点就是，入点钉都是上关节突的基底部，要在椎板外侧延线的外侧选择置钉点，这样螺钉就不太容易进入椎管。这是最主要的。"

达主任和 Seth 一起点点头。

"我看到你们很广泛地显露腰椎横突，那是为了进行横突间植骨。如果仅仅为了置钉，横突广泛显露就没有必要。这样可以减少术中出血。"

既是教学示教，就要结合他们目前的情况，有针对性地引出自己的观点。这是一种教学的技巧。

良好显露后，我伸手向台上护士要了一把骨刀，当当鼓槌一敲，将入钉点部位的骨皮质切掉一点，露出下面的松质骨，微微地冒出一点血丝。

"这就是我要选择的置钉点。"

达主任说："这就是骨科医生中的脊柱外科医生，用起骨刀来很是熟练。"

我了解他们，除了颈椎前路手术，要截取髂骨植骨外，一般不太会用骨刀。所以，我灵机一动，等下要特意向他们演示一下骨刀操作，让他们印象深刻地见识一下中国医生的操作。

"Awl（开口锥）……Pedicle Finder（椎弓根扩孔器）……Probe（探子）……OK."

"Tap（丝攻）……Probe（探子）……OK."

我边干边说，一气呵成，什么操作要点、什么关键要领等，毫无保留，一字不漏地奉献给他们。其实，在国内我也是这么带教的，只不过把流利的汉语换成不太流利的英语罢了。但说起专业英语来，我自觉信心百倍，比日常英语要流利许多。

达主任笑着向旁边几位观摩的医生说："今日 Dr Qu 给我们演示中国式脊柱外科操作。"

"Finish（完成了），我这一侧完成了。Seth，现在看你了。"

达主任曾在加拿大进修学习，专长是神经外科中的颅脑外科，不太做脊柱手术，对脊柱内固定手术更不熟练。所以，我不能把球踢给他。

Seth 毕竟还处在培训阶段，置钉时角度掌握不是太好。我用手扶着手术工具，说："当我们确定置钉点后，最重要的是，要把握好两个角度，一个外倾角度，一个尾倾角度。这样，螺钉不会跑到椎弓根外面去。"

"这个合适角度多少呢？"

"书本上给出的是统计学数据，其实每个人的角度都有所差异。一般说，可以从 CT 片上获得这个外倾角度。尾倾角度由于与术中体位有关，我们习惯采用 C 臂 X 线透视下，了解不同椎体置钉时尾倾角度的变化。这样术中就心中有数。"

达主任接着说："Dr Qu 说得在理，就是我以前也经常提起的，我们在术前就应该设计好每一项手术操作步骤。"

预制钉道完毕，达主任问："你想先置钉，还是先减压？"

我说："还是按照你们这里的习惯。我们先进行减压。是否进行全椎板减压呢？"

达主任给了个肯定回答。

以前在国内我们也开展过全椎板减压，不过后来觉得这手术创伤大，就改进为节段减压，以后再改进为局限性开窗减压。因此，对全椎板切除减压，我也是轻车熟路，何况这一段时间观摩，我也了解他们手术操作的特点，那就是基本上把后方的结构都切得一干二净。

"其实，我们脊柱外科医生都很珍惜、爱护脊柱的结构，必须切除减压的，那必须切除，但有些没有必要切除的，就要保护下来。这对于脊柱节段稳定性维护有很大意义。比如，棘上韧带……”我提起骨刀，先在腰椎棘突的尖部（尾部），切断棘突，而没有切断或切除棘上韧带。“这棘上韧带很强大，可以保留，并不影响我们进行椎板减压。”

接着，我将腰椎棘突切除下来。本想用骨刀将椎板大块切除下来，可以节省很大时间。但是，骨刀实在太钝了，而且又不利索，给我的锤子也是又大又重，那病人骨头又厚又硬。抡了几下，大块切除减压不行，就改为“削”的策略，就像剥洋葱一样，一层一层把椎板骨头削薄，最后进入椎管。假如骨刀顺手一点，那我的操作演示更能吓他们一跳，根本不用像他们那样，用咬骨钳、枪钳慢慢地切除骨头，而只用一把骨刀，就可快速地完成椎板切除减压。“巧妇难为无米之炊”，在人家的灶台，用人家厨具，尽管不习惯，但也要把这道菜烧好。

椎板切除后，我用枪式咬骨钳一口一口地修整减压边缘，减压已经足够，看到硬膜囊搏动良好，神经根松弛。

我问达主任：“我们是否切除椎间盘？”

“我认为没有必要。”达主任回答得挺干脆。

那就不切吧。非洲医生认为，非洲人腰椎间盘退变突出没有欧美及亚洲人严重，可以不切除椎间盘，单纯后路减压就可以解除神经受压，也没有必要进行椎体间植骨融合，单纯横突间植骨就可以满足要求。非洲医生有自己的认识和看法，这点要尊重，因为医学是门经验科学，他们也不是无端地这么认为的，自然有他们的道理。

减压完毕，我们在预置的钉道中置入螺钉。置钉后透视，C臂机图像又是如此模糊。看了腰4钉子良好，而腰5钉子在我这侧位置可以，对侧置钉点偏下一点，两枚螺钉不在一条线上重合，但是螺钉置入时探查骨道是好了，而且腰5椎弓根也很大，考虑螺钉不会出去。

我说：“如果有疑问，我们可以把螺钉取出来，再探查一下骨道。”

又靠着大家的火眼金睛，在中国南京产C臂机模糊的图像上仔细辨认，一致认为螺钉都在椎弓根内，也就没有调整。

截取合适钛合金棒，预弯，置入同侧上下螺钉间，旋入螺塞。内固定结束后，进行横突间植入自体碎骨。Seth将塑料注射器的针筒将碎骨推到横突间，再用手压实，就完成植骨。嘿，他们这一招很实用啊（后来回国后，我有时也采用这种方法进行椎体间补充植骨）。

“OK，我们可以结束今天手术吗？”

“Well done！”（很好）达主任高兴地回答。

我让达主任先下台休息，和 Seth 继续闭合切口。下午 5 时，手术顺利结束，历时 3 个小时。

我从手术台上下来，先低头看看身上的手术衣，很干净；再看看手上的两副手套，没破；去照照镜子，脸上没有血迹；一切完好无损，没有自我牺牲。我心里顿时感到一阵甜蜜的轻松。要知道，加纳的艾滋病感染者不少，而且出于隐私保护，术前不允许进行血清抗体检查。

下台后，达主任、Wepeba 医生以及 Yankey、Mawuli 等都走过来，热情地对我说：“Thank you，Dr Qu.”（谢谢您）

“It is my pleasure。”（荣幸之至）

我心里确实很高兴，很高兴能在非洲同道面前演示一下中国脊柱手术操作。尽管事先没有很好准备（无备而来），达主任来个突然袭击；尽管器械用起来不够利索，没有国内常用器械那么顺手、有手感；尽管我认识那些手术器械，那常常不知道其英文名字……但是，我还是很顺利地、很熟练地完成了这台手术，也很流利地完成了手术的解说和教学示教。至少向我的加纳同事传达这么一个讯息，中国脊柱外科医生到加纳来，不是来进修的，不是来观摩的，更不是来度假的。

已经够晚了，等下太阳就要西沉。我告别大家返回驻地，痛痛快快地冲个热水澡，浑身有说不出的舒坦，情不自禁地哼起了小曲……

这一天（2012-04-10）国内发生一件大事，有个政坛大人物下台了。这一天，一个小人物在加纳也下台了，完成了其援非的第 1 台手术。当然，这也是第 2 批援加纳中国医疗队在加纳完成的首例外科手术。

天地间，似乎总有说不完的故事。

2

走进手术室，见到交换区内担架车上躺着一位等候手术的病人，我习惯性地走上前去。寒暄后，我知道这位男性病人名叫 Barkah，“Barkah 先生，你知道今天要做什么手术吗？”

“医生告诉我，要在颈部后面进行手术。”

我看着病历里手术同意书，确实是颈椎后路手术，但是上面注明了拟行手术减压节段是“C2–T1”（第2颈椎~第1胸椎），一下子引起我的注意。什么第2颈椎到第1胸椎？我从来没有见过需要减压这么长节段的，除非椎管内脊髓肿瘤。但这个病人显然不是肿瘤，因为病历上记载是“脊髓型颈椎病”。难道是笔误？我转身进了手术间，查看这周手术通知单，上面赫然也写着“C2–T1”。莫非这位病人是位少见的长节段OPLL（后纵韧带骨化病）？不可能吧，这种病在非洲可见，但多数都是局限性OPLL。我又回到病人的身边。

我拿起其携带的颈椎MRI资料，对着灯光，读起片子，“颈椎轻度后凸……颈椎退变……椎间盘轻度突出……黄韧带没有肥厚……脊髓没有明显受压……脊髓信号正常……”

没有见到长节段OPLL，也没有长节段颈脊髓压迫，甚至连颈椎脊髓压迫都不明显，难道……我脑海中电光一闪：误诊？

不会吧？在加纳，医疗分级诊治及转诊制度比较严格。一般病人在当地医院就诊，先看普通门诊，再看专科门诊，先予保守治疗，再观察治疗效果。转诊到克里布教学医院时，一般病情都较重，疾病表现都比较典型了。而在克里布医院，还要接受专科门诊的复诊，确认诊断明确、有手术指征后，才安排住院。住院后，亦经过一次科室大查房，最后安排手术，确定手术方案。因此，这个病人经过的诊治环节不少，经手的医生应该不少，自然也包括达主任、Akoto这些加纳有名的专科医生。

难道他们都错了？这种概率很低，但不是没有可能。只要是人做的事，都有可能犯错误。其实，临床医学中偶尔也会出现一个“珠链”现象，大家都可能忽视了同一样问题，就像一条珠链，没人注意到这条珠链的绳结已经松了，每个人都看到珠链上有珠子，都常规地拨弄一下，结果珠链上的珠子越来越少，最后就是“掉链子”了。

难道真的“掉链子”了？我一下子警觉起来。误诊误治是个非常严重的医疗事故，这在哪个国家都是如此。尽管我只是一名中国医疗队的医生，可以“事不关己、高高挂起”，但这与自己为医的准则有悖，我可以说错，但我不能做错。作为医生，不管中国医生还是非洲医生，我们的目标都是一致的，都是为了我们的病人、为了我们病人的健康、为了我们病人的生命。不过，仅凭这几张颈椎MRI资料，我亦不能如此自信、武断地下判断。因此，我放下MRI片子，询问患者病情：

“Barkah先生，你能详细描述一下你的病情吗？”

这位男性患者，已经68岁，英语比较地道流利，可能以前也受到良好教育，否则如一口本地土著的语言，那就难以交流了。

这病人叙述，其去年年底开始出现双下肢无力，不能站立和行走，小便还好，也没有明显身上麻木或者束带感等，双上肢运动感觉一直都很好。

“没有遭受车祸、坠落等创伤?”

“没有受过伤，不知道什么原因，就是不能走路了。”

“你不觉得双手活动有什么不方便，或者麻木，或者笨拙，或者无力?”

“没有，我的双手一直很好。”

“那你可以用力握我的手。别担心，尽管用力。”

我感受到从病人手上传来的一股力量，也感受到从自己手上传来一阵疼痛。再检查病人上肢感觉、肌张力、生理反射、病理反射等，并没有什么异常。这说明，病人没有一点上肢功能损害的表现，至少说明颈椎及颈脊髓没有明显问题。

继续往下面检查，病人双下肢肌张力明显增高，膝腱反射亢进，出现髌阵挛和踝阵挛，因此还是确认有上运动神经元损害表现。那就是定位在腰椎以上，而颈椎及颈脊髓没有明显异常，那定位应在胸椎及胸段脊髓。这就是临床思维过程。

我又仔细阅读腰椎 MRI 资料。尽管腰椎狭窄比较严重，腰 3/4 还有轻度滑脱，但这不能解释病人的病情。不过，现在我可以确认应该是胸段脊髓有受压。但是，病人并没有专门接受这个部位的检查，缺乏胸椎 MRI 检查资料。我只好再看腰椎 MRI，幸好有幅腰椎 MRI 扫描图像包括部分下位胸椎。我眼前一亮，在这幅矢状位图像上，我看到了胸 10- 胸 11 节段有明显椎管狭窄，后方有黄韧带凸入椎管，前方有椎间盘突出，导致该部位脊髓有钳状受压，局部脊髓信号有改变。显然这里的病变可以解释这个病人的临床表现——这是个胸椎管狭窄症的病人。

这就是病人的问题症结。

这时 Akoto 医生背着那个有点老旧的小背囊，满脸笑容地走进手术室，准备进行这台手术。我微笑地迎上前去，与 Akoto 医生道声早安，说：“ Akoto 医生，我想跟你说个事?”

Akoto 医生还是满脸微笑，声音依旧那么爽朗，“Dr Qu，请说吧，有什么可以帮你做的?”

“噢，No，not for me（不是为我）。我想告诉你的是，这个病人，我们可能误诊了。”

“Really?（真的吗）” Akoto 医生看着我，一脸笑容没有了，一下子变得严肃阴沉，连声音也降低不少分贝，“这不可能吧?”

“我有怀疑，这病人可能患的是胸椎管狭窄症，因为他没有上肢的症状表现。你可以过去再检查一下。”

说这话时，我也要伪装成不是那么肯定的样子，只是提一个建议。因为在一个病人即将被推进手术室的环节上，被一个外来医生告知“病人误诊了”，哪个医生的面子都很难挂得住。所以，我不能大声喧哗，也不能直接当面指正，只能表现出我有这个怀疑，而且还不敢十分肯定（有点虚伪！）。有怀疑，就去再次确认，这也符合医疗常规。

Akoto医生把手上那个老旧的小背囊胡乱地放在地上,一言不发地走向那个病人。Mawuli和我跟在他的后面。

Akoto医生和Mawuli轮番地询问病人的病情，进行了仔细查体，与我前面的检查发现相同。最后，我指着那幅MRI图像说，这里的病变应该可以解释病人目前的病情。

Akoto医生看着Mawuli，目光中有点责怪这个下级医生的意思，又转过来看着我说：“Dr Qu，你是对的。谢谢，非常感谢！”

Akoto医生又满脸微笑地对Mawuli说：“看来我们要改变手术了。”

我想，这时候要及时退场了。就像唱戏一样，要在高潮时转身离场，把背影留给掌声。后面的事情可想而知，Akoto医生一定会召集几个医生一起讨论，为什么会发生这么低级的误诊，而且差一点就是施行错误手术了，幸亏中国医生发现了问题，否则后果将是非常可怕的！这个时候，我再与他们待在一起，岂不相当尴尬？

“你们几位都在，那我就不参加手术了，先告辞。祝手术顺利。”

Mawuli陪我走到手术室门口，又道一声：“谢谢，Dr Qu。”

“Welcome！”我一点也不用客气啊。

12时步行回到驻地。天空阴沉沉的，飘下蒙蒙细雨，轻轻扑在脸上，心里多一分愉悦。那是收获一分成就感的愉悦。

我现在就有那么一点成就感。

3

“早安，达主任，这么早啊。”

一走进手术室，就见到达主任已经在手术室里。

“Dr Qu，早安。今天有个老医生要接受手术。”

“噢，所以……你要亲自上台？”我问。

“是的，我想请你一起上台。”

“没问题，非常乐意！”

在非洲，就这么一点工作量，对我来说，用一句广州话表达就是“洒洒水”（小意思）。反正闲着也是闲着，休息这么长时间，才上了几回手术台，就当是休闲式运动锻炼了。何况，达主任亲自邀请，怎能推辞？！

这是一个75岁患者，以前当过兵，还是一名老医生。诊断是脊髓型颈椎病，拟定手术为颈椎前路手术，不过是多节段手术，颈4–颈7。那至少三个节段的前路手术，有点难度啊！

达主任将病人的影像学资料拿过来，与我一起讨论。这时我才意识到，这个病例确实有点复杂。其复杂性在于，病人的颈椎病变不是相邻的，而是跳跃的。这个病人的颈椎，颈5–6是先天融合的，上面颈3/4、颈4/5都有严重退变和椎间盘突出，椎管狭窄；下面颈6/7、颈7/胸1也是严重退变和间盘突出，椎管狭窄；而其中颈3/4和颈7/胸1还有后方黄韧带肥厚，突入椎管，严重压迫脊髓，相比之下，以颈7/胸1节段更为严重。这病变怎那么像麻将桌上的十三不靠呀！

“这病例有点复杂。很有挑战性！”

“是的，我也是这么看的，所以我们一起先商量一下。”达主任说。

“如果选择前路手术，颈3/4与颈7/胸1两个节段都要手术处理，中间间隔着三个节段，如果一个切口完成，那要很长的纵形切口。不然……”

“不然？”

“不然，采用分期手术，这次只完成胸7/胸1节段减压，将间隙撑开后，减压，然后植骨融合固定。但这是颈胸交界区，前路手术可能难度较大。而且……”

“Dr Qu，别有什么顾虑，请将你的意见说出来。”

“由于这个病人颈5/6先天性融合，如果我们融合固定了颈7/胸1或者颈3/4，那么这中间都保留着一个运动节段，即颈6/7和颈4/5，那这两个节段就很容易出现退变加速，又会出现新的问题。”

“是的，这也是我们要考虑的一个问题。”

“因此，我认为，我们可以选择后路手术，从后方进行椎管减压。”

“后路？”达主任沉吟了一会儿，眼睛一直注视着我。

“是的，后路手术可以从颈3减压到颈7，完全可以解决这个病人上下节段跳跃性压迫的问题。”

“……”

“对于这么一个 75 岁的老人来说，后路手术相对更为简单，创伤更小。”不等达主任的看法，我一口气把自己的意见说完。

“Are you sure？(你确定你的看法？)”达主任反问我，是否能坚持自己的看法。

“Of course（当然）! Certainly（确定）! It is my opinion（这是我的看法）.”

这句话可说到达主任心坎上了。他说：“我就是等待你这个意见。”

又是等待？为什么不早点把你的意见告诉我？然后我们一起讨论、商量？这位老兄有点滑头，可能也知道中国有个成语叫“抛砖引玉”。

达主任把 Wepeba 医生也叫过来，向他说了我的意见。然后他们俩一起走到那个老年病人面前，向这位老医生嘀咕地解释一番，其中提到这是来自中国脊柱外科医生的意见。看他们说话时自信的架势，似乎一切均已成竹在胸。老头很信任他们，频频点头同意。

手术开始后，我心中暗自庆幸。幸好改为颈椎后路手术，那老头肥胖，颈部特短、又粗，如果从前路进行颈胸交界区手术，可能会骑虎难下了。

手术在 11 时开始。我依旧站到助手一侧，将主刀一侧的位置留给达主任。

我说：“我们可以仅切除颈 4- 颈 7 椎板，颈 3/4、颈 7/ 胸 1 黄韧带切除后，再进行椎板潜行减压，就可以满足减压要求，而且对颈椎稳定性保护较好。同时，不切断、不损伤颈 2 棘突上的肌肉附着有利于颈椎前凸角度维持(其实这病人椎体退变严重，已有明显骨赘形成，基本也融合一起了，对颈椎曲度影响不是很大了)。”

达主任同意我的意见。

非洲医生的全椎板切除手术，比我们少一点灵活和变通，无论颈椎和腰椎，甚至胸椎，都是一样的做法，用咬骨钳一口一口地咬除椎板，速度比较慢，而且更容易引起下面硬膜的撕裂。因为了解他们，所以我又有演示技术操作的冲动。

“颈椎椎板比腰椎薄，我们可以结合日本医生发明的椎板成形技术，来完成今天这个手术。那就是，先双侧椎板开槽，然后进行全椎板切除。”

切除棘突后，我先用尖嘴咬骨钳在椎板双侧合适部位，咬除外侧皮质，纵向开槽，然后找到一个小突破口，用薄枪式咬骨钳在我这一侧咬除椎板内侧皮质，切断椎板，很快就完成了一侧。

在我操作过程中，Wepeba 医生和 Yankey 都过来观摩一下。而达主任更是兴奋地向他们讲解 Dr Qu 的手术操作技巧，看来他对这项椎板成形技术还是有点了解的。

然后，我将枪式咬骨钳递给达主任，让他也咬除另一侧椎板的内侧皮质，只是这位老兄操作时，动作幅度太大，着实吓了我一下，赶忙提醒他。不过，这老兄似乎觉得我大惊小怪，如果不是操作技巧上还有点问题，那就是“艺高人胆大”，就是胆子比我大呀！

最后，我用薄枪式咬骨钳将上下端韧带切除，一条很完整的全椎板就被我切除下来了。我提着这条椎板，向他们展示，看得他们都有点惊讶和好奇：原来颈椎的全椎板切除也可以这么做的！又让他们开了眼界了！

我特意提醒他们，注意看到颈 3/4、颈 7/ 胸 1 黄韧带明显肥厚退变，组织没有弹性，而颈 5/6 先天融合，残留部分黄韧带基本正常。我笑着说：“这是否可以说明，运动加速退变，而静止不运动反而会保持青春呢？”

大家听后哈哈大笑，“Dr Qu 还是很幽默的！”

我用枪式咬骨钳继续进行颈 3 和胸 1 椎板的潜行减压，就是切除椎板内板，而不需要全部切除椎板，再修整骨窗边缘，并用骨蜡把边缘骨面仔细封闭一下。这样就完成了所有减压步骤。

达主任又对医生们发表一番评论：“此有助于减小骨面出血。虽是小细节，但是手术操作时都应该想到，所以要善于学习一些好的有用的操作。”

最后达主任要了块止血纱布，修剪成几小片，放置于关节突内侧硬膜外，以控制静脉丛出血，效果不错。遂结束战斗。

手术 1 小时结束。但病人实在太肥胖，术前准备及手术体位等亦花了 1 小时。下午 2 时，麻醉苏醒后正常拔管，病人可以活动四肢，送 ICU 术后观察。

这时我感到肚子确实有点饿了，就走回驻地，洗个澡，再到厨房找一碗早上剩下的稀粥填填肚子，美美地去睡他一觉。

这是援非的第 4 台手术。以我的专业素养和能力，做这么一点事情并不算什么，故没有什么值得沾沾自喜的。只是有一点可以引以宽慰的，那就是我可以帮助到他们。而且，我亦很乐意去帮助他们。

次日早上，到达医院时有点迟到，晨会报告已经开始了。由那位在放射科工作的加拿大老太太讲腰椎关节突封闭治疗。我对她讲的内容不太感兴趣，但是对她本人还是挺尊敬的。一个退休老太太从加拿大跑到加纳工作，那也是白求恩精神发扬光大啊！

回到病房时，Akoto 医生就昨日手术与我交换不同的看法。

他认为，这个病人有颈椎后凸畸形，后路椎板切除可使患者术后畸形加重。

我说：“这个患者颈椎明显退变，有大骨赘形成，有些已经融合了，颈椎本身属于稳定的，已经成为一个僵直的颈椎，后方椎板切除不会加重后凸畸形。何况患者已经 75 岁高龄，而不是一个年轻人，畸形矫正不是很重要的问题。”

可能 Akoto 医生也看过这个病人，或者前路手术的方案就是他定的，因此他还是坚持认为应该前路手术，可以同时矫正后凸畸形。

我说：“即使后路手术后病情没有根本改善，还是可以进行前路手术的，而且手术安全性也可以明显提高。”

不过，我心想，要是昨天真的进行前路手术，我们可能很难下台了。

后来，我遇到了达主任、Wepeba 医生，再次和他们交换意见。他们也是认为我们昨日的决定是正确的，因为患者短颈，前路手术跨越上、下二个部位，难度很大，患者能否耐受也是一个问题，还是尽量简单为好。

我说：“我们都是在 balance（平衡）之中，进行选择。”

是的，任何选择都是利弊的权衡。作为医生，在手术选择或者具体操作上有些不同看法是正常的。我不认为，我一定是对的，而 Akoto 医生一定是错了。但我觉得，对于这个病人来说，我的决定应该加分。这就是临床思维上侧重点及关注点的问题。由于受训方式、个人经验以及领悟体会等影响，每个人的观点都不尽相同。正如任何东西没有最好的，只有最合适的。手术及术式选择也是如此，没有最好的手术，只有最合适的手术。

达主任说：“昨日我们手术操作是 well done（很好）。今天去看了病人，很好！病人自我感觉也很好，都想下地行走了。”

Wepeba 医生说：“采用椎板开槽方法进行椎板切除减压，既快捷又安全，以后我们也可以尝试。”

我回答说：“我们中国医生喜欢 modify（改良）、modify 一些手术操作，这也是创新，希望对你们有帮助。”

Wepeba 医生提起，什么时候在中国有脊柱外科会议，包括讲座、操作训练等，可以告诉他，他要去参加学习。

“这样的会议太多了，但是大部分都是用中文讲，你听不懂喽，不过幻灯是双语的，你可以看得懂。如果你真的这么感兴趣，我也可以帮忙找一个合适的会议。”

更有意思的是，这天又有 Seth 找到我，问我：“Dr Qu，你什么时候回中国休假？”

我一时没有回过神，愣了一下，“可能今年年底。”

Seth笑着说：“我还没有去过中国，很想到那边看看你们中国医生怎么工作的。”

“欢迎，非常欢迎。”

当我要离开病房时，Mawuli也来跟我说，他也很想去中国接受一下脊柱外科的培训。

上次不是跟我提起这事了，怎么还要强化一下？不过，我还是友好地回答：“非常欢迎！”

仔细想想，真是有点奇怪啊！怎么突然间一个个都向我提出，要去中国看看？该不是达主任在诱导他们吧。

不管怎样，这些加纳医生已经对中国感兴趣、对中国的脊柱外科感兴趣了，此岂非就是我的援非目的吗？

故事太多，就此打住。

2015-09-03 修改

记得刚来加纳时，加纳卫生部副部长讲了一句话，“empty yourself, and fill in yourself”，意思是，“有付出，才会充实”；如果遇到李白斗酒诗百篇，那就是，“千金散尽还复来”。援非二年间或许要舍弃许多，但此生能追寻前辈的足迹，为传统中非友谊尽绵薄之力、作微薄贡献，人生无疑会因此更加充实、更加精彩——我自当无怨无悔！一曲“天边”从遥远的天边传来，伴我奔走在非洲大地上……

——摘自援非散文集《心儿向着远方——我在加纳的援非经历》

梦亦无边

1

到了非洲，经常做梦。

常常不分什么场合，有时在晚上熟睡时，有时在午间小睡时，有时则是坐在电脑前，甚至在手术休息间隙，人坐在那儿，心儿却不知飞到哪里，仿佛修禅入定一般。这些梦多是一些短短的杂碎片段，真真假假、虚虚实实，愉悦郁闷掺杂，快乐伤感共存。不过，梦醒时分，并无什么虚汗盗汗之类，倒觉得心情舒坦、浑身清爽。

这天，坐在窗前，望着窗外那棵凤凰树，树上的红花开得无比鲜艳，在风中摇来摇去，就像时钟的钟摆，又把我晃到梦里去了……

……那时我还是导弹旅卫生队的副连职中尉军医，驻守在云南大山深处。那一年，总后勤部刘副部长来部队考察。在旅部驻地小县城之外十公里，部队派出警戒岗，就像那路边整齐的白桦树（不过云南没有）一样，矗立在那里，隆重欢迎着来自北京总部的高级军官。一行小车驶来，并没有在县城驻留，就驶向散落在大山深处云端间的发射阵地以及驻地，从这个山间到那个云海（应该是雾海），整个车队整整两天时间蜿蜒在大山深处。后来，部队传达了这位身材并不魁梧的刘副部长指示。刘副部长说：“我知道驻守青藏的官兵苦，我知道驻守在海岛的官兵苦，但我不知道你们这些驻守在大山深处的二炮官兵也是这么苦，我感到一种愧疚，我对不起大家。”那一年，二炮基层部队干部就发放了艰苦地区补助，转注部队以及弹头团等还有额外的核放射以及燃料沾染等补助。部队领导很振奋、很起劲地鼓动着，“发下来的补助虽然并不多，但那是体现党中央、中央军委对我们二炮官兵的关怀，我们心里应该感到十分温暖，有些同志不要满不在乎的；说实在话，即使一分钱不给，我们还不是照样要在这山沟里驻守……”

……（情景怎么切换了？）坐在宽大的办公台后面，后面的墙上悬挂一副郑板桥手书“难得糊涂”，这领导双手抱着盛满茶水的保温杯，仿佛要从其中获取一些热量一样，一双深邃的眼睛非要躲藏在一副宽大的眼镜框后面，脸上说不出是微笑还是肌肉不自主地颤抖，总是把持着不急不慢、不高不低的语调说：话我都跟你说了，你是一位好同志，工作兢兢业业、任劳任怨，大家都看在眼里。现在组织派你去援助，那是组织对你的信任，你应该感到骄傲和自豪。有什么要求和想法，尽管提出来，组织上能做到的一定会做到。但是，组织上做不到的，你也应该体谅组织的难处。如果派一个援助干部，每个人都提出那么多要求，那我们今后还怎么工作呢？你是位老同志，觉悟高，素质强，应该起到模范带头作用的，很好地完成援助任务。如果你不想去，我们也不会勉强，那机会就给别人了，以后不要看了眼红。谁都有困难，是吧？再说了，也不是我一个人派你去的，你也不是为我去援助的（后面的话听不太清楚的，可能这位兄弟刚喝口水，话就在那口水中冒泡）……

这梦做得怎么仿佛真的一样？

2

太阳无私地将光明和热量洒向大地。

非洲的太阳更加炽烈。走在前往医院的路上，太阳毫无顾忌地照耀在我身上。路边的凤凰树花正绚丽绽放，只是没有那么伟岸的身躯，无法给我一点遮挡阳光的树荫。即使将眼睛躲藏在墨色太阳镜后面，我也不敢正视这太阳，只好借助遮阳帽在眼前投下一点影子，让自己看见地上的坎坷，低着头，弓着腰，缓步前行，唯恐这无私的太阳一下子窥视我那些并不无私的念头。

热能很快让我的皮肤毛孔开放，豆大的汗珠冒了出来，平时闲来无事处于休眠状态的毛细血管全部开放，皮肤泛起红晕，微微发疼。这时，便感到脑袋里的供血有点接不上了，昏昏沉沉地，就像在沙漠中跋涉，渴望着有那么一点清凉和绿荫，还有那解渴的水。

脑子里不知道是在思考问题，还是在追寻那无边的梦……

……科主任将手中的文件抖了抖，文件上那个卫生厅印章非常醒目，已经不是原先的鲜红色，而是复印件上的黑白戳。

“卫生厅已经下发通知，拟组建新一批援非医疗队。我们医院有一个指标，指定专业的，那不用说，就是我们科承担。要派出一个医生参加援非医疗队，任务光荣但艰巨。以前说，‘一人参军，全家光荣’。今天，我们也可以说，‘一人援非，全科光荣’，但光荣不是在嘴上说说，要见实际行动，从没有不劳而获的光荣！”

战前动员干净利落，掷地有声。当然，具体工作在下面有条不紊地进行，摸底、动员、谈心等一个不落。群众工作的优势已经显现，大家群情激昂，跃跃欲试，大有“我不下地狱谁下地狱”之势，援非派遣工作就剩下临门一脚。

几天后，所有医生集中在会议室。科主任开嗓了：

“今天我们所有医生表决，不是投票表别人，而是自己表决心，选拔援非志愿者。这是非常庄重的场合，我们都是兄弟姐妹，我们之中有一个人将要自愿去援非。去的医生要高高兴兴地去，留下来的医生一定要为他做点什么，要让他少一点后顾之忧，道理不用多说了。下面我们开始自愿报名的程序……”

背景音乐响起。那是《血染的风采》，歌声依旧那么和缓，平静中不失激昂，慷慨中总有一种豪迈：

也许我的眼睛，
再不能睁开，
你是否理解我沉默的情怀
也许我长眠，
再不能醒来，
你是否相信我化作了山脉。
如果是这样，
你不要悲哀，
共和国的土壤里有我们付出的爱
……

几个低年资的医生首先上前，各自将手中一摞金灿灿的人民币放在会议桌中央。那红彤彤的人民币早已脱去其低俗的铜臭味，这时它就像一朵朵盛开的鲜艳的凤凰树花，敬献给那个即将出征的战友。

科主任又说了：“前面几个年轻医生是没有资格参加援非的，但是在这里表达了敬重的心意，我们收下了。现在就请他们在一边作见证。下面轮到我们这些符合选拔条件的同事，从我开始……”

科主任将已经准备好的一摞金灿灿的人民币放到了会议桌中央。其他几个高年资医生也按姓氏排名顺序，各自将一摞金灿灿的人民币放到那堆人民币上面。

科主任说：“第一轮还没有产生志愿者，那么我们进行第二轮。”

他又将已经准备好的一摞金灿灿的人民币放在那堆金灿灿的人民币上面。其他几个又按姓氏排名顺序，各自将自己一摞金灿灿的人民币放到那堆金灿灿的人民币上面。

一轮没产生，接着再来一轮。等到有一个医生将手伸向那堆金灿灿的人民币，“我去！”伴随着响亮声音，顿时掌声响起。那堆金灿灿的人民币就归他了，他自愿参加援非医疗队，将光荣地代表这些兄弟们出征非洲。

……

树上一只黄鹂鸟发出清脆的叫声，把我从混沌中唤醒。慌乱中，我连忙用左手拍打自己的右手，那只已经不由自主伸出去的右手赶忙缩了回来。

“别做梦了！”

那些梦中盛开的鲜艳的凤凰树花在一声叹息中渐渐消散。

再看看路边凤凰树上绚丽鲜花，顿时多一分亲切。

3

谁给我讲述这个段子，已经记不清了。我一直认为这可能只是一则茶余饭后的笑料。

在这个时代，任何人生抉择再不会以金钱的标准来取舍。那个“重赏之下，必有勇夫”的时代已经过去了，谁都已学会倍加珍惜生命，倍加珍惜幸福的生活。

但是，这个时代还是物质的时代，那种“视金钱为粪土”的观念似乎只能赢来一声赞赏，并没有成为这个时代的主旋律，或许从来就没有成为哪个时代的主旋律。

活着不是为了金钱，金钱是为了更好地活着，这并不矛盾。任何时代都不会缺乏真正的理想者，真正的理想者应该具有这样的金钱观，这也是不言而喻的。理想归理想，现实归现实，就像“上帝归上帝，恺撒归恺撒”，尽管很多时候，不知心安何处。

我算不上一个真正的理想者，只能说是一个有理想的俗人。凡夫俗子岂能不食人间烟火？尽管心中从未迷失那些曾经的理想追求，但自己也渴望着，作为这个时代的一分子，也有权利和资格享受这个时代进步带来的硕果。这不涉及什么觉悟和情操的问题，亦无关什么伟大与崇高的问题。

我自愿参加援非医疗队，即使眼前没有那些盛开的鲜艳的凤凰树花。

出国前与领导一起座谈时，我谈了自己的看法。我说，我当过兵，对于军人来说，上战场冲锋陷阵、抛头颅、洒热血，我无所畏惧，生死一霎间，容不得我去多想；但是我心中也有小小的牵挂，那就是自己的亲人以后日子会过得怎么样，即使他们不会因我而荣耀，至少不会因我而落魄。去非洲援非，那是前方，对我来说，一样无所畏惧，相信自己一定不辱使命，但是我也有后顾之忧。所以，我篡改了那一句名言，“头可断、血可流，基本待遇不能少”。我可以献出自己的一切，但是我有妻子、我有女儿、我有父母，他们要依靠我生活，应该要比现在活得更好一点吧！这样的物质要求并不过分吧？！

报名去加纳援非时，我含糊提出三点：①援非结束后，适当安排个领导职务，比如副院长什么（学而优则仕嘛，好像谁都渴望弄个不大不小的官当当！）；②如第1点要求达不到，请允许我提前退休，我愿意干吗就干吗（依自己军队转业时级别，享受优厚退休待遇，不用上班，自己想干吗就干吗，那多好啊！）；③如前面第1点、第2点要求均达不到，那应给我适当的经济补偿，不能去非洲一趟，我也变得像非洲一样贫穷。既然即将援非的医生正式提出了要求，医院理当予以正式回应：①副院长？正处级任免权限归省教育工委及省委组织部，医院无此权限，免谈！②提前退休？我国劳动法有规定，没有工伤残疾，身体健健康康的，想提前退休，无门！③至于那经济补偿嘛，要求合理，理所应当！

医院领导给了一个口头承诺，我们南方医院的援非待遇绝对不会比广州其他医院差，甚至更高，这点可以把心放在肚子里。

当副院长？做梦吧。提前退休？做梦吧。有时，这些无边的梦也要做，并不是为了满足自己心中一种虚妄的心态，而是一种策略性的要求。

如果自己不提出要求，就是毫无保留，单位和领导（决定因素还是领导）怎么知道你有什么想法、有什么要求、需要解决什么问题呢？那就无从为你思、为你想，哪一个领导也不会没事找事为你去思事、为你去想事，这一点似乎在哪儿都一样。只提出一点要求？那亦不妥。倘若这一点要求被驳回，那自己的心态肯定要失衡，而领导也会嘀咕着这小子心里一定有怨气、心里一定在咒骂；倘若这一点要求被满口答应，那自己的心态肯定也要失衡，心里揣摩着，会不会上当受骗，是不是亏大了。

因此，提出要求要像领导做报告一样，有那么三点就比较合适，留点要求让领导驳回，留点要求让领导答应，这样自己心态不致失衡，领导也有一种满足感，这就是双赢。

当我义无反顾地走进非洲，我真的没想别的，我就想获得一些经济上的补偿。

援非前有记者问我有什么想法。我如实回答，我就那么一点小小的梦想，也就这么一点小小的牵挂。

“别这么说，那会影响你高大上形象，既然要去吃那些苦了……”

似乎一关乎金钱和待遇，正直的人就应该羞耻于开口，或者不能明目张胆地开口；只有毫无保留地“视金钱如粪土”的义无反顾，似乎才能顺应这伟大的时代，或者时代的伟大。

难道只有那种“不食人间烟火”，才是这个时代的主旋律？

大道无言。任何思想、任何精神，假使可以用语言表达出来的，绝对不会有多伟大、多崇高。真正伟大的思想、真正崇高的精神只见诸于无言的行动中。

我去援非。

4

来到非洲已经3个多月。心中那一个牵挂至今还没有落地。

那些援非待遇有没有兑现啊？那些承诺不会就那么昙花一现？昙花一现，还有一现，而不会是待我一到非洲，就烟消云散了？

每天走在往返医院的路上，路边那些凤凰树上绽放的鲜艳的花朵总在风中不停地摇曳，似乎不停地向我挥手致意。

仅仅致意有什么意思，我需要的是现实的犒劳。已经处在理想的伊甸园中，我怎能还依赖这理想而坚定地生活着呢？

眼前那些摇曳的鲜花似乎让我又走进有点梦幻般的往事……

由于南方医科大学南方医院历史上从未执行援外任务，到底应该享受什么待遇，并无前例可循。因此，我提出一个基本原则。到非洲援非，比援疆援藏远吧（那是国外啊！），比援疆援藏时间长吧（那是2年啊！），比援疆援藏苦吧（那是非洲啊！）。因此，比照援疆援藏待遇条件，待遇上给我double（翻倍）一下，这不过分吧！

2011年10月，我提请医院考虑我的援非待遇问题。因为不涉及职称晋升问题（已经正高了，再往上就是院士，不想，也想不了！），这些待遇不外乎以下几个方面：①除正常工资奖金之外，没功劳有苦劳，要给予适当艰苦补助（补助或多或少，总得有所表示）；②学术进步上损失惨重（在国内脊柱外科界要销声匿迹2年时间，可谓前功尽弃、苦不堪言），要给予适当扶持，至少支持我出版已主编完成的《脊柱内固定学》专著（医学专著出版均要倒贴，需给予出版社一定出版经费支持）；③身患高血压、痛风、高血糖等慢性病，要给予医疗及体检保障（按年度免费提供全部治疗药物，携带到非洲）；④要将援非行动给予正面宣传，不能被认为触犯什么天条而流放非洲（这点比较烦人，因为在一般人眼里，不是正面典型，就是反面典型，不然没事找事去非洲，有病！）；⑤要保证每年一次的家属探亲机会，医院负责往返机票（夫妻两地分居者，每年法定有探亲假并提供往返路费，不过这趟探亲路途有点遥远，不能让妻子单位来解决往返机票吧）；⑥逢年过节要慰问家属（军队光荣传统不能忘）；⑦援非回国后安排休整假期（去援藏9个月就有3个月休整假期，去非洲2年，回国后至少有额外3个月休整假期吧）。当然，光提这些软绵绵的条件亦不太符合我的性格。最后，我铿锵有力地响亮表示，即使医院什么待遇都没有，我亦义无反顾地走进非洲、无怨无悔地去援非，那将会成就我伟大的人生和崇高的品格，这是我求之不得的；如果这样，当然有些人就会显得十分猥琐、渺小和自私，因为我不会因此沉默。

医院很长时间没有给我答复。随着出国日期临近，我心里有些焦急。既然自愿去援非，最后为了那点“破”钱而争吵不休，误了国家大事，亦影响自己的光辉形象，岂不得不偿失？但是，基本要求没有满足，自己就这么去了，心里岂不很憋屈？我需要的结果自然不能如此。我动用自己的人脉，私下了解到其他派遣医院的待遇情况，并由科室上报到医院，供医院决定时参考。后来，医院告知我，他们并没有闲着，也在向其他医院全面了解援非具体待遇标准，尽量能给予一些更优厚条件。只是各个医院似乎都有点闪烁其词，似乎都在刻意隐藏一些内容，似乎都不愿意开诚布公。都是去援非，有什么见不得阳光呢？

最后，南方医院党委会通过了有关援非待遇问题。照此，我可以享受援非待遇标准：①援外期间工资和绩效薪酬待遇不变，按科室同类人员计算绩效薪酬，由医院发放；②聘为科室行政副主任，享受每月3000元副主任岗位津贴；③援非期间，每月1万元（税后）艰苦地区补助，通讯补助2000元（1年的，不是1个月补助）；④晋升职称，免答辩，量化考评加30分（以后政策又变了，没用，所以这种空头承诺没有实际价值）；⑤家属享受每年1次国际探亲旅行费用报销，按经济舱标准；

⑥学术交流费 5 万元 /2 年，分年度发放；⑦国外服务工资待遇按国家标准，正高为 2550 美元，由卫生部发放个人账户；⑧国家提供给医院每月 3000 元技术补偿费，提议拨入其个人账户；⑨家属慰问按照援疆干部执行；⑩购买援非期间人身意外伤害保险 100 万。据我了解，这些援非待遇即使放在今天来看，亦属于相当优厚的。南方医院党委会的讨论意见：以后援非人员照此办理。相信今后那些去援非的后来者会感谢我，因为我为他们争取到如此优厚的援非待遇。

关于国外服务工资待遇，按国家标准，我属于正高，享受每月 2550 美元津贴。出国前省卫生厅向我们通报说，中国卫生部部长陈竺出国访问期间，有驻外中国医疗队提出了有关援非津贴的美元汇率问题。目前国外津贴标准是几年前制定的，那时美元汇率是 1：8，现在美元汇率只有 1：6.3，汇率改变导致实际收入明显减少。回国后，陈竺部长与财政部协商，决定从 2011 年开始，中国援外医疗队津贴标准执行外交部方案，按照 1：8 汇率换算每月国外津贴，发放到个人账户。这是我做梦也没有想到的，真正体现了中央政府对援外人员的关怀。不过，这个关怀，到了 2013 年才落到实处，那是我援非的第 2 年，故是后话。

据说，有一所大学几家附属医院派出数名医生，除了承诺协助解决职称问题外，提供每月生活补助仅 5000 元，还比不上援疆援藏医生。这些医生认为极不公平，准备联名给大学校长写信，越级反映情况。医院方面了解到该情况后，赶紧将有关补助提高到每月 1 万元标准，与其他医院基本取平，安抚大家出国前的情绪（其实他们根本没有打探到我享受的援非待遇）。

作为一名军人时，我只知道自己肩负的使命和义务，从来没想到什么权利问题。这次去援非，我才真正理解到，任何国家、任何社会都讲究权利与义务相一致的原则。任何人对这个社会、对这个国家都有应尽的责任和义务，这是“责无旁贷”；因此，任何人也有向这个社会、这个国家主张合法合理权益的权利和资格，这是“理所应当”。责任、义务和个人权利并不矛盾，忽视任何一方，这个社会只会成为畸形发展的社会。

这是我的中国梦吗？

5

有一天，妻子发来邮件说，医院的艰苦地区补助按月发放，已到账；卫生部的援非津贴每个季度发放，亦已到账。

心中那一点点小小的牵挂终于可以放下了（真没出息！）。

我坐在电脑桌前，刚刚写完这天的援非日志，又发呆地望着窗外。

窗外那棵凤凰树上，几只小鸟轻盈跳跃、不停欢唱着，树上的花朵还是那么鲜艳，在阳光下总有一种摄人心魄的风采。

我不知道自己又在沉思什么，又在做什么梦了。没有什么背景音乐，耳边只有一些似远似近的只言片语，似乎与我交谈：

“即使我们不能伟大，但也要崇高……”

“我记得，这是汪国真说的。”

记住这句话时，我还是驻守山沟里二炮导弹旅卫生队的一名副连职中尉军医。

如梦初醒。

2012-03-04 初稿

2015-03-04 改稿

人生就是一段旅程。无论哀怨、烦闷、兴致、得意等，就像这潮水一样起落，也像这云朵一样舒卷，用不着太在意。倘若能自由地冲浪其中，那就是一种境界。在大海面前，人都是渺小的。在历史的长河中，人也是很渺小的。有太阳的地方就有明媚阳光，让海风抚平心中的烦躁，让自然荡涤着精神的尘埃，快乐地生活吧。哪一天，要静静地闭上眼睛时，用不着回眸什么人生路，只是悄悄地告诉大家：要开始另一个世界的旅程……

——摘自援非散文集《心儿向着远方——我在加纳的援非经历》

魂归何方

——援非焦虑症之一

1

钻进车辆，甫一落座，我就不由自主地举起胳膊，握住车门上方的安全扶手。车辆行驶中，紧握安全扶手的那只手一直没有松开，即使这一路下来，累着胳膊酸麻，可能要一天多才能缓过劲来。

有的医疗队员看着我每次都这样紧抓安全扶手，揶揄地说："每次坐车都这么紧张兮兮？瞿医生，你很怕死啊！"

我只是微微一笑，懒着去回答什么。

在大义面前，无畏死亡那是英雄气概。除此之外，无畏死亡从来就不是什么勇敢或豪气，那只是一种愚昧，或者蛮夫行径。珍惜生命，理当成为一个人的正常品质。

何况，即使在国内，自己坐车时也是一直保持这个姿势。这种姿势是以前在二炮当基层军官时养成的。

不过，来到非洲，我心里还真正有点害怕，真害怕哪一天……魂归异国他乡。

在广州参加出国培训时，省卫生厅领导曾说，中国派遣援非医疗队近 50 年，已经有 49 名中国医疗队队员安息在异国他乡的土地上。

省卫生厅领导忐忑地说，但愿老天能保佑，在庆祝派遣援非中国医疗队 50 周年（2013 年）时，这个数字不会有什么变化。

其实，他们也担心。因为第一位援非中国医疗队队员安息在非洲大地上，就是来自广东海南（当时海南未建省，属于广东辖区）。1978 年 3 月，广东第 6 批援赤道几内亚医疗队的眼科医生何贤杰因突发脑血管意外，以身殉职。作为援非医疗队员的光辉形象，他永远闪耀在非洲大地上。

作为医生，到哪儿都是为病人服务。去非洲，为非洲人民服务，只不过在空间上不同，服务的对象还是病人。从最初的希波克里克誓言，到后来的“日内瓦宣言”，医生职业开始的第一句话都是如此：“值此就医生职业之际，我庄严宣誓为服务于人类而献身。”

不过，由于语言差异，此处“献身”只是“投身于、致力于”，而不是 sacrifice-oneself（牺牲）。医生比一般人更理解生命的含义。没有一个医生会想，或许谁都不会去想，去想成为一颗闪亮的星星，高悬在异国他乡的天空中！

2

“东风浩荡，雷霆万钧……”当中国陆军还在用脚板丈量大地时，有一支中国军队已经全部是机械化、摩托化了，那就是中国第二炮兵部队（现火箭军）。

1988 年 7 月，军医大学毕业后，我有幸来到这支部队，成为第 802（导弹）旅卫生队的一名军医。作为技术军官，我来到二炮后的第一件工作就是学习如何带车，即便自己根本就不懂什么驾驶技术。

二炮部队每一次发射任务或者机动训练，出动车辆达一两百辆，浩浩荡荡，铁蹄驰尘。即便平时，由于驻地都在深山之中，每周要派车进城采购食材。山路蜿蜒，路况不佳，山路一侧常为深不见底的沟壑，目视都有一种眩晕感。因此，保证车辆安全就是二炮部队的一项重要任务。

由于部队驾驶员一般都是战士或者志愿兵（以后叫专业军士），部队规定，每次车辆出动，必须指定一名军官带车。而军官的带车岗位就是副驾驶位置。带车军官的职责就是安全地把人、车带出去，再安全地把人、车带回来。简单一句话，务必保证安全。

我们卫生队的车辆是骊山牌军用救护车。驾驶室里比较宽敞，有三人并排座位，带车军官的岗位就是右侧靠门座位。车辆行驶中，带车军官负责确定行驶路线，观察路面状况、气象条件、控制车速等。泊车时，确定泊位，检查熄火、制动等安全措施。

所以，我最先学会的“军语”就是，“跟上”、“保持车距”、“注意路面”、

“压住（速度）”……而不是什么“就地隐蔽”、“空袭警报”等。二炮部队都是大后方行动，尽管也有防空袭、防小股敌人袭扰、通过化学沾染区等演练科目，但平时那些军语都用不上。

那时候，并没有什么服务区，军车行驶中，也不允许随便停留休息。只要上路了，就要不停奔驰在路上，除非加水、加油或者出现机械故障。因此，在车辆行驶中，带车军官最重要的工作是，既要保证自己不能睡觉，更要保证驾驶员不能打瞌睡。当然事先要保证驾驶员良好休息，保证充沛的精力和体力，这是前提。在途中，要与驾驶员不停交谈，不然就是吸烟、喝水。因为驾驶员的一只手永远不能离开方向盘，因此带车军官的尽职工作是认真伺候好战士驾驶员，官兵一致在此时可见一斑。我要不时问驾驶员：“喝点水吧？”若驾驶员点头，我就赶忙提起身边的军用水壶，将盖子拧开，很恭敬地递过去，就像孝敬一位老首长。他连一眼都不看我，接过水壶，猛喝几口，再递给我，一句“谢谢”也没有。不过，我不会生气，因为我们是战友兄弟。

吸烟就无须征求他的意见了。我想抽时，点上；他想抽时，点上；大家无话可说时，更要点上。当然，不是只顾各自抽烟。点烟时，我要同时抽出两支“春城”或者“大重九”廉价香烟（带过滤嘴或者不带过滤嘴的），叼在嘴上，划亮火柴，猛吸一口，点着香烟，先分一支卷烟递给他，如他右手没得闲时，就直接塞到他嘴里，然后自己再慢条斯理地享受烟草的芳香，以刺激自己的神经，驱散不时袭扰的瞌睡虫。

在二炮基层部队那段时间，我成了一个烟民，常与低廉烟草为伴，大部分烟草都是在带车时吸的。现在道路好了，服务完善了，是否也像美国大兵一样，带车时可以嘴里嚼着口香糖，一路奔跑在路上，而不会打瞌睡，那就不知道了。

那时候，军车上还没有配备安全带装置。带车军官必须紧握车门前方或者上方的安全扶手，而不能袖手旁观，或者张牙舞爪。因为军语常要求相应的手势配合，带车军官的右手应在驾驶员的目视范围内。

倘若上车后，你无意中看到一个人习惯地紧握住安全扶手，那他一定有一段当兵的经历。因为，这个动作是军姿养成。

3

非要保持这样的坐车军姿吗？

当时，我也很不理解。就自己的医学素养，倘若出现撞车或翻车事故，这样的姿势下这只右胳膊势必首当其冲，那胳膊即使不被完全卸下，也无法逃脱粉碎性骨折的命运。对于我这样一直憧憬着从事外科职业的年轻医生来说，岂不是一切梦想尚未启航，就要说拜拜了？

没有老兵会告诉我为什么非要有这样的军姿。但是，一件发生在自己身边的车祸事件却让我明白，任何一个军姿的养成并非可有可无的。因为与生命代价相比，胳膊酸麻等等自然算不上什么事情。

1991 年元旦，那时候我们卫生队已经从山沟里移防到云南建水县城的小西门。卫生队的一些刚分配下来的军医都需要到下面的营卫生所轮值。来自湖北大悟县的小刘军医比我低一届，也是毕业于第一军医大学军医系，是我真正的校友。他个子不高，长得结实，双目有神，十分活跃，脸上总是挂着笑容，浑身充满朝气。1990 年春节时，他和几个刚下来的军医一起表演了几个节目，给那寂静的山沟带来不少的欢笑。当时，他在山沟里的发射营卫生所轮值，刚从外面接新兵回部队，借着元旦机会到县城看望我们。

他坐着解放牌大卡车来到县城。因为小刘军医是营卫生所军医，那天他负责带车。

那车是发射营的班车。那些驻地都在山沟里，与县城之间没有公共交通，发射营每周要安排两辆大卡车往返驻地与县城之间，早出晚归，主要进城卖菜、看病等。就两辆车，拉不了几个人，因此进城就成了一件最奢侈的事情，尽管只是那么一个小小的县城，但这是一年中难得的看看外面的机会。连里战士翘首盼望着有那么一次机会，能坐上大卡车，进个城，出趟公差。这可能是蹲守在山沟里战士最大的心愿了。

那一天，我们几个与他关系要好的战友都不在卫生队，有的外出公干，有的到附近村庄玩去了。阴错阳差，大家没有见上面，因此没人挽留小刘军医多待一天，叙叙友情，在烤豆腐摊上买个小醉。小刘军医到卫生队驻地转了一圈，下午又带车返回营部驻地。

车祸就发生在小刘军医返回的路上。等我们骊山救护车赶到现场，小刘军医已经魂归天堂。车祸原因是新驾驶员缺乏经验，会车转弯时，速度没有控制好，转弯过急，卡车侧翻到路边的菜地里。在这台车上，有乘员 10 余人，但是独独小刘军医一人牺牲了，其余人员仅有一点擦皮伤，即使那些站立在大卡车后箱内的战士也无大碍。

死亡原因很快调查清楚。因车门故障未上锁，卡车侧翻时，小刘军医被甩出驾驶室外，刚好车辆砸了下来，无情地挤压其头部，当场死亡。我们到县医院太平间给他戴帽时，其脑袋肿胀得已无法辨认其往日面容，用手触摸整个脑壳都是软软的（颅骨广泛粉碎凹陷骨折），带去的那顶军帽还要在后面剪开，才能勉强戴在他的头上。

一位兄弟就这么安息在云南的大山里。

其实，假如他当时右手紧握住安全扶手，发生车辆侧翻时，一个本能的反射，他应该不会那么轻易被甩出驾驶室外，因为即使站在车厢内的其他战士，仅是扶着木栏或者帆布架，都没有出现严重损伤。

从此，我不敢看轻一个简单的军姿动作。

4

驻加纳中国医疗队有两辆车，都是第一批医疗队留下来的，车龄 1 年多。不知是加纳道路状况不佳，还是保养不善，这两辆车看上去显得有点破旧。

一辆是切诺基丰田越野车，自动波的，为公务用车，老彭翻译开得比较多，偶尔我也开出去买些急需的食材。尽管我是医疗队兼职司机之一，但只要车上有一位司机，我就懒着自己去驾驶。所以，经常和老彭一起出去，主要还是他开车。另一辆是 13 座面包车，手波的，雇请一位当地黑人司机开的，主要用来接送队员上下班。周六买菜时，我们也动用这辆面包车，可以多装一些米面及食材等。

因为有车，车辆安全问题自然就是一件大事。安全无小事，对于一个单位是如此；对于一个家庭也是如此，对于一个个体更是如此。

很遗憾，没有一家出国前培训会将车辆安全作为一个培训内容。可能因为卫生厅那些人根本不知道有这门课，或者根本不了解这门课程有什么好讲的。

当看到医疗队员无序地上车，随意落座，我心里就会咯噔一下。有的喜欢坐在副驾驶位置，那里视野宽阔，可以更好地观赏非洲风光，而不是负起带车的责任。有的女队员喜欢姗姗来迟，大家会自觉给她留一个靠车门的座位。有的无意占用了带队领导的座位，以为自己是登上一辆旅游巴士。

一群“乌合之众”！这就是我的第一印象，当然那是从军人角度看问题。

有一次，我忍不住数落一番。因为在医疗队里，我还有一个职责就是负责车辆及行车安全。车辆就座有规矩，副驾驶位置属于带车人，尽量让会开车队员落座，可以帮助观察路况，提醒司机控制车速。女士尽量不要靠车门坐，因为车祸时会出现车门变形等，女士根本没有力量打开车门，而其他人被挤压一起，无法靠近车门。司机后排的座位应该留给带队人员，除了便于观察车外状况外，更主要的是可以直接监督司机驾驶。没有哪位医疗队员会遵从我善意的忠告，依然我行我素。我只能祈祷菩萨保佑了。

知识分子的德行似乎都是如此。教育让他们十分自信，仿佛什么都知道，即使对某些生存知识或者生活常识一无所知，他们首先会质疑别人的观点，无非此乃“经验之谈，并无科学根据”等等。或许我能做的事情就是两件：一是让黑人司机严格控制车速，二是保证车况良好。

确实，很多黑人朋友没有数字概念。黑人司机也缺乏速度概念，一来劲，油门可能就一脚踩到底，风驰电掣般，淋漓尽致地享受着“快感”。这一点让我提心吊胆，因此一定要求黑人司机将车速控制在100km/h以下，即使在一望无际的非洲原野上驰骋，速度也不能超过120km/h。我在克里布医院手术室看到一张告示，与医学根本无关，却是奉劝人们控制车速，大概加纳医生和护士中有私家车的不少。因为系非洲人所写，读起来，黑人司机更能理解，每次跟着重复口述，好像我成了一名传教士：

80km/h God will take care of you.

100km/h Guide me oh thou great Jevovah.

120km/h Nearer my god to thee.

140km/h This earth is not my home.

160km/h I am coming Lord，coming eagerly.

170km/h God be with you till we meet again.

180km/h Precious Memories.

200km/h Rest in peace.

80km/h 上帝会保佑你

100km/h 伟大耶和华指引我

120km/h 走近我的上帝

140km/h 地球已不是我的家园

160km/h 主啊，我来了，我急切来了

170km/h 我们再见之前，你只与上帝同在

180km/h 珍贵的记忆

200km/h 安息吧

保持良好车况就比较简单了。反正不差钱，所以无须抠抠搜搜地。定期保养，该换的零部件一定换，可换可不换的，也要换。轮胎有些破损或者磨损，不要修补，或者前后轮调换等，一律买新的。对于生命来说，这点小钱确实不算什么。有伟大祖国作为坚强后盾，这些钱物付出更是微乎其微，因为驻外人员每次发生车祸事故，为救治伤者，国家需要调用的人力物力可能不计其数。

当然，还有一点，那就是自己一定要紧握住车上的安全扶手。

5

出国培训时，卫生厅并没有告诉我们，派遣援非医疗队 49 个年头中，牺牲在异国他乡的 49 名医疗队员，超过半数是死于车祸等安全事故。

很多医疗队员将疟疾、艾滋病、霍乱等列为援非的头号威胁，因此每提及援非故事，必是与“恶性疟疾”、“艾滋病”等死神擦肩而过（后来，又出现了埃博拉）。其实，这是一个误解。作为医生，将疾病列为自己的最大人身威胁，并非是对自己的嘲弄，可能是一种无奈之举，因为英雄义举之类的宣传必然有一个暗淡的背景。背景越暗淡，星星越闪亮。没有一个思想宣传官员或者中国媒体从业人员会认为，从车祸安全事故中“全身而退”也是最伟大的事情。

事实就是如此。对于援外（援非）医疗队来说，最大的人身威胁应该是安全问题。其中，车辆道路安全问题应列首位。即使对于驻非洲的中国公司来说，最大威胁也是安全问题，当然他们还会多一项健康安全问题。

其实，稍加梳理，就可以清楚，这些援非医疗队发生伤亡的车辆交通事故存在一个明显的高发时间窗。这个高发时间窗是来到非洲后 3 个月到半年之间。

我曾与老彭翻译谈起我的分析。刚到非洲最初 3 个月内，一般难以出大事。为什么呢？因为这一段时间是适应期。有出国经历的人都明白，在国外熬过第一个月，后面的生活就会顺风顺水，因为这是最难受的时期，环境陌生，举目无亲，十分想家，

没有一个月心理调整期很难完成适应。尽管医疗队员在一起集中培训数月，有一定的心理准备，但同样需要一定时长的心理调整期。而对于非洲生活和工作环境的熟悉及适应也需要一定周期。我们刚到非洲时，近一个月才将加纳驾照办理下来，而驾车外出主要还是在城市道路进行，首先是熟悉城市道路以及路况，摸清车辆状况，因此一般车速不快，也不会到较远的地方去，这个时间段也需要近2个月。也就是说，基本上需要有3个月时间来完成心理、生活及工作的适应。这个阶段完成后，就会进入事故的高发期。

为什么呢？因为大家都蠢蠢欲动了。心理会在蠢蠢欲动，想更深入了解非洲。双足也在蠢蠢欲动，因为不会局限于医疗队驻地附近的活动。双手也在蠢蠢欲动，因为对道路及路况有一般了解，总想享受驰骋非洲大地的快感。其中，最主要的是心理上的麻痹大意，将不可避免地导致交通安全事故的发生。

当然还可能存在另一个时间窗。那就是任务接近结束时，因为心儿早已飞向国内，思想会不受约束地开小差，也是相当危险的时间段。

假如能安全度过这两个时间窗，应该说，我们就会安全自在地完成援非工作。

安全，或者平安，可能是这世界上最美好的语言。而幸福、快乐这样的字眼，比起平安来说，要逊色不少。来到非洲，我就是这么想的。

但我常常有一种战战兢兢的预感。

6

可怕的预感终于应验，尽管不是落在我们的身上。

2012年2月13日，我们接到国内的通报。驻非洲某国家中国医疗队发生重大车祸，医疗队队长当场死亡，另有2名队员重伤，需后送回国治疗。

这个医疗队比我们早两个多月到非洲。也就是他们到非洲的第4个月发生重大车祸。这起车祸亦将援非中国医疗队员死亡人数提前达到50人，使医疗援非付出代价突破了50年派遣年均死亡一名队员的限度。

我的心一下子掉进了冰窟中。伤心之余，我很想知道这起事故的真实原因，并不是为了验证我的高发时间窗理论，而是为了我们不要重复类似惨痛的悲剧。

我们政府部门的调查一贯秉持遮遮掩掩、吞吞吐吐、欲语还休的作风，甚至想“坏事变好事”，致使很多血的教训并没有为后来者所吸取。同样的悲剧再次出现，这才是真正的悲哀。尽管后来通报说，这起交通事故是由于汽车爆胎所致。但我心里明白，车速过快应该才是真正的杀手。

过了一段时间，我在网上见到了福建省第10批援博茨瓦纳医疗队队员冯宇峰医生写的一篇文章《福建省第十批援博茨瓦纳医疗队“12.26”重大车祸抢救纪实》。这是一篇博客内容，说的是2002年的事，并不是卫生厅或者卫生部下发安全教育的素材。当我在网上读到这篇文章时，已经接近援非任务的尾声，我只有一种想法：应该谴责那些卫生官员，因为他们的无知、愚昧、不作为、不负责任，没有安排出国前相应培训，没有出台相应的安全指引，让我们多少优秀援非医疗队员“前赴后继”地魂归在非洲大地上。

冯宇峰医生的这篇文章很详细、很真实地再现了事故的发生经过。那是2002年12月25日，这是医疗队到博茨瓦纳后第一个圣诞。驻哈伯罗内医疗队决定这个圣诞假期外出旅游：

> 队里派出了19座的“奔驰”中巴车，由医疗队雇来的黑人司机驾驶汽车。驾驶室里坐着林护士、陈护士，都系着安全带；后车厢第一排从右向左分别坐着林医生、手术室郑护士、黄翻译、黄医生，第二排从右向左分别坐着针灸科赵医生、内科颜医生，第三排分别是医疗队队长徐主任、胸外科吴医生。听说津巴布韦经济萧条，汽车加油排长队，故特地带了4桶柴油。
>
> 当地华人王医生和其丈夫王先生开了一辆蓝色NISSAN160小车。王医生喊我，我就乘机抓起我的背包坐进了她的车里，普外科陈医生见状也乘机钻进了王医生的车。上午10:00正式出发，车开了半小时到了一个加油站，颜医生也硬挤进了我们坐的小车。

这是他们出发当天的情景，可以分析一下。先看中巴车中人员落座，如此安排就有问题。在黑人司机驾驶情况下，竟然是两位护士坐在驾驶室里，翻译坐在第一排，而队长则坐到最后一排，这如何带车呢？或许在医疗队员的心目中，就没有“带车”这个概念，也就是他们并没有接受这方面的培训。其次，竟然将4桶柴油与这么多乘客混装，那是抱着定时炸弹去旅游。再看冯医生的描写，冯医生、陈医生都是“趁机”钻进小车，显然事先没有安排协调——人员未定位。

次日惨重的交通事故在这天已经出现苗头。

快1时，到达了途中的第一个大镇子的加油站，我们（小车）5人休息一会儿，等待“奔驰”的到来。给大车上的队友打电话、发信息都没有回音。大中午的，天气很热，摸着汽车都觉得烫手。约半小时后，“奔驰”风驰电掣般地开了过去，我们5人急忙上车追赶。奇怪！怎么追都追不上，感叹这黑人司机开车太快。追赶途中，一辆警车在后面示意我们停车，两个黑人警察告知我们的车超速驾驶，测速器显示我们的车速达到132公里/小时（应该限速120公里/小时）……

下午15:30，我们的车先到达Francistown，半小时后，“奔驰”也到了。一问才知道，途中“奔驰”停下来几次，其中也被罚款50普拉（当地货币）。难怪我们怎么也追不上呢！

超速！可怕的超速！车速132公里/小时的小车竟然都追赶不上“奔驰”中巴车，可想而知那“奔驰”中巴车的速度会是多少呢？套用前面那张告示，至少“This earth is not my home”（地球已不是我的家园）。但是，就是这么严重的超速，都被警察抄单、罚款了，好像并没有引起大家的重视，因为冯宇峰医生在叙述中并未提及。这也说明，这些医疗队员并没有接受道路交通安全相关培训。

中国援非医疗历史上最惨重的伤亡事故在2002年12月26日发生了。

7

在《中国援外医疗大事记（1963.4–2012.12）》如此记载：

（2002年12月25日）福建省第10批援博茨瓦纳医疗队哈博罗内点10名医疗队员分乘2辆车前往博茨瓦纳卡萨尼集体活动。26日，在距离目的地大约十余公里处，中巴车车祸，造成重大事故。福州市第一医院颜硕颖、永泰县医院郑小虹2名队员死亡，5名队员重伤，3名队员轻伤。伤亡队员的善后、治疗工作在我驻博使馆的领导下进行，重伤队员连夜用飞机送往首都哈博罗内抢救，轻伤队员于次日回到博国首都，2名死亡队员遗体送往博国首都等待处理。

这天的情景，冯宇峰医生博客有详尽描述，读者可以参阅原文。可以说，任何一次事故的发生绝非是单一因素的，这次事故亦不例外。从当日早上6时30分出发那一刻起，就注定他们这一趟旅程的不平静，因为道路交通安全几项“大忌”都集中地出现在这次不幸的旅途中，“一场令人震惊的灾难正一步一步逼近……”

其一，睡眠不足。这天他们6时30分准时出发，但是“头一天晚上大伙比较兴奋，睡得较迟，有的甚至只睡了两三个小时，比如郑护士和林护士聊到凌晨3点，早晨5点又起床收拾”。有的队员打牌到晚上12点。队员们基本上没有保证充足的睡眠。这是长途旅行一大忌。

其二，疲劳驾驶。导致疲劳驾驶的根本原因是缺乏可行性行驶计划。共500公里的路程，他们似乎想在中午之前赶到目的地，因此选择了提早出发起程，但缺乏良好的规划，如行驶速度、行驶时间、中途休息、休息间隔、时间长短等，有点像随意的个人自驾游。在9时之前，曾停车休息2次，但时间不长。事故发生时间为10时30分，距目的地仅10公里，故整个路程车辆基本都处于行驶状态。即使对于具有相当驾龄的司机来说，如非长途驾驶司机或缺乏长途驾驶经验的，如此连续驾驶极易产生疲劳。尚且不论炎热天气下连续行驶对车辆机械性能如制动等影响。

其三，失去管控。车上没有指定带车，失去对车辆的管控。由于前一天睡眠不足，上车出发后，大家不约而同地进入昏睡状态，都在补觉。这有点像在国内乘坐长途大巴或者旅行大巴的情形，乘客上车后可以睡大觉，把安全责任完全托付给大巴司机。但是，有一点可能忘记了，这个“奔驰”中巴黑人司机不是中国大巴司机，因为其不是固定跑长途的司机。在众人昏睡、鼾声四起的车内环境下，他亦极易进入瞌睡状态。此刻，整个车辆缺乏清醒的带车人员对司机进行提醒、提示或警告，失去对车辆的应有管控，车辆类似进行自主巡航状态，而且还少了应有的导航。

其四，严重超速。“我们的小车以平均145公里/小时速度跟着前面的大车继续行程，间距约500米……”那么前面这辆中巴的车速会是多少呢？不妨计算一下。从早上6时30分出发，到10时30分事故发生，共4个小时，扣除中途30分钟休息，行车约3.5小时，行程约500公里（482公里+城区道路部分），那么车速可能是多少呢？平均车速143公里/小时！这是平均车速，部分路段超速远大于20%。

其五，开赌气车。在严重超速情况下，更要命的是开起“赌气车”。“‘奔驰’车超过一辆印度人开的皮卡车，两辆车互相较劲了一会儿，皮卡车开过去了，‘奔驰’猛地向右拐一下，又向左拐一下，该车突然车头翘起来，后轮着地向右方连续翻滚四五圈，滚向公路左侧路基下，并卷起一阵沙土烟雾……”

这些因素全部集中在一起，这起道路交通事故似乎无法避免。但是，谁会在援非医疗队出国前负责提醒我们有关行车安全意识和保障措施呢？

没有。至少在我出国前受训中，没有接受过这方面的培训。幸好，我是一名从中国第二炮兵部队走出来的老军人。

8

"Oxward，we go！"（准备出发）

黑人司机 Oxward 赶紧登上 Nissan 中巴车，启动发动机预热。周六上午 9 时，例行公事，我们要出发去买菜了。

每次一起出去买菜时，我都记得在超市中为黑人司机买份食物，如面包、饼干、小糕点等，价格不高，仅 1 ~ 2 加纳塞地。虽属于小恩小惠，但黑人司机相当开心，因此很高兴地跟我出去，也很高兴地服从我的带车指示。

有的医疗队员提醒说，不要对黑人司机那么好，以后会得寸进尺。我只是一笑了之，懒着回应。嘿嘿，不对黑人司机好，你的小命可全要拜托他了，难道你真的那么天真认为，自身安全都是上帝的眷顾啊？

"Where to go，Dr Qu？"（去哪儿）

"Accra Mall！"（阿克拉购物城）

黑人门卫将驻地的铁门打开。待我们 Nissan 中巴车一驶出驻地，就听见后面"哐当"一声，铁门又关上了。

中国医疗队的驻地在阿克拉西南角、环城西路边上。按照阿克拉城市规划，环城路环线以内，算是市区，也就是中心区（downtown）。我们驻地只能算是城乡接合部了。不过，在非洲城市，城乡差别没有那么醒目显著。

我们要去城市中心区的几个较大型超市采购，位于 Accra Mall 的 Shoprite 超市是我们经常光顾的地方。那在驻地的东北面，我们可以选择向左北行或者向右南行路线，经环线到达中心区。向左北行，先经过一段制作棺材铺的路段，再通过市郊的长途汽车站，人多、车多，比较拥堵，且尘土飞扬，没有多少城市景观可欣赏的。向右南行，先过克里布教学医院，直达大西洋岸边，再沿海边公路东行，经过古老的詹姆斯小镇、尤舍尔小镇以及镇上那座古老灯塔和城堡，再经过加纳最有钱的地方——加纳中央银行，还有加纳高等法院、恩克鲁玛陵园等，就到达阿克拉中心的解放大道。这一路自然与人文美景不断，既有古老的，又有现代的，还可以眺望那茫茫的大西洋，不时惹起心中一点遐思。

“Turn to right. To Shoprite.”（右转。去 Shoprite 超市。）

车辆沿着大西洋边的道路前行。

今天晴朗万里。望着窗外，大西洋一望无际，蔚蓝的大海，海不扬波。天空也是蔚蓝的，明净得一点杂色都没有。我一直没有明白，到底是因为蔚蓝的大海映出天空的蔚蓝，还是蔚蓝的天空映出大海的蔚蓝。不过宇航员说，从天上俯瞰地球，地球就是个蔚蓝色的星球。看来，这地球的基色应该就是蔚蓝色的，但蓝色似乎不是这世界的主色。

蔚蓝色的天空上，几朵白云在悠闲地飘荡，点缀着辽阔的天空。假如没有白云，相信天空会很寂寞。秃鹫、乌鸦、鹭鸟等在天空中相遇而安，自由飞翔。

我欣赏着窗外美丽的景色，右手紧紧抓握着上方的安全扶手，忘不了时刻提醒黑人司机：

“So beautiful city， so lovely girls， and so wonderful life！ So drive slowly！”

（这么美丽的城市，这么可爱的姑娘，这么美好的生活！所以慢速行驶！）

这世界多么美好呀！为什么不自我珍惜呢？！

（本文引用冯宇峰医生的博客内容，谨此致谢！）

2015-09-05 修改

援非生活，只是我人生一杯佐餐的红酒，浅斟慢酌，用心回味；援非生活，只是我人生一壶浓郁的苦丁茶，苦在口中，心留余香；援非生活，只是我人生一段轻松的小曲，低吟浅唱，伴我前行……

——摘自援非散文集《心儿向着远方——我在加纳的援非经历》

无聊怎滋味

——援非焦虑症之二

1

“海洋中最庞大的生物是什么？”

“蓝鲸吧。”

“海洋中最凶猛的生物是什么？”

“虎鲨！”

“你确定？”

“……”

“那我们打赌！”

“……”

两个博士医生又在一起认真地争论着一个生物界问题。这个问题无关医学，也无关援非。

不知道这是他们第几次在争论这个问题了。可能最近学术界又有什么新的探索发现，不然就是前几次讨论没有形成共识，或者就是百度知识中对此问题回答模棱两可。

两个人互相瞪着眼睛，眼神中说不出是自信还是茫然。

“那你也说说，海洋中最庞大的生物是什么？”

“……”

“海洋中最凶猛的生物又是什么？”

“……”

“你一样不能确定吧？那我们上网查查。”

“……”

我习以为常地淡淡一笑。有时候，知识多了，就成了累赘，真理常识遇上逻辑，就是秀才遇上兵——有理说不清了！

我相信，这个问题他们两人还要继续争论探讨下去，至少在这两年非洲的日子里。假如援非的两年时间里，他们能把这个问题弄清，也算是学习进步。

我没有明白，为什么他们没有将他们小孩学习的《十万个为什么》带过来，否则他们探讨的问题会更加广泛。总是探讨同一个问题，未免单调、乏味。我也没有明白，为什么他们乐此不疲，就像同他们孩子一起玩游戏一样。

在援非医疗队员这个群体中，由于选拔、培训等程序经历近半年时间，队员们均做好充分的心理准备。进入非洲以后，极少队员会出现明显的负面心理情绪，如感情纠葛、失落、惆怅、迷茫、惊恐、彷徨、失措、落魄等，但遇到始料未及的状况就是——无聊！

哎，援非的生活啊……

2

人生总会有孤独的时候。那是身边没有人。

人生总会有寂寞的时候。那是身边没有可说话的人。

人生也总会有无聊的时候。那是整日里无所事事。

孤独常与寂寞相伴。孤独在先，寂寞于后，身边没有人，自然就没有可说话的人。其实，更准确地说，应该是身边没有朋友或者是知心朋友。茫茫人海，穿梭在自己周围的不乏众生，但是有几人与自己有关呢？又有几人能真正说上几句话呢？因此，孤独和寂寞应该属于内心的体验，那是一种感觉，不一定是现实的状态。

无聊的时光中，一个人不仅整日里无所事事，而且是整日里浑浑噩噩，就像即将耗尽能量的电灯。说没电吧，它时不时又会支撑一下，不至于一霎间熄灯转入黑暗；说它有点电量吧，它总没有闪耀更多的光亮，少了许多平日的光芒。因此，无聊是一种状态，一种没有滋味的味道。

孤独、寂寞常不屑与无聊为伍。因为倘若这三者紧紧拥抱在一起，终日无法排遣，一种心理障碍可能就会产生——抑郁症！

在国内，医生整日忙碌，每天就干两件事：看病或者带人看病。即使节假日亦不例外。如能喘口气，也是亲朋好友相聚，或谈笑风生，或游山玩水，或推杯换盏，总是不亦乐乎，总在感叹“时间都去哪儿啦”。如能“偷得浮生半日闲”，便是最美的享受！

到了非洲，什么都不多，就是骤然间觉得时间一下子多了许多。上班仅半天，其实也没多少事，类似国内不在编、没工资、非进修、非学习的，领导不管，一切自己安排；能干什么，不能干什么，自己也说不算；多你一个不多，少你一个不少；无事可以早退，偶尔还能翘班，尽享非洲本土医生待遇。一般下午休息，只是午睡多了，晚上难以入眠；假如不睡会儿，更不知如何消磨时间；晚上均无应酬，更没有夜生活消遣，即使上网，与国内时差 8 小时，总是处在颠倒时空。

没有空闲时间的日子，总在渴望着有些时间可以自己支配。空闲时间太多的日子，却不知道如何打发。生活总是不停地与我们开着小小的玩笑，也告诉我们一个道理，人生最大的学问是学会如何打发时间、如何消磨时光。

这时，那些有关时间的警句并无多大作用，就像父辈对我们说的“吾生待明日，万事且蹉跎”，那时我们没什么感觉；也像我们对后辈说的，“时光一去不复还”，他们也没什么感觉，弄不好回敬一句，“那是说你自己吧，大叔！”或许这就是人生。

总想支配时间的，要被累死；总是被时间支配的，也要被累死。或许，人与时间的关系就像人与金钱的关系，总想支配金钱的，或被金钱支配的，都是金钱的奴隶。假如能与时间若即若离，需要时间时，时间在那里，不需要时间时，一切按部就班，时间也不会多余。那该多好啊！

援非生活，时空转换。即使周围有那么几个人，也会感到一种莫名的孤独；即使周围有那么几个人，心中一样莫名的寂寞；即使每天有那么一点事，也会感到一种莫名的无聊。即使处在伟大的援非事业光环下，也难免每日单调无聊乏味；即使心中自觉境界崇高，最后也只能无可奈何地摇晃自己的脑袋，说不出更多的滋味。单调的生活怎么才不会无聊，无聊的世界怎么才能“无事心不空”呢？

伟大的援非生活啊，哪是培养我什么高尚的情操，而是苦逼我历练这种境界啊！

3

时间多了，事情少了，心里空落落的，日子难免无聊。倘若谁说，援非生活很充实，那一定是自欺欺人。一天、两天有点新鲜，随后的日子就是乏味无聊。

能达到苦行僧那样的境界，每日念念“空”、“静”等，便可求得内心宁静，此等人少。凡夫俗子更多感受到一种空虚、一种无聊。只不过，谁都明白，无聊的日子一样需要打发，不能因为无聊就不过吧，或许无聊也是人生的一种色调。

无所事事，就要没事找事。单调无聊的援非生活，需要排遣，需要有一个宣泄口；任何情感不能淤积，只能宣泄，不然谁的心理都难堪其负。

用吸食毒品来慰藉空虚的心灵，那只是明星们的擅长。以豪饮酒精来麻醉清醒的思维，不但有伤身体，更伤金贵的脑细胞，是一种划不来的买卖。用零食来解馋，或者疯狂地购物，似乎只是女士的行径，在非洲并不现实。用体育运动来打发时间，既强筋健骨，又愉悦身心，应是最佳的生活方式。只是无法满足天天运动，已不再年经了，精力和体力经不起如此消耗，更不说那清淡的援非伙食了。见到一些中资企业年轻人在球场上宣泄式拼抢，最后摊上手足骨折等运动伤，心中更有一点余悸。

无聊中闲聊，应是最为轻松的、成本最低的打发方式。但能说什么话题呢？

许多人都是从中学到大学，从这个学校到那个学校，从本科读到博士，人生大部分时间不是在教室里度过，就是在实验室里度过。从学校出来，就到医院工作，能接触到的外面世界就那么一点空间。除了高考时那种千军万马过独木桥的壮丽景观，还有值得炫耀的在国外杂志发表论文的荣光，人生的历练仅限于此。每个医生都一样，在外面人看来也算多彩的人生，在圈内人眼里，不过就是“平凡的世界”。

个人从事专业不同，医学之间跨界发展委实不易，因此探讨专业问题毫无意思，只能是一个人口若悬河、另一个频频点头称是。缺乏共同兴趣的话题，自然不会引起深入探讨的兴趣，故这不能成为话题。

因此，无聊的援非生活，每个人首先要学会成为“话题大王”。

爱情？自己的爱情故事，尽管其中有一些令人激动的精彩篇章，也只能暗自品味，没事时心里偷着乐，一般不能成为分享的话题。况且，爱情一定要靠时间来检验的，那种在乎曾经拥有、不在乎天长地久的轰轰烈烈的爱情故事，似乎并不是普通人的享受。因此，娱乐界的花边秀场式的爱情故事，给这个社会增添了不少笑料，确实是打发无聊时光的最好作料，为人津津乐道。遇到令人羡慕的，啧啧称奇，眼神中闪着一种难得的光亮，仿佛被充电一样；说起一些惨不忍睹的爱情结局，也会同情地给予一道唉声叹气。无聊日子里少不了娱乐界明星，还有那些敬业的娱乐记者，没有他们，那生活可能更无聊，尽管那些狗血剧情通常很无聊。

孩子呢？这个可以谈。尤其在孩子较小的时候，幼儿园、小学、初中等，如果大家的孩子差不过，那么关注类似的问题，互相交流一下，也有不少乐趣。不过，这只能在孩子一样大小的成人之间谈。我等几位孩子都上大学了，此类话题并不多。惟感叹现在高等教育只是一项普及教育，每年700多万大学生毕业，就业确实是个大难题。我们那个时代，大学生是“天之骄子”，现在呢？充其量只是父母的独生“宝贝”。或许孩子小一些的援非医生在这方面话题会多一点。只是孩子不在身边，繁重的教育任务业已转移，说多了，心里有愧疚和伤心，惹起心中的思念，更令心里难受。这个话题要尽量避免。

政治呢？这个话题比较多样。来到非洲，有一个明显感觉，那就是接受中国式教育的人似乎对政治都感兴趣，每个人总有一点忧国忧民，每个人总有一点义愤填膺。在国外，热衷政治的只是少数一些政治家，大众人群更多关注就业、收入以及民生改善。身处非洲，有更广阔的途径获知政治新闻、秘闻、内幕等等，尤其反腐斗争，因为上网便捷，无须越狱，亦无管制监控。只是真伪难辨，没有一个清醒的分析头脑，抱着“无风不起浪”，或者“是风就是雨”，就会乱了自己的定力。因此，谈论这些话题，只能点到为止。预知详情如何，自己上网；不作评论，自加解读；注意一点，国外消息，勿传国内。如此即可。

经济呢？这个可以常谈。中国已经成为世界上第二个经济体，经济发展成就有目共睹。非洲朋友一听我们说中国还是一个发展中国家（developing country），都觉得十分有趣，自我解嘲说：不错，哪一个国家都处在发展中，中国是，非洲也是，难道美国、欧洲不是吗？可能发展的概念，我们也不十分清楚，如果再扯上“底子薄、人口多”等等，自己更说不清。出国前没有这些培训，就将我们冠以“民间外交家”，似乎有点赶鸭子上轿。不过，国内经济下滑、企业倒闭、股市低迷等，也没有什么值得关注的。无聊之中，我自创一套经济晴雨表的理论，假如去电影院看电影的人多了、去大排档吃饭喝酒的人多了、到医院看病住院的人多了，那经济一定不行了。因为人们有时间去做这些事，就说明时间不值钱了。否则经济红火，大家都去挣钱，哪有时间去浪费，连看病住院都要往后拖一拖。不是吗？

文化呢？体育呢？非洲呢？历史呢？天气呢？或许可以闲聊的话题确实很多。不过这只是理论的推导，没几个医生有那么广泛的兴趣和知识。而能说到一起，不说志同道合，也要臭味相投的，这样的朋友可能并不多。

只是，常常觉得闲聊也十分无聊，因为关我甚事呢。

4

真的很无聊。

尽管自己的人生历练在同龄者中亦不多见，什么孤独、寂寞，在年轻气盛时均已细细品尝，早已不成为什么考验了。但是，在非洲的日子里，这无聊的时光或者说时光的无聊，确实是个很大的考验。

中国医疗队驻地的小院子就那几百平方米，那就是日常生活的空间。四周高大的围墙，一块警示牌尤为醒目“电网有电，请勿靠近”，没有车辆出入时，铁门总是关闭。时间长了，就有一种压抑的感觉，令人窒息。那年夏天，有些队员家属小孩来探亲。三天后，孩子一见车辆驶出院子，铁门哐当一声又关上了，不禁号哭起来，这地方没有幼儿园好玩。

我厌恶那扇大黑的铁门，总觉得铁门内外就是两重天。走出那扇铁门，呼吸会变得顺畅，尽管天空还是那个天空，空气还是那般空气。每周四上午，我总叫上老彭翻译，开着帕杰罗，一起出去到市区采购食材、蔬菜等，即使厨房里不一定缺少更多东西，我们也要一起出去遛遛，到市区逛逛，一则消磨时间，二则与外面的世界多少有点接触和交流，免得与世隔绝。

有时候，我会在阿克拉的大型超市中待上个把小时，将偌大商场里的一排排货架统统浏览一遍，把商品的包装、规格以及价格全部默诵，吃的、用的样样不落，自嘲说为了学习英语，其实闲着就是闲着。通常还不止逛一个超市，因为闲着也是闲着。可以说，在加纳两年，哪里最熟悉啊？阿克拉的超市！

这天，又与老彭一起出去。路上没有明显拥堵，车流缓慢前行。坐在车上，闲聊起非洲的电视剧。上班时，如没有参加手术，我就坐在手术室的休息间里，那里有一台收视信号并不是怎么好的电视，可以收看一些非洲电视节目，聊以打发时间。非洲电视剧节目艺术性确实不敢恭维，对话基本靠喊，动作无非手舞，忧伤有点样子，高兴纯粹舞蹈，细微神态或者表情流露很难捕捉，演员可能沉浸在舞台彩排之中，而摄像画面更逊不少。看来电视、电影这些艺术与经济发展有很大关系，因为都是烧钱艺术。不过，老彭说，类似绘画等个体艺术，非洲很有特色喽，可能比我们国内更有个性，且形式多样，不妨去欣赏一下。好啊，反正闲着也是闲着。

帕杰罗到恩克鲁玛转盘后往北行，在北工业区内，我们找到一家食品冷冻库，真不知道老彭怎么知道这地方的。购买整鸡 3 箱（每箱 10 公斤 60 塞地），鸡翅 2 箱（每箱 70 塞地），鸡腿 1 箱（每箱 55 塞地），产地有巴西、波兰等，够吃一阵了。后来知道，虽然价格便宜，但系老鸡，鸡皮就像皮筋。这时我似乎有点明白，老外为什么喜欢用餐刀，因为没有餐刀切块、切丁，这些老鸡想吃到肚里，确实有点难度。

然后又转去机场路的 Marina Mall（滨海湾商城），刚开张不久，比较高档大气，地理位置颇佳，位于使馆区。按照大厨的吩咐，买了猪肉、冷冻蔬菜、意大利面、面包以及土豆、葱蒜等，花了 241 塞地。我自己还买了 1 瓶黑方威士忌，78 塞地，比 Accra Mall 稍贵几塞地，但无所谓，喝几口小酒换来舒坦的一觉，什么都值得。开具税票时，见到几个年轻的中东人在一起聊天商量。老彭说，这几个年轻人就是这家超市的股东。似乎中国人到国外，只能开个小店、杂货店之类，那些大型超市一般都是人家中东人投资的，我不知道什么原因。

从机场路出来，又转去 Osu 区的 Lara 超市，再买些牛肉。最后去了温州人开的丰收商店买青菜。当天的送菜车还没来，我们懒着继续等下去，一看还有丝瓜、白萝卜、四季豆、西红柿等，就买了一些，再买些鸡粉、孜然粉等配料。江西国际的老肖主任见我们蔬菜品种不多，就将自己买的苦瓜等，友情赠送我们。真不好意思，又“受贿”了！

回来的路上，收听 BBC 广播，中国作家莫言获得本年度诺贝尔文学奖。这应该是件大事，可以高兴一下。读过莫言的《丰乳肥臀》，其中刻画一位不会吃饭只能喝奶的怪人，以扭曲人性反映时代变迁，很有艺术感染力。饶有意思的是，许多成名之作都是小说家早期作品，那时候他们默默无闻、饥寒交迫、穷困潦倒……以后扬名了、成家了、得意了，倒不见有更多扛鼎之作。文学史中这种现象值得探讨。

艺术？文学？与我的专业追求无关啊。

5

出国前，让女儿普及一下 QQ 知识，学会用上 QQ。

然后，就被拉进很多群里，也接触到许多陌生的符号语言。

要感谢那些聊天工具的出现，为无聊的世界、无聊的时光添加一些闲聊的手段。不管熟悉不熟悉、不管爱听不爱听，反正想说的，就只顾自己唠叨，听不听在你，真正各抒己见，而无须面红耳赤。

很多段子非常幽默，让人不禁开怀。某日坐在房间里上网，见到同学发了一个段子，题目叫“成功人士的标志”：

某企业家向身边的美女滔滔不绝地炫耀如何从哪几个方面辨别真正成功人士：①没有名片；②自己不开车；③衣服没 logo；④住的是小独院；⑤每天午睡；⑥经常在郊区户外活动；⑦包里现金很少；⑧可以生两个以上孩子。

旁边一位农民兄弟兴奋地打断他："这种人，我们村全是！

我也哈哈大笑，"我们援非的也是！"

笑声打住，便忙着在网上寻找韩国电影观看。韩国电视剧不看，太冗长了，即使在非洲，我也耗不起那个时间。但是韩国电影却让我刮目相看，题材广泛，许多都是探讨人性以及社会问题，这是中国电影无法比拟的。

在国内最后一次进电影院，那是看冯小刚的《唐山大地震》。平时很少上网看中国电影，连电视中播放的中国电影也少看。只有登上了国际航班，才找到几部中国电影看看，多作为一种催眠的手段。

到了非洲，上网看电影比较方便。也看了几部国内一些小制作电影，如范冰冰的《青苹果》、王宝强的《盲井》、宁浩的《疯狂的石头》等，

但绝对不看所谓的国内大片，那些都是烧钱的主。

这天，找到一部韩国电影《空房子》，挺不错，很有意思。男主人公是一位孤独小伙子，属于流浪街头的人，骑着摩托车，在城乡转悠，经常光顾那些主人外出后空闲的房子，将凌乱的房间收拾了，将脏衣服帮助洗了，将故障的钟表、音响、体重仪修好，然后在家中做饭、冲凉，睡在主人房里，俨然成为这家的主人。有一天进入一栋豪宅，遇到了一位遭受家暴虐待的美丽的女主人公，就带着女主人公去无拘无束地流浪，在别人家过上自己家的生活。一天误打误撞进一家房子，发现孤单的空巢老人已经死在家中，便帮助装殓尸体，埋于院内。老人儿子回来后，遇到他们私闯民宅，且发现老人失踪，就报警。于是他们就入了警局，经审查老人死于肺癌，排除他们谋杀，但私闯民宅，男主人公被判入狱。在狱中，男主人公修炼无声无息的移动身法，逃出监狱后就去那栋豪宅，找到美丽的女主人公，一起享受心仪的生活。影片结尾问道：生活是真情实感，还是虚幻梦境？

这部电影令人印象深刻的是，男女主人公竟然没有一句台词，均靠动作、眼神、一瞥一笑、一举手、一投足等来表现两个心灵孤独人之间相互依赖、心生情愫、相互抚慰等，反而更吸引观众的关注。后来才知道，这部电影是世界著名导演金基德的作品。

晚上又一鼓作气看了两部韩国电影。一部电影叫《医生》，说的是一个病态佬

整形医生的故事。其看到年轻妻子偷人，就起杀心，连续杀害几个人。其被通缉时，杀了一个流浪汉，拿其身份证后，将自己毁容。送院后，被按照那张身份证照片进行整形复原（韩国整形水平就是高）。出院时，其拿着镜子，看着新相貌（观众看不到），誓言要报仇。故事戛然而止，留下一些悬疑。不过此片如在国内公映，那些挂着韩国整形技术的医院大概不会门庭若市吧。

另一部电影叫《中毒》，说的是兄弟俩的故事。哥哥是木匠，弟弟是赛车手。有一天哥哥、弟弟同时发生车祸，哥哥昏迷需生命维持，弟弟醒来了，但弟弟的身躯中却承载着哥哥的灵魂，嫂子因此处于极度矛盾之中。电影中，一些小细节处理得很有意思，如雨中送伞、项链固定、早上挤牙膏、做饭菜，而弟弟干起木匠活竟也那么熟练。韩国电影有时比较异想天开，通过类似科幻或者怪异的手法，来表现现实的思考，这倒是我们要学习的榜样。如果什么都是纪实，想象的空间毕竟有限，对人性的探讨就无法深入。影片最后嫂子又收到一条项链，系弟弟前女友寄来的，那么挂在嫂子身上的同款项链又是怎么回事呢？嫂子终于在车库中发现，那里收藏着许多其以前的照片。原来弟弟很早就爱上她了，没想到她却成为其嫂子，故平时就留心其哥哥与嫂子之间的事情。当哥哥出车祸陷入长期昏迷后，其就替代哥哥，把自己的爱和哥哥的爱融在一起，倾注到嫂子身上，并不是真正的灵魂附体。可惜，看到后面，网速不行，画面模糊，韩语听不懂，字幕看不到，就无法了解细节内容了。

看到半夜，已经饥肠辘辘了，煮包印度即食面，吃完后接着看，凌晨4时迷迷糊糊中入睡。该清醒时清醒，该迷糊时迷糊，至少不会感到无聊。

6

午后晒太阳、写作是每日的功课，类似出家人的每日功课。

到了非洲以后，给自己布置的每日功课，就是完成千字文，体裁不限，或散文或杂文或日志或论文等。无它，只为了中文不会荒疏，也为了思想不会停顿。十个月坚持不懈，写作足有60万字。因此，每日打交道最多的自然是屁股下的椅子。

房间里有两把座椅，都是中国产的，和我们一样，也是远渡重洋。一把座椅是前面的队员留下来的，属于那种低靠背的文员转椅。坐垫及靠背都是很薄的海绵，覆以粗糙的蓝色帆布，坐上去就感觉到下面硬质的塑料板，有点硌屁股。而靠背仅到肩胛下，写作时如有得意处，稍往后倚靠，下面的轮子便失去平衡的受力，落个人仰马（椅）翻。正因为如此诸多问题，到了非洲不久，就换了把新椅子。

这把新椅子奢侈一点，是那种高靠背的大班皮椅，也是转椅。只是宽大多了，柔软多了，结实多了。靠背高出脑袋一个头，舒适地托着脑袋，可以避免伏案写作引起的颈部酸痛之类。坐垫那个沙发够厚实的，极为舒适，即使臀部没有什么肉，也不觉得硌屁股。座椅下有个插销，轻轻一拨，要靠就靠，要斜躺就斜躺，功能齐全，高兴起来，还可以当摇椅，不用担心人仰马（椅）翻。

房间很小，自然没有必要放两把椅子。需要从中淘汰一把，不然房间有些转不过身来。队友们很快将那把旧椅扔掉，有新的、舒适的不用，自然属于受虐之类。我却没有将旧椅扔了，只是将其挪至门外，每日出门上班时可以坐在上面，穿个袜子，换个鞋什么的，物尽其用嘛。

几个月下来，我发现自己产生一个怪癖。只能坐在那张旧的粗糙的有些硌屁股的文员布椅上，才能写作。不说才思如泉涌吧，不说下笔如有神吧，至少也可下笔成章。有时一天可以坐在上面数个小时，完成洋洋洒洒的万字文，并不觉得思维枯竭，脑里空空，当然腰部还是有点酸胀的。倘若换上那把高高的皮椅，屁股确实舒服，坐上个把小时，也不会觉得腰部不适。只是坐在上面，脑袋里顿时空空如也，即使抓耳挠腮，也无济于事，充其量在电脑上敲个标题，就不知道如何往下成文。即使在克里布医院上班时初拟的稿件，也难以在电脑上修改完成。反正一坐在皮椅上，只能上上网，看些新闻，或者在暴风影音上看看电视剧，要想写片言只语，那是难、难、难。

原以为高背皮椅与那张书桌不配套，皮椅高了，敲键盘时，胳膊抬着有点高，容易疲劳，所以不适合写作。但是调整了桌子和电脑，敲键盘已经很舒适了，还是无法进行写作，脑袋里依然空空如也。如将这把皮椅推到一边，换上那把旧的低靠布椅，稍事片刻，精力即可集中，思维便可运行，写起文章，逻辑自然连贯。这有点奇怪啊！

我不属于那种十分恋旧之人，反而十分倾向尝试新鲜事物，否则不会在事业如日中天时跑到非洲来。尽管最先接触的是这把旧的文员布椅，也是在这把椅子上，开始自己的援非写作，但是自己一直没有停顿过写作，所以也就没有什么认椅之说。在国内时，家里书房那把座椅也不是很舒适，愣是完成了近 150 万字的《脊柱内固定学》的编撰，甚至有时就是坐在矮凳上、趴在茶几上写作，全然不顾忌屁股究竟坐在何方神圣上。

现在我不得不寻思这究竟怎么回事。坐在舒适的高靠皮椅上，为什么脑袋里仿佛一点思想都没有了，而坐在有点硌屁股的旧椅，反而就能如愿写作？这数月下来数十万字的写作，坐在那把高靠皮椅上完成的，可能只有可怜的零头，而且多属于成文字稿电脑录入之类。

有一天，脑袋里不经意间涌现出一句话：屁股决定脑袋。难道果真如此这般？从我这段时间的写作经历看，应是如此这般，不管你们信不信，反正我是相信的。

古代有“锥刺股，头悬梁”的故事，这“锥刺”的就是屁股。为什么不刺在其他部位，非要与屁股过不去呢？以前确实不理解。与屁股过不去，难道就能“发奋图强”？何况屁股肉多，“锥刺”的疼痛可能很快就能耐受，还有效吗？古人将此典故传承至今，肯定不会忽悠后人，只是我们不能理解其后面的意思罢了。

现在，我有点明白了。无论是小时候的“打屁股”，还是成就事业的“锥刺股”，总归不能让屁股太舒服。为啥？屁股舒服了，那就是安逸了、享乐了、奢靡了。因为一坐大几个小时，屁股反馈给脑袋的就两字：舒服。所以，脑袋里的神经细胞也安逸了、享乐了、奢靡了，思维休息了，思考停止了，思想停滞了。思想停滞了，行动就回归到幼稚状态，一事无成也罢，如回到弱智或者痴呆，那都是“愧对列祖列宗”。

屁股舒服了，脑袋就空了；倘若希望脑袋充实，大概屁股要受点罪，或者要坐在硌屁股的椅子上了。

无聊！写不出来，怎么怪屁股呢！

7

害怕过节假日。

那些天，世界仿佛停止了转动，什么声音都没有了。领导人休息了，政治新闻没有了；股市期货休息了，指数就停在那里，经济晴雨表停歇在那里。娱乐明星去度假了，绯闻少了许多。普通百姓休息了，QQ上鲜有留言，邮箱里不见新邮件。大家该干吗就干吗去了，世界难得有点静悄悄的。

我跟谁乐呵呢？给女儿连线，聊聊吧：

“女儿，请教一个问题？”

“嗯。”

“这世界上什么鸟飞得最高？”

“珠穆朗玛峰上的鸟。”

“到底什么鸟？”

“……”

“那世界上什么鸟飞得最远？”

“从北极到南极的候鸟。”

“到底什么鸟？”

“……”

“你不去查查资料吧？”

“没时间！”

“那你现在中奖 100 万，通知去领奖，有时间吧？”

“没时间！”

“……”

“老爹，你要是闲得无聊，没什么正事，我就下线了。”

……

女儿在视频的那一端下线了，留我一人在这一端发愣，自言自语道：

“到底是什么鸟呢？”

2015-03-16 修改

我来到了这个沙滩的尽头。前面是另外一个海湾，映入我眼帘的是，是西边天际间一轮火红的太阳。它没有日出时的火热，却一样灿烂、绚丽，无与伦比。它在最后消失的一霎那，把周围的云彩染红了，把远处的椰林染红了，把那一片沙滩染红了，把奔腾的浪花染红了——那真是一个红彤彤的世界啊。我不禁大声喊道："我看到了落日余晖！我看到了夕阳西下！"仿佛和远方的妻分享我的喜悦……

——摘自援非散文集《心儿向着远方——我在加纳的援非经历》

另一种饥渴

——援非焦虑症之三

1

……那地方，天空一样那么湛蓝，不过显得比较低矮，低矮得像睡床上的蚊帐顶，伸手可及；云朵一样那么洁白，悠闲地飘荡在山间、树梢，仿佛是缠绕在腰间的白丝带；风一样那么轻柔，轻柔得就像情人的芊芊玉手，若有若无地拂过脸庞；还有那阳光，一样那么灿烂耀眼，让我都要眯着眼，看那纷扰的世间万物，有说不清楚、道不明白的贪婪……

阳光一样那么灿烂耀眼。

年轻的我躺在营区后山的斜坡上，静静地闭上眼睛，清空脑袋里的思想，逐渐放松身体，让骨骼肌松弛，让括约肌松弛，让胃肠蠕动减弱，让心脏缓慢跳动，让呼吸浅浅吐纳，让自己忘记自己，静静地接收大自然的信息。斜坡绿草茵茵，就像躺在柔软的床榻，享受着轻柔的按压，轻柔的山风送来阵阵沁心的花香，不禁心中荡漾，期待着那由远及近的轻柔脚步……

这世界上任何物质的占有都不会永久，真正伟大的拥有只在自己的思想深处、在自己的心灵深处、在自己的灵魂深处。

我思之、念之、想之，让大自然为我呼应，让我心中释然。在冥想中，我独自享受那一份属于自己的愉悦。

不远处，几只山羊可能吃饱了，抒情地清嗓，没有杂质的嗓音尤为悦耳。

“咪咪……”

“咩咩……”

“叭叭……”

“嘟嘟……”

烦人的汽车喇叭声不合时宜地响起，扰醒我的清梦，也粉碎了这山谷的幽静。

我睁眼一看，那辆岁数已经不短、确实有点破旧的白色交通车从山谷营区里开出。营区的黄土路布满坑洼，车辆就像一个喝了什么花酒的壮汉，跌跌撞撞中兴奋向前，不时还发出发情般烦人的噪音——并非在告慰这山谷，简直就是在示威！

车上满载着回县城度周末的军官。部队在县城边上有一家造纸厂，许多随军家属都安置在那里，所以他们的家也就安在那里。那里就是这些营团职干部的家。那时候部队副营职以上军官家属才可以随军。

车上的人们自然也是那么兴奋。

“这一周真他妈难熬！”

“难熬也是为了养精蓄锐。晚上叫弟妹好好慰劳你一下。”

“那晚上到我家来，让我老婆弄点小菜，一起喝杯小酒？”

“良宵苦短。喝酒免了，我也得好好陪陪老婆孩子。等回来后再喝。”

“那我老婆的厨艺，你就享受不上喽。”

“我老婆也准备了一桌好菜，前几天都打电话来唠叨着，就怕我这周又值班，回不了家。”

“那就各回各的家。代问弟妹好。”

……

对面的山坡上，号称“军营野歌手”的战士小杜又在那里练嗓子。

以前，他那副破锣嗓子根本不是在唱，而是在喊，对着树林喊，对着山包喊，喊得让人毛骨悚然，全身都起鸡皮疙瘩。不过，听着时间长了，就感到这小子中气挺足，喊声中渐渐有一些旋律。后来，又感到这旋律中有一份深情……

不过，这辆破旧交通车开出营区时候，小杜总是很动情地唱着那首经典歌曲：

日落西山红霞飞，

战士打靶把营归、把营归，

胸前红花映彩霞，

愉快的歌声满天飞。

米索拉米索，拉锁米东诶，

愉快的歌声满天飞。

……

这歌唱越来越响亮、越嘹亮，似乎有很多人和着小杜的歌声，在一起欢快地歌唱。有时，我也会对着山谷喊上几句：

日落西山红霞飞，
战士打靶把营归、把营归，
胸前红花映彩霞，
愉快的歌声满天飞……

歌声回响在山谷营区上空。

2

每周日下午 3 时，那辆破旧的交通车会准时离开县城边上的造纸厂，返回这个山谷的营区里。

周周如此，月月如此，年年如此。

只不过，那辆新交通车跑成了破旧，而车上的军官换了一茬又一茬。

战士们亲切称呼那辆破旧的交通车为“打靶车”，简称“靶车”。

每到周五下午，大家都在打听：“靶车走了没有？”有的人想搭个顺风车，到县城办点私事，会会老乡，或者就是散散心，看看街道上那些红红绿绿的色彩，还有呼吸几口远处飘来的暗香。

我刚到这个山谷的营区时，一听说“打靶车”或者“靶车”，丈二和尚摸不着头脑，什么意思？卫生队战士就向我深情地唱起了那首广受战士喜爱的歌曲“日落西山红霞飞”，而且有意地在“战士打靶把营归”处将嗓门提高了八度，生怕我一时还领会不过来。

歌声结束时，大家都会情不自禁地喊声一致：

“一、二、三……四！”

就像有节奏的嘿咻。噢，这首《打靶歌》啊！

没上军校时，我就熟悉这首歌曲，那个年代就那么几首耳熟能详的歌曲。上军校时，也没少唱这首歌曲，但是只领会其中的战士豪情，却没有思考那么多含义。来到基层军营后，再唱这首歌曲，才明白其中又多了一层意思。假如不是到这个“鸟不拉屎”的山谷里有这么一段当兵的经历，而是在喧闹都市的办公室中享受一分舒适和优雅，我肯定会觉得这是一种亵渎和无聊。但是，阳春白雪也好，下里巴人也好，战士自有战士的爱！

一曲《打靶歌》，依然旋律优美、抒情，每个当兵的在歌唱时，总会赋予自己的深情，深情中有一种不用明说的自豪感。而在这份深情后面，又蕴含着青春懵懂的某种渴望。

这清一色的山沟，这清一色的营区，这清一色的小伙子！

假若在 KTV 内，有人高唱这首《打靶歌》，我相信这个人一定有从军的历史。

周日下午 5 时许，那辆破旧的交通车准时地出现在山谷营区前面的那条山路上。

车辆慢慢吞吞地、磨磨唧唧地、呼哧呼哧地跑在山路上，早没有周五下午的那种欢快劲，就像一个老汉攀爬着在陡峭的登山路上。

对面的山坡上，“军营野歌手”战士小杜又会准时在那里练嗓子。

他深情专注，嘴角似乎挂着一丝淡淡的微笑，目光中有一种美好的憧憬，双手自然地挥舞，就像老艺术家陶醉在舞台上，歌声还是那么激扬，激扬中不乏抒情：

我爱五指山，
我爱万泉河，
双手接过红军的钢枪，
海南岛上保卫祖国
……
啊，五指山，
啊，万泉河，
红色的江山我们保卫，
红军的钢枪我们手中握。
……

顿时，整个山谷又回荡着这首《我爱五指山我爱万泉河》。似乎不是回音，而是合唱。

这首《我爱五指山我爱万泉河》同样在军营中广泛传唱，在军人中广泛传唱。与“日落西山红霞飞”一样，是我那个时代军人最喜欢、最流行的歌曲。其中缘由，似乎不需要我再作进一步解释说明。军人自有军人的幽默，即使这种幽默中有一点苦涩。

我爱万泉河的千重浪，
红军在这里把敌人赶下河，
万泉河流水向大海，
我沿着河边去巡逻……

小杜的歌声在山谷中响起。这歌声就像吹响了集合就餐军号，大家都会不由自主地走向食堂，有的走向营部食堂，有的走向连队食堂，我们这些军医、卫生员也走向卫生队食堂。时间到了，干部回来了，大家可以——开饭了。

这时，我确实感到有一种饥饿。

3

时空转换。非洲加纳。

天空已失去往日的湛蓝，撒哈拉沙漠南下沙尘使天空看上去似毛玻璃样，阳光依然从那些缝隙中投射大地一片耀眼的灿烂。

我爬上屋顶的天台，光着膀子，坐在一把小椅子上，尽情地享受非洲的阳光。远处大西洋涛声依稀难觅，不远处公路上疾驰而过的汽车轰鸣，提醒着我身处何方。

阳光下，海风依旧轻拂，像一双温柔的纤手轻轻地拭去我身上不停渗出的汗珠。我的头脑早已变得昏昏沉沉，无法思想什么，只感到有一种灼热在身上流淌，皮肤渐渐地泛红，豆大的汗珠不停地渗出，渐渐地感觉心跳有点加快，呼吸也变得急促……背上的皮肤传来一阵一阵的手抓样疼痛，昏沉的头脑里，竟然出现一点欣快的激灵，感受到有说不出的舒坦，口中低声呢喃道：“享受……啊……享受……”

……眼前泛起一层薄薄的青雾……荷塘里一片片翠绿的荷叶舒展着，彼此间紧紧偎依在一起，像一个个披着轻纱沐浴的仙女，含笑伫立，娇羞欲语……微风中荡漾着几朵娇艳的荷花，花朵娇嫩欲滴，亭亭玉立，一尘不染，秀出人寰，风致照人，清香阵阵，沁人心脾……一位娇美的女孩，站立在清澈的水池边，青春的躯体映衬着池中的荷花，透着说不尽的风情旖旎……天生丽质，姿态奇美，高雅恬静，如清澈池水中亭亭玉立的荷花；那嫣红的樱唇，更带着欲说还语的娇羞，晶亮动人的眼眸，顾盼多姿，包容了天地间最柔蜜的情怀……大朵大朵鲜花炫丽般迎面绽放，浓艳的色彩充填着整个视野……

这时，脑里残存的意念提醒着我：别再晒，别再晒了……要晒出毛病了！我猛地睁开双眼，眼前依然阳光灿烂耀眼。

回到房间，我确实感到口渴。科学研究表明，当一个人感到口渴时，其体内已经严重脱水，故不能口渴时再去喝水，而在不渴时就要记得补充水分。

从冰箱中拿出一杯冰镇橙汁，仰头一口就进肚子里，一阵清凉就从口腔里顺食管而下，在胃里稍事停顿，继续往下，进行“内降温”，这好似干旱数日后来了一道清泉，沿途灌溉，滋润着心田，于是急促的呼吸渐渐平顺，加快的心跳渐渐和缓。

我站在淋浴头下，不敢用冷水冲洗，而必须用有点热度的温水。将阀门打开最大，急促的水流从头浇下，冲击着身体的各个部位，哪个部位也不能落下，就像在那个城里水汇中心享受着指压按摩，尽管脑袋里还是那样昏沉，但身体疲乏之后那种愉悦不由自主地涌上心头：

“舒服……啊……舒服……”

我舒坦地躺在床上，脸上带着一丝满足的笑意。

就像那个时候我躺在那片绿草茵茵上。

迷糊中，夜色降临。

夜色笼罩着这座非洲城市——阿克拉。阿克拉笼罩在夜色中。

明净月光倾泻在驻地的小院子里，夜空更为高远和深邃，星星的影子难以辨清。

一楼厨房的餐厅里，我们几个人在一起小斟小酌。

到了非洲，时常晚上独酌一小杯。许多时候不是酒瘾上来，只是有意麻醉一下脑细胞，让自己的精神放松一点。有时候，脑子太清醒确实是种罪过，因为想得太多，对自己心理便是一种折磨。

今天不知道这几个人怎么会凑在一起喝酒。可能讲到什么话题，忽然间兴之所至，便将库房里储存的一瓶黑方威士忌拿出来，再切几块卤水牛腱子肉，炒碟鸡蛋，爆一盘花生米，每人倒上一大杯，自饮自乐。干不干，随意，没有谁跟谁过不去；能喝、想喝，就自己多下一点。只不过借着酒兴，大家一起聊聊天。苦闷中，需要借助酒精来宣泄。

心里想的，能说出来的，只是苦闷；说不出来的，便是焦虑。唉，这援非焦虑症啊！

4

推杯换盏之时，难免放浪形骸，胡言乱语。喝酒的人一般不会当酒桌上的话是那么一回事。所谓“酒后吐真言”，那只是有心计之人所言。

这个说，“又碰到几个华为员工，人家都是一家子在加纳。华为鼓励夫妻一起到海外服务，稳定军心，激发斗志，忠诚企业，也省去好多麻烦事，如心理障碍、斗殴等，所以这个企业就壮大，而且一定能壮大。”

那个说，“想一想，一个国家派出医疗队还不如企业派出的员工，真来气。要分居两年啊，基本人道都没有，在西方人眼里这是万万不可想象的。可笑之极！”

酒喝多了，我说了，“想当初，在云南山沟里，要一个班、一个排、一个连兵力驻守阵地。一个个 18、19 岁的热血青年，怎么可能待住呢？什么问题都出来了，寻衅滋事，打架斗殴，甚至出现盗枪枪杀战友的罪恶。后来部队全撤至县城，看守阵地的只有一家子人，一个专业军士和他妻子（就多发一个人的工资）。他们就像在自家的后山上那样耕田种菜，过着农耕女织的生活，每天早出晚归，守卫着阵地的安全，一家子人竟然可抵一个连的兵力。”

有人吟道，“暗想当初，有多少，幽欢佳会，岂知聚散难期，翻成雨恨云愁？”

愁。喝……

这个说，“大使馆官员，持外交护照的，可以带配偶；经商参处人员持有公务护照的，也可以带配偶。夫妻俩在一起，还有什么苦不苦的？而我们……”

那个说，“你看那个丰收商店的李老板，温州农村来的，一家三代都到了加纳，种菜、卖菜，全家乐呵呵的，多让人羡慕啊。在家里，他们还不是一样种菜、卖菜，一样这么生活着！”

这个说，“在国外，医生是个很有尊严的职业，而在我们国家，医生只是工具。外交人员可以带家属，为什么医生不能带家属？因为他们是官员，我们不是。同样为国效力，人家可以带家属去国外服务，我们却要夫妻分离天各一方，真是没有天理啊！”

“喝酒、喝酒……高谈阔论，畅叙天伦。”我说。

有人吟道，“多情自古伤离别，更那堪冷落清秋节！今宵酒醒何处？杨柳岸，晓风残月。此去经年，应是良辰好景虚设。便纵有，千种风情，更与何人说。”

何人说。喝……

这个说，“省里领导来访，竟然给我们带来一部《甄嬛》。后宫佳丽无数，让我们心旌荡漾，好让我们入梦乡，去找孙俪约会啊？”

那个说，“更气人的，厅里领导来访，竟然给我们带来一张光碟，刻录着妻子家人的问候和祝愿。不知道我们天天可以视频见面，时时可以通话聊天，怎么还搞那么老套的形式主义呢？”

这个说，“世界上最遥远的距离，不是生与死，而是我就站在你的面前，你却不知道我爱你。”

那个说，“世界上最痛苦的折磨，不是生与死，而是我就站在你的面前，你却无法投进我的怀抱。”

有人吟道，“空床辗转重追思，云雨梦，任欹枕难继。寸心万绪，咫尺千里。好景两天，彼此，空有相怜意，未有相怜计。”

无计。喝……

这个说，“你那时在部队山沟里怎么过的？”

我说，“往事不堪回首啊，只有泪暗弹！”

那个说，“有一种药叫诺雷得，药物去势治疗前列腺癌的。去势都不懂啊，不解释！可以用来临时去势，我们一起当临时太监。”

这个说，“有文章说，那太监、那太监活着命都比皇帝长。富贵非吾愿，帝乡不可期。但太监可期、可期……”

有的说，“非也，非也，凡药几分毒，倘若临时成永久，岂不后悔终身？”

有人吟道，“拟把疏狂图一醉，对酒当歌，强乐还无味。衣带渐宽终不悔，为伊消得人憔悴。”

憔悴。喝……

这个说，“阿克拉也有风情，敢去不？谁也不敢去吧！”

那个说，“我们又不是中国男子足球队，夜生活时龙腾虎跃，为国效力时无精打采。”

这个说，“打个报告给卫生厅，采购几个充气娃娃，快递过来，比什么慰问都强。”

那个说，“急前方之所急，想前方之所想。好主意！”

我说，“再喝多了，自己难受；再说多了，大家都难受。这样吧，给你们一个网址，自己上网去过个干瘾得了……”

有人吟道，“脉脉人千里。念两处风情，万重烟水。雨歇天高，望断翠峰十二。尽无言，谁会凭高意？纵写得，离肠万种，奈归云谁寄？”

谁寄。不喝……

月光下，我来到院子里。月光如此美丽，如水、如雾、如银，轻柔地洒落在院子里。什么“举杯邀明月，对影成三人”，除非背对月亮，那如何邀月呢？

今晚还清醒呐！

5

月光下，驻地的围墙内，还有一个精灵在游荡。

那就是哈里。哈里是我们领养的一只黑狗。

到加纳不到半年，哈里就来到我们驻地。那时它还没满月，比巴掌大那么一点，公的，毛色纯黑、细腻、光滑，浑身胖嘟嘟的，眼珠子黑白分明，天天都好奇地瞪着我们，不时发出几声清脆、幼稚的犬吠声，在我们听来，就像原先那只小花猫的叫声，让人感到有点新奇。

哈里是医疗队花钱在附近村庄买的，是以警卫看门犬的名义买的。不是什么名门之后，所以没有卖出什么价钱，据说一起出生的还有几个兄弟姐妹。为什么只买一只黑狗？我就颇有微词，小狗也得有伴，不然它不是一样孤单？有的说，按理应该买上两只小狗，一起养。问题是，买上两只同性的，长大以后，肯定天天撕咬一起，那你就天天要当外科医生，给它们护理伤口；如一公一母，那很和睦，就是过后给你生一窝小狗仔，那你不是当妇产科医生，就是小儿科医生，得伺候狗奶奶似的。再说，也没见哪家养宠物狗什么，竟然是一对一对地养，一般都是单只养，动物没伴了，自然与主人感情就深厚了。果真如此？

不过，哈里来到我们医疗队之后，至少那身份和待遇有着翻天覆地的变化。无论作为看门犬，还是大家的宠物，它俨然是我们中国驻加纳援非医疗队的一员。有自己的狗窝，不是专门搭建的，而是海运来货物木箱改建的，天气冷时，还铺上小毛毯；有专人负责，负责驻地警卫工作的黑人提尔先生天生就喜欢这些小动物，那叫关怀备至，顿顿不落地到厨房里，问大厨当天哈里的伙食准备好了没有；生长环境也不错，都是我们这些中国大医生生活的地方，条件自然不会很差，每天接受双语教育，而且没有人会去欺负它。因此，哈里的命运就与它那些兄弟姐妹不同了，不用风餐露宿、流落街头，也不要忍饥挨饿，哀鸿遍野，更不用忍受别人欺凌打骂。人有人运，狗有狗运。

医疗队的公共财物开支中，专门有一项列支项目，那就是狗粮。每周外出买食品、食材时，一定要记得买些罐头之类的，给哈里加强营养，因为它正在生长期。

哈里跟我们很亲热。哪个医生去上班，哈里总会送我们到铁门外，看到我们走远了，或者车辆远去了，才在提尔先生的吆喝声中，回到围墙内。随后提尔先生会“哐当”一声关上铁门。

只要我们的车辆一进铁门，或者我们一回到驻地，哈里肯定会一下子冲到我们跟前，摇头摆尾，享受我们轻拍其脑袋，或者抚摸其背部。

哈里被训练得很好，它的活动场地就是围墙内、室外，以及上楼的楼梯，绝不会进入房间内。这一点它很自觉，清楚自己的身份，而不是不识抬举，否则就会成为一道残忍的狗肉宴了。

只要有人走到院子内，哈里总会从地上一跃而起，跑到那人身边，算起身恭迎。若是陌生访客，更是在其周围嗅来嗅去，不时仰头瞪着大眼看着来客，后肢保持下蹲，尾巴也压低，似乎就要扑上对方。当看到我们和颜悦色时，它的神态顿时轻松，呜呜地鸣叫几声，蹲在较远处，静听着早已熟悉的中文交谈声。

当然，每天谁有闲心，都会到院子里与哈里玩玩，逗弄哈里。如果这天，刚好吃羊排、羊脖之类，那就有逗弄玩具了。我们都会节省下一块，但不会一下子都丢给哈里，而是将羊排、羊脖分放几处，哈里这时就有点着急了，不知道该怎么看好这些果实。嘴上品尝这块骨头时，眼光总瞄着另一块，看到我们走向那块骨头时，它就会丢下口中的骨头，赶紧跑向另一块骨头。我们移动到另一侧，它又焦急地跑向另一侧。它知道我们是逗着它玩，所以不会气汹汹地扑向我们。多逗弄几次，哈里也学得聪明了，它会叼着骨头，放到一个地方，如果多几块，嘴巴不够用，就会用前肢将骨头拨到一起，集中在一起，全在视野范围内，就不用干着急了，可以优哉游哉地享用美食。

有位队员，每次把那些骨头都吃得干干净净，连骨髓都吸干了，然后才将那些骨渣子丢给哈里。刚开始哈里还被引诱上当，用嘴啃啃，后来发现什么都没有留下。以后这位队员丢给它的骨头，哈里连头都不回，看来狗也是很聪明的。

很快，哈里长大了，身高都到了我们的膝部，毛色更加光滑油亮，身上肌肉丰满有力，双目炯炯有神，就像壮实的小伙子。

哈里的活动场所基本就是在驻地围墙以内。每周有一两次，一些队员会到克里布教学医院的网球场打球，就会带它过去遛遛。在网球场上，哈里兴奋地跟着跳跃的网球跑来跑去，还会跑到场地边上吧网球叼回来，总是和那些运动的队员一样，跑着张口呼哧呼哧。回来后，门卫提尔先生还要给它洗澡，洗净身上的灰尘。

现在，要问一个问题，狗的生理年龄是怎么算？狗的平均寿命是 6 年，因此，狗活一年相当于人活 12 年。因此，狗满一岁后，就进入青春期了。

算算，大概哈里已经进入青春期了。我发现，哈里的情绪变得不是很稳定，有时很活跃，有时又懒洋洋的。遇到熟悉女士时，哈里会很兴奋地站立起来，甚至都想用前肢搭上女士的肩膀，那亲密劲是很少见的。后来，提尔先生说，哈里经常会用长长的口条去舔弄其阴茎，而且会露出很陶醉、很销魂的样子。看来哈里确实成年了。

一听到围墙外的狗叫声，哈里就变得十分烦躁，在院子里不停打转，然后趴在铁门缝上看着外面，前肢不停拍打着铁门，舌头不由自主地伸了出来，嘴里发出压抑的声音。提尔先生打开小门，将邻居家那条小花母狗赶走。哈里一看到小花狗走了，心烦意乱地叫了几声，又闷闷不乐地在院子里自个儿打着转转。

哈里发情了。这倒是个问题。茶余饭后，也是大家关心的闲聊的问题。一种意见，成亲配婚，或者放任自流，将驻地铁门一打开，让他到外面胡搞。只是这么一来，他肯定心就野了，就不会精忠职守了。另一种意见，去势。这个词有些文绉绉的，是我们医学术语。通俗一点，就是把睾丸切除，或者吃诺雷得。把哈里阉了，这比较省事，只是有点残忍。人家又不是得么病，就这么剥夺其功能，确实惨无“人”道。另外一点，即便有几个外科医生，给狗去势这活谁也没有干过，只好罢了。最后，形成意见就是，不能让哈里到外面乱跑，这点提尔先生要看管好，同时也不要施行什么去势手术，反正我们很快就结束任务回国了，这个烫手山芋就留给接班的下一批援非医生吧。

一天清晨，我爬上屋顶，欣赏着旭日初升，迎接清晨第一缕阳光。人到中年，睡眠时间少了不少，尤其躺在床上时间一长，就感到有点腰酸背疼。不经意间，看到围墙外面的路上，提尔先生在追逐着哈里，前面还有另外一只黄狗，可能是只母狗，看来哈里确实思春了。大清晨，路上就那几个附近别墅看门的黑人，大家很起劲地干着同样一件事，阻止这两条狗在一起。就像小时候在农村的草场上，非要去拆散那正在恩爱的狗夫妻。哈里被提尔先生打了两巴掌，悻然地跑回围墙内。我在屋顶对提尔先生说，怎么能如此对待哈里？提尔先生回答说，哈里要欺负那小母狗啊。

哈里尚且如此，人何以堪！一个医生去援非，竟然要其忍受这种无端的饥渴，这是什么制度、什么规定呢？连非洲人都觉得残酷无情、毫无人道，于是加纳政府拒绝中国政府两年轮换一批的方案，要求以后每一批医生只能来加纳一年，就要轮换。这是后话。

不过，哈里依然尽职。月光下，它都会像一只幽灵，围着墙根巡视，甚至爬上屋顶查看，守护着我们安睡中仍然躁动的内心。

只是这天晚上，没有月光，天空下起了一阵雨，骤然间气温下降不少，哈里肯定会冻得哆嗦，这时它可能真正想念它的兄弟姐妹了。

6

幽静的山谷。

苍翠的群山，重重叠叠，绵延不绝。一道蜿蜒的河流在山脚下静静地流淌着，阳光下闪耀着潾潾波光，韵味深长，幽情无限。从山脚到山顶，层层叠叠生长着各种灌木、乔叶林、竹林，竹木繁茂，郁郁葱葱，秋冬季节可以变幻不同的颜色，红的、黄的、绿的、白的……像一块在大地上“晒画”的精美挂毯。散落其中的一个个小村庄，尽管显得那么孤零零，但从高处远望，就像撒落山间的一粒粒珍珠，顿时让这山谷鲜活生动起来，充满着勃勃生机。清晨的阳光总是迟到地临幸这个美丽的山谷，山谷中飘荡着薄薄的晨雾，似一层薄如蝉翼的轻纱，让景色若隐若现，魅力无限。

年轻的我一早就站在山坡上，呼吸着这山野中的新鲜空气，看着晨雾渐渐消散，恰如给这个山谷撩开那层薄薄的轻纱，感受这优美的大自然画卷。

和煦的太阳由远及近，整个山谷逐渐苏醒过来，山间的野花顺序开放，翠绿的山谷到处开满了鲜艳的花朵，红的、黄的、白的、紫的，有名的，无名的，认识的，不认识的，或许他们早已开放，只是在阳光下更加夺目绚丽。这山坡上，还有一种小白花，只在晚上月光下开放，白天太阳一出来，朵朵花儿就没有了影子。等到我离开那个山谷时，我还不知道其名字。战士们说，那花晚上开放，白天休眠，应取名“夜来”。

我躺在茵茵的青草地上，身旁就有尚未开花的“夜来”。草地上，细草如丝，草木清香。空气如此湿润，若有若无的花香撩拨着我的嗅觉。我细细地感受，便有一股欢畅的酥麻感漫溢我的身心。

看天上，湛蓝、纯净，一丝白云都没有。我想，这山谷中的云彩，是远方飘来的？还是山谷河流蒸汽升腾形成的？为什么每天总有云彩？即使现在没有白云，等下一定会有白云飘过，那更有一种惬意的享受。

我如痴地端详着不远处一簇齐人高烂漫的山茶花。花朵圆润饱满，娇艳欲滴，花瓣红得像姑娘的脸蛋，红扑扑的，毫无顾忌地吐露着芬芳。上面的露珠闪亮着晶莹，晶莹的露珠在叶片上缓缓滚动。两只蝴蝶在花瓣上不停追逐，而两只蜜蜂只顾埋头苦干，哪顾得上陶醉于那四溢的花香。一只小松鼠敏捷地穿过草地，窜上这株山茶树，在花朵丛中探头探脑，朝我不停地眨巴着小眼睛。

一朵白云，在天上闲闲地舒卷着，慵懒地飘荡过来。轻风吹拂，风也是懒懒的。山茶花摇曳其柔曼的身姿，传来一阵慵懒的呢喃，如清丽的万籁之声。山茶花的影子变换着，清风过处，婆娑起舞，风韵十足，婀娜多姿，在我的眼前飘动、飘动，说不出那份温柔、那份美感、那份妩媚……

……细雨纷飞，在古旧铺满青石板的巷弄里，撑伞走过一个绰约的身影，空灵轻逸，神若秋水，不沾凡尘，穿一件素雅的月白斜襟衣，身材修长挺拔，玲珑的曲线完全勾勒出来，身后飘逸长发在斜风细雨中轻轻拂动，完美地衬托着她白皙的脸颊，那精致的双腿如玉石般的洁润，那明亮的目光如秋日横波，款款深情，那一颦一笑，楚楚动人……

那一簇鲜艳的山茶花，伫立在幽静的山坡中，恬静优雅。

……她含情凝睇着自己，那如淡烟般的凤眉，一双秋水般明眸流盼妩媚，娇俏的瑶鼻，粉腮微红，吐气如兰的樱唇，如花般的脸娇羞含情，吹弹可破的雪肌如冰似雪，更是让人心中激荡……

太阳渐渐升高热度，阳光与我身上每一寸皮肤亲密的接触，刺激得所有的毛孔都肆无忌惮地张开再张开，我脑子里一片空灵，天地之间似乎只有自己的存在，幽香阵阵袭来。

……那惹人怜爱的样子，花瓣般鲜艳娇嫩的脸蛋上，飞起两朵红霞，眼里雾蒙蒙水润润的，脸上泛了红潮，鼻尖渗出细小的汗珠，嘴唇微微张着，那微微开启的唇瓣轻吐出一抹气息，让人产生一种奇妙的感觉，一阵涟漪在心底波动和荡漾起来……

哪是荡漾！分明是翻滚，一股热潮在体内翻滚，热……太热了！

我猛然地坐了起来。太阳逐渐增加其热量，阳光变了灿烂耀眼，毫无柔情蜜意地倾泻在我身上，云朵不知道躲到哪儿去了，天空似乎少了许多湛蓝，更多是耀眼的白光。不远处，几只山羊可能吃饱了，抒情地清嗓，没有杂质的嗓音尤为悦耳。

“咪咪……”

“咩咩……”

怎么没有小杜的歌声？

别那么销魂好不好！——谁又搅醒我的梦？

我睁开眼睛，阳光一样那么灿烂耀眼。

——身在非洲。

2015-09-07 修改

往杯中冲入烧开的水，茶叶便随水流翻滚旋转，渐渐绽放，宛如枯木逢春，甘霖滋润下百花盛开。轻轻吹口气，片片茶叶便舒展身材，轻歌曼舞，或浮或沉，或隐或现，其中风情，不可名状。汤色清澈，茶香已随水汽，扑鼻而来，很是熟悉，不禁心旷神怡。满室生香中，小呡一口，更是茶香留唇，一缕清香直往心里，已然不由我了，全然不知此时身在非洲，仿佛和众佳朋一起，分享欢乐和忧伤，顿时少了许多孤独和寂寞……

——摘自援非散文集《心儿向着远方——我在加纳的援非经历》

后方啊后方

——援非焦虑症之四

1

这段日子总是莫名其妙地感到心神不宁。

距离援非任务结束还有半年多。以自己随遇而安的心态，虽不能说心静如水、无欲无求，但已过了心浮气躁的阶段；虽不能达到“悠然见南山”的境界，但至少没有更多事情可令自己操心的。每天上午到医院去一下，看看需要不需要自己上手术台，中午睡会儿，下午到屋顶天台晒几十分钟的太阳，援非生活规律有序，能吃能喝能睡，血压平稳，身体没有一点儿不适之感。

可总是有一种不祥的预感笼罩着自己。这种预感是，这会儿哪里肯定要出事了！要出大事了！这种莫名其妙的预感使我心神不宁、提心吊胆，让人烦躁不安、坐卧不安、惶惶不安。最令人无奈的事情是我根本无法预见或感知什么事情要发生、要发生在哪里？！这是相当折磨人的！

会出什么事呢？哪里要出事啊？

——医疗队的事？那最大的问题就是中国医疗队的车辆安全，而自己正是负责这方面工作的。刚到非洲以及即将撤离非洲都是援非医疗队车辆安全事故的高发期，但是现在似乎还没到撤离前期呢？不过，无论如何，安全不是儿戏。我不能耐心去等待、去验证我的预感，而是要积极主动做自己能做的，而且务必全部做到，要杜绝事故的任何隐患。中国医疗队有两辆车，一辆尼桑，一辆帕杰罗；一辆是黑人司机开的，一辆是我们自己开的。将这两辆车全部开去维修店检修一遍，该换的换，不能修修补补。刹车系统一定维护正常，所有轮胎全部更新，在人身安全面前，什么财产、金钱都是微不足道的。车辆临出门时，还不忘嘱咐一声：注意安全！

——自己个人的事？那最大的问题就是自己的人身安全了。手术中，接触艾滋病人，发生职业性暴露？走在上下班路上，遇上车祸？还是走在坑坑洼洼的路上，掉到坑里，摔个骨折？或者外出，被打劫了？我不知道哪件事会降临，我能做的就是战战兢兢、如履薄冰。上台手术时，戴两副手套，头脑务必清醒，心态务必平和，动作务必沉稳。走在上下班路上，不停瞻前顾后，看到来车，赶紧贴着墙根走，“惹不起时躲得起”；看好行走的路，遇到坑洼，赶忙绕行，不敢尝试“一跃而过”，更不敢自我陶醉低声吟唱“我们跟着太阳走，生活就会改变……”能不外出，就安静地待在驻地的院子里，大概在加纳不会有人预谋打劫一班中国穷医生。除非天上不经意间掉下一块陨石，刚好落在中国医疗队的驻地，那我们只能束手就擒。

——后方的事？是啊，后方啊——后方！这是最让我牵挂的，一个家分散在世界各地，哪个地方、哪个角落、哪个环节都可能发生一点事，而我所能做的，几乎没有！况且我不能将自己的预感告知他们，毕竟预感可能就是子虚乌有的，我更不能让他们为我担心、为我担忧。

给广州的妻子一个电话：“最近都好吧？家里没什么事吧？……千万要小心一点。多保重！”

给新加坡的女儿一个电话：“最近都好吧？你没什么事吧？……千万要小心一点。多保重！”

给福建的母亲一个电话：“最近都好吧？家里没什么事吧？你和父亲身体怎么样呢？”

母亲说：“都很好，家里没啥事。就是人老了，没什么用了。”

我知道母亲的意思，说是人老了，帮不了孩子更多了。但就是这一句话，让我的无名火一下子冲上来，我对着手机嚷道：“别整天都是叨叨老了、老了，没什么用了，烦死人！怎么不会说点好的？让我能宽点心呢！”

我知道，母亲一定在那头又会委屈地落泪。可是，我又能告诉谁我心中的预感、我的心神不宁和我那提心吊胆呢？

在非洲，我第一次感到如此孤立无援，第一次感到心中有一种恐惧。因为预感是如此强烈，我感觉到有一件事情要迎面而来、迎头落下，而我是那样的软弱无力，不能举起双手让其腾空飞走。

天啊，如果知道自己到非洲，要遭受如此的折磨，我绝对不会去快乐地吟唱：

——为了理想，

我要远航;

歌声飞过重洋,

日月星辰是我永恒的舞伴……

别说歌声，我现在简直欲哭无泪!

那段日子，我睡眠变得很浅。清晨，没心没肺的健壮乌鸦快活地在铁皮屋顶上散步，清脆的脚步声搅人清梦。我没有一点睡意，起身推门出去，走上屋顶天台，驱散那些烦人的乌鸦，独自默默地望着东方。当我看到那一轮火球从海天处蓬勃而起，双眼不禁蒙上泪花，心里在苦苦地呼喊着:

——老天爷啊，你一定要保佑我啊!哪个地方都不能出事啊!千万不能出事啊!

2

因为现实是无情的，所以愿望都是美好的。或者说，愿望总是美好的，现实总是无情的。

无情的现实无情地降临!

2013年7月7日(周日)，早上5时许。我一下子从睡梦中惊醒过来，茫然地环顾四周，一切如旧，屋顶上乌鸦的脚步声依旧清晰响亮。我定一定神，注意到床头手机有两则未读短信。

一则短信在加纳本地手机上，是一位华人发来的，告知有个病人要请我会诊(那就约个时间来吧!)。另一则短信在国内带出来的全球通手机上，是弟弟发来的。临出国时，跟家里人约定，有事就拨打我全球通的电话，一触即可挂断，我会立即回拨电话回去。从非洲往国内打电话更省钱，而在非洲接听全球通电话，那就是坑爹了，除非把钱不当钱(具体话费比较参见散文集《心儿向着远方》中“越洋电话”一文)。或者给我全球通手机发一则短信，我会及时联系。全球通手机保持24小时开机，那是我与后方约定的热线，不过在非洲，其作用有点像曾经的Call机，而加纳手机在下班后可能挂机。

全球通手机上的短信内容顿时让我从床上跳了起来：父亲体检发现肝脏多发病灶。

——完了，终于出事了!

我感受到心前区一道揪心的疼痛。

含着一片硝酸甘油，我坐到电脑前，接收新邮件，果然见到妻子刚于05:38（加纳时间）发来的邮件：

昨晚妈妈打电话给我说：上月月底，连江四中老师身体普查，发现爸爸的肝脏B超不正常，肝上有数个大小不等的“肿瘤”，已于昨天住进连江县医院，并做了MRI检查。他们已和福州协和医院介入科杨主任（爸爸的学生）联系，因其目前不在福州，下周一会再联系，准备到福州进一步检查、治疗。我问了一下爸爸目前的感觉：近2～3个月没有饥饿感，饭量减少，体重未下降，其他也没什么特别不正常。

嘴上虽说不急，心理负担应该还是很大吧，我稍作安慰。下周看什么时候你再与杨主任联系，具体了解一下到底是怎么一回事，因为我问他们检查的报告结果，他们也说不清楚。

出于目前情况，我是否应该缩短去你那里的假期？

真的出事了！预感如此应验，天啊！

我立即给弟弟一个电话：到福州进一步检查事宜由我来安排，等待我的电话。接着，给母亲一个电话。

母亲说：“MRI报告已经复印回来了。”

“那赶紧把结果读给我听，从前面描述语言读起，最后念诊断。”

母亲把电话交给父亲。父亲一个字、一个字地念给我听，连标点符号都没有漏下，生怕经过这个越洋电话会落下几个关键字眼。

其实，听不听这个报告结果，意义已经不大。在父亲这个岁数，身体脏器上出现任何“包块”都不会是良性的病变，结果不言而明。

听着父亲的声音，我不禁鼻子发酸，眼泪夺眶而出。这几周心神不宁，总觉得哪里要出事，没想到竟然是父亲那里出事了。老天爷啊，你真是无情啊！

我问父亲：“自己有什么其他不适感觉？”

父亲说：“这十几天来大便有点不正常，老觉得想拉，又拉不出来，但没有肝区疼痛。”

“你别着急，我会安排好的。”

父亲在电话那头说：“已经76岁了，对此事看得很通，没什么……你在非洲要多保重！”

但是，我感受到父亲话语中有一种无奈的叹息。有人说，人活得越老，就越想活着。因为他该吃的苦都已经吃遍，真正的享受可能没有几年，而谁不想多享受几年呢？何况这世界确实有值得留念的地方。

我对父亲说：“现在这么安排，先去福州总医院消化内科住院检查，等到最后结果出来，再决定下一步治疗方案。”

然后我就给在福州总医院消化内科工作的大学同学王雯主任打个电话。王雯同学说，同学的事就是自己的事，现在马上安排床位，让老父亲明日过去住院检查，后面事情她会安排稳妥。

后来父亲数次入住福州总医院，都得到福州总医院几位大学同学和校友的大力帮助。父亲去世前，专门向我提起，以后要记得谢谢你那些同学。在这里，我要专门记上一笔：谢谢同学！

接着又给弟弟电话，又给母亲电话，又给妻子电话，还给在老家的表弟电话，不停联系中……

最后，听到来短信的声音提示。打开短信一看：

余额不足，请及时充值。

——吓我一跳！

3

我一身无力地倚靠在沙发上。既然预感已经成真，我再也没有必要登上屋顶，向着蓬勃初升的火球去祈祷了。

这几周总被一种心神不宁莫名其妙地折磨，总被一种不祥的预感所笼罩，没想到最后现实却无情地证实了这种预感。自己是一个唯物论者，也是一个无神论者，没有未卜先知的特能，至今也不知道当初怎么会出现这样预感，也没想到预感竟然应验了。难道这世界真的无奇不有？难道这世界真的存在天人感应？或者真的就是血脉相连、心心相印？

中国援非医疗队中，每个医疗队的每个年份，都有医疗队员发生一些家庭的不幸。所以，后方、后方，才是每个援非医疗队员最担心、最担忧的、最焦虑的地方。说来也怪，在第一批援加纳中国医疗队中，也是骨科医生的董医生家里出事了，他父亲在他援非期间患癌症病故。董医生说，他父亲病故前，他从加纳请假1个月回国，守候在父亲的病榻旁，尽为人子的孝道，可能他父亲也理解儿子任务在身，在假期快结束前，他父亲平静地永远闭上了眼睛，让他能够从容地料理后事，而没有影响其返回非洲完成后续援非任务。说来也怪，我现在住的房间就是董医生原先住的。这世界充满许多偶然性的组合，有许多说不清楚、道不明白之处，因此便有着迷信一说。

我不迷信，但事情就这么真真地发生了。

我能做什么呢？或许就是——逆来顺受！

其实，人生就是不断调整期望值的过程。顺风顺水时，人生期望值就上调；逆风逆水时，人生期望值就要顺势下调。这就是顺势而为。

饥饿时，最大的期望是有一个馒头；寒冷时，最大的期望是有一件冬衣；刮风时，最大的期望是有一堵挡风的墙；下雨时，最大的期望是有一件不漏的雨具；落魄时，最大的期望是看到一个关心的眼神；而孤独时，最大的期望是听到远方的一个来电。可当这一切都不成问题时，没有饥寒交迫，没有风吹雨打，没有失魂落魄，没有孤立无助，那最大的期望又会是啥样呢？

此时此刻，我最大的期望是：保佑父亲能坚持这半年多时间，让我顺利完成援非任务，回国后再尽心尽孝。

古往今来，忠孝不能两全，那是在国家危难时刻。和平时期，忠孝必要两全，自己亲爹、亲娘都不要了，他还会忠诚于谁呢？

不远处清真寺的祷告声清晰传来，我亦在心里默默地祈祷：

——父亲啊，你千万要等着我回国！

——列祖列宗啊，你们一定要保佑我，千万别让我背负不孝的骂名！

一只小鸟飞临窗户外，叽叽喳喳地欢叫不停。

这时候，想起来要给新加坡的女儿打个电话：爷爷病倒了，情况不妙，已联系明日入住福州总医院。待检查结果出来后，再详细告知。家里事情不用太担心，自己要注意安全，随时保持联系。

再给广州的妻子电话——

我说："先入住福州总医院检查，下一步考虑转广州南方医院治疗。你可按计划来加纳（最后一次到加纳，大概以后也不会来了），但要缩短行程，提前回国安排父亲转院事情。另外，记得给母亲一个电话，是否需要先汇一笔医疗费回去应急。"

妻子说："前两周给父亲母亲也打过电话，听他们说，一切都好。以前从来没有说的话，那天不知道怎么回事，也向他们说了'该吃的吃，该玩的玩'，怎么一语成谶啊！"

"其实这段日子我一直心神不宁，总觉得要出什么事，却不知道会出在哪里，整日里都是提心吊胆的。没想到最后竟出在老父亲那里。该不是父亲他老人家舍己救人吧？"

"你也别太担心了，老人家会得到保佑的。"

"是啊，大家天各一方，只能求保佑了。"

一定要及时报告两个部门。

第一个就是自己的单位——南方医科大学南方医院。那是首先派遣自己到非洲来的机构，其次才进入国家派遣程序。因此，援非工作中，如遇困难，首先想到要向自己的集体报告。这是个组织程序，也是对组织的信任（个人与组织之间的信任是相互的）。因此，我给医院人事处的李瑛副处长一个电话，将父亲患病一事先向医院作了口头汇报。我相信，次日一早，她就会向有关领导报告。

第二个就是分管援外工作的广东省卫生厅援外中心。给政府有关机构汇报，就不能简单地打一个电话，需要履行必要的文字手续，因为领导喜欢在纸质报告上批示。因此，我就给援外中心张主任发出一封邮件，首先提出临时请假回国申请，否则以后再办就迟了：

援外中心张主任：

您好！今又有一事相求，特向您提出请假回国申请。

我父亲现年76岁，住老家福建省福州市连江县。7月4日体检时发现肝脏多发肿块，入当地县医院行MRI检查，诊断为肝脏多发性转移癌。今日我已联系福州总医院，明日入住福州总医院消化内科，先在福州进行全面检查，明确原发灶，较大可能为肠癌。下一步治疗则要转广州南方医院，我今日已向南方医院报告此事。我妻子下周来加纳探亲，但要缩短假期。我请求在8月初请假回国一趟，将老父亲接到广州来，并确定最终治疗方案。能行手术最好，没有机会了，我也得尽力而为。上述请求，祈望准许。

祝好！

瞿东滨于加纳

7月5日那天，将QQ签名改为“最近看老子”。本意说，这几天在读老子的《道德经》，从中领悟不少世界观、人生观、价值观方面的哲理。没想到，真看到自己的老子那里去了。

这难道也应和心中那种预感?

4

事情既然发生，我再无须为预感担惊受怕。

或许这就是军人的性格使然。战前的恐惧、焦虑不可避免，枪声一响，任何的恐惧、焦虑都烟消云散，剩下的就是沉着冷静去面对。

这时候，我真切感受到有一种夏日的凉意。

7月的加纳，那是一年中最冷的时候。阳光普照时候气温27℃，到了晚间就是20℃,甚至更低。因此,在中国南方最炎热的季节,在非洲却能享受着无尽的清凉和舒爽。

非洲这种凉爽抚慰着我，让我的心里多了一份宁静，没有了心神不宁，没有了躁动不安，没有惶惶了不可终日。

脑子里也没有什么更多的想法。

许多时候,想得再多,最后都是白想。“以不变应万变”、“兵来将挡,水来土掩”,其实也是很不错的处事方式。

不想了，让自己安静会儿。

2013年7月9日早上，接到援外中心张主任的来电。

张主任说：“邮件收到，已向厅里以及卫生部援外中心汇报。每一期援非工作，类似事情都有发生，程序上处理不难。”

张主任问我的想法和打算。

我说：“我父亲已经入住福州总医院，先完成所有项目的检查。我准备8月初回国，去福州接父亲到广州来手术或接受其他治疗。”

“按照规定，如果回国在15天之内，则不扣发国外津贴，超过时间，则国外津贴停发。”

“现在我不考虑经济上的事情。”

“对，这时候不能太在乎。”

“有无可能办理提前结束援非任务呢？”

“那样就不合算了，视为未完成援非任务。已经坚持到3/4，仅有一步之遥，还是继续完成较好。”

“我也是想把事情安顿之后，立刻回来，但两周时间不够，因为手术治疗签字等没人敢签，只能由我来。所以我的想法是临时请假一个月。”

“那就赶紧写个请假报告，由队长签署意见，传真发回来，要明确几点：请假事由和时间、往返路费自理、假期结束后回去继续完成后续援非任务。我们在收件签署意见后，报送厅长批准同意，上报卫生部。”

“往返路费要自理啊？”

“没有办法啊，财政预算中没有这份支出。”

“那无所谓。能回去照顾一下老父亲，才是正事。”

我嘴上说无所谓，其实心里也是无所谓，因为李瑛副处长已经来电告知，南方医院领导已知悉我父亲病重一事，院里同意全额支付往返广州—加纳的临时国际旅行费用。

当天，按照要求，我向国内广东省卫生厅提出临时回国申请。

广东省卫生厅：

本人系援加纳中国第2批医疗队队员瞿东滨，为南方医科大学南方医院脊柱骨科主任医师，2011年12月始赴加纳执行援非任务。

我父亲现年76岁，为退休中学教师，住老家福建省福州市连江县。今年7月4日在例行体检时发现肝脏转移瘤，已于7月8日转入南京军区福州总医院消化内科检查。待近几周内完善检查、明确原发灶及全身状况后，需接转至广州南方医院接受手术及综合治疗。因我系家中长子，家人迫切要求我尽快回国处理今后治疗事宜，故在此向省厅提出请假回国申请。请假时间自8月6日（离开加纳）至9月8日（回到加纳），含路途共33天，国际往返旅行费用自理，并保证按期回到加纳继续完成后续援非任务。

以上申请，恳请批准。谨致谢忱！

援加纳中国医疗队队员　瞿东滨

2013年7月9日于加纳

5

我在国内逗留的假期将是 8 月 7 日至 9 月 7 日。

真对不起父亲了，我只能以我的时间来安排他的治疗。

入住福州总医院后，父亲接受了全面的检查，明确为乙状结肠癌并转移性肝癌。乙状结肠癌已波及直肠交界部，肠管内有多个息肉生长，造成肠管阻塞。肝脏的肝门部有两个比较大的转移灶，胰腺和覆膜后都有一些转移。庆幸的是没有肺部转移。

母亲说："父亲以前是'饭桶'，每顿都要吃一大碗米饭，现在出现肠梗阻了，只能吃小半碗稀粥，看着心酸。"

我说："现在这是个大问题，我不能看着自己的父亲活活饿死。"

母亲说："得了这个绝症，也是没有办法的事，最好让父亲的肠子能恢复通畅，再让他好好地享受最后一段时间。"

"你的看法就是我们的意见，那手术一定要做的，目的就是解决肠梗阻，为了能吃喝东西。我请假回去，就是安排父亲的手术治疗。"

母亲叹气说："飞来飞去，那么远的路，很辛苦。我们帮不上你们，又让你们受苦了。"

"要说苦，你比我们更苦，现在不是说这个问题的时候。父亲在福州总医院接受化疗后，先出院回家休养两周，然后再到广州南方医院住院手术。"

母亲说："我们已经商量过了，也是这么打算的。"

我告诉母亲说："8 月 7 日晚上我回到广州。如果我再飞福州接父亲过来，会浪费一些假期，而且确实我会很辛苦。我想在父亲手术后，能多照顾父亲一段时间。因此，最好的安排就是，你们提前一周时间从家里到广州来，住进南方医院，把术前各项准备完成了。等我回去后可以决定手术具体事情。"

母亲说："手术事情也只能等你回来决定。"

"你不用担心，虽然我不在国内，但医院和科室的同事会帮助处理，安排妥当的。"

母亲说："又要麻烦很多人了，我们欠的情，以后你要记得还。"

我对母亲说："好、好，你放心！那些都是我的战友、同事、兄弟姐妹，'一家有难、八方支援'，给他们一些机会，让他们好好表现一下。当然你说的，我会记得，以后要还这份情！"

母亲又叹口气说："我们都老了，没用了。"

我说："能不能、再不说这句话了……"

说着，说着，我的双眼渐渐湿润、模糊……

这天下午，我给科室冯岚护士长、姚玲秘书、郑明辉医生等都写了一封邮件，请他们务必协助安排一下父亲来穗住院事情。

其中给冯岚护士长的邮件如此写道：

冯岚护士长：

你好！今日卫生厅来电，已经批准我回国处理我父亲的治病事宜。我于今日购买8月6日的阿联酋航空机票，将于8月7日晚上回到广州。朱志红于7月13日到达加纳，将与我同机返回广州。因我父亲在福州总医院住院期间，已接受第一次化疗（7月20日结束），故定于8月1日（周四）转到南方医院住院。由于有一周时间差，许多事情要请大家大力协助一下。

1. 安排入住南方医院普外科李国新主任那儿。我父亲患乙状结肠癌并肝转移，福州总院已将资料发往普外科，评估是否有机会进行手术。我亦与余江教授联系了，所以要提前请他或护士长落实个床位。因为老太太还想在病房中守护，如能提供一点条件最好。

2. 我已向组织人事处李瑛副处长报告了，并请他们出面，走绿色通道，否则因为少一分押金而遭停药，那就有点不好意思了。李瑛处长已表示提供各种便利，故办理入院手续时，可请她帮助打招呼。

3. 我父亲将由我母亲及我弟弟陪同到广州。预计飞机航班到达是8月1日中午，请安排接机。到医院后，安排我父亲入住普外科，我母亲和我弟弟入住南方大酒店。酒店住宿费用共7天，由我回去后8月8日前去结算。另外，就是就餐事情，亦请一并协助安排，那是我亲娘和亲弟弟呢。

4. 我已向郑明辉医生说了一下，协助办理入院手术一事可请他帮助跑腿。

5. 我已将你的电话给我弟弟，最后航班确定后将与你联系。

6. 此事请转告建庭主任一下，因为个人家事，过多打扰就不好意思了。

同志们，拜托大家了。谢谢！

祝好！

瞿东滨于加纳

我信任我的这个集体，我信任我的同事们！我相信，他们照顾我的家人会比我做得更好！因为他们都是我的战友、我的兄弟姐妹！

写着，写着，一种由衷的轻松涌上心头，一段铭记在心的旋律不禁脱口而出：

战友，战友，
亲如兄弟，
革命把我们召唤在一起。
你来自边疆，
他来自内地，
我们都是人民的子弟。
战友，战友，
这亲切的称呼，
这崇高的友谊，
把我们结成一个钢铁集体，
钢铁集体！
……

6

父亲于 8 月 12 日接受了在腹腔镜下乙状结肠癌姑息性切除术。

父亲住院期间，很多人去看望慰问他，有南方医科大学校长和书记、广东省卫生厅援外中心领导以及南方医院领导，以及我的老领导、同事、战友、同学及亲友等。

我笑着对父亲说：“看这架势，有点类似享受省部级领导住院的待遇。”

父亲说：“那是你的面子。”

我说：“不会吧。只是因为我是一名援非医疗队员，而且还是南方医科大学第一个援非医生，所以大家会多一份关心。”

母亲说：“那我们要感谢援非喽。”

我笑着说：“听起来怎么那么拗口？应该感谢南方医院、科室和同事才对，即使我没去援非，他们也一样会给予大力帮助的，因为我们是一个锅里吃饭的集体。”

父亲在一旁津津有味地吃着母亲特地熬制的桂圆红枣小米粥。自从得病后，父亲已经饿了一段时间，现在手术做好了，肠子也通了，胃口又来了，每天吃得还不错。

母亲和我看在眼里，喜在心里。

父亲说:“能吃饭的感觉真好！”

我知道，父亲已经渡过一关了。我不感谢老天的保佑，我感激所有帮助我父亲、帮助我的人！

父亲手术后第一天，也就是 8 月 13 日。

这天，南方日报社的南方网与广东省卫生厅合作，办了一期纪念医疗援非 50 周年的访谈节目——“广东援非，非爱不可”。这天恰遇中国传统的“七夕节”，就邀请我们夫妇作为代表参加，现场采访了我妻子，最后亦让我讲了几句感言：

“今天出席这场网络直播活动的只有我一个是在任的援非医疗队员，所以我要代表在加纳的中国医疗队说几句话。我们医疗队在外面，最主要支撑我们过来的是我们在后方的家人，还有社会各界的关心和支持。没有他们的支持，没有他们的那一份爱，我们也无法在非洲奉献我们这种大爱，所以我想代表我们援非医疗队说一句，谢谢大家！”

这是发自肺腑的。

父亲，我回非洲去了。

母亲，我回非洲去了。

妻子，我回非洲去了。

兄弟姐妹们，我回非洲去了。

——你们要多珍重！

9 月 7 日晚，我从广州白云国际机场乘坐阿联酋航空公司的航班飞往非洲，继续完成我的援非任务。

2015-08-28 修改

附一篇：

忆父亲

父亲是位普普通通、地地道道的农村中学老师，一辈子都在农村教书。在福州老家那儿，一直尊称“老师”为“先生”。父亲退休之前，人家称他“瞿先生”；退休以后，人家还称他“老瞿先生”。

父亲一向不苟言笑。在我的记忆中，从未见过他开怀大笑，整日里板着一副严肃的面孔。以前当中学校长时是如此，后来退休在家了，还是这样。在家里谈论起一些轻松的话题时，也就是福州话“讲笑”，父亲也会静静地听，即使我们哈哈大笑，父亲脸上也不会流露出更多笑容；有时觉得我们说话“过火”了，父亲就会插话。父亲一插话，绝对一本正经，就像课堂上老师的严肃点评，总缺乏那么一点点幽默，也不容我们继续“讲笑”。

有时，我们也会逗乐他：“给我们一点笑容吧，别总让我们觉得大家都欠你很多钱。”

母亲说：“打从年轻时起，就是这个样子，很少有笑脸，也很少与人‘讲笑’，性格就是如此。”

可能也觉得有点过意不去，父亲说：“我不笑，有你们笑就行了，看到你们笑，我心里也高兴。”

母亲说：“你们父亲啊，这辈子哭笑都在心里。”

父亲于2015年6月15日因病去世。

2015年4月底，已经忍受两年癌症折磨的父亲病情日趋严重，我专门请了20天的年假，从广州回到连江，守在父亲病榻前，略尽为人子的一份孝心。

父亲说，那20天假是我17岁外出求学、上军医大学后，32年间专门陪伴他最长的一次假期。

父亲的身体已经非常虚弱，消瘦得皮包骨头，呼吸有些喘促，不时发出低声的疼痛呻吟……

作为医学博士、主任医师，我清楚明白父亲已经走到人生的尽头，而我却无能为力，只希望父亲走时没有那么痛苦，即使没有笑着离开，也不能哭着远行。

我默默地注视着父亲。在我的眼里，他不仅是生我养我的父亲，更是栽培我的中学校长、中学老师，还是我引以为自豪的校友学长。多少感情交织在一起，使我不知如何与父亲交谈。

我说："父亲，再讲讲您以前的事情吧。"

1938 年农历六月初四，父亲出生在福建省罗源湾边的一个小村庄。那地方很小，不过在百度地图上仍可以找到，那是位于罗源湾壶腹部的村前村。准确的地名描述应为，福建省福州市连江县马鼻镇村前村。瞿氏家族在这个地方已经繁衍生活了 600 余年。

祖父于辛亥革命那年出生，虽系农民（土改时成分划为下中农），但念过私塾，粗通文墨，略知风水堪舆（"地理先生"），故"文革"中难免被游街批斗，家中一些旧藏书亦毁于那时。我上高中时，见过祖父偷偷留下的几本极为破旧的书，其中就有一本撕去封面和封底的旧书，那是关于五行八卦的，看不太懂，不过在祖父的授意下，偶尔也学着帮别人翻找一下"良辰吉日"。

父亲有兄弟三人，父亲是老二。三兄弟中，仅有父亲读书受教育，日后参加工作，其他两兄弟都在家中务农。父亲说，祖母属于传统农村女性，一直认为农村孩子读书没用，浪费钱财，还耽误农活。在祖母思想里，农村孩子会干农活就行，另一大事就是结婚生子传宗接代，因此很小时候，祖母就给父亲讨位童养媳，不过没养大就病逝了。只有祖父觉得至少要让一个孩子略通文墨。

"那为什么会选你去读书呢？"我有点好奇。

父亲说，小时候，祖父曾考验他一道智力题。祖父把农闲的空竹箩筐摞在一起，比父亲身子高出许多，让父亲把最上面那个竹箩筐拿下来。按照一般想法，肯定去搬个梯子，或者爬上凳子，先够着最上面那个竹箩筐，再将竹箩筐取下来。而父亲则是二话不说，直接将那堆摞起的空竹箩筐推倒在地，然后拿起最上面那个竹箩筐，交给祖父。因此，祖父认为，这孩子比较聪明，为可造之才，故送他去读书。至于祖父系一位"地理先生"，是否从父亲生辰八字中看出某些端倪，那就不得而知了。

后来，自然是“知识改变命运”。不过，总让我觉得，父亲这命运改变得并没有那么彻底。

父亲先上私塾，新中国成立后上了小学，1953 年毕业于马鼻小学（现连江县马鼻中心小学）。然后到县里上初级中学（现连江第一中学）3 年。那时上中学，不但有学生津贴，还有粮食供应。父亲那时 15 岁，正处在成长青春期，一边可以在县城明亮的课堂里念书，一边可以顿顿吃饱饭，不用饥一顿、饱一顿，吃的还是白米饭，不是家里经常吃的不耐饿的红薯饭。那 3 年应该是父亲人生中最幸福的时光。

父亲说：“上中学不久，体重一下子就重了十几斤。”

说这话时，父亲的脸上隐约露出了一丝微笑。

那时候没有车辆，从家里到县城百多里路，全靠双脚步行。那时候没有公路，只有狭窄的小路和陡峭的山路，要不停地翻山越岭。因此天未亮就得出发，那是“披星戴月”走到天黑，才到连江一中，累坐在地上，才看到双脚布满血泡。父亲很少提起其中的艰辛，倒有几次提起，如果没有全国解放建立新中国，他只能读完能识文断字的私塾，就要在家务农了。农村孩子哪有什么机会上学呢？更不用说，以后自己还能成为一名教师！

我问父亲：“是不是这段时光对你以后的人生影响最大呢？”

父亲没有作答。

1956 年，父亲考入闽侯师范学校(那时候连江县属闽侯专区)，学习了 3 年。1959 年毕业后被分配到福安专区（那时候连江县又改属福安专区），成为一名人民教师。不久就被推荐到福安师范专科学校中文系学习，并于 1961 年毕业。师专毕业后，父亲就去福安专区宁德市下面的霍童公社（现宁德市蕉城区霍童镇）创办“农村师范学校”。从此，父亲一辈子就与农村教育连在一起。

“农村师范学校”这样的名称，现在已经难觅踪影了。那是半个多世纪前中国广大农村的产物，那时候极度贫穷，那时候基本文盲，那时候教育目的是为工农兵服务，那时候教育的首要任务是脱盲，那时候教育的重点是在广大农村。如“简易师范学校”，招收小学毕业生，为农村小学培养师资（相当于初中生教小学生），同样生长于农村的母亲就是毕业于这样的“简易师范学校”。

那时候，还有一种属于半耕半读学制的“农业中学”。人民公社拨给四五亩地建校舍，县里文教科（现在教育局）派老师、给开办费，招几十名小学毕业生，全部住宿，半天读书半天劳动，课程设有语文、数学、政治、音乐、生物等。学校有养兔、种水果、种稻、种地瓜等。学校请一名炊事员办了食堂供师生食用。“文革”前，这样的“农业中学”在宁德市有十几所，做到有校舍、有生产基地，学生达三四千人。

“农村师范学校”，也是半耕半读性质，就是培养这种“农业中学”的师资。那时候一穷二白，一切白手起家，其中的艰苦不必多言。对于这段经历，父亲并没有说更多，只是淡淡地说，自己就是从农村出来的，也会干农活，这半耕半读根本没有多大负担。也就是在那个时候，通过同学的介绍，父亲与在罗源县中房公社农村小学任教的母亲结为夫妻。后来，国家经济恶化，许多农村学校解散，老师回乡务农，母亲也失去工作返乡，在乡村供销社当一名临时职工。

“文化大革命”开始了，宁德是福建省，甚至是全国的重灾区，文攻武斗、子弹横飞、血流成河。学校停课了，学生造反了，老师被斗了。父亲也未能幸免，人身受到威胁，在深山老林中东躲西藏、提心吊胆、忍饥挨饿，最后翻山越岭，从宁德市霍童公社逃回连江县老家。父亲回到家时，蓬头垢面，衣衫褴褛，身无分文，还是用祖母为祖父准备的寿衣棉布做了一身衣服。

那段经历给我一种似曾相识的感觉，因为我在书本上读到，共和国上将叶飞等先辈在那片土地上闹革命时（“霍童暴动”），也是如此遭遇。

父亲在农村家里又干了 3 年的农活，既帮祖父干，又帮外祖父干，成了“文革”中彻底的“逍遥派”。1969 年，父亲恢复工作，补发了工资，又走上教师的岗位，不过那时候学校基本瘫痪，已无课可上。以后“农村师范学校”解散了，父亲成为宁德一中的老师。父亲 23 岁自师专毕业，创办农村师范学校前后起起落落了 10 年。应该说，父亲人生中最美好、最灿烂的 10 年就这么过去了。

父亲说：“那个年代，也想干，可什么都干不了，身不由己啊！”

后来，宁德成为行政专署区，比连江县还高一级，已经摆脱了农村的影子。父亲在宁德一中教书，就成了城里人。这对于从农村出来的人来说，是一件梦寐以求的事情，不知祖上得修来多少福分，因为那时候能吃上商品粮，至少意味着能少挨饿。但没过两年，1973 年父亲就要求调回连江县工作。从地区往县里调动非常容易，连商调过程都节省了，连江县一纸调令，父亲又回到了自己生长的地方。当然，我和弟弟也成不了城里人了。

据父亲说，回到连江后，县里要求新来的教师都到新创办的黄岐中学（连江第七中学）去任教，父亲二话没说，就去了黄岐中学任政教处主任。但据在连江法院工作的姨妈说，其实父亲完全可以不去，因为父亲是师专毕业，又是从宁德一中下调的，家庭成分下中农，属于又红又专的，留在县城工作并没有问题，但父亲似乎并不想留在县城，而是很积极去了这所农村（渔村）中学。在那里，父亲曾作为连江县先进教师代表出席了宁德地区教育系统先进工作者大会（奖品就是一本小小的红皮日记本，至今还收藏在家里），并光荣地加入了中国共产党。

1975 年，父亲又调动到离县城更远但离老家村庄更近的学校工作，担任家乡那所连江第四中学校长。直到 1998 年退休，父亲一直在这所农村中学工作，担任了 12 年的中学校长。1987 年卸任时，县里教育局想安排父亲到县城工作，但被父亲推辞了。父亲说，他还可以帮助这所农村中学再做点事。

我于 1978 年到 1981 年在这所农村中学读初中，父亲担任政治课教学，因此父亲既是我的校长，也是我的老师。在此之前我在马鼻中心小学读了 3 年，以后又在连江一中读了 2 年高中。因此，父亲也是我铁杆的校友学长。

恢复高考后几年，每年从这所农村中学考入名牌大学的学生均有 4 ~ 5 名，那时候大学生凤毛麟角，一个农村中学能有几人考上大学，那是响当当的、很轰动的事件。我记得，高考放榜后，那些学生在父亲办公室（兼宿舍）里兴奋地填报志愿时，父亲总在一旁站着、看着、端详着，脸上露出了一般人难以觉察到的笑容。对于一个农村中学老师、校长，能看到这些农村子弟学有所成，无疑是最欣慰的事情。

以后，父亲退休在家，连江四中历届毕业校友联谊会都邀请父亲参加，看到一个个从农村土地上走出来的学生，在各行各业都取得不凡的成就，父亲有说不出的高兴。在连江四中建校 50 周年志庆时，父亲作为老教师代表饱含深情地讲道：“作为一名农村中学老师，最大的愿望是农村孩子有知识、有文化、有出息、有作为，唯此愿矣。”

2013 年 7 月，父亲体检发现患肝转移癌，当时我正在非洲加纳共和国执行医疗援非任务。7 月底父亲从老家来到广州，入住我工作的南方医科大学南方医院，我亦从非洲临时回国，安排父亲接受了原发结肠癌并肠梗阻的切除手术。术后父亲恢复很好，基本看不出是晚期癌症患者。

2014 年下半年开始，父亲每况愈下。我知道，父亲支持不了多长时间了。因此，间隔个把月我会飞回去一趟，去陪陪父亲。有一次，在县城新区散步时，看到宽阔的街道、鳞次栉比的高楼和整齐的居民小区时，父亲显得很兴奋，如数家珍地向我介绍家乡这几年来的巨大变化：可门港建成了，温福铁路通了，第二条过境高速——沈海高速复线也即将通车，而且在马鼻镇还有一处服务区和高速出口，交通非常便捷，发展日新月异……

父亲感慨地说："当年用脚板走到这县城上学时，哪能想到以后会有这么大的变化呢？！"

我理解父亲对家乡的感情，但是我更愿像一个中学生，渴望从老师那里获得一份标准答案。

我问父亲："人家外出求学，从村里，到乡里，到县里，再到市里，到省里，努力成为城里人，那叫发展，那叫进步，那叫上进。你不是没有这样的机会，已经到了地级市，但出去兜了一圈，怎么又想回到自己的家乡呢？"

父亲平静地看着我，没有作答。

我又问父亲："除了祖父留给你那块60平方米的农村宅基地，这辈子你只有一份微薄的教师工资，根本没有什么财富，退休10多年在县城养老，住的还是我和弟弟的房子，你会不会有失落呢？"

父亲看着我，平静地说："一代人做一代人的事！"

我对父亲说："我不是故意去激你，我只是想知道，这辈子你会不会觉得有什么遗憾呢？"

父亲望着远处的山峰，看着从身边走过的中学生，凝重地对我说："老师的财富不是拥有多少资产财物，而是那些所教育、所培养的学生。你是我的儿子，也是我的学生，你们就是我这辈子的唯一财富。你说，我会有失落吗？会有遗憾吗？"

我望着父亲坚毅的面孔，点点头说："父亲，你们那代人值得敬重！"

父亲自知时日不多，把我们兄弟俩叫到跟前。父亲断断续续地说，他走后，后事简单办一下就行，别拖太长时间，也别搞太多宗教风俗活动。

他交给我们一份名单，专门吩咐我们，这些人一定要通知到，并请人家吃顿便饭，谢谢大家。

我们接过那份名单，短短的20多行名字，都是父亲教过的学生以及与父亲在农村中学一起共事的老师。"农村"、"老师"、"学生"，在父亲的心中，只有这三个主题词。看着这份名单，我不禁鼻子一酸，眼里涌上泪花。

我说："父亲，这辈子你没有多大丰功伟绩，但是在我们心目中，你很伟大、永远伟大，因为你一辈子都坚守在农村这块土地。"

父亲闭着眼睛，费力地调整有点急促的呼吸。

我说："母亲为你准备了一身传统的长袍马褂和瓜皮帽，因为你是农民的儿子，我们会按农村习俗来安排（后事）。不会有哪一级官员来送你，但是你的学生会来送你一程的，请放心！我为你写一副对联（挽联），不是作为你的儿子，而是作为你的学生送给你，也顺便告诉那些过往的人们，你永远是一位农村中学校长。"

我挺起腰，并膝立正，大声为父亲读道：

40 年从教 俯首全为农村子弟

78 载人生 仰天无愧脚下热土

父亲没有睁开眼睛，用力地喘几口气，然后用尽气力地重复诵读几遍，就像课堂上老师反复强调重点内容，"俯首……全为……农村子弟"、"仰天……无愧……脚下热土"。

父亲嘴角微微地抖动着，似乎想在临走之前给我们一个笑容的慰藉，两滴泪珠从父亲的眼角默默地滑落……

母亲站在一旁，低声喃喃："说好这辈子苦笑都在心里，今天怎么也笑了、也哭了！"

2015 年 6 月 18 日上午父亲出殡火化，骨灰寄存在天堂陵园。

这天下午，连续放晴三天的连江县城忽地乌云蔽日，雷声阵阵，大雨倾盆，豆大的雨珠毫无顾忌地扑向这块土地。这场大雨整整下了 3 个小时。

母亲说："连老天爷都来送他了，你们父亲值啊！"

雨声中，我的耳边还在回荡着父亲的最后声音，那是一位农村中学老师最后的嘱咐：

"仰天无愧……脚下热土……"

2015-07-06 含泪作于广州

阿克拉小渔港的这些渔民不是每天都下海，周二休息。在那天，他们让自己休息，让自己的小木船休息，让祖祖辈辈陪伴他们的海洋休息。这一天，小渔港里只有海风和着海浪，海鸟低飞，阳光下一群孩子在沙滩上快乐地追逐……

——摘自援非散文集《心儿向着远方——我在加纳的援非经历》

特马渔港

1

一方水土养一方人。南方沿海出生的人对海鲜、河鲜之类水产品都有一种天然的感情，若有几天不吃鱼虾蟹，胃里的馋虫就会跃跃欲试，那种舌尖上空荡荡的滋味很折磨人，令人茶不思、饭不香、寝难安……

每到一个新地方，可能最难适应的就是那个舌尖、那个胃。中国人历来对吃讲究，“食不厌精、脍不厌细”，养成了极为刁钻的舌尖和胃。即便走遍天涯海角，这个舌尖和胃也会不时勾起思乡、思旧、思故土的情怀，因为那食髓知味的老风味并不会飘香四海，“食遍山珍海味、不如老家一碗老汤”。

中华吃文化根深蒂固，举世公认。甚至连夫妻之道都会善用这个吃文化，振振有词曰，“要想抓住他的心，就先抓住他的胃”。有意思的是，中央电视台可以制作出非常精美、魅力无限的“舌尖上的中国”，但一般拍摄不出非常精美、魅力无限的“探索”、“发现”、“地理”、“科学”、“生命”等节目，这种文化现象有点耐人寻味。

幸好，我们援非目的地是加纳，面对的就是大西洋几内亚湾，海产品之类并不缺乏。首都阿克拉的詹姆斯小镇，就有一个古老的小渔港。加纳当地人操纵无动力的木船进行近海捕捞，回港后就进行交易，所以也是一个水产品交易市场。这个小渔港就在中国医疗队驻地附近，我去那里买过几次鱼，也写进《心儿向着远方》散文集。只是后来担心阿克拉近海污染严重，没敢再去那里买鱼了。

阿克拉大型超市里有一些海产品出售，如对虾、鱿鱼、马鲛鱼等，都是冰鲜的，多半是进口的，产地有越南等，一般价位奇高。为什么这个大西洋边的城市中意从国外进口海产品，而不就近供货，这一点有点令人百思不得其解。

我兼职负责中国医疗队的膳食工作。吃好？不敢讲。不说众口难调，就是囊中也羞涩。在我们援非服务生活补助中，每人每月扣除200美金，款项汇到中国医疗队的国外账户，供整个医疗队每月伙食开支。我们医疗队11人，每月伙食费仅2200美金。就这么点钱，想吃香喝辣的，根本不可能。有的队员提出每天要提供水果和酸奶。我痛快地予以回答：拉倒！就是在家里，谁家能保证天天如此享受？再说，你喜欢香蕉，我还不吃香蕉，那怎么协调？所以呢，我提出的伙食供应标准就是，有荤有素，能吃饱，不吃坏。尽量节省一点点伙食费，发给个人，供个人自我享乐，爱吃啥，自己去买啥。

所以要节俭持“家”（中国医疗队）。阿克拉的牛肉质量上乘，且价格实惠，便是我们每周不变的菜肴，幸好大家没有感到吃腻。鸡肉、鸡蛋等价格尚可接受，只是猪肉、鱼等较昂贵，但再贵，吃还是要吃的，偶尔买点猪肉、海鱼等打打牙祭。不过，那是下了狠心的。

啥时候，我也成了地主老财，花起钱来抠抠搜搜的？唉，没办法。手头紧啊！

2

来到非洲刚好4个月。

这天，中铁五局做东，请中国医疗队在阿克拉一家颇有点名气的“玫瑰餐厅”中餐馆吃火锅。

这家玫瑰中餐馆的老板来自宝岛台湾，祖籍还是福建的，与我也成了半个老乡。初到加纳那天晚上，华为公司也在这家中餐馆为中国医疗队接风洗尘。

阿克拉有三家中餐馆。除这家玫瑰餐厅外，还有皇上皇中餐馆、华陇集团大厦餐厅，后来又多一家翠竹园中餐馆。在加纳的中资机构不少，生活和工作的中国人也很多，这些中餐馆生意不错。我们这批医疗队来到加纳后，接受了几家中资机构的宴请，均光顾这几家中餐馆，一些菜肴风味不逊国内，让我们一饱口福。

不过，这次中铁五局安排的是火锅，这是到了非洲以后第一次享用中式火锅。包间里空间比较狭小，展开2围，15～16人一拥而入，显得有点拥挤。不过，那老板说，吃中式火锅，拥挤一点，显得热乎，吃起来才有劲，才有那种熟悉的感觉。说得有道理，吃还得靠热闹！国内那些四川、重庆火锅店哪天不是人山人海，热气腾腾，热闹不已！这吃的文化，中外差异就是悬殊。我们是越热闹越开心，越是热闹越尽兴，人家那是静静地享用、窃窃地私语，可能我们吃的是自己劳动的果实，人家吃的是主赐给的食物。这餐厅文化差别如此之大，难怪国外一些餐厅都专门辟有国人服务区。有人抱怨说，此为国人陋习，说明国人素质低下，这观点有失公平。既为文化差异，何谓素质高低呢？人家老外到了中国，凑热闹比谁都起劲，更放荡不羁，似乎都被赞"随乡入俗"，也没人指责他们素质低下。不过，"随乡入俗"的祖训常常被我们自己忘记，常常有意无意地把自己的文化强加到别人身上，那就是素质问题了。

小小电磁炉上架一个小铝锅，清汤里几片生姜、几条葱段、几瓣大蒜、几粒枸杞。随沸水肆意翻滚着，很是诱人。主菜是羊肉、牛肉和竹节虾，配菜是豆腐、腐竹、冬瓜、南瓜、海带、蘑菇、青菜、粉条等，应有尽有，花花绿绿的，摆满一桌，着实可以慰劳一下有点干瘪的胃了。"边吃边聊……边吃边聊……不，还是吃了再聊吧。"大家刚一落座，连句感谢的话都没来得及说，就借口饥饿难耐，立即下筷煮、烫、涮、捞，再蘸点酱汁佐料，直往嘴里送，当然没忘啧啧称奇："这火锅到底是谁发明的，确实功德无量，肉味多新鲜啊，吃起来就是香……就是有点烫嘴！"

胃里充实一些，聊起来就起劲。在国外，大家关心的还是国内，谈论更多的是中国安全形势，什么台海、南海、钓鱼岛，大道传播、小道消息、内幕揭秘一起来，反正没有权威发布，谁都可以插上几句。不过，也有几个从不插话，而是一直在埋头苦"干"，只是不时陪着"嘿嘿"地笑了几声，算是回应别人的发言。有时谈到尽兴处，大家会报以爽朗的笑声。幸好处在包厢，这种喧嚣不会波及那些钟情风雅恬静氛围的"国际人士"。

中铁五局的朋友一边劝我们吃，一边又在说："不急，不急，还有一道主菜没上。别吃太饱了，那道主菜就装不下了。"这不是吊人胃口嘛！早不说清楚，让我们提前规划一下这个胃，现在快要打饱嗝了，竟然还有一道主菜，那只好让这个胃增加一些负担了。

过了一会儿，台湾老板亲自端着这道主菜上桌，"每人一只，保证新鲜，本地产品，中国风味。"大家顿时眼睛一亮，啊——蒜蓉开边蒸龙虾！只见那一只只龙虾整齐摆放在一个洁白的瓷盘上，红通通虾壳中央被纵向切开，露出其内洁白细腻的虾肉，上面浇了一道蒜蓉汁，不断往外冒出热气，那鲜美的香气弥漫着整个包间，让人不由自主地直咽口水。大家也不客气，不约而同地将手伸向一只只龙虾。顿时，整个包间内出现难得的安静，大家都在有滋有味地享用着这香甜的龙虾（普及一下，加纳龙虾是小龙虾，比澳洲龙虾小，每只重约半斤）。最后，不知谁说了一句："还是海里的东西好吃啊！"这边还未落音，那边就有人接话："尽说废话，这还用得着说嘛，当然海里的东西好吃了！"这边刚一落音，那边亦有人说了："也是废话，有吃的、能吃上，才算得上好吃；没吃的、吃不上，再好吃又有啥甚用。这是实话！"

中铁五局有个自营农场，允诺以后逢年过节给我们送些新鲜猪肉。有点像以前在军队时每逢节庆政府来慰问我们似的，让人心里暖洋洋的。

走出玫瑰中餐馆时，已是晚间21时许，天边一轮明月清辉洒向大地，恍惚间感受到一轮非洲的太阳照耀在我们身上。

非常感谢中铁五局！

3

早上6时整，老彭翻译就来电话，把我催醒。

这是到非洲后，第一次非自然睡醒，有点不情愿，但还得强打精神起来——要去特马渔港（Fishing Harbor）！不是买鱼，是去拿鱼！

火红的太阳刚升起，就像悬挂天边的一个大红灯笼。

我们驾车从驻地出发，从环市路过去，穿过阿克拉中心区，在经常购物的Accra Mall（阿克拉购物城）上高速公路，前往阿克拉省区管辖的特马市。特马是加纳一座较现代化的港口城市，特马港系加纳独立后兴建，现有12个深水泊位及1个油轮泊位，现仍在扩建中。当然，让我们心仪的是那里还有个比较大型的渔港——特马渔港。

清晨的太阳总给人一种大地复苏的温馨。特马在阿克拉的东边，正好要迎着太阳去。路上车辆已经络绎不绝，公交车站、农贸市场早已人头攒动，路边的摆摊也开始工作了，车流中穿行着不少兜售小商品的小贩，一些牛羊群也在路边的荒地上悠闲地觅食……这情景很熟悉，那是多年以前农村生活时的画面，很多活要赶在太阳没有热度之前完成。这倒不是什么勤劳，而是图个凉快。可以节能减排，干吗非要在太阳下挥汗如雨？连牛羊都会这么想的。非洲人民与我们的农民想法都是一样，没必要非要赋予某些特殊的内涵。

30公里的路程一晃而过，我们到达了特马渔港，华人渔业公司的朋友已经在路边迎接我们。先通过一道安全检查岗，每人被索要5塞地的入场费。等拿到票据一看，仅写着3塞地，够意思，没忘记慰劳自己呀！车刚停稳，又有一个穿制服的女青年过来检查，一问才知道是加纳移民局的。加纳美眉很认真地检查我们几位的因公护照及加纳居留签证，检查完后冲我们甜甜一笑，放我们进入特马渔港。

特马渔港规模不小，区域划分很鲜明。二道防波堤构成了这个反人字形避风港，可以分成三个港区。西头那个港区码头停泊着的是现代化的机动铁皮壳渔船，大小不一，从几十吨到几百吨都有，有30 ~ 40艘渔船。有些渔船已经锈迹斑斑，看来年限不短了，还要继续“鞠躬尽瘁”、操劳不休。那家华人渔业公司的一艘渔船在泊位卸货，有些渔船在整修，还有渔船正在将一个个沉重的油桶从岸上滚搬到船上，准备前往茫茫大西洋深处去捕捞。中间那个港区停泊的是10多艘较大型木质渔船，也有动力装置，多是加纳当地人运行的，很多船老大悠闲地坐在岸上晒着太阳。东头那个港区就像阿克拉小渔港那样，是小型木质渔船集中地，属于近海捕捞的。岸上就是特马海鲜自由市场。远远望去，那里的人们最为忙碌，从来市场交易者就比生产者繁忙，古今如此，非洲亦如此。

渔业公司朋友善意提醒我们，非洲人很有戒心，不要随便照相。非洲人并非不想与外界沟通，也不是不想向世界展示自己原生态的生活，只是他们心里有一种恐惧，他们并不知晓别人怎么利用这些画面、镜头。世界上很多人伤害过他们，那些流传到各地的非洲画面、镜头从来都是被利用来形容非洲的愚昧、落后、原始。非洲人也有自己的尊严。

中国人在此打鱼的比较多，来自东北、温州、福建等。说是华人渔业公司，多数是与加纳人合作成立的，因为加纳的渔业捕捞许可证仅颁给加纳人。渔业公司的这些渔船及渔民都是从中国来的，要在当地获得注册许可，每艘渔船上都写着官方证书编号，还要随时接受海上临时检查。据说基本操作程序是，中国人将渔船开到加纳（那需要跑多长时间啊！），卖给加纳合作方；加纳合作方以此申请并获得官方的捕捞许可；中国人再从加纳合作方租借渔船及捕捞证，开展远洋捕捞。所以，国内有媒体报道说，中国渔船在大西洋非法捕捞被扣，应该属于不实报道，因为这些来自中国渔船的船东基本均已易主。当然，这只是法律合同文书之类的游戏。至于如何分成，那就不是我要了解的。

我跳上了那艘正卸货的渔船，趴在船舱边，想一看究竟。那底仓就像一个黑洞洞的房间，一个壮实黑人站在下面，把一筐筐墨鱼、石斑、红鱼等提起，举过头，甲板上另一个黑人工人赶忙接过，再后传给岸上的工人。岸上工人接过后，倾倒在宽大的不锈钢台面上，几个熟练工人很快就分拣完毕，按照大小和品种，丢在不同的筐内。岸上早有一些经销商在等待，多数渔获供出口。

我们带来了两个大大的保温箱。渔业公司的朋友帮我们挑拣一些不同的渔产，并撒上冰碴，将这两个保温箱装得满满的。有石斑、墨鱼以及红鲷鱼、黄花鱼等，还有两只真正的大西洋大龙虾，看着就让人眼馋，口水直流啊！可能有30多公斤（放行条写着30KG），足够让我们享受一阵子。真诚感谢这些华人公司的无私支持！

离开特马渔港，经过那个检查岗时，我看到那个岗亭门卫将嘴巴收成"O"状，不时用手示意往嘴塞东西的动作。老彭翻译说："别理他，那是找你要点吃的、喝的。"

嗨，还以为我们是有钱的主啊？！

4

返回阿克拉路上，走的是海边公路，沿着大西洋，边走边欣赏美丽的加纳风光。据说，西非国家正在筹划建设一条沿大西洋的高速公路，那将是非洲风景最美丽的高速公路。

大西洋上，波光粼粼，远处几艘正在航行的货轮，再远处就是天际间，海天一色、白茫茫，眼不能及，只有心可以神往。路过特马港正在扩建的集装箱码头，有不少正在热火朝天建设的工地。其实在加纳用"热火朝天"这样的词并不合适，因为工期相对都比较长，工地都是干干停停的。不过，我相信，天赐给加纳这块富饶的土地，一切都会不断地发展进步。路边小屋的墙上，写着这么一条标语——"development in freedom"（自由发展），或许他们追求的发展境界就是如此。

临近阿克拉了，见到一处海湾。海水碧清，海浪拍打着那一道人工防浪堤。近处有挺拔的椰树，稍远处有半岛向大海延伸，风景独特，似乎加纳旖旎的海边风光都浓缩在这里。

尽管车上还载着海鲜，但看到这些美景，我们怎么能匆匆而过？

先站在岸边照张相，总觉得海浪和半岛都相对远一点，无法显示那种景色的广博。所以在防浪堤找位大石块坐下，一看效果不错，几块粗犷的黑色大石头更能衬出大海的力量，并与远处的椰树、半岛的柔美相映衬。这时，我才明白，美的真谛就是在于相互映衬。就像那海滩只能给人一种印象，就是平缓，即使汹涌的海浪，到此也会很平静、很温柔地化为沙滩上的一道道印迹；而礁石就不一样，海浪翻滚到此则会激起千重浪，激荡着巨浪拍石的隆隆响声，会给人一种力量的感觉。在阿克拉，至今没有转遍几处，不知道岸边有没有那些天然的礁石以及千重浪，今日姑且让这几块人工的防浪石作为背景，衬托一下自然的美丽和力量。

顺着海边走，进入那个半岛，就是海边的村镇。映入眼帘的都是低矮的房屋，密密麻麻的，一直绵延到阿克拉城区。大概阿克拉半数人口都聚集于此，毕竟是沿海城市，人民还要靠海来维生。

老彭翻译说："加纳政府很伟大，让这些平民都住上真正的海景房，而把那些交通不便的半山住宅都留给富人了。"

我也接着一句："对啊，我们的开发商竟然将海景房作为一个噱头，看来文化差异确实很大啊。"

10时许回到驻地。特马渔港之行，花了4个小时，收获不少。我们又添置的一台低温冰柜。回到驻地后，将这些鱼虾等按人份分好，以保鲜食品袋分装，再在冰柜中放好，便于取用。大厨乐哈了，"这下可以好好享受一下大西洋的海鲜啦！即使在广州，这些大西洋的海鲜也不是那么容易吃到的！"

在非洲生活，能大快朵颐、一饱口福，今日已经不是奢望了！

夜色中，坐在阳台上，手端一杯红方威士忌，小抿一口，刺激一下这一段时间已经有点空荡荡的味蕾，让味蕾苏醒过来，重新活跃起来，再将一块块香脆的虾肉送进嘴里，轻轻地咀嚼，细腻鲜美的肉汁在嘴里缓缓流动，弥漫在活跃的味蕾间，让味蕾细细地品味、悠悠地感受，品味那忘不了的鲜美，感受鲜美中那份情感……

朦胧中望着夜色中的明月，毫无冷清之感。

5

没过几天，又去趟特马渔港。这次另一家华人公司有渔船靠岸，盛情邀请医疗队过去拿鱼。

携着那两个大大的保温箱，我们又一早出发，到了特马渔港。看到卸货的也是一艘小型木质渔船，鱼就是红鱼、鲷鱼、海鲳鱼等。这次我们想要一些加工容易、分餐方便的小型鱼类，但是同胞还是客气，硬是塞给我们4只大西洋的大龙虾、一条大鲳鱼和几条大墨鱼等，又把那两个大大的保温箱装得满满的。

装鱼之类的活，有工人帮助干，我闲着无事，跳上了这艘渔船。一个黑人工人提醒我，要注意甲板有水很滑。我朝他笑一笑，表示谢意。

走到船舱边，朝里一看，大丰收啊！还有不少渔获还没有卸下，覆盖着冰碴的鱼箱堆积在船舱里。虽然生在海边、长在海边，我并不认识几种鱼类，何况这些来自大西洋的鱼。大概有石斑鱼、红鲨等，还有一种很像非洲鲫鱼的。站在一旁的船老大说，那不是非洲鲫鱼，而是当地特有的鱼类，味道很鲜美。

船老大姓郝，家在丹东，来加纳有几年了。他介绍，这艘渔船是200匹，一般出海捕鱼一次来回要10多天。船上有7个当地黑人，3个华人。

我很好奇地在船上转了一圈，感受他们船上生活的环境，还受邀登上操纵室。初看操纵室里，比较简陋，并没有一排排电子仪表。我问道："茫茫大海上，不会还是看星相定位，找到回家的路吧？"

郝船长说："没有那么原始，我们有罗盘，还有卫星定位仪。"

"这艘渔船不大，一般不会跑很远捕捞吧？"

郝船长说："那也不一定，我们也可以跑到大洋去，一个月来回。"

"在茫茫大海上，就几个人待在一艘渔船上，那是很寂寞？"

"确实很寂寞，但习惯了，就好了。"

说句题外话，过年时斗殴被打死的那个年轻渔民也是他们公司的，上岸后喝酒，喝酒后就干起来，还是那种寂寞惹的祸。

我最感兴趣的就是，怎么发现鱼群？以前看电视节目，采用雷达或者声呐探测鱼群，然后渔船直奔目的地。显然他们没有这种设备，那也不能在茫茫大海中随便撒网捕鱼啊？郝船长笑笑，没有作答。我想，肯定就是所谓的传统渔区或者渔场了，在某个季节，那些鱼就会傻傻地跑到一起去。因为所有动物的本性就是群居，鱼类更不例外。

郝船长还告诉我，这几年鱼类明显少了好多，大概也是捕捞多了。他们在加纳从事渔业捕捞，属于真正的漂洋过海，工作艰辛不用说，但一年有15 ~ 20万元的收入，所以觉得挺满足，在国内如想找一份年薪20多万的工作可谓难上加难。

当然，我还关心一件事，那就是海上生活会不会遇到一些极端的气候，如台风？郝船长说："在加纳的大西洋上，没有台风，没有飓风，也没有风暴，也没遇到海盗，是很好的海区。所以，身体还吃得消时，再干一些时间，希望积攒一些钱，回去好好与家人一起生活。"

临走时，郝船长从操纵室里吊着的一根绳子上，摘下两只干海马送给我作为纪念，一只为淡红色，一只为土灰色，漂亮极致。我感谢郝船长的介绍，也谢谢他的礼物。在非洲，有很多中国人生活在那里，他们靠自己的辛勤劳动和汗水获得一份收入，非常不容易。我祝他们一切平安、顺利！

因为拿鱼的经历，我记住了特马渔港，更不会忘记同胞的情谊。两只干海马挂在书桌的墙上，陪伴着我在非洲的日日夜夜。

2012-04-21~26 初稿
2015 年元旦修改

文化的差异是件很好的事情，世界因此多姿多彩、美好纷呈。地球是平的，所以我们会相遇；如果文化也是平的，那我们的相聚就是索然无味。文化没有贵贱之分，也没有先进和落后，不同文化都是不同时空的产物，不具可比性。所以，不要害怕文化入侵（那是庸人自扰之），也不要奢望文化输出（那是痴人说梦）。文化差异就像高山、湖泊，跨越很困难，欣赏却很美丽……

——摘自援非散文集《心儿向着远方——我在非洲的援非经历》

从非洲看中国

（一）鞋儿破了

“有一天老了，心脏咚咚地跳着挺欢，但双腿却迈不开步，两眼只能眨巴眨巴地望着窗外的世界，那将是什么样的情形啊？”

看到队友在跑步机上挥汗如雨，我有时不禁逗乐说道。作为骨科主任，我更关心四肢关节功能的保护。

医疗队驻地的健身运动设施较齐全，跑步机、多功能健身器、桌球、乒乓球台等一样不少。不过，我对室内运动颇有微词。除非整个城市笼罩在雾霾之中，否则室内运动没有更大好处，尤其跑步机之类的固定频率运动，对下肢关节软骨的损害更是不可轻视。

加纳的天空总是那么晴朗，即使遇到撒哈拉沙漠的沙尘南下，天空也不过少一点蔚蓝色，而阳光依然灿烂，大西洋洋面吹来的空气总有一股清新。这么美妙的非洲天地，一切室内运动既无理由，也毫无意义。

刚到加纳时，进行了几次跑步晨练。但很快意识到，在非洲进行这种晨练，危险性极强。早晨，那些黑人司机可能精神超级充沛，开起车来更是风驰电掣，不时在身边刮过一阵阴风，确实有些吓人。人到中年，再学习什么体育项目，不说悟性不行，也没有那种动力，只能有所为有所不为，晒太阳（日光浴）和慢步行走可能最适合自己了。

从驻地步行到医院，需时 30 分钟，中间要穿过一段小树林，那是坑坑洼洼的黄土路，两边是一些平房住户，较少有车辆通行，故不会有漫天飞沙。树不是很高，四季翠绿，那些树干瘤节告诉我，这些树龄都有点长了。不时见到有工人来修剪，可能担心那些较长树枝折断，会砸着过往行人。散落树间的尽是些小花小草，母鸡带着几只小鸡穿梭觅食，自由自在。树梢上，有翠鸟旁若无人地歌唱，有时清脆，有时婉转，等我从树下走过，鸟儿便欢快地飞走了。此处有点独幽，但不寂寥。

午后太阳很烈，晒得人皮肤有点发疼。如果没有深色墨镜，眼睛大概要眯成一条缝了。脑袋比较宝贝，原来有长发可以“隔热”，现在也像非洲兄弟一样只剩一头短茬，于是要戴一顶旧网球帽，但还是晒得人有点昏沉沉的，不过很快就习惯了。烈日下这段土路总有一些树荫遮掩，便可走走停停，一方面让凉风吹习，心里少分燥热，让昏沉的脑袋多分清醒，也好睁大眼睛看看周围的静谧，想想这天要写作的内容。加纳这个地方就是好，晒得很狠，但凡有一点树荫，便是十分凉爽。

只有慢步行走，才有一些闲情逸致去享受周围这些自然景色，还有这阳光。非洲生活节奏缓慢，凡事不必过于急躁，可以悠悠地进行。时间也不是金钱了，所以没有必要与时间赛跑。工作压力显著减小了，不要为完成工作指标而拼命。顿时觉得一身轻松，难得的援非时光！

一天，突然感到鞋子里有沙子，而且是细沙子。但想，走在泥土路上，即便微风吹过，也有点尘土飞扬，落在鞋上，十分正常，溜进鞋里，亦不奇怪。那就选些落叶铺就或者有石块的路面，轻轻把脚抬起，免得不经意一脚又踏进松软尘土中。似乎有点效果，细沙也不咯脚。穿过这片小树林，再绕过一段院墙，就回到驻地。

回到驻地，脱下出国时刚买的这双黑色软底休闲皮鞋，仔细查看。鞋里确实有点沙子，但鞋面没有裂缝，鞋帮也是完整的，鞋底也没有磨损。是飞沙！来到非洲，鞋也热胀冷缩了。路面总有一些坑洼，何况这双鞋已经陪我走了一段时间，的确宽松多了。缝隙大了，别说细沙，就是溜进一两个小石砾也有可能。罢了，抖抖鞋里的细沙，明天接着穿吧。

第二天就严重了。那沙子已经跑到运动棉袜子里来了，在足趾间乱窜。活动足趾，即感到细沙滑过，尽管知道那是细沙，不碍多大事，但有一定明显不舒适的感觉。有道眼里容不了沙子，这鞋里一样容不了沙子，私人领地有不速之客来访，令人心烦不适。

赤足走在松软的泥土地里，深一脚，浅一脚，泥土一滑溜就淹到小腿，就像有双小手轻轻抚摸着，那绝对是足疗般享受。赤足走在细软沙滩上，那沙子忙着躲开，又忙着涌来，看着身后留下的足迹，那绝对是奢侈级享受。在非洲，还想着足疗干吗！反正，穿鞋了不想有光脚的感觉，否则穿什么鞋啊！

鞋儿破了？回到驻地后，脱鞋脱袜。一只脚已经沙尘蒙面，而另一只还是清洁如故，自身对照，差异显著（医学上称为统计学差异）。用水将鞋面洗净，鞋面依然光鲜平整；看看鞋帮，鞋帮没有一丝裂缝；瞅瞅鞋底，鞋底磨损不甚明显。怪呀，破口、裂缝在哪儿呢？光看是不行的，于是扯、掰、折、扭、拧，折腾着这鞋。哈哈，终于在鞋底，在防滑鞋钉的根部，发现一点儿裂缝，用竹签一捅，一穿而过。鞋儿真的破了！

到了非洲 3 个月，鞋儿破了。

在国内少有 3 个月穿烂一双皮鞋的。大概不会因为路走多了，应是这鞋确实有点水土不服。

鞋儿破了，还留着干吗，扔了罢了。随之扔掉的，看来还得有自己的一些思想和观念。

2012-03-24 初稿

2014-10-14 修改

（二）价廉和物美

“物美价廉”大概是中国产品最值得炫耀的地方了。可怜的是，现在可能只剩下“价廉”，这“物美”已经让人实在不敢恭维。

克里布教学医院手术室里有几个护士都到过广州。她们到广州都是批发一些衣物、鞋袜、箱包或者一些电子配件等。说起中国产品，她们确实承认价格低廉，但也抱怨质量不怎么样。逗乐的是，她们竟然认为那些老板歧视她们非洲人，认为她们没有什么钱，只把那些低廉的物品卖给她们。因为那些老板据实相告说，这些低价位只能是这样的质量了，卖到欧洲的产品质量挺不错，不可能有那么低廉的价格。要说歧视，我不太相信。广州人做生意很实在，只要有生意做，怎么会去歧视别人呢？但是，这至少告诉我一个现象，“物美价廉”已经不是那么一回事了。

我到阿克拉的超市购买食材和酱料时，同行的华人兄弟给我灌输了一番成本的高论。你看这海天酱油，偌大的一桶（5kg）才 13 塞地，而台湾产的金兰酱油只有这么小瓶（0.5kg）就 12 塞地。酿造酱油？需用大豆吧，总得有个大豆成本，今年全球大豆价格一直居高不下。生产也要厂区和设备吧，前期需要大笔投资啊。总得需要工人劳动吧，现在人工不是廉价劳动力了。再有一点，要交税吧，地方政府还要靠企业来发工资呢……这些都是成本啊！酱油又不是矿泉水，找口井灌装就行。企业也不是慈善机构，会为了我们舌尖上美好的享受而不顾成本地去承受亏损。“无利不起早”的是商人，他们要追逐利润，而且为了利润的最大化，会不惜一切地压缩、降低成本。“一本万利”甚至“空手套白狼”那可是许多商人梦寐以求的境界了。

社会发展，经济进步，所有商品的成本也是不断爬升，这也是CPI要逐年上扬的原因之一。不然，出现通货紧缩，意味着经济滑坡甚至崩溃，大街上就会满布失业的人群。其实，中国早期商品是为了赚取国家外汇，那是牺牲中国的劳动力成本而去赢取“物美价廉”的美誉。在今日，要想“物美”，还要“价廉”，可能只会是一厢情愿了。

可能国人穷惯了，穷怕了，或者传统的“节俭”美德，商品价格成了最大关注的因素。因此，会因一段并不存在的风言，为了省下区区那几块钱，也要抢在调价前把一年的食盐全部买回家；会因一个可能属于虚幻的“打折”告示，以为自己大赚便宜，就为那么一件并不实用的东西，宁愿花几个小时排队，甚至不惜冒着踩踏的危险。而一些政府部门的招投标采购，也一味求低价，结果采购回来的东西有主机、没配件，有硬件、缺软件，再去配齐，人家可以大胆地讹你一下，最后付出的代价更为巨大。据说，日本车质量好的卖给美国和欧洲（那里顾客挑剔，而且政府质量监管严格），中等质量的留给自己用，而质量差一点的就卖给中国，因为那里只要价格低廉，就会有巨大的市场。

一味地要求价廉，一定程度上是纵容牺牲质量或者假冒伪劣，因为无端地压缩成本只能剑走偏锋。不用提什么其他商品，单说中国那些存在可怕的食品质量问题。为了减少冷冻保鲜的成本，竟然可以给白菜喷洒福尔马林；为了减少或者不要成本，臭皮鞋可以加工成老酸奶，明胶竟然可以制成猪耳朵，药用胶囊也掺进铬；苏丹红、工业盐、地沟油，能想到的，还有不能想到的，全部进了中国人的胃。难怪这些年癌症的发生率逐年增高，不能说没有关系吧。所以一些有识之士呼吁，我们再也不能鼓吹什么“物美价廉”的，质量才是最重要的。或许从中国食品频发的事件中，我们真正需要领悟到什么叫“质量就是生命”。

或许有人会说，那些制造假冒伪劣商品的都是无良、无耻的商人，要受法律和道德的严惩。没错！但是，我们不妨也换位思考一下。假如不是我们整天去追逐着“价廉”，而是按质论价，那么正当的商人就会有合理的利润回报，就会激励更多商人去创造更多“物美”的商品去服务人民大众，“要想马儿跑，就得给马儿吃点草”。当我们坚守着“物美价廉”的理念时，是不是我们的思维或者观念早已落后于这世界的发展呢？

其实，我们早就知道“一分钱一分货”的道理，但是我们习惯了不由自主地滑向“价廉”的追逐者中。把钱不当钱的奢侈浪费，不是大多数国人可以接受的生活方式；但是把钱太当钱了，一味“价廉”，无疑也为那些假冒伪劣提供了市场。现在“价廉”已经不是过去的“价廉”了，而“物美”依然是“物美”。我们需要在“物美”和“价廉”之间找到一个新的平衡点。

“价廉”和“物美”，谁者更受重视，其实反映的是一种基本的生活态度。当我们迈进小康时，我们更应对“物美”多一分崇敬，因为人活着更需要讲究一点尊严和体面。当我们选择“物美”时，我们就选择了正确的生活态度，也助力于树立良好社会风气。毕竟质量就是生命，不但关乎企业的生命，也关乎我们自己的生命。

2012-06-05

（三）廉价——中国形象乎？

美国纽约的时代广场，那是全世界最醒目的地方，寸土寸金。报载，一些中国企业接踵而至，不惜重金，打起大幅户外广告，宣传自个的企业形象。好像在前几年，中国政府也曾不甘寂寞，花钱在这些地方做起自己的形象广告，向美国人包括整个世界展示中国的形象。

我懒着去找那则广告了。如果让你去想象一下中国形象的广告，那一定会如此设计：万里长城横亘群山（代表中国悠久历史），故宫厚重大门渐渐推开（代表中国走向世界），红墙下一袭红衣少女陶醉在长袖舞中（代表人民生活幸福美好），火箭腾飞、轮船破浪、高铁飞驰（代表中国人民勇往直前），蓝天下城市高楼鳞次栉比（代表中国经济发展的伟大成就），运动健儿挥汗如雨、五星国旗冉冉升起（代表中国社会发展的成就），一张张优秀儿女的中国脸，或姚明，或成龙，或章子怡（没有他们，好像全世界会不认识中国人或者认为现在还拖着长辫子了）………最后纯色中国红背景映出：Welcome to China(中国欢迎您)（当然不是说——钱多，人傻，快来）。

以前我也是一直这么想的。一个泱泱大国，自然应该具备一种比较伟岸的形象，何况改革开放30多年，都成为全球第二大经济体（哈，老二！），自然有一定分量。

俗话说，美国感冒，全世界打喷嚏；那中国要是感冒了，至少会有半个世界要打喷嚏吧。

就像电视广告说的那一回事，大家如果当真，那就是一大傻；也像那专家说得头头是道，但如果全信他的，那也是一大傻。中国形象，在我们中国人心中是一种什么形象，这是一回事；中国形象，在外国人心中又是一种什么形象，那更是另外一回事了。

有一天，手术间隙休息时，我看到一则电视广告，还真的刺激了我。那是加纳当地的一个电视节目广告，说的什么东西，没有在意，也没记住，但是那个广告词却令我印象深刻："American Quality， Chinese Price"。什么意思？"美国品质，中国价格！"嘿，这广告可是出现在一个非洲尚未完全摆脱贫穷的国度！你可以说他们看问题有偏颇，但问题是所谓的自身形象，不是自己孤芳自赏，而是别人脑里的意识和印象。在全球化日益兴盛的今天，你能说，"做自己的事，让别人去说吧"？那中央政府何必花费巨资在时代广场去打所谓的形象广告呢？话说，树要皮，人要脸，形象这东西太重要了，因为这才是真正的无形资产。不然许多企业怎么就爱找一些俊男靓女作为形象代言人，这说明那些形象还是蛮值钱的。

"American Quality， Chinese Price"？！仔细琢磨一下，就像我们在国内经常提及的"五星级的享受，大排档的价格"。哈，文化还是有共同之处的，只不过表达含蓄一点了。再仔细琢磨一下，连我们自己都吹嘘中国产品"物美价廉"。我看，"物美"可能没有被人接受，而"价廉"已经成了世界公认。因为这是从非洲说出来了，连贫穷的人们都道"价廉"，我们还能否认吗？我想了半天，自己心目中的所谓中国形象一下子就轰然坠地，因为非洲人已经帮助我找到了中国形象的代名词——"价廉"。当我们沾沾自喜时，他们却很清醒地、很深刻地道出了真正的中国形象。

我的自尊心有点受到打击了，但是我没有咆哮，因为认识问题从来不是依靠咆哮。冷静地想一想，不怨别人这么说，自己的形象是自己塑造的。在过去好长一段时间里，我们的产品一直标榜着"价廉"而处于低端的市场，中国产的毛巾、拖鞋、汗衫、牙刷等充斥着世界每一个角落，曾经还有商人用衬衣换回来俄罗斯飞机，着实让国人兴奋一阵。当南非世界杯吹响号角时，那些主持人全然不是为了飞奔的足球在那里雀跃着，而是有点神经质地呼喊着"整个南非上空响彻的是来自中国的声音"。不得了啦！仔细一听，原来说是一件来自中国的廉价塑料用品——呜呜祖拉。更有一些官员和学者说，如果美国制裁我们，那些普通美国家庭的生活费用成本会增加 15% ~ 20%，因为那些"物美价廉"用品全部来自中国。我相信，在中国鲁迅先生笔下的阿Q大有人在。如果哪一天美国制裁中国说，“大不了，我们不用你们这些东西了”，相信这些官员和学者肯定会以牙还牙地回答说，“大不了，我们也不坐飞机了，少了张屠夫，还吃带毛猪呢，我们在地上走，还锻炼身体呢！”甚至有些学者还在说，现在是全球化了，全世界的资源、知识、技术、产品都可以有效配置，不一定什么东西都要自己生产，没有的东西可以买、可以引进，完全可以实现互补共赢。但是，要问一句的是，我们提供给世界的都是什么产品呢？难道只是一些依靠廉价中国劳动力制造的所谓“价廉物美”的产品吗？难道我们的劳动力就永远那么不值钱吗？我们曾经自豪地说，中国已经屹立于世界民族之林了，但我们更要想一想，我们要站的到底是一片什么样的森林！

现在是我们不得不认真思考这个问题的时候了，现在是我们要去改变“价廉”——这个中国形象的代名词的时候了。幸好中央政府没有盲从那些专家学者的误国策，已经开始痛苦地进行经济结构转型。这是一个不亚于中国改革开放的伟大实践，无穷的科技创新和科技进步将引领我们走向一个全新的天地。我们清醒地知道，如果我们不掌握高端科技，没有高端制造，没有高端的产品，中国形象永远不会改变，也永远不可能改变。

相信有那么一天，非洲大地上会涌现出一批新广告，广告词是“Chinese Quality，Chinese Price”。那时候，我们可以自豪地说，这就是我们——中国形象。

2012-06-05

（四）国人的多情

驻地旁有所“New Hope School”。不过此“希望学校”并非国内那些“希望学校”，而是一所私立的学校。从每天校门口那些接送学生的车辆就可以看出，这个学校不是一般普通家庭孩子所能上的。

手术结束后，已到了下午3时。此时下班，刚好遇上学校放学，总能见到一群快乐着不知忧愁的孩子，脸上绽放着太阳般灿烂的笑容，还能接受他们热情又礼貌的问候：“Good Afternoon!”

有时胆大一点的男孩会走到我的跟前，一脸疑惑地问道：“Chinese?”

我也笑着问道：“You know Japanese or Korean?”（你认识日本人或者韩国人吗？）

孩子茫然地摇摇头，固执地问道："You are Chinese?"

我也笑着问道："Can you tell me any difference between Chinese and Japanese?"（你能告诉我怎么区别中国人和日本人？）

孩子茫然地摇摇头，固执地问道："Are you a Chinese?"

我也笑着问道："You know American Chinese，Canadian Chinese，or pure Chinese?"（你知道美国华人、加拿大华人或者纯粹中国人吗？）

孩子还是茫然地摇摇头，固执地说道："But，you are Chinese!"

我们相互对视，开怀一笑。

这个世界上很多人仅会用一个词，Chinese。尽管一些人也造些词，如Cantonese(广东人)，Taiwanese（台湾人），或者Fujianese（福建人），除了自己知道外，没有其他地球人会知道。在"纯种"（借用一下，确实很难找到更确切地表示pure这个词）外国人眼里，黄皮肤、黑头发、黑眼睛的人都是Chinese。千万不要把那些外国人都想象成莎士比亚或者雨果之类的知识渊博之士，其中大部分成年人的世界知识有时还比不上我们的小学生，而且欧美人更懒着去了解亚洲或者中国的历史，甚至也分不清Chinese或者Japanese，就像我们也分不清英国人、法国人和德国人一样。

但是国人一般很多情，也很会玩弄中文的字眼，更深谙不同场合的语境之类，把这个Chinese弄得不但迷惑了很多中国人，也迷惑了很多世界人。谁都知道，Chinese既可以指"中国人"，亦可以指"华人"。或许那些纯老外分得不清楚，但是国人却泾渭分明。在特殊语境中，"中国人"指的是国家的概念，那是地域和主权的概念；而"华人"仅是种族的概念，而不涉及地域和主权。其实中国是五十六个民族的大家庭，是中国人也不一定是黄皮肤、黑眼睛。现在可能还不止这些民族了，因为有不少中国人是黑皮肤、白皮肤、蓝眼睛、红头发等，不知道要归到哪个少数民族中。

国人常常多情，多情得常常分不清种族的概念或者国家的概念。在2012伦敦奥运会上，加入哈萨克斯坦国籍并代表哈萨克斯坦出战的举重运动员马内扎（中文名叫姚丽）获得63公斤级女子举重金牌，国内一些主要媒体的头条新闻就是如此"又一中国人为哈萨克斯坦赢了金牌"，而那些记者还大揭老底，振振有词："本来就是中国人嘛！"多情可见一斑。加入了外国籍，那怎么能说是"中国人"呢？尽管她确实是个华人。

国人常常多情，多情得已经分不清"中国人"和外国的华人了，把很多出点名的华人名人一律囊括到自己家里来。也是在2012伦敦奥运会上，羽毛球男子单打中国人林丹战胜马来西亚华人李宗伟夺冠，歌手梁静茹为李宗伟哭得稀里哗啦，网友们愤愤不平，责问其道："你还是中国人吗？"没料到却是一个大乌龙，人家可爱的梁静茹就不是中国人，而是地道的马来西亚人。今日，更多的中国名人移民到海外，尽管大部分还在国内生活，他们也已经不是真正意义上的中国人了，而仅仅是华人。

国人甚是多情，而这种多情就有点像鲁迅笔下的阿Q攀亲戚，把那些华人的骄傲都说成是"中国人"的骄傲。美国驻华大使骆家辉是个地道的美籍华人（American Chinese)或华裔美国人（Chinese American)，都是Chinese，却不关"中国人"的事。充其量有点亲戚关系，但是已经有几代了，如果以前没有什么来往，可能早已疏远，尽管身上也流着一些中国人的血（其实应是基因），但已经与中国人没有什么关系了。但是，他来到中国，国人有点欣喜过头，以为亲戚来了，肯定进入蜜月期，没想到他对中国人也是蛮狠的，这时才知道他是美国人，只为美国效力。还有那位菲律宾的钻石老三，装模作样到中国来寻亲问祖，那时国人也欣喜过头，甚至也像阿Q一样得意忘形地奔走相告：我们的孙子来了。这位亲戚捞了百亿美金合同回去后，在南海掀起一个浪，此时国人才如梦方醒，这孙子身上的中国人基因早已经被稀释到无影无踪了，而且对中国人更横。或许这种阿Q式的多情也是国人的劣根所在。

有道"自古多情空余恨"，而且"多情总被无情恼"。国人也该醒醒了，别一提起Chinese，就是理所当然地认为是"中国人"。作为中国人，华人世界的任何成就可以是我们的骄傲，这个骄傲只能说明我们这个种族并不缺乏聪明和智慧的基因，并不缺乏勇敢和坚持的韧性，只能用来激励自己，奋勇前进。而不能多情地想象，这些华人的成就似乎就是中国人的成就，甚至视为中国的成就。媒体界朋友也别整日问些弱智的问题，"Are you Chinese？"或者"你还是中国人吗？"在国内，你可能会得到一点掌声，但如在国外，或许只能得到一顿耳光。很简单，在中国的Chinese并不一定都是"中国人"，而在地球很多其他角落的Chinese可能就是地地道道的"中国人"。

这世界上，强大的美国经常会跟中国作对，因为强者自然需要敌人或者对手，所以这是看得起中国。但是，没有哪个美国总统会向华人叫板、会向华人世界挑战，因为那是种族歧视。

此Chinese，彼Chinese，有点儿不一样。

2012-08-07

（五）攀啥子洋亲戚

中国人好攀亲戚，不但国内攀，还经常攀到国外去。

今日在新华网看到二则并列的标题新闻，一为“二位美国人获诺贝尔经济学奖”，另一为“沙普利曾在中国服役过”。

初看标题，不禁发问：沙普利是谁啊？当然就是今年荣膺诺贝尔经济学奖的那位美国先生。一个美国人曾在中国服役？啥时候美国在中国驻军啊？这63年白解放了？再细细一看，原来这位已经80多岁的沙普利教授二战时服役，在1945年后曾到中国成都小住几天。我不禁哑然，该沙普利先生喝的是美国牛奶，抽的是美国雪茄，拿的是美军津贴，充其量在中国这块土地上撒了泡尿，关中国啥子事呢？

后来一想明白了，又是国人的“德行”——爱攀亲戚！连新华社都去攀这门亲戚，着实让人闷闷不乐。倘若茶余饭后，作为一种谈资，供大家一乐，那是幽默。但一本正经地将此列为新闻标题，那就说明，这个“德行”已经在中国社会如此根深蒂固，似乎有点没治了。

在国内，见面说声，“五百年前是一家”。那是中华文明源远流长，大家会心一笑，大概彼此不会当真。倘若，顺杆子而上，必惹来别人反感，“那是哪门子的事，八竿子也打不着”。但是，就是这些八竿子打不着的事，很多国人却乐此不疲。不但普通老百姓乐此不疲，那些有文化、有身份的人也乐此不疲，好像各级政府官员也乐此不疲。因此，中国人在这无情的世界上显得相当多情。联合国秘书长潘基文，也姓潘，咱老潘家的，肯定也是几百年前移民过去的。菲律宾那个阿三总统祖上是中国人，装模作样跑到中国祭个祖，乐呵呵地骗走了中国政府的几个大红包。美国总统奥巴马的弟弟在中国娶个中国媳妇（不知是否还是中国国籍），许多人兴奋得有点手舞足蹈，老奥也是中国人的亲戚啦。诸如此类事情，不胜枚举。

有人说，这是中国悠久的农耕社会和传统的家庭观作祟。“在家靠兄弟，出门靠朋友”、“打虎亲兄弟，上阵父子兵”。什么七大姑八大姨的，能上一起上，亲不亲，一家人。现在有点省事，一家一孩，关系没有那么复杂了，亲戚骤然少了许多，仿佛从一个闹市来到没有人烟的荒漠，心里着实有点空落落的。寂寞最是难耐！血亲少了，靠姻亲，但总不能老是结婚、离婚，而且好像也是在演艺圈中打转。后来又多个干亲，什么干爹、干爸、干妈等一涌而出，有些热闹。倘若这等亲戚攀不上，还可以有什么同乡会、同学会、联谊会等，总要搞些渊源出来，扯上千丝万缕的联系。有首歌曲很流行，“朋友多了路好走”，也确实是和谐社会的一大特色。

很多人总想把这种癖好发扬光大，经常有意无意地攀起了一些洋亲戚，自然这些洋亲戚都是一些洋名人之类，因为谁也不会攀那些在国内或者国外大街上捡垃圾之类的。古人早有教训“穷居闹市无人问，富在深山有远亲”，应是记得很牢。因此，政客、教授、明星等，统统都要攀，只要能跟中国挨点边的，都要舍得攀下亲戚。倘在中国生活几天，那便是中国人民的老朋友；倘会说几句中国话，那便是与中国有深厚的友谊；倘会收养了中国的孤儿，那就是与中国有大恩之人啦……实在没有，那也无妨。没来到中国？那也无所谓，外国人没有计划生育，家里人都是一箩筐，总有人和中国有点关系，那就“爱屋及乌”吧，也算亲戚。有时不得不佩服，中国人爱攀亲戚的本事确实高。否则，就不会将沙普利在中国成都撒泡尿的烂事全挖掘出来，尽管那段经历与他获得诺贝尔经济学奖确实毫无瓜葛。

殊不言这些中华文化是优秀或者糟粕，但凡文化一旦出现，必有其产生的土壤，因为一方水土养育一方人。但多数文化只能土生土长，如果越界了，跑到国外，非要去攀一些洋亲戚，或者想让全世界都沐浴在博大精深的中华文化下，不但水土不服，而且常常“热脸贴着冷屁股”。人家那些洋亲戚比我们中国人活得实在、活得现实，你给多少东西，从来不拒，也不会有什么不好意思，因为他念叨的是：“Thank God!”人家从心里就没有感谢过你。而你想得到什么回赠，那对不起，说一句“台湾是中国的”，这已经是很大的礼物了；你再送一点，再说上一句“西藏也是中国的”，那可能会让国人感激涕零了——那是知音啊！而更多的那些洋亲戚都是喂不熟的白眼狼，你再使命攀，他还很蔑视。人家欧洲是最早承认新中国政权的，不是亲戚胜似亲戚，现在遇到欧债危机的困难，自然要出手相救，咱中国有钱，几百亿美金咱眼都不眨一下。忙乎半天，最后发现，怎么不是那么回事？我出钱了，我也出力了，怎么换不回一点温情回应？在我们中国，就是石头也已经焐热了。最后叹口气说，任内有二件事没有解决，想想都感心痛，一为没有承认中国市场经济地位，二是没有解禁对华军售。

其实，在那些攀洋亲戚的后面，还是中国千年沉积下来的自卑心态。即使解放60多年了，但骨子里的自卑尚没有根除。尽管站起来了许多高楼大厦，但是习惯下跪的双腿还没有直立起来。尽管现在不会吃不饱，甚至有时还会营养过剩，但是营养从没有均衡过，基因中还有些佝偻的位点。尽管在国际上有时声音也会回荡在小屋里，但是见到外面的阳光，也只能韬光养晦，心里还愤愤不平地说：“啥时候也轮到他们来攀咱亲戚？”

记得阿Q正喝着两碗黄酒，便手舞足蹈地说，他和赵太爷原来是本家，而且辈分还长三辈，旁人听后也肃然起敬。没想到次日，便被赵太爷找个过去，赏了一个耳光。阿Q没有清醒，不知现在国人已经苏醒否？

那个英国名人丘吉尔早就说过，国家之间，只有永远的利益，没有永远的朋友！英国人信奉这个，美国人信奉这个，法国人信奉这个。而中国人却是信奉“攀亲戚”，好像攀上亲戚，就会是永远的朋友——还没有睡醒啦！还在痴人说梦啦！

要说“我们的朋友遍天下”，这句话有自信、有底气。非要去攀什么洋亲，只能说明今天自己内心还少点自尊、自信和自爱。

攀啥子洋亲戚喽！

2012-10-16 初稿

2012-10-20 修改

非洲是全人类的共同故乡。这里有灿烂的人类文明，这里有丰富的资源宝藏。这里的美景数不胜数，这里的人民淳朴可爱。这里有那雄浑的美哟，像大河奔流，火热激情四处奔放；这里也有美的妩媚，像小河淌水，那一颦一笑同样千娇百媚、柔情似水……

——摘自援非散文集《心儿向着远方——我在加纳的援非经历》

洛美之行

1

加纳的东面是多哥共和国（Togo），亦属于西非国家，是非洲最小的国家之一。国土面积不到5.7万平方公里，疆域形态与中国宁夏极为相似，但稍比宁夏（5.2万平方公里）大一点，不到广东省的1/3。首都是洛美，亦为全国最大城市。

洛美有一个“世界之最”——世界上最靠近边境的首都。这有个缘由。多哥原属法国殖民地，1963年独立。独立前，西多哥部分为英语区，经公投并入加纳，成为加纳的一个省，即现在的沃尔特省。而东多哥部分为法语区，独立成为现在的多哥。在东、西多哥时代，洛美就是首府，尚属中心地带。多哥独立后，这个首都就成为地道的边境城市。

2013年春节，是我们来到加纳的第二个春节。驻加纳中国医疗队有6名队员回国休假，另外5名队员留守，我是留守队员之一。趁此假期，我们访问洛美。据说，援非医疗队在援非期间允许有一次机会，利用假期访问非洲第三国，费用自理。似乎很少有医疗队如此安排，因为安全是个问题。

2月13日上午，我们驱车前往加纳东部的沃尔特省，在中地公司道路建设项目部进行义诊，然后前往多哥。由于多哥官方语言为法语，我们几位大概知道唯一的法语就是Bonjuor（你好），所以中地公司特意安排一位多哥籍员工陪同前往。

下午3时，到达多哥边境。多哥籍员工联系了相关人员协助办理过境手续，包括加纳方出境与多哥方入境、边检及海关申报等。

这世道，只要有“管制”的地方，就会有“服务”。当然，这种“服务”都是一些有偿的服务，多为“一条龙服务”，可能因此形成了产业链。入境签证每人40

塞地。司机 Oxward 系加纳籍，在西非国家内通行，不需要复杂程序。我们医疗队的车辆属于加纳籍车辆，过境则需要办理通行证，我们没有携带车辆的相关证明文件，但是交了 50 塞地，也可以堂而皇之地入境了，仿佛那些中介人员都是我们的担保人一样。入境签证表格有法文和英文对照，简陋得就是一张复印纸，但要填写子女及父母的姓名，这让我感到这些非洲人学英国、法国比较到位，家庭观念强，注重家庭团聚一类的入境许可。

一过边境，就进入了洛美市城区。洛美的一条迎宾大道——滨海湾大道 (Marina Bouvelard) 沿着海岸线，直通向多哥的洛美港。这是洛美的主干道和景观大道，多哥总统府就在这条路上。阿克拉市内摩托车很少，但洛美摩托明显增多，显然在西非各国，各地情况差异很大。

滨海湾大道外侧是宽阔的金色沙滩，再外面就是蔚蓝的大西洋。天空湛蓝、海面湛蓝，似乎比阿克拉要蓝一些，也纯净一点。沙滩上有很多青少年在踢足球，欢快的笑声飘扬在沙滩上空，那是年轻人的乐园，让人不禁想置身其中。阿克拉也有沙滩，但似乎海浪较大，而周围居住人口密集，许多排污也是直接到海里，故近海的海水显得有些污浊，很难有什么雅兴让人在沙滩上流连忘返。

我们入住的酒店是 Hotel Palm Beach（棕榈沙滩酒店）， 也是位于这条滨海湾大道上。酒店挂牌五星级，那应该是非洲的五星级酒店，气派稍逊一点，但基本硬件设施还不错。入住时给一张纸条，上面写的是用户名和密码，免费 WIFI 用的。我没有带电脑、ipad 之类，本来就是想出去好好休息一下，不想牵挂着太多的俗务。进了房间，放下行包，提起相机就去这个金色沙滩。

金色沙滩上有一道风景，那就是残留的门型钢架，已经锈迹斑斑了，有些被腐蚀得仅剩下一点残柱、残根，上面的木板已消失了多长时间，或许没有人能够说得清楚。那个黑黑的、铁锈的门型钢架一直延伸到海里，不过在海水中浸泡的那些钢架显得比较完整，难道泡在海水里的钢架比起风吹日晒的还顽强一点、还耐腐蚀？这就不清楚了。这是很久以前洛美港码头的一道栈桥，也是洛美港的前身，现在洛美港就在这金色沙滩的东面两千米处。从摄影角度讲，讲究的是色彩的对比，越强烈，那效果越突出。远处，海天一色，蔚蓝纯净；近处，金色沙滩，宽阔无比；远近之间，一排残旧、铁锈斑斑的门型钢架，从金色沙滩向海天一色处孤独延伸……那画面感多么富有张力啊！更重要的一点是，其将历史和现实融合在一个画面中，让人有不尽的遐思。

金色沙滩上，一群孩子在无忧无虑地奔跑着，欢声笑语中，快乐地追逐着在沙滩上艰难滚动的足球。黄昏时光，太阳没有那么热烈，天空中白云在飘荡，并不像这段日子阿克拉的天气，南下的撒哈拉沙尘遮盖着整个城市的天空。洛美的天空似乎没有撒哈拉沙尘的影子，让人心情自然愉悦。

滨海湾大道车流不断，远处大西洋的洋面上有一长溜的大型货轮停泊着。那是在等候进洛美港的货轮，大海有他们的影子，就不会孤寂。洛美港是非洲很重要的一个港口，可以停泊 2.5 万吨货轮，2010 年靠岸船舶为 1175 艘，年吞吐量达 800 万吨，其中 230 万吨货物由此中转到周围一些非洲国家。那些货轮漂泊在海面上，有的可能要等候数周才能靠泊卸货装载，海上人生很不容易啊！

晚 6 时多，酒店门童就善意地提醒我们不要到外面沙滩去，因为那里不是很安全，抢劫事件时有发生。这点我们比较谨慎，来到非洲后，基本上没有什么夜生活了。

晚上在酒店餐厅就餐，法式西餐。我点了份黑椒牛排，一份蔬菜汤，还要了两小支洛美当地 FLAG 啤酒，后来一结账，14500 西非法郎（450 西非法郎 =1 美金），大概人民币 200 元多，并不昂贵。

就餐等候时间较长，这点在非洲都这样。所以要先弄点喝的，不能光坐那里等吃的，那一定会饿昏的。在国内一喝啤酒，就会诱发痛风发作，但在非洲，喝些当地啤酒，不但心中舒坦，连四肢关节都舒坦，不知怎么回事。过了好一会儿，服务生才将牛扒端了上来。牛扒的味道不错，法国人生活过的地方，自然有一些法式菜肴的遗风。只是实在饿了，无法保持法国绅士风度，没有细细品味其风味，便狼吞虎咽地、席卷残云般地填充饥饿的胃。酒足饭饱后，心里踏实了，睡意也就上来了。

躺在床上，听会儿听不懂的法语电视，很快睡着了。睡着很香！

2

第二天起得很早。在非洲，总想看一回日出，故总牵挂着。

酒店前台有个日出时间，早上 6 时 10 分。到了 6 时，天刚蒙蒙亮，我穿着花花沙滩裤和蓝色衬衫，趿拉着一双拖鞋，拿着相机，到了海边。昨日穿着皮鞋到海滩，鞋里全进了沙子，所以今日特意换穿拖鞋。酒店没有准备拖鞋以及牙具，都是自带的。

站在沙滩上，望着茫茫的大西洋。东方天际边，海天连接处，有几层厚厚的云团，初看有点阴沉，接着出现几道白光，太阳不是跃出海面，而是从云端中钻了出来，红彤彤的，光芒首先照耀，接着出现半轮太阳。大概性子也急，不愿再那么躲躲藏藏了，一轮火红的太阳即刻高悬天边，顿时光芒四射，映照在浩瀚的海面上，仿佛在海面上架起一座通往天际的红彤彤的桥梁，海波起伏，波光粼粼。沉睡的世界复苏了，大地充满了光辉。

真是太美了！我站在沙滩上，静静地看着太阳升起。来到非洲，从来没有见过太阳喷薄而出，今日难得一见，我却心静如水。多少次守候，就是为了这么一次奇遇；真正相遇了，却像是老相识了。这就是有缘，不见，我们想念；见了，我们仿佛已经长久在一起。

可惜刚从酒店空调房间里出来，相机镜头上蒙有一层雾气，拍摄日出不是很清晰，效果不佳。或许生活总要留一点遗憾，留待以后填补；但填补了这里，或许那里又会出现一点遗憾。不断的遗憾，不停地填补，人生之路，因此延伸。

这天恰是情人节，望着初升的太阳，我默默地祈祷：愿天下有情人幸福快乐，犹如太阳的热烈，犹如太阳的深沉，犹如太阳的坚守。

住了一晚五星级酒店，费用自然不会低廉，平均每人支出225美金。因此，准备换一家比较休闲、比较温馨的家庭旅馆，全方位体验一番。

多亏那位多哥籍中地员工的帮助，在洛美的东湖边，我们找到一家名叫拿破仑的旅馆。环境不错，价格实惠，仅棕榈沙滩酒店的1/4，不过房间设施简陋不少。这个拿破仑旅馆有28个房间，也仅剩余4间空房，其余都是来多哥旅游的国外访客，看来生意蛮不错的。房间采用窗式空调，噪音很大，简直就是柴油发电机，震耳欲聋；电视却是迷你型的，像是一个小显示屏，反正也不看；WIFI可以上，但通道拥堵，速度不敢恭维。罢了，体验生活岂是享受生活？

不过非洲发展有一点很好，无线电信网络比较发达，信号覆盖面广，而且不太计什么流量。所以，人在非洲，不会有一种与世隔绝感。这是国人来非洲之前万万没有想到的。看国内的中国移动、中国联通、中国电信，尽发流量财，变本加厉地收费。什么项目分解一下，漫游、流量；省内、省外；国内、国外；大有“此地是我开，此树是我栽，若想从此过，留下买路钱”的气概。这气概是垄断的气概。所以不破垄断，人民想真正享受美好的生活，那是不可能的！

安顿后，游览洛美市区。拿破仑旅馆位于洛美机场附近，出门向东没走几十步，就见到一段窄轨铁路，但看不到枕木，因为枕木间隙已经被泥土填平了，故只能见到地面上有两根铁轨。铁轨在地面上向前延伸，前方目的地是不远处的洛美港。

据说，就是这条铁路把洛美分为两个区，西区就是政府、商业等所在区域，而东区是居民区，也就是一般居民生活的地方。昨日住的棕榈沙滩酒店就在西区。在酒店附近转悠，见到街道整洁干净，一些殖民时期留下的建筑掩映在楝树、棕榈树和椰树丛中，让人觉得有些情调。但到了东区，眼见的是众多的平房、土路和灰尘，有点感觉在中国棚户区一样。只是街道两旁的小商店也不少，商品琳琅满目，一直摆放到路边。定睛一看，非常熟悉，哈哈，都是中国产的小商品。多哥摩托车多，道路两旁有不少卖摩托车的商店，多数都是中国产的摩托车，什么豪杰等。只有在拿破仑旅馆见到两辆 HONDA 的运动摩托，可能是这家旅馆老板这些有钱人玩的。

到了多哥独立广场，类似街心公园，那里矗立着多哥独立纪念碑，不过四周被铁栏杆围起来，无法进去参观拍摄。多哥是 1963 年独立，与我国在 1972 年建交，现在中国是多哥最大的贸易伙伴。

独立广场一侧是西非最高的建筑——“二月二”酒店，另一侧就是议会大厦。这家酒店在加纳一方都可以看到。当开车前往多哥边境时，我还开玩笑地说，那里就是我们前进的地标，绝对是洛美的中心地标。果真如此。

在独立广场没有停留多长时间，多哥朋友便带我们去了一家非洲传统文化市场。我一看，这哪是什么传统文化，简直就是动物的坟场！

在耀眼的阳光下，在简易的摊位上，堆放的羊角、牛角，还有白花花的兽头骨和四肢骨，像是牛头或者海马头之类，还有一些兽皮、兽毛的制品。在一块空地上，晾晒着几十只带毛的死鸟，一个孩子正在那里翻着，可能就是这样制作鸟类标本了。摊位前摆放一些小石雕，有的像兽，有的像人，总觉得是坟头那些祭祀的用品，让人觉得有点毛骨悚然。

我一下车，就回到车上。我属于那种比较异类的中国游客，我不想什么都观光，什么都了解一点，我只喜欢看一些自己感兴趣的东西，而且最不喜欢购物，即使属于那些稀缺的纪念品，我只希望用文字的描述把它留在记忆里，留在文字中。

有几个队友前去一探究竟，但不一会儿，就回到车上。因为就是看一看，也要先交参观费，这点闻所未闻，好像他们开的不是什么市场，不是什么商店，而是博物馆。如要摄影照相，更要给钱。这点好理解，知识产权嘛，人家保护意识比我们强。

离开这家传统文化市场，我们又转到洛美港。港口谢绝参观，我们只能远望一下。这是西非最繁忙的港口之一。港口外面的道路上停了不少大卡车，正在轮候进场、转运货物，进港道路显得十分拥堵。洛美港正在修建第三个集装箱码头，到了那个时候，港口会更加繁忙，如进出港道路（铁路和公路）不升级，那发展瓶颈问题就出来了。非洲人不可能想不到这一点，他们获得投资的机会也不少，但是有一点常达不到“心想事成”，那就是——拆迁。常常拖延工期的原因就是这个。在与加纳中资机构交往中，他们觉得最无可奈何的可能就是这个，因为即使在非洲，政府也不能为所欲为地强行拆迁。

洛美要游览的地方大概就这些了。

3

我们又转到那条滨海湾大道，见到那个海边沙滩上有一家露天酒吧，就在椰树林下，比较阴凉，便走过去，稍事休息一下。

我脱了鞋子和袜子，赤足跑进沙滩，脚上顿时感受到一股热浪。在炎炎烈日下，沙滩早失去清晨与黄昏时的温柔，变得热烈滚烫。刚开始脚底还可以忍受，没一会儿，就感受足底疼痛，而且越来越强烈了，好像要被烫熟一样，难以耐受。再坚持下去，肯定不是益身的足疗，而是彻底的“碳烤猪脚”。因此，顾不上什么取景摄影，赶紧一瘸一拐、一蹦一跳地跑到树荫下，十分狼狈。到了椰树下，坐在木椅上，看一看足底，虽然发红，但无水泡，才放心下来。这才知道，为什么黑人都是脚穿着一双拖鞋，看来这个足宝贝也是十分金贵的。

海边有一群人在拉网捕鱼。此景在加纳海岸角旅行时已经见到。可能到了最后关头了，众多海鸥在上空盘旋，兴奋地叫着，分享着收获的喜悦。多哥朋友介绍说，现在是淡季，每年六、七、八月是多哥海洋捕捞的旺季，海产品比较多，也比较便宜。周围还有几个人在录像，一个年轻人站在木船上手舞足蹈，像是拍音乐 MTV。我足底发烫疼痛，只能远远地躲在树荫下，再也不敢上前凑热闹了。

一些黑人骑着摩托车成双结对地来到这个露天酒吧，喝点啤酒或者其他果汁饮料，吹吹海风，侃侃大山，像是附近银行和公司的一些白领人群，因为穿戴比较整齐。已是中午时分，他们最多要几串烤肉，更多是喝水、聊天。看他们高兴、倾注的表情，可能又找到什么共同兴趣的话题。这点不像我们中国人，我们的习惯似乎不是很好，大家聚在一起，吃喝成了最主要的，“话在酒中”。吃喝不少，心里话来不及说上半句。什么时候边吃边聊，而且吃喝成最不主要的了，那社会肯定是进步许多了。

现在，吃喝就是最不主要的了，我们有心思在一起聊聊多哥的印象。多哥人口500多万，其中洛美人口80多万。但比起阿克拉，洛美就小了很多。可能因为城市小了，因此街上、路上都是浩荡的摩托车大军，让人感觉像到了泰国或越南。有人说，这个城市就像20世纪80、90年代的广州。也有人说，非洲就像20、30年前的中国。也就是说，非洲要比中国落后20～30年。这句话在国内更经常被人提及。似乎也对，但是仔细一琢磨，又觉得空洞乏味。

一个城市与另一个城市相比，根本没有多大意思。因为看上去的感觉，与生活在那里的感觉是截然不同的。作客一个城市的感觉与作为一个城市主人的感觉又是截然不同的。再美丽漂亮的城市，如果没有让人产生一种归属感，这个城市也没有多大魅力和诱惑力。就像评选宜居城市，美得像一座花园，我的家不在那里，似乎与我关系也不大。家在那里，归属感就在那里。至少我是这么想的。

而城市发展落后几十年的问题似乎也是相当乏味的。因为即使存在发展上的落差，但这种发展的成果并不是均衡地洒落在每个人的头上。同样，世界进入现代繁荣时代，但这种繁荣并不是每个世界公民同享的。这世界上，有太阳照不到的角落，即使阳光普照的地方也会有阴影。做一无聊的比较，中国那些土豪们比起非洲的土豪，那才叫“小巫见大巫”。非洲基础设施建设，或许会落后许多（但是他们的学校、医院等比国内一些农村地区却好不少），而且存在着地区发展不平衡，资源丰富一点地方就先富起来，正所谓穷地方有富人。我曾经开玩笑地对加纳大学医学院克里布教学医院达主任说：“你家有两栋别墅，还有后花园，比我富裕多了，应该你到中国来援助我，更合理一些吧。”

“梅须逊雪三分白，雪却输梅一段香”。真的没有什么好比的，自己过好自己的生活吧！我们不要到非洲来寻找什么幸福感，生活比以前过得好就行，有进步就很好。中国正在走向富裕，但要明白一点，富裕并不等于幸福，就像物质不等于精神。祝愿非洲人民过上好日子，过上他们认为的好日子，而不是中国人认为的好日子。

太阳从头顶直射下来，已经难以找到一块比较大的树荫了，只好离开这家露天酒吧。

在洛美转了一圈，回到拿破仑旅馆。冲个凉，洗去带海盐的汗水，就在庭院里的小泳池旁坐着，那也是这家旅馆的露天酒吧或餐厅。俯瞰着海风吹皱的东湖湖面，耐心等候着主人烹制的法式美食。吃过了牛排，再享受烤鱼的美味，喝一杯黑方威士忌，优哉地打发着休闲的时光。

天色渐渐暗了下来，月亮还没有影子，停电了。外面是黑暗的世界，绝对不敢像幽灵一样去晃荡，只能静静地坐在庭院里小泳池旁发呆，享受着海风吹拂，享受着海风清爽。只不过海风也送来较多蚊子，冷不丁飞来偷袭一下，后来数一数，中招点数不少，竟比阿克拉一个月还多。湖边只能见到一个个白点在移动。这下，我才明白，为什么黑人喜欢穿白衣，至少在没有灯光的夜色中，还能让对方依稀辨别出对面有人，而不会撞上后才知道撞人了。

月亮终于升起来了。一弯青白的月亮挂在空中，在庭院中投下斑驳的树影。后来，又来电了。这时，我才发现，在这个庭院餐厅，几张桌子全占满了，看来确实访客不少。我们点了餐，晚餐换成吃烤鸡，还点支法国的梅洛葡萄酒，悠悠地品尝着美酒。对于我们来说，虽然年龄已经过了浪漫的时光，但依然款款地举起酒杯，记不起来谁先说声：情人节快乐。好，情人节快乐！大家都快乐！

湖边椰树林下，也有几盏灯火，几张桌子，几把椅子，那就是一个露天酒吧，就像我们夜市大排档一样。今日情人节，有好几对男男女女坐在那里聊天，没有烛光，月亮就是那烛光，“只要感情有，喝什么都是酒”，中国的酒令在这里也可以找到市场，还真是浪漫不分国界。

给女儿发个短信：没有情人的情人节快乐！

女儿回短信：哈哈，世界上就是有如此多余的节日的说。

这旅馆的条件确实不是那么好，有蚊虫叮咬，空调噪音大，脚底板发烫，两个胳膊有些晒疼了，所以折腾到后半夜才迷糊会儿。

还是住五星级酒店舒服啊！

4

在庭院里一片鸟儿欢叫声中醒来，一看已经早上6时半。天已经亮了。

我走到洛美的东湖边。多哥人友善，一见面都是微笑地 Bonjour 问好。那法语口音很软，听起来很舒服，就像这令人舒服的早晨。

湖边空气清新，湖面晨雾早已消散。太阳耀眼的光芒，照在微波荡漾的湖面上，似乎也唤醒了这个湖面，波光粼粼，引着鱼儿不时飞跃出湖面。

见到一个渔民在准备下湖捕鱼。他提着塑胶条编织的筐子，走到湖边，将靠在岸上的工具掀到湖水里，并没有溅起多少水花。原来他不是用什么小木船，用的是一种自己制作的简易木筏，几块木板架在泡沫漂浮物上，两边再绑上浮筒。这种简易木筏很难平衡，换上我，肯定寸步难行。渔民光着脚板，很稳地站在木筏上，用竹篙轻轻一点，便撑到了湖面水中央。然后将竹篙往湖底一扎，把木筏的绳子系在竹篙上，木筏就在竹篙周围轻轻飘荡。渔民平稳地站在竹筏上，轻盈地抛出一张小渔网，然后再慢慢地拖着渔网上竹筏，似乎更多时候，没有什么收获，但能捉到一两条挂在渔网上的小鱼，那脸上的笑容顿时灿烂不少。

这种田园风光有点熟悉。其实，作为早期农耕时代的传承，哪里的农民都一样，他们享受着劳动，享受着劳动的收获，享受着收获的喜悦。

上午10时，我们离开拿破仑旅馆，准备返程。到了滨海湾大道，又去洛美当地一家较大的工艺品商场，那里有木雕等工艺品，位置就在棕榈沙滩酒店的后面。我没有下去，就待在车里，因为确实对这类纪念品不感兴趣。

在车里，跟黑人司机Oxward上堂思想政治课。这黑人司机还以为自己从加纳一个大国到多哥一个小国来，是从加纳一个富国到多哥一个穷国来，是从加纳首都阿克拉大城市到多哥首都洛美一个小城市来，好像自己挺牛的，开车跑起来也猛，还不合时宜地乱按喇叭，根本无视多哥摩托车多、道路不熟悉、变道多仓促等，很容易摊上大事儿。我告诉Oxward，这车虽然刷着加纳卫生部的徽章，但是属于中国政府的。因此，如果出事了，那就是大事，那就影响到中国政府的形象。

一通说教，说得Oxward一愣一愣的，不停地点头称Yes。这位黑人司机，大字不识一个，连签名都是画圈的，还是第一次到多哥来，竟然说洛美只是个town（城镇），算不上city（城市），只有阿克拉才是city。这世界是不是很多人都有这德行啊？幸福感不是建立在闭着眼睛想象的基础上，就是建立在盲目的自我陶醉上。这种幸福感也是幸福感吗？阿Q精神胜利法从古到今、从中国到外国，或许哪个角落都存在。

11时，那个多哥员工又带我们过境，还是那几个人过来接头。一到加纳境内，顿有一种如释重负的感觉，仿佛回到家了。人真是有点奇怪的动物，才在加纳生活一年，就会萌生出这么一种情愫。

不管怎样，去趟洛美，感觉很美。

2015–02–26 修改

海湾不远处，一块海岬孤身悬在海里，有座白色建筑清晰可见，那就是赫赫有名的埃尔米纳城堡。云层不停移动，偶露出一个缝隙，周围云彩便淡了一些，夕阳毫不吝啬地从这个缝隙投向大地一抹余晖，把这种白色的城堡涂上一层金黄色，显着肃穆、平静，又多了一点柔情。海浪从不厌倦地席卷向前，一只海鸟轻盈地掠过海面，清脆的叫声仿佛在诉说着一段古老的故事……

——摘自援非散文集《心儿向着远方——我在加纳的援非经历》

岁月的要塞

1

老彭翻译说了个地方，我没有在意。

“那里有加纳最东边的要塞！”老彭接着说道。

我不假思索地回答：“那一定要去。”

因此，我记住了这个地方——Keta（凯塔）。

2013 年 7 月，驻加纳中国医疗队的众多队员家属组团前来加纳探亲。这天，他们前往海岸角参观，那是加纳旅游的经典线路，我们已经去过两次了，所以没有再去，选择去 Keta 游玩。

帕杰罗奔驰在非洲大地上。老彭驾驶着帕杰罗，我坐在副驾位置。车上还有一位特邀的乘客，那就是我的妻子。妻子第二次来加纳探亲，但是此次行程安排匆忙，因为我父亲患大肠癌并肝转移需转到南方医院手术治疗，所以只能到加纳待 20 天时间，过几天我们就要一起回国。

去年妻子首次来加纳探亲，游览了一些经典的加纳名胜。这次来访仅能选择这个名不见经传的 Keta 游览一下，算是慰藉。

妻子说：“游玩就是要到一些小地方，没有过度开发，才是地道的原汁原味。”

老彭说：“别小看今日我们去的这个 Keta 小镇。这标志着，在援非两年时间里，我们完成了整个加纳海岸线的游览。一定不虚此行！”

从阿克拉一路东行到 Ada（阿达），跨沃尔特河上的 Sogakope 大桥，进入靠近多哥共和国的沃尔特省。这是加纳一条重要的交通主干道，为阿克拉—阿富劳（Acrra-Aflao）国道，东西走向，直达加纳—多哥边境。因为边境省份，路上的检查频繁，都是荷枪实弹的警员严格盘查。刚过沃尔特河，设在桥头的安全检查站就把我们的车辆拦住。一个警察过来查验我们的证件。我们车辆上喷着加纳卫生部的徽章，老彭向他介绍车内人员的医生身份，出示了加纳驾驶证以及中国医疗队的名片。那警察连我们的护照也没有查看，就朝我们友好微笑、挥手放行，并祝我们在Keta旅行愉快。

在Akatsi地区的十字路口，帕杰罗转向南行，从国道进入一条干道，同样也是水泥柏油路面，只不过路面仅为双向两车道。约莫经过了3个村镇，导航提示已经到了海边公路，一直向东，即可到达目的地——Keta。

沿途景色十分迷人，令人陶醉。

那是沃尔特河水冲刷的平原，并不缺乏水的滋润，土地肥沃，物产丰饶，草木葱郁。尽管没有见到一望无际的农田，但不时可见甘蔗林、瓜果地以及蔬菜田。附近的小村庄并没有什么热火朝天的场面，只有几只牛悠闲地踱步前行。靠近海边一侧，有大片湿地、红树林，海鸟不停地穿梭起落在其中。难得见到一块醒目的广告牌，走近一看，这是德国Henes啤酒招牌，矗立在一家规模不小的啤酒厂前。或许非洲与我们国内一样，真正的乡村特色就是原生态的，而少一些人为的装点和喧嚣。

路上车辆较少，我们靠在路边停车。来到田野上，自由地呼吸着新鲜的空气，留下几张并不青春的靓影。

2

其实，Keta是沃尔特省的一个市。但是，与我们的城市或者县级市都难以相提并论。在我看来，那就是一个古老的海边小镇。

加纳有500多公里的海岸线，分布着一个个古老的海边小镇，就像一颗颗璀璨夺目的珍珠，镶嵌在这块美丽的非洲大地上。假如要寻找加纳的历史与风情，那么就要到这些海边小镇。就像要了解欧洲的历史，或许并不在那些都市的教堂和宫殿中，而是在那些古老的小镇里。中国不也是一样吗？

加纳这些古老的海边小镇上，都有一项共同的遗产——殖民时代留下来的遗产，后来被联合国科文教组织列为“世界文化遗产”。那就是加纳的城堡（Castles）和要塞(Forts)。列入世界文化遗产名录有3座城堡，15座保存完好的要塞，4座已破坏的要塞和4座残存的要塞遗址。这3座城堡是位于中部省的海岸角城堡、埃尔米纳城堡，以及位于阿克拉的克里斯蒂安堡（曾作为总统府及官邸）。而在阿克拉市的Usser镇及James镇的要塞则是保存完好的要塞。贝因的Apollonia要塞位于最西边，而最东边的要塞则属Keta的Prinzensten要塞。这座要塞属于已破坏的要塞，部分建筑坍塌，在风雨中摇摇欲坠。

那么，问题自然而生。首先，是先有小镇，还是先有城堡要塞？应该说，先民群落先出现，在一个地方定居，形成小村寨、村落。殖民者来了，建立了城堡要塞。这是一项大投资的项目。然后围绕这个城堡和要塞，无论驻军、商业、贸易、手工业等自然就发展成形，小村落就发展成为小镇。阿克拉市的James小镇和Usser小镇的发展历史，就说明了这一点。

其次，城堡和要塞有何不同？要塞的基本建筑结构是一个直角四方形状。在围墙的四个角上，有瞭望塔楼或者炮台、堡垒等。其内有2～3层的建筑，可以有塔楼或没有塔楼，另有一个围场或庭院。由于都是欧洲殖民者，基本风格类似。简单一点，可以说，要塞是小城堡，而城堡是大要塞。从功能上来说，城堡一般是级别很高的殖民者居住，而要塞多半是护卫军队。所以，在加纳，只有3座城堡，其中海岸角的两座城堡都是类似总督一级的殖民者居住的，而阿克拉的那座城堡后来还作为加纳总统的官邸，这说明城堡内的设施更加齐全。在埃尔米纳城堡附近，就有一座要塞，那就是用来保护这种城堡的。城堡内，有蓄水井，还有教堂，设施齐全。

再次，这些要塞和城堡选址上有什么讲究？那时候没有空中交通，地上交通万山阻隔、河流纵横、部落纷争，就是野生动物也比现在凶猛，只有海洋才是最便捷的交通和运输方式。历史上的郑和下西洋发生在明朝永乐年间，那是公元1405～1433年，据说曾到了东非肯尼亚。过了多少年之后，欧洲人航海来到了非洲，在海边没有汹涌恶浪的地方，建立了港口，在港口那个地方，就建立了要塞。在Keta这个地方，那是位于沃尔特河的出海口附近，可谓海路和水路的交汇处。在那些殖民者眼里，天然属于要占领用来建设要塞的地方。

最后，不是问题的问题。为什么这些要塞和城堡现在都被称为奴隶堡？这些要塞建于1482至1786年。进行真正易货贸易，似乎并不需要什么要塞自我保护。只有这些殖民者充当人贩子后，才迫切需要不仅局限于居住性质的要塞和城堡。这些城堡要塞在不同历史时期，由不同的殖民者占领，包括葡萄牙、西班牙、丹麦、瑞典、荷兰、德国和英国。刚开始都是倾心黄金贸易，后来就是贩卖奴隶。加纳这些城堡和要塞不约而同地关押着无数的非洲奴隶。其中 Keta 这个地方，可能是非洲大陆的中转点。布基纳法索那边的奴隶都是从水路到这里，再从这里走海路，到更大的集散地、更大的港口去装卸。因此，将这些要塞和城堡称为奴隶堡，那是非洲人心中的控诉。

在“埃尔米纳城堡游记”（见《心儿向着远方》散文集）中我讲到，我们不能怀疑那些殖民者的眼光。没有富饶的资源，他们不会去（这是首要因素）；没有便捷的交通（那个时候仅海运发达），他们不会去；没有丰足的生活（他们也要生存），他们不会去；没有旖旎的风光（海盗也有闲情逸致），他们也不会去。

当然，今天我们去这些地方，不仅为了那些旖旎的风光，还要追寻一些并不熟悉的非洲历史。我觉得，非洲旅游或者非洲生活最吸引人之处就在于此。有风光，没历史，尽管会给游人留下一点印象，似乎浅薄得无法进入思想的深处；有历史，没风光，那厚重得令人喘不过气来，一点快感也不会留下。只有风光与历史的融合，那美丽才会有永远的魅力，那地方才会让人流连忘返，或者直接镌刻在记忆之中。

3

一路游玩，走走停停，边走边玩。到了下午 1 时，我们才到达 Keta 小镇。一到 Keta，才知道这真是个美妙的地方。因为一边是大西洋，一边是 Keta 潟湖，一个浩大的湖泊。一半是海水，一半是湖水，Keta 小镇如若在水中央。

加纳沃尔特省有 25 个市和区。Keta 可以说是一个管辖市域概念，也是这个市域管理机构——市府所在地 Keta 小镇。还是称之为 Keta 小镇吧，免得拗口。Keta 市位于沃尔特河入海口，首都阿克拉以东 160 公里。整个市域面积有 1086 平方公里，其中水域面积 362 平方公里，占约 30%，理所应当称为“水乡”。

进入 Keta 小镇，与加纳一些海边小镇没有什么两样。路边一些小市场出售的都是一些海产品，有鱼干、虾皮之类，还有一些烤鱼，另外就是水果、蔬菜，也有一些刚刚打捞上来的鲜鱼，当然没有我们国内那样游水的鱼档。小镇上有不少房子绝对有一些年限，或者说比较古老，因为都是水泥建筑，有的还是两层楼结构。这在阿克拉的詹姆斯小镇及海岸角的小镇都可看到，是殖民地时期保留下来的。在进入小镇的路边，竟然看到一栋欧式豪堡建筑，占地不小，有三层楼高，门口有法国宫廷样的台阶，四周小窗户外均有小阳台，有点像在巴黎街头看到的建筑风范。只不过破陋不堪，在风雨中招摇，不厌其烦地向一个个过往者述说着尘封的往事。

Keta 小镇并不大，我们已经预定了靠近海边的酒店。不过，一时半会儿也没弄清酒店的具体位置。有车就是方便，先跑跑再说，就当是巡游一回 Keta 小镇。可一不小心，跑到小镇的另一头，出了小镇。这时，看到一条堤岸笔直地向前延伸，两边都是水域。这一边是浩瀚的大西洋，海浪不停地拍打的岸边的防浪石，激起阵阵白色的浪花，还伴有巨大的拍岸涛声，就像一个健壮的汉子在吆喝着劳作；而另一侧则是一望无际的湖面，平静得像一面镜子，只有风儿刮过，水面上才会泛起一点涟漪，就像一个恬静的女子在婉转地吟唱。靠近小镇的湖边，长满一些水草，一些渔民划着木船在湖里抛网捕捉鱼虾，阳光照耀下的湖面波光粼粼，晃动着渔民抛撒渔网的矫健身影，一幅江南鱼米之乡的景色。这一动一静，和谐地结合在一个画面中，不禁让人有点感慨。大自然是相当慷慨的，一半海水，一半湖水，这种优越的环境，让这里人民坐拥着如此宝藏，取之不尽、用之不竭啊。

我又想，这么大的水域面积，要是像国内那样搞起养殖，那绝对是前景无可限量。不过，绝对不能一拥而上，否则，那海水也会臭，湖水也会臭。因为大自然是慷慨的，但遇到无情、贪婪的索取者，大自然也会相对冷酷无情。

其实，功课没做到位，有眼不识泰山。现在我所处的地方，是加纳最大的潟湖——Keta 潟湖。潟湖长 32 公里，宽 12 公里。在几内亚湾大潮时，海水呈季节性内流，而一些北部来河流也会不停地流注到潟湖中。1992 年，Keta 潟湖被国际重要湿地公约（又称拉姆塞尔公约，Ramsar convention）列入湿地保护名录中。1999 年开始湿地保护工作，现在湿地保护区面积达 1200 平方公里。这块湿地，为迁徙候鸟、留鸟以及海鸟提供栖息场所，每年上千种鸟类从地中海到南大西洋迁徙，这里是候鸟迁徙路线的交汇点。一些鸟类就在这里筑巢、栖息、喂养以及繁衍孵化等，包括各类燕鸥、海鸥、鹈鹕鸟等。假如是位鸟类爱好者，更应该记住要扛着长枪短炮到这里来守候这些候鸟。

Keta 小镇就是这个保护区的中心。那么多候鸟光顾的地方，绝对美丽无比，因为候鸟似乎比人更聪明。

4

残垣断壁……破旧不堪……摇摇欲坠……

当我站在Keta这座要塞前，想不到列入世界文化遗产名录的Fort Prinzenstein（普林珍斯坦要塞）竟是如此败象。倘若不是那残壁上写着“Fort Prinzenstein”，我真难以相信，这竟是此行要寻觅的要塞。

Prinzenstein 要塞临海一面的建筑大部分已经坍塌。仅背海这面遗存两间低矮的房子，可能以前属于厨子或下人之类居住的地方，现在作为这座要塞的纪念室。要塞坍塌后，几面残墙、断壁苟且残喘地挺立着。残留的墙壁上，岁月雨水冲刷，留下浅沟样痕迹，墙面斑驳脱落、断裂，墙体黑迹斑斑，露出了石子、水泥等材料。一门钢炮架在垛口上，炮口朝着小镇的方向，原先锃亮的乌青色金属，早已铁锈斑斑，没有那么耀武扬威了。现在加纳人还让它狐假虎威地昂首坚持在那里，似乎在嘲笑那些“伟大”的殖民者。

要塞的墙体坍塌了，要塞就露出其本来的面目。我低头钻进底层几间纵横交错的房间，小小的房门，狭窄的空间，四周无窗，想想那个时候这个令人窒息的黑暗世界……那就是关押黑奴们的地牢。而要塞的二楼还残存一个宽大的房间，显得摇摇欲坠。我不敢爬上去一探究竟，但可想而知，那里宽敞、明亮、通风。那是殖民者生活的地方。大概权势者都希望高高在上，连住的地方也要高高在上。现在那些高高在上的已无影无踪，只有这些低矮的房间在控诉着非人的岁月。

Prinzenstein 要塞纪念室中悬挂着几幅其原有面目的图片。现在，我们也只能从这些黑白照片中依稀辨认其往日伟岸的形象。那照片是1970年拍摄的。要塞四周有两人高的城墙，墙体通白或者土黄色，这些城墙的内部结构就是关押黑奴的地牢，而高出城墙的有两幢三层楼交叉斜面屋顶的建筑。整个建筑显得恢宏气势，如果将那屋顶设计成飞檐走壁，铺上金色琉璃瓦，那就是皇城宫殿了。

与眼前景色相比，唯一矗立在要塞边上的那棵粗壮斑驳的大树，依稀还是原来的面孔，只是没有那么多枝丫和绿叶，只剩下干秃秃的没有生机的树干，就像一个老态龙钟的老人，脑袋上头发全谢了，只有那布满沟壑的脸庞，刻写着岁月的沧桑……

殖民者的眼光不容置疑。从14世纪开始，Keta就是加纳一个重要的贸易港口。这个地方首先引起荷兰人的注意，因为他们觉得这是一个很好的贸易基地，方便向非洲其他地方销售酒类。作为防御目的，为对抗当地部落以及保护领地免于其他殖民者的觊觎，他们就修建了要塞。1734年，荷兰西印度公司（The Dutch West India Company）在现址位置建立了Fort Singelenburgh。1737年，荷兰人放弃了这座要塞。以后，丹麦人就出现在Keta这个地方进行贸易。1783年，丹麦人与当地部落之间出现纷争，当地部落将丹麦人洗劫一空。在阿克拉的丹麦总督 Christiansborg（就是他修建了阿克拉的同名城堡）老羞成怒，就从当地其他部落中招募组织军队，最终打败了这个当地部落。1784 年，丹麦人强迫 Keta 这支当地部落签订不平等协议，允许丹麦人在 Keta 建立要塞，这支当地部落只能与丹麦人进行货物交易。

这座 Prinzenstein 要塞建成后，在臭名昭著的黑奴交易黑三角（西非、英国、北美）中，扮演着极不光彩的角色。直到 1803 年，Prinzenstein 要塞一直作为等候运输到加勒比地区的黑奴关押地牢。1850 年，这座要塞与丹麦海岸角城堡等一起，转让给英国。1980 年 Prinzenstein 要塞部分坍塌前，也用作监狱关押犯人。

在大自然面前，任何算计都是徒劳的。加纳的城堡、要塞都是临海而建，可以直接通向码头和大海。令人饶有兴趣的是，这座 Prinzenstein 要塞似乎没有那么幸运。1784 年，Prinzenstein 要塞像其他奴隶交易要塞一样，最初也是依海而建，结局无情得让人啼笑皆非。因为到了 1907 年，海平面下降，海水退到近 200 米开外，这个要塞就成为完全陆上的建筑，只能远望着大海。幸好那个时候已经没有贩卖黑奴了，否则就这么 200 米距离的陆上，相信会让殖民者胆战心惊、吓破胆的。以后，要塞周围陆地就种植着椰子树，可以遮挡一些阳光。只是到了 1924 年，海水又涨了回来，这些陆地又被海水侵蚀、吞噬、淹没了。1980 年开始，无情的海水更不断侵蚀着这个海岸，也侵蚀着这座要塞。后来，要塞就坍塌了……

曾经的辉煌谁能知晓？现在破落得只剩下一堆残墙断壁、一堆石头。

曾经的呜咽在哪儿回响？或许只有不停的海浪在默默地述说。

夕阳西下，给这个古堡镀上一层金黄色，更显得有一种悲惨感。任何财富、辉煌、权势等，就像这里奴隶堡一样，灰飞烟灭。任何物质的东西都没办法永久地传承。那段殖民统治在这块土地上留下深深的烙印，也在加纳人身上刻上深深的烙印，提醒着这块土地上的人们要铭记祖先的苦难。

现在，Prinzenstein 要塞临海一侧，已经修建了海浪防护堤。海浪拍打着大块石头堆建的防护堤，浪花飞溅，涛声传出了很远、很远。

5

在 Keta 入住的地方是 Lorneh Beach Resort（洛内沙滩度假旅馆）。

这家旅馆就在海边，有个很大的私家沙滩。旅馆不大，大概有 20 多个房间，连体别墅样结构，设施为通行标准。不过，还有一些美国及欧洲人来此度假旅游，说明其声名远扬。

在旅馆的沙滩上，修建了一个木制的塔台长廊，周围环绕着几棵年轻的棕榈树。这里是观景台，也是这旅馆的户外餐厅。有时想，这非洲人的创意并不比我们差，尤其有什么好的景观，一定毫无顾忌地告诉来访者，会在那里修建一个观景台之类，便于来访人欣赏陶醉。不过，可能与我们最大的不同是，我们会想修个永久的建筑，因此搬来许多石块和水泥，可他们更在乎自然的协调，随便搭建一个屋子、亭子等，多半是木质结构，很容易与周围环境融合一起，即使将来不满意，一拆了之，没有留下更多的痕迹。现在，国内很多风景区热衷建设一些步行木栈道或者观景台，这点比较令人赞赏。

我们点了炒饭、炸土豆、炸鸡块等，再要几支 Club 啤酒。在海风吹拂中，看看海滩上肆意奔跑的人们，听着远处传来的海涛声，聊起来就海阔天空，让人心情舒畅。

后来，老彭说，到了这个地方，不吃点当地食物，那等于没来。于是，他开车出去，到农贸市场买些 Keta 潟湖出产的新鲜小螃蟹和非洲小鲫鱼回来。到了晚上 6 时，就在老彭那个房间，用自带的电磁炉加工起来，水煮蟹与鱼。水煮鱼的料是在阿克拉那家丰收商店买的，虽然有点野炊那样不太讲究，但是鱼蟹食材新鲜，故味道清香诱人。担心血中尿酸增高引起痛风，我不敢享受小螃蟹，只吃点小鱼，再喝点黑方威士忌。鱼肉鲜嫩，酒也甘醇，情意融融，谈兴正浓。我说，在非洲有这么美好的生活，真是难以忘怀了！

夜色下，我陪着妻子在沙滩上漫步。那沙滩是非洲的沙滩，那天空是非洲的天空，那海浪是大西洋的海浪，那海风是来自大西洋的柔曼的海风，只有那轮明月……

早上 5 时 40 分，我就把妻子叫起来，一起看日出。

云层很厚，天气阴沉，海面也阴沉，海浪似乎高了一些。估摸不会有什么日出，但这丝毫没有影响我们的心情，我们就在沙滩上漫步前行，那也是很享受的事。

没有阳光相伴的海风有点清凉。我对妻子说："别待太长时间了，小心着凉。"

妻子说："七月暑天竟然被海风冻着，这在酷暑难当的广州是难以想象的。到非洲，有如此享受，千万不能错过。"

偌大的海滩上空无一人，我们赤足走在沙滩上，让足底享受着松软细腻沙滩的按摩。这是一种天然的按摩，走在湿沙滩上，是一种感觉；走在干沙滩上，又是另一种感觉；而站在水中，让海浪拍打着双腿，那又是一种别样的感觉。到了非洲，我才感到自己的感觉器官似乎变得敏感许多，而不像在国内时那么木讷愚钝。

几艘小木渔船零落地停泊在沙滩上，为海滩添加一些鲜活的魅力。这很好，不需要建什么港口和栈桥，从海里往沙滩上一推，就可停泊，也不怕大浪将其卷走；要出海了，几个人齐力一推，便从沙滩上滑到海里，又可以出航捕鱼了。小木渔船的船头都是翘首朝着大海，就像渴望出征的战马。渔船旁边晾晒几张崭新的渔网，准备着去大海里收获。我兴奋地跳上船去，挥舞着木浆，让妻子取景："背景是大海，把沙滩隐去，是否有搏击大海的意境呢？是否有浪遏飞舟的意境呢？"

妻子说："我只看到你站在小木船上。"

一艘小木渔船底朝天地趴在沙滩上。船底已经腐朽、破烂、洞穿，大概没有修复的价值了。在船体旁，一行字尚未完全脱落，依稀可辨出"there is time for everything"！又短又简单的句子是最难翻译的。这句话什么意思？一切皆有定数？万物皆有时？"事皆前定，谁弱又谁强"？"往者不可谏，来者犹可追"？"乘风破浪会有时，直挂云帆济沧海"？"草木本无意，荣枯自有时"？"桃花三月放，菊花九月开。一般根在土，各自等时开"？或者简单一点，"不是不报，时候未到，时候一到，自然就报"？或许再白一些，有时间就有一切？活着就好？……真是费脑筋！

突然，见到海面上出现一个木船，几个小伙子齐心划桨，在海面上起伏前行。这么早就去收获啊？看来加纳人也是很勤劳的。我们欢呼雀跃，拼命向着这小木船上的人们叫喊着，以驱散有点寂寞的海洋。

妻子来到海滩，观海浪，听涛声，让海浪冲刷自己的双足，也不怕冷，一站就是一个小时，过足瘾了。

妻子说："去年到非洲，这辈子才真正享受这沙滩与海浪。一晃就是一年，颇令人感慨。非洲，我还会再来吗？"

我说："享受时勿带太严肃的问题。心态最重要。There is time for everything!"

云层渐渐散去，到了 8 时，云开雾散见阳光。

准备打道回府。

到了中国国庆节，中国医疗队与驻加纳中国大使馆经商参处人员等又去 Keta 小镇故地重游。

那一次，我没有去。

因为对我来说，一个地方已经给我留下美好的印象了，下一步就是好好消化之，要将其刻写在记忆深处的光碟里，而不是一而再、再而三地光顾，最后只留下这样几声苍白的语言：

——啊，太美了，真是太美了！

2015-09-08 修改

我总是渴望着，人生能成为一部交响乐章，即使那似水流淌的行板，其中也有几节激荡的乐章。我总是渴望着，当我回眸过去时，我可以深情地告诉世界，我活过，即使世界不会因我更精彩，但是我令自己更精彩……

——摘自援非散文集《心儿向着远方——我在加纳的援非日子》

又是一年

1

来到加纳的第一年熬过去了。

如果哪个援非医疗队队员说，他非常享受援非的生活，那绝对百分之百的言不由衷。毕竟在异国他乡，毕竟远离亲人，毕竟人地生疏，毕竟落后贫穷，毕竟社会动荡不稳，毕竟环境恶劣……谈何享受呢？援非生活单调枯燥，绝不可能是丰富多彩的生活，无论对谁，这都是一个考验。

年轻时在山沟里待了几年，教会我一个道理。日子好过、难过，天天都要过。好过的，那就享受吧；不好过的，那就熬啊！假如能将这种熬也当作一种享受，那需要一定的境界。我没有这个境界，但具备一种“熬功”，去守候眼前最先出现的那一缕金色阳光，去守候那一刻春暖花开。

2013 年 2 月 23 日，我收到一封邮件。这年 2 月 10 日是春节，23 日是元宵节。邮件写道：

节日好！第三批（援加纳医疗队）队员选派就要开始，请根据你科室情况修改选派条件。

第二批选派条件如下：

骨科，以脊柱外科为主，基本要求：①能熟练处理脊柱创伤，包括前后路手术；②能正确诊断和处理脊柱退行性病变、结核与肿瘤；③能掌握一些基本的脊柱微创手术（如 MED）；④对脊柱侧凸、后凸畸形矫形具有一定的经验；⑤熟悉了解当今脊柱外科国际学术进展、具有丰富临床经验的副主任医师以上。

忽然间，我感到眼前出现了一缕金色的阳光，使我心中有一种敞亮的感觉，四肢形骸顿时有一种说不出的轻松和活力。

因为我们的事业即将有一批后来者继承。

因为为之守候的那一刻春暖花开已经迎面而来。

这怎么不令人感到欣喜！因此，我很快回复了邮件。这一年来，我一直都在思考着怎么能够更好地发挥援非医生的作用。说实在的，由于在加纳生活工作的华人众多，援非医疗队承担的任务，除了与加纳同事之间的交流合作外，更大部分是服务于中国企业及华人。一年来的观察表明，骨科方面主要是创伤，且以四肢创伤为多见，而脊柱创伤较少。因此，为了更好的服务，应以派遣创伤骨科医生为好。这样，既有助于协助开展四肢骨折内固定技术，同时又可介绍引进一些中国生产的骨科植入物，以拓展非洲市场。

骨科，以创伤骨科为主。要求：①能独立完成四肢复杂骨折内固定手术；②熟练开展髋、膝人工关节置换；③能开展外周神经、血管探查及修复等显微外科手术；④具备关节镜手术经验；⑤熟悉了解当今创伤救治最近技术及进展；⑥具有丰富临床经验及教学带教能力；⑦副主任医师以上。

在我所罗列的条件中，我很重视提到一点，那就是派遣医疗队员要具备一定的临床教学带教能力。驻加纳中国医疗队的工作医院是加纳大学医学院克里布教学医院。该医院承担医学生教育、住院医师培训、专科医师培训任务，教学任务繁重，没有一定教学能力的医生很难开展工作。这一点，可能是向加纳派遣医疗队员与其他非洲国家有异的特殊之处。

克里布教学医院是医科大学附属医院。国际上任何一所医科大学附属医院都具有较高技术水平，克里布教学医院也是如此。这就难怪第一批援加纳中国医疗队进入该院时，他们还以为来了一批中国进修医生。

假如我们不注意这一点，总以为非洲医学水平低下，可以随便派个医生过来都是对非洲的大力援助，那就是糊弄人家，最后被看轻的是我们自己。

妻子说："就你整日瞎操心，喂自己的是馒头米饭加咸菜，操心的是中南海总理的活，中国政府卫生部那些人还用得着你提醒？"

也是。别瞎操心。日子好过、难过，一样天天过。

2

2013年3月5日，周二。这天上午，我们随中国驻加纳大使馆高文志经济参赞驱车前往中国援建医院，同行的有中国医药公司张总、中地公司丰总等，我顺便将一本自己主编的《脊柱内固定学》送给高参作为纪念。

这家中国援建医院位于阿克拉东部的Teshie郊区，医院大名为Lekma General Hospital（乐柯马综合医院），小名为Ghana-China Friendship Hospital（加纳—中国友谊医院）。

据中地公司丰总介绍，这家医院完全由中国政府援建的，加方提供土地，由中方设计及施工，2008年5月动工，2009年12月完成建设。建设投资是3800万元，加上医疗设备等投资1700万元，总投资为5500万元人民币。加纳方面数据为总投资728万美金，建设工期16个月。医院于2010年12月21日举行竣工庆典，正式移交给加纳政府卫生部并投入使用。当时马哈马副总统为医院竣工剪彩，其现任加纳总统。

这家医院主承建商是中地公司，主供应商是中国医药。医院移交后，出现一些使用问题，加纳政府卫生部反映给中国大使馆，所以高参率员前往现场查看，并布置具体善后工作。

医院地处人口聚集区，人来人往，相当热闹，只是道路破旧、坑坑洼洼、尘土飞扬，实在不敢恭维。医院规模不大，仅100张床位，建于平缓的坡地上。有4栋主体建筑，均为白墙红瓦的二层楼房，分立东西南北四方，围成“口”字形大院子，相互通连，错落有致。尤其那红瓦屋顶，在蓝天白云下，明亮生辉，赏心悦目。医院正门的小广场上，加纳国旗与五星红旗一起迎风招展。

我们一行先到院长办公室。院长是位女医生，提出医院建筑及设备使用维护方面的问题，并请一位女助理带着我们去察看。我们从这栋到那栋，从一楼到二楼，从这个房间到那个房间，全部看了一遍，主要是出现墙体裂缝，比较多见，还有一处考虑雨水冲刷导致地基下沉。按照我个人看法，中国工程建设速度快，似乎都在赶工期（这家医院也是16个月竣工），没有风吹雨淋，没有寒暑转换，验收以后建筑沉降、开裂、变形、漏水等问题不断出现，这是中国工程的通病。

我们察看了医疗设备，问题也不少。CT是中国上海产的，反正自己孤陋寡闻，在广东地区根本没听说使用国产CT，质量如何不得而知。X线机是东软生产，1台为透视X机（不能摄片），另1台为摄片X机（不能透视），2台机子安装在一个狭小的房间内，使用非常不便。中方亦予安装了制氧机等，根本没有得到使用，就已锈迹斑斑了。中国医药的张总说，其实这些东西安装调试时都很好，但那些黑人技师“死脑筋”，不会“活学活用”，没用几下，就不行了。另外放射技师、设备技师等经常跳槽，今天教会一个，他就有资本了，明天可能就另谋高就。不过，我注意到，中方提供的设备都是中国制造，说明书是中文的，甚至连操作面板都是中文的，这叫人家如何操作呢？说实在话，中国制造、中国装备在医疗装备领域相当落后，与国际先进水平相差不止一个档次，需奋起直追。

收集完问题后，我们又回到院长办公室。高参请主供应商及承建商拿出解决办法。中国医药张总说，他那个地方涉及的问题就是人员培训，以及零配件供应问题，准备当年6月份之前办妥。中地公司丰总那里涉及的问题是墙体裂缝及地基下沉等。他很利索，将问题及照片直接发往公司本部，那边就有技术人员帮其准备汇报内容，所以说起问题以及解决措施，那是条理清晰、有理有据，似乎都是常见的工程问题。地基下沉部，要搞排水沟，防止漏水、雨水继续冲刷；墙壁裂缝要修补，必要灌砂浆和树脂；那条大裂缝需要安装测量条，持续观察1 ~ 3个月，判断是否因为设计缺陷引起，有无结构性问题。高参从援外高度讲对这些问题的认识，不要老是给非洲人一个印象，中国东西便宜，就是档次低、质量差，自己要争气。有些设备需要国内协助培训等，可以通过援外司途径协调解决。

由于这些加纳人提出的一些问题，让人哭笑不得，所以高参又提出自己的看法。这家医院经费从上级卫生部门直接拨款，相信没有多余经费投入维修或保养，就希望中方予以提供。比如空调不制冷、漏水等，空调机的保修期也没有这么长吧？比如经常断电，需要UPS（不间断电源），以保存资料，这设备又不昂贵，还要我们送吗？还有一些设备电池已经到了使用期间，要更换，也找中方。所以高参就说，我们做任何事情都是有一定期间，我们向加方移交后，自然会负责维护一段时间，过了这段时间，中方和加方会再次进行检查验收，如果符合设计要求，就应该由加方负责后面的维护工作。没有这种说法吧，买了仪器设备，都不会坏，不需要更换零部件，也没有哪家公司承诺终身包用。就像孩子养到18岁，他自己就要独立生活了，有什么事他自己想办法去解决，而不是再去找父母，道理是一样的。

陪同的几位医院行政人员频频点头，心里可能嘀咕着，先把这些问题解决完再说吧。既然冠名“加纳—中国友谊医院”，总不能让“友谊”经常裂缝、下沉、断电吧？

据说，援建这家医院及派遣中国医疗队的政府间协商是同时进行的，加纳方面希望中国医疗队队长来担任这家援建医院的中方院长，而大使馆经商参处也希望将医疗队放在这里工作，这样中国医疗队可以发挥更大的作用。但是，国内卫生部及卫生厅等均不同意，因为目前中国援非医疗队均在非洲各国主要城市的大医院中开展工作，这家医院显然“庙小”了。

可以预计，将来这里肯定会成为中国医疗队的一个固定医疗点。如果那样，医疗队员们工作和生活条件要艰苦很多呐。

3

2013年5月10日，周五。

上午9时许，约上老彭，一起开车到阿克拉市Osu区买些肉菜。Osu离驻地不到20分钟车程，是我们经常光顾的地方。我们到了一家叫Lara的小型超市，买些牛腱子肉（shank），供大厨用来卤肉。阿克拉几家超市中，这一家超市牛羊肉供货新鲜，价格相对便宜，当然阿克拉的牛羊肉肯定不会注水。

卖牛肉的那位男老板大概不到40岁，人高马大，非常壮实，脸上棱角分明，络腮胡子却没有蓄须，脸上总是充满善意的微笑，看上去像从中东来的。因为经常光顾，我们和这位老板都比较熟络。

这位老板问我们需要多少？我很简单地回答，“All”，所有牛腱子肉。老板的脸上还是那种善意的微笑，并没有因为牛肉畅销而开怀。他点点头，从保鲜冰柜中帮助挑出腱子肉，然后到后面加工间去看看。过了会儿，他提着好几串腱子肉出来，仔细包装好，称重。

老彭打听这位老板是否从黎巴嫩来的？他回答，他是叙利亚人，来到加纳已经好几年了。因为我们是中国人，他又多说几句。他现在也搞不清叙利亚国内的事，不过天天打打杀杀又有什么好呢？他一边说，一边不停地摇头。

确实，什么战争、冲突等并不是人民所需要的。哪一个国家的人民都是渴望安居乐业，能有个地方赚点钱，再享受一下每日的阳光和新鲜空气。这不就是人民要追求的吗？何必非要鲜血淋漓呢？人民都没有一块安稳的立足之地，怎么能安居乐业呢？加纳和我们国内一样，比较稳定，所以无论他来自叙利亚，还是我们来自中国，都可以在这里和睦相处、愉快生活。

从这一点说，美国政府确实不地道。在全世界看不顺眼的，只管推翻人家政权，却无法帮助人家建设起新的社会秩序。伊拉克怎么样？阿富汗怎么样？利比亚怎么样呢？现在又插手叙利亚，又会怎么样呢？

回来的路上，我还在思考着那位叙利亚老板的话，老彭又提起另一个话题。老彭说，不知不觉5月份又过了一旬，6月份第三批援加纳医疗队正式组建，7月份他们开始培训，我们这里大批家属来队探亲，8月国内再有一批人员来访，9月份以后就要准备做撤离计划了，日子过得真快呀！

第三批援加纳医疗队由深圳负责组建。昨日从深圳新闻中获得消息，这次组建包括心内科、妇外科、针灸、麻醉、骨科、生殖泌尿科、儿内科、放疗科、神经内科等专业，变化较大的是妇外科和骨科，骨科已经按照我的建议从脊柱外科专业转到创伤骨科专业来。

老彭叹口气说，与加纳卫生部协商关于续签第3批援加纳医生派遣问题时，有点节外生枝，因为克里布教学医院上报到加纳卫生部的意见中，认为某专科医生没有必要中方派遣。

这有点出乎意外。为什么呢？因为在我们看来，该专科医生上班工作最积极，都是一早去、中午回，每天都忙得不亦乐乎，似乎没有理由让科室、医院留下什么不良印象。后来去克里布教学医院了解一下，才知道所在科室主任对其并不怎么熟悉，或者说根本就没有什么印象。因为上班时该医生一般跟在一线医生后面查查房，既没有发表什么意见，也没有演示什么操作，空闲时就自己找个地方看书。殊不知，加纳医院的工作制度与国内相差很大，每天在科室进行繁忙事务性工作的一线医生都是一些实习医生、专科培训医生等年轻医生，高级医生不但来得晚，而且多半应下级医生邀请时，才到床边查房看病人。到了科室跟在人家培训医生后面学习，而不是领着人家培训医生干，自然给人家留下的印象就是从中国来进修的医生。

我说："这就是不会谋事、做事的表现。"每天好像挺辛苦，但都是跟那些培训医生在一起，而没有在科主任等高级医生展现自己，让他们认识自己，那有什么用呢？人家是医科大学教学医院，需要的是你能给人家带来一些新观念、新理论、新技术，而不是多一个一线医生劳动力。干，没干到点子上，事倍功半，干也是白干，这没有什么好埋怨的。当医生不简单，当一个援非的医生或许应更不简单。

不过，有个别援非医疗队队员嘴里口口声声说的是，"向祖国人民汇报"。但在具体援非工作中并不踏实开展，脑子里老有那种"急功近利"的功利思想作祟，渴望着一朝怎么放一颗卫星，可以轰轰烈烈大吹特吹一番，那就是"事半功倍"。可是，如果连向非洲医生、非洲主任都汇报不了，又怎么能向祖国人民汇报呢？无论“事半功倍”，还是“事倍功半”，在援非工作中都是很典型的两类表现。

我接着说：“什么事情都要实实在在做到点上才行。”美国政府在全世界每个角落输送其价值观，多数都是“事倍功半”。我们去援非，我们不输出什么价值观，而是要实实在在地帮助他们，“投机取巧”不行，“自欺欺人”也不行。

我长吁一口气，就剩下半年时间了，日子过得真快啊！我自己觉得，已难以静心了，可能大家都有这么一种心情。归心摇曳中，总觉得很多事情还没有做，或者还没有做好，但时间就这么过去了。

最后半年时间能做些什么呢？

4

2013年国庆长假过后，这世界似乎因此全面苏醒过来了。有人来点QQ留言，还有一点关注，还有一些邮件，还可以见到通知，还可以看看股市动荡，自然也可以解解心中的寂寞了。

10月8日这天，我们去阿克拉市郊区Nungua镇的一个社区义诊。加纳的农村都差不多，看不出什么特色，可能没有特色就是其特色。那个社区就在海边，可以望见海。海面上海水呈现两种色彩，远处是那种深蓝色，而近处则是蓝绿色；在远处，有一些轮船在海面上列队，等候进入特马港，近处就看到很短的波浪，好像一个个跳跃的鱼群。

毕竟是农村社区，最宽敞的地方就是一家低矮的小学，大概有7～8间教室，都是一些小教室，能容纳20～30人那种。木课桌有点破旧，但是墙上的黑板却比较新，上面书写着很整齐的英文单词和句子，那种书写体英文至少比医院里的医生要写得好多了。教室门口的那面墙上画着袋鼠、熊以及香蕉、梨等，还标着英文单词，就像识图画本。

我们到了那里，在仅有一层水泥框架柱子及屋顶的房子里摆开几张桌子和椅子，扯上横幅，为当地群众和师生进行义诊。加纳卫生部以及当地的负责官员也过来，他们和老师有一项很光荣的工作，就是给我们当翻译。很多当地人属于Ga民族（最早定居阿克拉的土著民族），讲当地语言，没有翻译就听不懂。

从上午9时到下午1时整，共4小时，我就坐在那里义诊，中途也没个休息，连续作战，看了44个病人。已经不属于单纯医学咨询的，就是在看病、发药。不过简单一点，因为多数人都是慢性腰痛以及胃痛等，而且高血压病人不少。高血压和糖尿病是加纳的两种富贵病，上次去海岸角一个农村义诊，那里糖尿病人多，而这里女性高血压病人多。有个小孩患夜盲症，有个患癫痫，还有一个女孩月经不调、经痛，数个小孩出现虫咬性皮炎等，这些都没招，让他们去大医院看病，建议是 see a specialist（看专家号）。

中午时分，来了一位可爱的老奶奶，说有 90 岁了，面目慈祥，满嘴牙齿都掉光了，抿着嘴，自然满脸笑容。她听说有中国医生义诊，就从家里过来。可能路程较远，她拄着拐棍每走几步，就要稍事停顿休息，不知道花了多少时间过来，只见其落座时气喘吁吁，满脸汗珠。我赶紧说："不着急，你先坐着休息一下。"同时，将那瓶来不及喝的矿泉水打开，递给老奶奶，请她先喝点水。老奶奶乐呵呵地笑着，好像喝到什么琼浆玉液，笑容集中在那布满沧桑的脸上。其实，不用更多检查，我就知道这是一例老年性腰椎管狭窄患者。我给老奶奶包上一些布诺芬、维生素 B_6、维生素 B_{12} 等药片，并告诉她，这些病症不能断根，只能吃点药，希望对缓解症状有一些帮助。老奶奶又是笑笑，这辈子她可能很少看过医生，或者没见过中国医生，因此更乐意与我叨叨几句。就像我们农村那些老人，有些病痛时，没舍得花钱去医院看病，就让家人买点药对付一下。我是从农村出来的，很了解这种状况。老奶奶颤悠悠地站起来，没忘说声谢谢，就一步一步离开，腰椎直不起来、弯成 90° 了，只能靠着那根拐棍支撑着前行。走了几步，还要稍事休息一下，没忘回头朝我笑笑。看到她，我就想起已逝去多年的外婆，虽然生活很苦、很难，但脸上永远少不了笑容。

义诊结束时，中国医疗队向小学生赠送一些礼物，包括足球等。可是，这 10 个新足球中，竟然有一个已经崩裂了，外皮崩裂，内胆从局部破口突出来了，活活成了一个"嵌顿性疝气"模型。仔细一看，赫然印着"Made in China"（中国制造）。这实在有点丢人啊！我觉得脸上有点发烧，难怪即使在非洲这个角落，也少有人恭维"中国质量"。我赶紧上前，将这个破中国足球塞到汽车内，别污染了那些非洲小学生的心灵。

完成此次义诊，援非任务基本上接近尾声了，下面的时光我们可以优哉优哉地享受加纳的阳光、空气和牛肉了。这天，我们接到了从国内发来的正式通知，第 3 批援加纳中国医疗队员将于 12 月 14 日离开广州，12 月 15 日到达加纳。因此，我们可以比预期提前一周时间——回国！

乌拉！那一缕金色的阳光已经照耀在我们的身上。那一刻春暖花开，就像一位婀娜多姿的美人向我们款款走来。人生中那些苦苦的守候，可能就是为了这么一刻，无论美好与否，总是令人心驰神往……

又是一年。

2015-02-25 修改

无数个夜晚，任凭思绪飞扬，任凭心与心的对话，只要心不停止思索，人生就不再寂寞。当清晨一缕阳光照进窗边，我就觉得全身舒坦、精神倍增。渐渐少了许多年轻人的浮躁，人生思路也愈加清晰，犹如修行者的涅槃，寂寞才能悟出真谛。其实，人生就是修行，没有困惑，哪有解脱；没有磨难，哪会重生……

——摘自援非散文集《心儿向着远方——我在加纳的援非经历》

悟道在非洲

（一）木料说

有句今言说道，最大的敌人就是自己。有句古语说道，人贵有自知之明。老子说道，“知人者智，自知者明。胜人者有力，自胜者强”。能把自己看穿了、看透了、看明白了，并非一件容易的事；能把自己想通了、想清了、想明白了，更是一件艰难的事；而想做自己能做的事，能做自己想做的事，最后还能做成了，可能是难上加难的事。

一句“天生我材必有用”，就觉得自己也是“栋梁之材”。一句“天降大任于斯人也”，便觉得自己可以“顶天立地”。一句“海阔任鱼跃，天高任鸟飞”，更觉得自己可以“鲲鹏展翅九万里”。理想也罢，追求也好，倘若少了一分自知之明，或许更多的时光只会付诸东流水。

老家在农村，那些老旧房子都是木头框架结构，也没有什么坚实的地基。这些木头结构分为“大木作”和“小木作”。“大木作”就是房子的主体结构，柱、梁、仿、椽等，要用大块木头、好木头；而“小木作”则是门、窗、屋檐、栏杆等，多半用一般的小木头、甚至碎料就行了。在木匠眼里，这些木头就是“料”，得看这个“料”，来决定其什么用途。因此，俗语有这么一句话“有什么料”、“是那个料吗”等等。借用这层意思，人贵有自知之明，就要首先问问自己，“我是什么料？”

人类进化，即有智慧。“智”同“知”；“慧”意“聪慧”，不过其下为“心”，更有“慧根”、“慧心”之意。倘要回答自己“是什么料”，则应了解自己的“智”和“慧”。可以说，“智”是后天的，指一个人所具备的知识、技能和能力等，当然这包括学校教育和社会教育两方面。有一个比较有趣的现象，那就是成大才者，一般都是社会教育远重于学校教育。这恰恰说明了，依靠学校教育可以培养提高人民的素质，但不能造就伟大的人才。因此，哪个老师摇头晃脑地讲授什么“创造性思维”或者“成功之道”等，那就像中国股市的股评师，纯属瞎扯。

而“慧”则属于先天因素、家庭因素、童年因素等更多一些，故称为“慧根”或者“慧心”。如机灵、愚钝、圆融、聪慧等。这一点在武侠小说中表现得淋漓尽致，无“慧根”，即使苦练武功，亦无法跨越境界；而有“慧根”，则可以“融会贯通”，“大器”也会“晚成”。所以，一个人的造诣，与这“慧根”不无关系。就说禅宗六祖慧能的事。其“目不识丁”，应该说，其在“智”方面至少缺乏学校教育，但是他具备这个“慧根”。所以，在“知识分子”成堆的地方能“脱颖而出”，说出流传百世的偈语“菩提本非树，明镜亦非台，本来无一物，何处惹尘埃”，最后得到五祖衣钵传承。理智的，去做哲理研究；多情的，去吟诗赋词；善感的，去表演模仿；孔武的，去从军磨砺。“慧根”是早期因素，故亦有“命”之说的一些成分，但是“宿命论”范围比较扩大，而且比较消极，而“慧根”与消极或者积极均无关，只不过是一种客观存在。

或许仅了解自己的“智”和“慧”并不够，更要了解自己脚下的这块土壤，要知道自己所立足的环境，要知道自己所处的时代。中国人很讲究“天时”、“地利”、“人和”，这就是“时”或者“运”。对于“时”、“运”的把握和解读很重要。任何人才的成长与成功的案例都有其独特的背景和机遇，既有大时代，又有微环境，这就是“天时地利人和”。同样处于改革开放早期，下海人不计其数，但成功者寥寥可数。所以，有的人会发出“生不逢时”、“时运不济”的感叹，有的人喜出望外地迎接着新时代。同样一个单位，有人成就非凡，有人默默无闻，这也说明了“微环境”的重要性。一个人所处的时代不能选择，如果说“时运有济”的话，我看也只能是改变“微环境”了。“树挪死，人挪活”，说的就是这个意思。

当然，除了先天、早期的因素的这个“慧”不能变化外，“智”和“时”、“运”都是处在动态变化之中。老子在“知人者智，自知者明”的后面，紧接着就是另一句话“胜人者力，自胜者强”，就是说明这种动态变化的过程。一个人能够战胜自己，那就是强大的人，因为这是成长、进步，甚至脱胎换骨。一个人要想有作为，就要在“智”和“时”、“运”上做文章了。

现代社会是浮躁的社会，“成功学”漫天飞舞，而“一夜暴富”、“飞黄腾达”、“鸡犬升天”的故事都被演绎为一个个成功的案例，引得人们哈喇子直流。遗憾的是，成功的案例永远不能复制，倒是失败的案例可以引以为鉴。所以想做事，更应该了解失败后面的教训，这点比看别人如何成功更加重要。因为成功都是“智”、“慧”

与“时”、“运”的有机结合，哪一样可以复制呢？

因此，一个人要知道自己的“智”，也清楚自己的“慧”与“时”、“运”，方能达到良好“自知”，找到自己人生的位置。不过，这些“自知”仅是认识的一个方面，因为所有的认识都是为了更好地实践，还要做到这个“明”，即要“明白”自己要走的路、要前进的方向。“纸上得来终觉浅，绝知此事要躬行”。“自知”已属不易，要“明白”自己走的路、走好自己的路更是艰难。

老子说，“有无相生，难易相成，长短相形，高下相盈，音声相和，前后相随。恒也”。人无贵贱之分，只要正确地认识自己，这世界上总有自己的位置。有“自知之明”者，人生路上，即使风雨交加，也会“事半功倍”，因为其清楚自己能干些什么；无“自知之明”，常常“自不量力”，则只会“事倍功半”，甚至“一事无成”，因为其根本不清楚自己该干些什么。

这世界上没有相同的人生，“走自己的路，让别人去说吧”。

2013-07-03 初稿

2014-10-14 修改

（二） 石雕说

老家福州的寿山石雕，闻名遐迩，与脱胎漆器、软木刻画共称“榕城三宝”或“榕城三绝”。寿山石质地圆润，色彩斑斓，性坚而韧，“三千宠爱集于一身”，尤适宜雕刻。寿山石雕已有1500多年历史，雕刻技艺讲究“相石取巧”。古语说“玉不琢，不成器”，寿山石从采掘而得的原石到巧夺天工艺术珍品的诞生，仰赖于雕刻艺人的鬼斧神工。

雕刻艺人在创作之前，最重要而且最费心的一项工作就是“相石”。“一相能抵九日工”，相石就是要根据石头的形状、材质、色彩、纹理、杂质等，不断揣摩，巧妙构思，最后才能得到一件匠心独具的工艺品。即使大师级的雕刻艺人也不是一个通才，有的精通圆雕，有的精通镂雕，有的擅长虫鸟动物，有的擅长瓜果花木。对一个高超的雕刻艺人，石尽其材才是要追求的境界。相石时，难免也有“眼高手低”、“纸上谈兵”的尴尬，想法很多，实现不了，这无可厚非。术业有专攻，人贵有自知之明，做自己擅长的事罢了。

无论玉石、翡翠或者名石，无非石头，工在雕琢。在寿山石雕艺人眼里，从来没有无用的寿山石。对于高手来说，常人认为近乎完美的石材多半并不中意，因为给人腾挪的空间并不多，而独垂青于那些有点瑕疵的材质，因为化解瑕疵，才最显功夫，才会创造出独一无二、巧夺天工的名器。高手乐见挑战，而普通艺人只能依靠材质的完美，雕刻艺人的功夫高低由此可见一斑。

“石尽其材”！从这点说，寿山石是很幸运的。通过艺人的精心雕刻，寿山石会成为一件件精美的艺术品，而且被赋予不同的个性、不同的灵气，天底下不会有两件一模一样的寿山石雕。

学生培养恰如这寿山石雕刻。大学之前的基础教育不敢妄加评论，但中国大学教育的诟病却是一目了然。单一陈旧的培养模式，学生似乎都是用模具浇注出来的，没了个性，也少了锐性。而造就出来的产品更多只是毛坯，大多数都是到社会上去打磨了。最后成为精品、成品、次品或者废品，全看造化。部分大学毕业生继续接受研究生教育，那更要看造化了，这个造化就是看能遇到什么样的研究生导师。研究生教育就是一个雕琢过程，这个雕琢过程是量材定制的个性化教育，这就要看导师的匠心了。

“古之学者必有师。师者，所以传道授业解惑也。人非生而知之者，孰能无惑？惑而不从师，其为惑也，终不解矣”（唐·韩愈）。传道、授业、解惑，为师者固然不可偏废，但前提是老师必须清楚了解这个学生适合成长为什么样的人才。

“圣人施教，各因其材，小以成小，大以成大，无弃人也”（宋·朱熹）。又云，“圣人之道，精粗虽无二致，但其施教，则必因其材而笃焉”（宋·朱熹）。每个学生的禀赋不同，成长经历各异，各有各的兴趣，想法也大相径庭，追求目标更是悬殊，这都要求老师要从学生的角度多考虑、多琢磨，而设计一套符合这个学生的个性化培养方案，这是颇费苦心的过程。很遗憾的是，更多老师关注的只是自己的想法，而很少关心学生的想法。就像面对一块玉石，雕刻艺人只想雕刻一匹腾飞奔马，却根本不在乎其是否更适合雕刻成一头蓄势的斗牛。很多学生清楚这种状况，也知道如何去适应这种状况，悄悄地把自己的想法埋藏在心里深处，高高兴兴地完成自己学业了。也有一些学生会因此陷入苦闷，得过且过，花上三年，混个文凭。有的老师甚至因此埋怨学生胸无大志、不思上进。其实，作为老师更应该反思一下自己，培养方案或者培养计划是否适合特定学生，是否符合学生的爱好和志向。

“有教无类”。“因人而施之，教也，各成其材矣，而同归于善”（明·王守仁）。有的学生适合往临床方向发展，有的学生对基础研究有浓厚的兴趣。有的学生动手能力很强，有的学生理论思辨能力超群。有的学生善于独立，有的学生善于合作。有的学生执行力强，有的学生创新思维活跃。不同的原石，即使表现同样的意境，雕琢的技法可能大相径庭，不同学生的培养也不能总是一种套路。老师要根据学生的特点，量身度造最合适的培养目标和途径，这样才会促进人才的成长。

因此，在老师的心中，首先不是什么树立宏伟的培养目标，而是要像寿山石雕艺人那样，做好两件事：一是“相石取巧”，二是“石（人）尽其材”。寿山石雕艺人创作时，心无旁骛，从没有考虑什么传世之作或者惊世之作，他们只是把自己的心血倾注于创作中，把自己的精神转化为石雕作品的灵气。为师者培养学生，理所应当，无须考虑更多的荣耀，把自己的分内事情做好了，学生的成长道路上就会矗立一个指路前行的标杆。

不仅如此，为师者，还要在学生才能发挥上，做到“人尽其才”。或许，这就是老师培养学生与寿山石雕艺人创作工艺品之间的差异。“世有伯乐，然后有千里马。千里马常有，而伯乐不常有”（唐·韩愈）。世人推崇伯乐，不过伯乐仅为一名相马师，伯乐不会养马，培养千里马的本事没有。老师培养学生，不仅要像寿山石雕艺人那样，向社会奉献自己的精美作品，也要像伟大的养马师，培养出真正的千里马，更要像伯乐那样，有“相马”的眼光和胸襟，让合适的人在合适的地方、在合适的岗位“人尽其才”——为这个社会发挥其最大、最夺目的才华。

“教人至难。必尽人之材，乃不误人”（宋·张载）。为师者，不易。

2012-05-14 于加纳

（时值国内2012届研究生毕业论文答辩，虽未参加，有感而发。）

（三）育秧说

在网络上购物，可以买到电子豆芽机。按照使用说明，将大豆、适量的水放在一起，通电，使其保持适宜温度，2 ~ 3天时间，豆芽就长出来了，很整齐，很好看。随便炒炒，放点酸醋什么的，味道也不错。不过豆芽就是豆芽，充其量只是家常便菜。水稻、果实之类倘能如此，那袁隆平等农业学家都可以早早休息了。

在南方农村生活过的人，都知道育秧之事。田里长起来的水稻不是直接把种子撒下去就行了，而是要先育秧。育秧确是件技术活，如果连秧都育不出来，那这一季、这一年连忙活的资格都没了。要把上好的种子在水里泡上一天，让其充分吸取水分，然后将种子放在木桶中，盖上棉絮之类的东西，不能让水分蒸发，而且可以保持适当温度。几天之后，种子就会发芽了，长出了芽胚。这时，就要将这些发芽的种子移种到水田里。要找块上好的水田，土壤肥沃，周围水分充足，将种子撒在上面，并覆上塑料薄膜。覆上薄膜有这么几个用处，一是防止下雨之类将种子冲走了，二是防止冻着或者热着，营造一个适宜的温度和湿度。大概过一周多时间，绿油油的稻秧就长起来了。这时要揭去薄膜，让秧苗直接感受日晒、空气和一日冷暖变化等，再长几天，就可以插秧了。将这些秧苗分成一小簇，插播在水田里，间距适宜。这时候，才是“雨露滋润禾苗壮”。那段育秧和播种季节在农村，叫作农忙。我们那里，在清明前，这些插秧的活就要完成，不然就没有收成了。

唠叨这些东西，只不过用来说明教育的一个道理。教育、教育，其实不外乎“教”和“育”。老祖宗在造词时，很讲究，把“教”和“育”放在一起，既说明了教育的本质，又说明了教育的方法或者过程，只不过让后人自己去领悟罢了。任何教育，都要回答这个问题，如何正确地处理这“教”与“育”的关系。

我的小学、中学老师都说，他们的工作就是“育苗”——培育秧苗。这也是我一直推崇的教育“育秧理论”。教育的“育秧理论”重在这个“育”。育秧这个过程告诉我们很多道理，不妨列举几项：①种子要挑好。一般上年田里长的穗多粒大饱满的留下来作为种子。②环节少不了。种子浸水、发芽及移种地里，哪个环节都不能省，这些环节就是要适时转变环境。③条件要适宜。种子要充分吸水，发芽要保证温度和湿度，选取田地要肥沃等。④呵护要精心。育秧过程要精心呵护，不但要保证温度和湿度，还要保证阳光和水分。⑤培育是关键。育秧、育秧，要靠育，把那些适宜的条件都提供了，就让种子自己慢慢地培育发芽、长成禾苗。既不能拔苗助长，也不能过多干扰。总之，要想“禾苗壮”，就要“秧”育好。

长期以来，我们的教育一直在“教”上下了不少功夫，“教书育人”、“尊师重教”，侧重的都是“教”。因此，“师道尊严”，“师者，传道受业解惑也”，现在又成了“人类灵魂的工程师”等等。重视教育，其实重还是在“教”上，我们教育的着力点还是“重教”。因此，七七八八的各种教学法如雨后春笋般不断涌现，有点令人“万花丛中迷乱眼”。变本加厉的是，这种“教”已经普及到“胎教”、“幼教”等，各种“教”字铺天盖地，让人无法喘息。此为目前教育的现状。而在教育的另一方面“育”，似乎乏人问津。不仅对教育的“育”研究甚少，在许多教师眼里，这“育”总有那么一点让人放心不下，或者让人觉得有点提心吊胆。毕竟一提起“育”，总觉得是一种“放羊”，教师会失去一种主观能动性，自己整天无所事事，岂是对不住“人类灵魂工程师”的美誉？说实在的，我“教”了，结果怎么样，至少自己尽力了，就多一份心安理得；倘若只是“育”，种子是否发芽，或者变成“禾苗壮”，心里并不踏实，如果全瘪了，岂不“罪恶滔天”？从教师而言，似乎也喜欢“重教”，而“轻育”。因此，中国的教育就成了跛子教育，仿佛一“教”，全民素质如日中天，没有人去想如何“育”的问题，最后“教书”不断，书念不少，而“育人”如何，就值得商榷了。

在国外的大学教育中，并非都有什么规范的大学教材，而是依老师的喜好（自然这喜好不会无端的，否则大学不会聘用这位老师）。今日可能讲这本书的一节，明日可能就是那本书的内容，因为老师知道，没有一本书的内容全部都是精华，而更注重的是要让学生自己去采集。所以，课一上完，参考书籍以及扩展阅读会推荐一大堆。国外大学的老师比我们明白，所教的内容最后要靠学生自己去弄清楚、想明白，答案是否正确并不是唯一的，学习过程却是重要的，因为重在“育”上。我们则很省事，因为教材或者辅助教材是最赚钱的出版，所以这个出版社弄一套“统编”，那个出版社搞一套“规范”，其他出版社也出来一部“推荐”，说是一堆糟粕可能有点过分，但是垃圾多于养分应该恰如其分。对于教师来说，那是相当省事的，也符合工业化生产的规范要求。但是，教育是为了培养人才，假如就是以所谓“规范”的教材、“规范”的教学、“规范”的评估，那么教育岂不走上工业化的发展道路？那出来的是工业产品，不会是人才吧！

假如教育中缺一个“育”，那么教育就不是“育秧”，而是“发豆芽”了。把那些统编教材灌输给学生，让学生记忆的也是那些统编内容，最后考察的也是统编答案，我相信，这种豆芽菜充其量可以上桌，但绝对不会“禾苗壮”。

医学教育更是关系到培育从事有关人类健康和生命的职业者，我们生命和健康要托付给值得信赖的医生，医学教育就更不能只是“教”，而不去“育”。给种子一些土壤、养分、阳光、空气、温度、湿度等，还有一些耐心，让种子自己发芽、自己吐绿、自己禾苗壮。即使有一些种子不发芽也无妨，因为只要自己长起来的，其旺盛的生命力足以让整个世界鼓舞。

少“教”一点，多“育”一些，中国教育就会走进一个真正伟大的时代。

这就是我的“育秧”教育论。

2013-04-24

（四）胜利说

我不爱好体育，对各种体育运动都不甚了解。在非洲闲来无事时，也看看一些体育节目，聊以打发时间。最常看的不外乎田赛、径赛、射击、举重、篮球、足球、羽毛球等，这些项目的输赢基本上一目了然，不像体操或者跳水等，需要裁判打分。因此，欣赏起来没有那么费神。不过，一个人在电视前看比赛，容易走神，常常觉得体育比赛十分残酷，因为胜利者毕竟寥寥无几，除了金、银、铜牌获得者，第四名之后都是陪练，或者属于亲友团。

某一日，问自己一个问题，“体育史上，胜利属于谁？”胜利属于冠军！答案似乎没有那么简单。虽然胜利只有冠军一人，但是获得胜利的方式却是五花八门，甚至千奇百怪。可以列出几种主要的胜利方式。

其一，靠实力。这类人实力超群，即使在种子选手中，也是出类拔萃的角色，应称“冠绝群雄”。如果他们正常发挥，胜利就应该属于他们。至少在一定时间段内，他们的实力会处于顶峰，一般人难以超越。在体育公平环境下，其胜利应该不成为问题。发令枪响，尽力所为，胜负自然已定。大概伟大的体育精神就是体现于此了。

其二，靠战术。或者称作“讲究战术”、“讲究技法”。多见于集体项目，如篮球、足球比赛等要排兵布阵，掩护、阻击、进攻等分工明确，而且要根据比赛情况，适时变换阵型。战术应用也见于一些团体项目中的个人竞技比赛，这点常常不是运动员自己自愿选择的，而是运动队为了保证集体的胜利而做出的“布阵”。中国队一些长期优势项目，如乒乓球、羽毛球等比赛，根据决赛可能遇到的国外对手及特点，要安排“克敌制胜”的“克星”，为避免“自相残杀”，常常需要故意牺牲队友去“让球”，去选择“失败”，以让“克星”队员能顺利晋级。这点很残酷，似乎与体育精神不符，一些运动员因此抱怨地结束运动生涯，或者因此离开了祖国。因此，记得那些胜利者的同时，不要忘记为了胜利者的胜利而放弃胜利的人，他们同样值得敬佩。

其三，靠运气。体育比赛作为竞技运动，运气自然少不了。足球比赛分组抽签时，与弱队在一起，胜算就大，甚至不费吹灰之力，仅派出一些替补队员，就可以取得胜利。主力队员可以“养精蓄锐”，保存体力，避免损伤，以备后面关键赛事。高尔夫运动中“一杆进洞”，那纯属靠运气的典型案例了，应是那种“可遇不可求”的胜利。运气毕竟不是实力。所以，对真正选手而言，其心中渴望要有好运气，但并不希望人们认为其取胜就是靠运气。

其四，靠侥幸。侥幸本身也是属于运气的成分，不过不是自己“时来运转”，而是对手“倒霉运”。这种胜利是靠别人的失误、发挥失常而获得的，属于那种建立在人家痛苦之上的胜利，不太令人信服。2004年雅典男子50米步枪卧射时，美国射击运动员埃蒙斯最后一枪只要打出7.2环，就可以获得金牌，但他打出了一个惊人的10.6环，不过是在人家的靶上，与胜利擦肩而过，中国运动员贾占波获得冠军。对于真正的运动员来讲，这种冠军的胜利和荣誉似乎没有什么可炫耀的，毕竟是捡来的，而不是自己具备真正的冠军实力。

其五，靠狡诈。这在一些身体接触性竞技运动中可能多见。足球比赛中，在禁区内拼抢时“假摔”像真的一样，可能就被判罚而获得点球机会。在1986年的墨西哥世界杯上，马拉多纳用手把球攻入了英格兰队的球门，这就是著名的“上帝之手”事件。在速度滑冰等，通过“肘击”、推搡等动作威胁到其他选手，或者致对手跌倒等，都是一些不光彩的狡诈行为。

其六，靠伎俩。狡诈至少还是明着来，而伎俩就是黑暗中进行，见不得阳光。最典型的就是兴奋剂的使用。这在体育运动史上屡见不鲜。即使在今天的各项赛事，在严格兴奋剂检测和严厉处罚制度面前，仍然有选手铤而走险，试图靠兴奋剂而获取胜利。这种胜利彻底违背了体育精神和道德，为人所不齿。

上述几种胜利方式可以归结为三个方面。一是真正实力（战术也是属于软实力）；二是好运气；三是无耻欺骗。真正体育比赛弘扬的是“挑战自我”、“更高、更快、更强”的目标，体现的是“公平、公正”的体育精神，这是体育的真正魅力所在。体育赛场应该是这个世界上唯一的一块净土。体育比赛是真正实力的较量，要减少运气等低概率事件，并杜绝一切欺骗行径。

其实，我们这个社会也应该体现体育这种“公平、公正”的精神，真正营造适合人们成长的“公平、公正”环境，使那些真正有“实力”的人才能够脱颖而出，并成为社会的主流，引导着社会进步，把运气或者机遇要留给有真才实学的人，留给那些敢于担当、敢于奋斗、敢于创新、敢于前进的人，而不是留给不学无术、等待“时来运转”的人，更不能让那些沽名钓誉、钻营取巧、欺世盗名之徒得逞。这样，才能引导我们这个社会“风清气正”；这样，才能引领我们时代“海阔一潮平，风正一帆悬”。

写到这里，注意到一则体育新闻。在英国桑德兰举行的一场马拉松比赛中，由于组委会组织失误，除了一马当先跟在领跑员之后的杰克·哈里森到达终点外，其余5000余名参赛者都跑错了部分线路，没有成绩。冠军属于选手杰克·哈里森！

嘿嘿，假如我跟在杰克·哈里森后面，即使走到终点，也是银牌。那胜利也会属于我啊！

2012-05-02 初稿

2013-05-02 修改

（五）冬眠说

在生物界中，有一个较为独特的生物学现象，就是冬眠。我们所熟悉的蛇、蛙、刺猬、鼠类、熊等都有此行为。这些动物在越冬时，会找一个比较安全的地方，把自己缩成一团，不吃不喝，不挪不动，就这么把严酷的冬天给度过了。所以，冬眠也叫“冬蛰”，这“蛰伏”就是“静止”、“隐藏”的意思。

至于为什么会出现冬眠，学术界并没有满意的解释。有一种说法是，为了应对严酷的环境造成的食物短缺。冰雪覆盖下，人都要事先储备食物，何况这些动物了。但是，我们也知道动物界还有另外一种现象，那就是动物迁徙。看那非洲东部的马赛马拉大草原，每年那些角马、犀牛都在那里不停地迁徙，就是为了寻找食物。蛇、蛙、鼠等小动物要迁徙很远的地方，那确实不容易，但是如果在数百万年的进化过程中，就学会了迁徙，现在可能迁徙对它们来说也不是很困难的事了。因此，有一个原因就不能不考虑，这些冬眠的动物可能都有一种情结，那就是恋家，对自己生活的环境、生态等非常适应了。对他们来说，那是一块乐土啊，所以它们就使出一招，那就是“以不变应万变”——冬眠。费那些劲去迁徙干吗？途中不但疲惫，还要遇到无数难以预料的危险，最后不就是为了吃一口果腹？那么，我不吃，不就行了，而且还可以好好地、深深地、美美地睡了一觉。什么都不用想，什么都不用干，应该说这是世界上最美的事情。由此看来，这冬眠也有生物的一种惰性使然。也就是说，生物适应这大自然，有两种基本的方式，一是迁徙，自然需要十分勤劳；二是冬眠，比较符合懒人的哲学。

动物进入冬眠后，呈现对外界毫无反应的“麻痹”状态。冬眠动物给外界的一个印象就是“心不跳、脸不红”、“一个大气不喘”，而且也不接收外界光电的刺激。不管外面如何变化，是刮风、下雪，是电闪雷鸣，还是阳光明媚，一切均不关乎我的事，我就是想——睡觉。当然，这种状态还是令人担惊受怕，毕竟麻痹状态是很可怕的。

孩提时代，冬天时，也会很淘气地跑到山上，搬开一块石头，看那盘窝在石头下冬眠的蛇，不过那时候不知道，这么一折腾，那蛇的性命会不会有虞。但是，如果自己的性命或者幸福要靠别人的怜悯、照顾、垂青，那确实是个需要担忧的事情。

不过，研究发现，这些冬眠动物并不是那么容易把自己的“麻痹”、脆弱的一面随便地呈现给外面的世界。首先，它们会找一个既安全、又舒适的地方，甚至有些动物还抱团冬眠，叫作“社会性冬眠”，这样至少给自己一个心理安慰“要死一起死”。其次，它们也会做好充分的准备。冬眠动物先有一个肥育期，该折腾、该干的事都干了，然后把自己养得肥肥、胖胖的，储备足够的热量，不至于在冬眠时，因为热量不足就醒不过来了。再次，他们也不是一直就那样深眠，而是“麻痹”和“半苏醒”交替着，当然这种“苏醒”不是“出眠”，这些冬眠动物会不时半苏醒着，打个寒战或者轻微抖动一下，一则可以给自己增加一点供热，二则也给外界一个感觉，它并没有“麻痹”，故不要“虎视眈眈”，图谋侵犯它的领地。

据说，人类的生物学行为中也可能出现这种冬眠形象，不过比较罕见，因为人类在低温时，极易诱发心室纤颤而死亡。但是，在人的社会学行为中，类似这些冬眠的现象却并不少见，甚至可以说是相当常见。那么，人的社会学冬眠表现在哪些方面呢?

第一，满足自己的现状。这一类人会经常引用一句话，叫“知足常乐”，也常常为那么一点甜头而沾沾自喜。但是他们根本没有弄清楚，老子此话为“祸莫大于不知足，咎莫大于欲得，故知足之足常足矣”。故“知足常乐”仅是对“物欲”而言，对于事业上追求、精神上追求、创造上追求，那是“不知足”才能“常乐”。如果说，这类人整日需要为生活奔波，他们也没有理由满足现状。故此类人多半待在一个比较舒适的地方，也有比较舒适的待遇，还有比较舒适的精神满足，所以基本上属于那种“储备了足够热量”、“养得肥肥胖胖”的人群，否则他们还没有资格将“知足常乐”挂在嘴上。因此，他们更喜欢将“不折腾”奉为信条，直接进入“冬眠”状态了。

第二，对外界熟视无睹。这一类人也喜欢引用一句话，叫“走自己的路，让别人去说吧”。但是，他们的路并没有向前延伸，只是享受自己的现状。外面的世界五彩缤纷，人家都在不停地进步、发展，他们就是懒着去关注别人的成就。眼不睁，耳不听，脑不思，这样确实“节省能量”，外界的变化不但没有刺激他们、引起自己的苏醒，反而“自得其乐”地沉醉在自己的梦乡中。是的，“让别人去说吧”，但这不等于自己不干事，不等于自己不折腾，否则“原地踏步”难道也是“走自己的路”？这世界变化快，睡一觉，就可能被抛在后面了，如果再失去外界这个“参照物”，也不接收外界的刺激，只自己一人傻乐地在原地旋转，那只能与“落后”、“愚昧”为伍了，只能待在那块石头下做那些梦了。

第三，成为发展陷阱的文化现象。如果说冬眠只是个别人的现象，那也不值得我在此乱发一通议论。其实，冬眠现象已经成为相当一些单位、一些地方、一些人群的群体现象，可且还会蔓延。这种现象多出现在已有一定基础上，表现为大家“抱团”式“冬眠”，口头禅是“你们吃肉吧，有我们喝汤就行”，于是一个群体“冬眠”了，一个单位“冬眠”了，一个地方“冬眠”了。大家每天只是满足于事务性工作，头脑中没有新想法，生活中没有新激情，工作上没有新举措，成绩上没有新进步，一切都是在原地打转转。冬眠的蛇苏醒前都会褪去一层皮，似乎也有新变化，但永远只是蛇，不会进化为龙。现在许多人每年好像也干了些事，但那些事不过类似冬眠动物那样“打个寒战”、“抖抖身子”，表明自己也在做事，没有闲着虚度，但又有哪些是进步、是值得向外界展示的呢？

冬眠动物苏醒在春季。现在春天已过了，也该醒醒了。否则，这美丽的世界，这壮观的时代，将永远与你无缘。

人生没有冬眠。

2013-07-03

一路前行，候鸟从不忘记家在何方，那是自己歇脚的地方。倦了，就立在枝头上，随风摇荡，静听风儿歌唱；乐了，再去玩玩儿时的随波逐浪；笑了，看炊烟袅袅升起，晚霞如此灿烂；醉了，就低吟那些在远方历经的激荡，还有初恋时闻到的那一缕清香……

——摘自援非散文集《心儿向着远方——我在加纳的援非经历》

只有香如故

1

2012年8月 日至9月23日，在南方医院的全额资助下，妻子来到加纳探亲。第2批援加纳中国医疗队11名队员中，妻子是最早到加纳探亲的家属，也是援非第一年唯一来到加纳探亲的家属。

2012年9月27日，在中秋佳节前夕，广东省卫生厅召开了援外医疗人员家属座谈会，广东省卫生厅党组副书记亓玉台出席。由于在驻加纳中国医疗队生活了一个月时间，对援非工作及援非生活有着切实体验，妻子受邀请作为家属代表在座谈会上发言。

妻子发言内容全文如下：

各位领导，各位朋友：

大家好！

我是农业银行广州白云支行职员朱志红。23日晚上才从加纳回来，看我晒得很黑吧。24日接到卫生厅电话，要我在座谈会上讲讲，我有点诚惶诚恐。平时在下面聊聊天还可以，在这么正式的场合发言，还真担心说错话。但是，作为第一个去加纳探亲的援加纳医疗队队员家属，我也很荣幸向大家汇报一下我去加纳的所见所闻，以及我的感想。说对说错，大家多包涵。

我老公是南方医院脊柱骨科副主任、主任医师瞿东滨，是广东省第2批援助加纳医疗队成员。我们结婚已经有23年，有个女儿在新加坡上理工学院。说实在的，老公去援非并没有征求我的意见。我们相识在军校学员时，他从一个导弹旅卫生队军医一步步成长为大医院教授，我一直相信我老公的追求和选择。凡是他决定之事，只要没有出格的事，我都会全力支持。他去援助非洲是他的权利，是他的使命；我去援助老公，是我的权利，我的使命。本来约好和女儿一起去，没想到新加坡没有加纳大使馆，没法签证，只好把她落下，我自己一个人去了。原本打算9月份去，没想到在援外中心各位领导的大力帮助下，签证十分顺利，不到10天，签证就下来了，所以8月中旬就出发了。阿联酋航空办事处在天河城那里，我买了固定日期机票，花费一万一千多元，可托运行李30公斤。去年医疗队出发乘坐的是阿联酋航空，所以我也选择了阿联酋航空，在迪拜中转。我想跟着亲人的路线走，错不了。

我于8月18日中午到达加纳首都阿克拉市科托卡国际机场，于9月22日离开回国，在加纳中国医疗队生活了36天。这36天，是我一生中最快乐、最有收获的时光，这样说并不是因为我们夫妻团聚，而是因为最近距离地认识了中国医疗队、最近距离地认识了援非生活，也是平生第一次最近距离地认识了非洲。

我就住在医疗队驻地。那是一栋三层的小楼，11个队员各住一间，除了有5人为小套间外，其余6人单间，住单间的人要合用洗手间和冲凉房。房间小了点，一个人住刚好，夫妻俩凑合，三个人就转不开身了。据说，明年家属集体探亲时，将会被安排到附近的小酒店住，那样小家庭团聚就会宽敞一点。经过队里的积极努力和细致工作，使这批医疗队在驻地建设上比首批医疗队要进步了许多。每个队员的屋里都配备了液晶彩电、小冰箱、饮水机，尤其是楼内安装了发电机并重装了网络，这样就有电、有网络、有电视，有水喝、有澡洗。虽然自己发电只能保证重点几小时，虽然网络速度慢一点，虽然那些卫星频道偶尔会打打嗝，但总体感觉还过得去，至少让我一看，顿时放心不少。每天晚饭后，我都会到天台上去远眺。驻地前面不远处就是阿克拉最大的贫民窟，那里每天晚上都会燃烧垃圾，有时飘来的烧塑料和橡胶的臭味会让人觉得不爽。但是大家都逗乐说，这才是爱国主义教育基地，每天看看贫民窟，都会增加一些幸福指数。

要说援非生活苦不苦？那还真是苦。苦与不苦，不是去跟别人相比，而是跟自己的以往比，跟在广州的生活比。在我看来，加纳至少比中国落后10～20年，因此，这些从中国经济最发达地区跑来加纳工作的医生们显然是吃二遍苦了。驻地离医院很近，在阿克拉城市的边上，买任何东西都不方便，都要开车出去。我们在广州，下楼就可以办到的事，在那里却要开车出去并要花上半天的时间。医疗队员们分成了几个生活小组（没肥皂、没纸、没灯泡等等，由江医生开车去买，没有桶装水，也是由他带人去扛。交电费、水费，买发电机柴油等，就由杨医生负责），各司其职。我老公（和邵医生、王医生、林师傅四人负责膳食）负责买菜。因此每周我也跟着他们出去买菜。每人每月伙食费200美金，还不能全花完，要留下一点发给大家作为零用钱，所以为了省钱，就得开车满阿克拉市跑，买相对便宜的食材。阿克拉市没有像广州这样有吉之岛、沃尔玛等大型超市，逛一个地方不可能把东西全买齐。只能是跑到Shoprite买猪肉，跑Max买牛肉，跑Lara买鸡肉，去Koala买面粉和面包，去华人开的商店买青菜和配料，再去加纳人开的小店买鸡蛋。一趟跑下来，都要花上大半天的时间。每周要出去买两次青菜，大家才有新鲜蔬菜吃。听我老公讲有一次邵医生和王医生上午出去买几排鸡蛋，因为堵车，竟花了6个多小时，回来都赶上吃晚饭了，饿着他们眼冒金星。他们打趣地说："要不是为了大家每天早上的那个蛋，打死也不想遭这个罪。"队里的厨师林师傅精心调配菜肴，挺可口的，搭配很好，经常会变变花样，我去了一周，体重就长了两公斤。大家都说，他做的饭菜是阿克拉市最好的中餐。

他们在医院里工作上的事情，我不太了解，但我相信他们一定做得很好，因为他们在国内就是毫不逊色的专家。我要说的是，他们是个很团结、很和睦的集体。有一天我老公接台手术，晚上7点多已经黑灯瞎火了还不见回来，我很着急。几个医生就帮忙往医院打了20多个电话。因我老公还在手术台上，所以没有接电话。这时，林队就到我房间来陪着我，安慰我。而彭翻译以及杨医生就开车去医院，饿着肚子在外科楼外等候。等我老公一出手术室，他们第一时间把他接到我的身边。这件事让我印象深刻，更让我非常感动。

他们也是个富有荣誉感、尽职尽责的集体。我跟着他们参加了一次医学宣讲活动，去阿科松博的葛洲坝集团加纳供水工程部，为中国工程人员讲疟疾、霍乱、伤寒的防治，讲外伤急救，讲心肺复苏，获得了大家的一致好评。据我了解，医疗队员当中并没有传染病方面的专家，要讲课也是边学习、边准备，可以说是现学现卖。讨论时，大家很热烈，补充介绍各种有效防治方法，效果特别好。按照林队的话说，这些中资机构需要什么专业，我们就要给予最专业的帮助，毕竟我们比他们懂得多，不懂，我们学习起来也比他们快得多。这件事也令我印象深刻。

要是说起中国医疗队的名气和影响力，我给大家说件事。我回来的时候，在阿克拉机场，下午五点半的飞机，我让老公下午2点钟就送我到机场，让他先回去休息，免得耗时间太长，一个人途中开车犯困。我在出境大厅中徘徊了半个多小时，就想在老公战斗的这块土地再多待会儿。等我去办理出境手续时，机场工作人员说我逾期居留，把我带进了一个小房间里。我很坦然地告诉他们，我老公是驻加纳中国医疗队队员，在克里布教学医院工作，这是中国医疗队的住址及电话，如有任何问题，你们可以打电话把他叫回来。况且护照上写得很清楚“签发日起 30 天入境、逗留不超过 3 个月”。因为“中国医疗队”这个响当当的名字，他们也没有再继续刁难我，就说“Finish，welcome to visit Ghana again”。我相信，如果不是中国医疗队富有成效的工作和成绩，就不会有那么多加纳人知道这支来自中国的群体。所以我为中国医疗队感到自豪，也为中国医疗队的亲人们感到自豪。（注：后来仔细看了护照上的入境签注，允许逗留时间为 30 日，确实存在逾期居留问题。感谢加纳政府出入境部分未予追究法律责任。）

离开加纳前两天，国家卫生部派出一个代表团访问加纳，看望中国医疗队。7 月份的时候，广州卫生局及南方医院等几位领导也去看望了他们。作为家属，我们对各级组织和领导的关心表示衷心的感谢。据国家卫生部援外中心马主任介绍，援非中国医疗队普遍关注的有关驻外津贴美元汇率问题，因为涉及面广，本届政府解决不了。这批医疗队出发前，都以为陈竺部长出面了，这事即将解决，这无疑给队员们泼了盆冷水，大家情绪有些波动。我们当过兵的人都知道一句话，战士流血不流泪。可能我们这些援非医疗队的队员们既要流血，也要流泪了。年初驻 S 国中国医疗队伤亡了，最近驻 T 国中国医疗队也发生了重大事故。因此，我安慰老公说，钱多钱少无所谓，平平安安出国，平平安安回国，这样就行啦。我相信，所有家属朋友们，还有在座的领导们，都会祝福驻加纳中国医疗队平平安安、顺顺利利地完成援非任务。

再过几天就是中秋佳节及国庆节了。根据加纳卫生部的协调安排，中国医疗队要利用中秋国庆假期，到 Cape Coast（海岸角市）的学校和社区医院义诊。在全国人民万家团圆、中秋赏月之时，请大家不要忘记，由于 8 个小时时差的关系，我们的中国医疗队、我们的亲人们正在非洲的大地上奔驰，他们的目标是 Central Region 的 Cape Coast，他们的目标是为非洲人民服务，是为中非友谊作贡献。

在加纳 36 天，我最大的感受是我们中国医疗队很伟大，我们的亲人们很伟大，我们的援非事业也是很伟大的。作为家属都要支持他们。

最后，衷心感谢各级领导和同志们的关心和厚爱。祝大家中秋国庆节日快乐。谢谢大家。

据说，当时出席座谈会的领导和家属很受感动，有的甚至流下激动的热泪。

2

2013 年是中国政府向非洲派遣援非医疗队 50 周年。中央政府要在北京举行隆重的纪念大会，各省卫生厅也在筹划形式各样的纪念活动。广东省卫生厅于 2012 年年底启动了“援非 50 周年”的演讲征文活动，并在此基础上选拔组建广东省援非医疗队先进事迹报告团进行巡回演讲。

2013 年 1 月，我回国休假。“举贤不避亲”，在与卫生厅援外中心领导一起交谈时，我首先就推荐了妻子的这篇发言，因为他们听过这个发言，也了解卫生厅领导对发言内容的肯定。

我说，援非工作不是单纯派遣一个医疗队和医疗队员那么简单，而是有不计其数的人员参与的一项光荣工作，我们的家人、科室、医院、大学以及众多的援非保障服务人员都作出了巨大的贡献。假如巡回演讲报告都是清一色的援非医疗队队员，那内容无非就是如何牺牲自己为非洲人民服务，无非就是艾滋病、疟疾的威胁，无非就是艰苦的援非生活。其实这些并不能涵盖援非工作的全部内容。如果有一个援非医疗队队员家属参与这个活动，可能从另一个侧面反映援非工作的全面，也体现了“一人援非、全家光荣”。如此设计，相对于以前的援非宣传，这是一个很好的创意。

领导点点头，没有正面作答。

但是，我担心在于，有关部门和领导多善于搞平衡。广东援非工作目前仅有两个国家，一个在赤道几内亚，一个在加纳。援非工作开展有近 40 年历史，参与援非的单位和人员众多，而我们南方医科大学南方医院首次派遣，如果要论资排辈或者讲贡献，那可能是轮不到我的。不管如何，还是要努力争取的，因为那是南方医院的荣誉，也是我个人的荣誉。

后来妻子的稿件还是被采用了。妻子的稿件内容真实，主题鲜明，但口语化严重，组织凌乱，文采略逊，并不适合演讲，如何修改便成了一个问题。这个时候，南方医院宣传处抽调“女笔杆子”谭琳玲主任科员参与稿件定稿工作。经过反复推敲、修改，最后确定以我的散文——“家中的水仙花”一文作为主线将内容组织起来，并通过卫生厅的审查。

正式演讲稿的题目是《亲人，我愿做守候你的水仙花》。

各位领导，同志们：

大家好！我叫朱志红，是第 2 批援加纳医疗队员瞿东滨的妻子，我汇报的题目是《亲人，我愿做守候你的水仙花》。

我老公瞿东滨是南方医院脊柱骨科主任医师，在家他常常跟我开玩笑，说我是他芬芳四溢的水仙花。

2011年6月2日，老公突然告诉我，他要参加援非医疗队，一去就是两年。我一听就蒙了，你一个脊柱专家不愁吃、不愁穿，图个啥？但是，我那军人出身的老公认为：脱了军装也要听从祖国召唤，医生到哪儿都能救死扶伤。他还打趣地跟我说，只要我们心心相通，在大洋彼岸一样可以闻到你的清香。

同样曾经是军人出身的我，没有理由不支持他。于是我就张罗开了。老公是个工作狂，患有高血压、三脂高，我开了药，分门别类装好，还在医生老公面前班门弄斧，一一注明服用方法；老公爱喝茶，在外两年可要多准备一些，我把茶叶的外包装拆掉，抽真空放好；衣服是最头痛的事情，短袖衣服怕老公被蚊子咬，长袖衣服又怕老公热；对了，还要根据时间差，制定与老公视频聊天的时间……离别的日子一天天近了，可是我家老公像没事似的，整天在家里摆弄那盆水仙花。

把老公送上飞机，面对空空的房子，我的心也一下子被掏空了。下班，听不到他熟悉的脚步声和爽朗的笑声；做好饭，没有人说好吃。家里变得冷冷清清，只是老公种的那盆水仙花静静地长高了许多。

转眼到了年三十，听着外面热闹的拜年声，我一个人没滋味地吃着年夜饭。女儿在新加坡求学，老公又去了非洲，一家三口分别在三个国家，团圆变得那么遥远！突然，电脑响了，我一看，是老公发来的一篇文章：《家中的水仙花》。他说，“春节来了，不能在家陪同吾妻，愿洁白的水仙花瓣、醉人的芳香，驱散你心中的寂寥”。我自认不是爱哭的女性，但那次我边看边流泪，看一遍哭一遍，这是相思的泪，也是甜蜜的泪。

我们每天通过视频，述说家里的点滴变化，倾听老公在异国他乡治病救人的故事。夫妻俩平平淡淡过了20年，一分开才发现原来思念是如此揪心和美丽。

可是，随着时间的推移，我的思念日益增加。居然做出疯狂的决定，2012年8月我带着他最爱吃的家乡鲜笋，坐上飞往加纳首都的飞机，看望老公。

医疗队集中住在一个小院子里。11个队员各住一间很小的房间，多数队员要共用洗手间和冲凉房。论条件，充其量是20年前部队卫生队水平，对这些21世纪的中国专家医生来说，确实有点寒碜。而驻地在城市边上，买任何东西都要跑几公里，非常不方便。平时在广州下楼就可以办到的事，在那里却要开车花上大半天时间。他们习惯了简陋的条件，可我初来乍到，对这样艰苦的生活环境非常吃惊，觉得跟广州比，简直是落差太大了。

幸亏队长领导有方，队员们分成若干生活小组，工作之余有的管膳食，有的买煤气，有的负责购买办公用品，有的当司机，各负其责，卓有成效。

我老公和另外三位队友负责膳食，一周大约要出去两次购买食物。为了节省开支，他们不得不开车满市区跑。阿克拉没有广州这样的大型超市，逛一个商场不可能把东西全买齐。只能先跑Shoprite买猪肉，进Max买牛肉，到Lara买鸡肉，去Koala买面粉和面包，在华人商店买青菜和配料，再去加纳人开的小店买鸡蛋。一趟跑下来，花上五六个小时是常事。一天上午，他们出去买鸡蛋，因为堵车，6个多小时才回来，饿得眼冒金星，双腿发软，还不忘耍贫嘴："要不是为了大家早上能吃上蛋，打死也不遭这个罪。"

要说苦，确实苦，但苦中也有乐。离驻地不远处是阿克拉最大的贫民窟，每天晚上都燃烧垃圾，不时随风飘来燃烧塑料和橡胶的臭味。大家逗乐道：这可是爱国主义教 育基地，每天看看贫民窟，增加幸福指数。而真正的欢乐时光就是通过QQ与家人聊会儿天，视频上相互端详一下，或者打个电话报平安。去年卫生部、卫生厅领导都去慰问、看望他们，他们简直乐翻了，说祖国人民的关心是最大的快乐。

看到队员们苦归苦，但精神面貌却很好，我也就不再担心，可一件意外的事情又让我的心悬了起来。那天，过了下班的时间，外面都黑灯瞎火了，还不见我老公回来，我知道当地治安不好，经常有抢劫等事情发生，真的坐立不安，越想越担心。下班回来的几个医生轮番打了20多个电话，他都没有接，我更加着急，在宿舍和公用阳台间来回踱步；站在阳台上望着他每天上下班必走之路，期望能早点看到他的身影。林队长听说后顾不得吃饭，到我房间陪着我、安慰我，并安排人开车去医院找，才得知我老公还在手术室忙，赶紧告诉我别担心。等待中我一边为医疗队的团队精神感动，一边心疼老公在异国的工作艰辛。看见老公终于回来时，我想笑着迎接他，给他一个温馨的拥抱，可我没那么做，却说了一句责怪的话："手术那么长时间也不打个电话，叫人等得好心急啊。"老公没有说话，只是憨憨地一笑。其实，老公你知道吗，我想对你说："老公啊，你一定要好好爱护自己，千万别忘了，你的水仙花在等你平安健康地回家！"

回国那一天还有个小插曲，我在机场办理出境手续时，工作人员说我逾期居留，把我带进一个小房间。我坦然相告：我老公是驻加纳中国医疗队队员，我来探亲仅一个月，怎么会逾期呢？听到"中国医疗队"这个响当当的名字，他们的态度立刻改变了，友好地说："Finish.Welcome to Ghana again！"我笑了，我为中国医疗队骄傲！我为老公深深地自豪！

我老公是属马的，他的世界不是在马圈里，而是在辽阔的大地上。我愿意做家中永远守候他的水仙花！

谢谢大家！

后来，南方医科大学报、南方医院院刊登载了谭琳玲主任科员对此次巡回演讲的报道：

5月12日，广东省援非医疗队先进事迹报告团顺利完成全省第二轮巡讲任务，我院脊柱骨科瞿东滨教授的妻子朱志红作为家属代表在全省成功宣讲了瞿东滨教授的先进事迹。

今年是我国开展援非医疗工作50周年，广东省卫生厅专门组建了援非医疗队先进事迹报告团。报告团从全省援非医疗队员中选拔了7名优秀代表，其中既有90年代参加援非工作的老援非队员，也有医院的院领导、专家教授，我院瞿东滨教授的事迹材料也光荣入选。在院领导的高度重视和大力支持下，宣传处积极协调，扎实做好各项工作，瞿东滨教授的报告材料事迹生动感人，演讲者情真意切，深获大家好评。

报告团自4月份以来分别到深圳、东莞、湛江、茂名、江门、佛山等10余个城市进行了巡回宣讲，所到之处都受到了热烈欢迎。各地的市领导亲切接见了报告团的成员，医务人员及社会各界代表约7000余人听取了事迹报告，社会反响良好。在宣传“广东医生”光辉形象的同时，本次先进事迹宣讲活动也是对我院品牌形象一个很好的宣传和推广。

3

“家中的水仙花”是我于2012年1月27日（中国新年正月初五）写的一篇散文，那时刚到加纳一个月余。这篇散文收录于花城出版社2013年12月出版的援非散文集《心儿向着远方——我在加纳的援非经历》。

赴加纳之前，我在家里养了几株水仙花，作为过年的礼物留给妻子，让妻子在孤单之时有个无言陪伴，孤寂之时有缕芳香相随。本意是借物寄托思念。

可现在，演讲稿成了“亲人啊，我愿做守候你的水仙花”。2013年9月26日《健康报》也以“水仙花等你平安回家”为题刊载此文内容。这岂不是我的发妻竟然成了那株“水仙花”？

我戏谑地对妻子说，没想到人到中年竟然成了一朵花。早知如此，应该带到非洲去山花烂漫。

妻子说，只是一株家中的水仙花。

2013年8月13日，南方网更是以“家中的水仙花”报道了“这株家中水仙花”的故事。

8月13日是中国传统的“七夕节”，当天晚上，援非医生瞿东滨及妻子朱志红做客南方网嘉宾访谈节目《广东援非，非爱不可》，讲述广东援非医疗队爱的故事。其实当天瞿教授能出现在《广东援非，非爱不可》节目现场，节目组也是很过意不去的。因为他的父亲在前一天才做完大手术，现在还在重症室。但也正因为如此，瞿教授也才申请到这两年中唯一一次探亲假，回到广州。

“现在已经算很人性化了，其实以前除了配偶出事，就是直系亲属病了都无法回国。”广东省卫生医疗对外合作服务中心的张铁强主任告诉记者。

反对无效

“2011年6月2日。”瞿教授的妻子朱志红是个很细心敏感的人，每个时间点都记得很清楚。那天，瞿教授突然告诉她，要参加援非医疗队，一去就是两年。“反对。”第一时间她就说了这两个字，觉得很不理解，“你一个脊柱专家不愁吃、不愁穿，图个啥？”之后，他们就相互不理睬，各自做各自的事情。到了晚上要睡觉的时候，瞿教授又说想去非洲，让她要做好思想准备。这时，她马上明白了，他已经做了决定，反对无效。

当天晚上，朱志红失眠了，在床上翻来覆去，“烙煎饼”。“究竟想了什么我现在也记不得了，反正就是同意反对、支持反对这样，最终因为他还是有理想、有追求的人，以前他做过很多决定，考硕士、考博士，最终回顾起来他做出的决定都是正确的，应该支持他，他想做他想做的事情、追求他想做的事情，如果不是歪的，我都应该支持他。真的，我作为一个妻子就是这么想的。”

第二天早上起来之后，她只是简单地说了句，“你去吧”。但背后其实没那么简单。

“我们89年结婚，他是88年从军校毕业，我毕业之后就分在南方医院，我是做护士的，他是军医系毕业，毕业之后分到云南山沟里，就在云南大山里待了4年时间，那是我们分离最长的一次。他为了能够回来，能够夫妻团聚，88年毕业，分到那里，1992年考硕士。硕士毕业之后又分回了云南，但是这次不在沟里，是在昆明，1996年又考博士回来了，到1999年直到留校为止。这是我们分离最长的一次，非洲这次是第二次。在他博士留校之后，我们就一直在一起生活，我非常了解、非常体会夫妻两地分居有诸多的不方便，所以我十分地珍惜夫妻两个人在一起的时光。”她有点哽咽地介绍了他们的故事。

朱志红十分有气质，在举手投足之间无意中流露出一种岁月历练后的美丽与智慧。但瞿东滨也并不是那么冷冰冰、独断专行，而是一个很浪漫的人。

家中的水仙花

“2011年12月20日，他从广州乘飞机离开。离开之后一个多月就是春节了，那个时候也挺难过的，越到节假日心里就难过，因为毕竟女儿也在国外，在新加坡。”朱志红泪水在眼眶里直打转，“当时家里边房子空落落的，这个时候他就写了一篇文章，从电脑里发过来的，题目很吸引人，《家中的水仙花》，已经在南方医院的院刊里刊登出来了。那篇文章写得非常柔情，非常体贴，我作为妻子念了之后就抑制不住，眼泪一个劲地往下掉。反正是读一遍，我就会哭一遍。”

应主持人的邀请，朱志红决定选文章中的一段和大家分享。“见笑了。”军人出身的瞿教授不好意思地插了一句。

“我的妻，如此冷冬你会如何度过，女儿和我都不在，偌大的房间更显得空落落的，那不是更冷？没有我为你温暖被窝，你的脚是不是到了天亮还是冰冷的？快去超市买个电热毯吧，至少在冰冷的屋里还有个温暖的被窝。最重要的是，别忘了，多补充蛋白质和热量，千万别饿着自己，保持一个温暖的胃，身体就会暖和。记着我和女儿的爱，至少心会暖和。两年援非结束之后，我一定天天陪着你，一起度寒来暑往，一起看花开花谢，潮起潮落。”

“这是其中的一个段落，我知道他两年援非结束会天天陪着我，会一起渡寒来暑往，但是回来之后他又有了新的目标，有新的追求、新的梦想，要想跟我一起天天这样看花开花谢、潮起潮落，可能又是一种奢望。我很期待。”她边说边抹去眼角幸福的泪花。

节目中，瞿东滨也表达了对妻子的感谢："老婆你辛苦了，我们今天在座的可能就我一个是现在还在非洲援非的队员，所以我也想代表驻加纳的中国医疗队说两句话。我们这支医疗队在外面，最主要支撑过来的就是我们的家人，以及社会各界的关心和支持。没有他们的支持，没有他们的那一份爱，我们也无法在非洲奉献我们这种大爱，所以我想代表我们现在的医疗队说这句话，谢谢大家。"

4

2014年5月20日《广州日报》刊载记者王鹤的文章——"援非男医生，一手好散文"，报道了援非散文集《心儿向着远方——我在加纳的援非经历》入围第六届鲁迅文学奖候选作品。

本报（广州日报）讯（记者王鹤）"我应该是骨科医生里散文写得最好的，写散文的作家里医学造诣最高的。"南方医科大学南方医院脊柱骨科副主任瞿东滨打趣地说。他援非两年最大的收获是完成了两本书，一本是148万字的《脊柱内固定学》，另一本是30万字的《心儿向着远方》散文集。"援非生活，虽是枯燥，内心体验，并不苍白"，这是瞿东滨对他两年援非之行的感悟。

近日，记者从中国作家网获悉，瞿东滨的《心儿向着远方》散文集入围了第六届鲁迅文学奖散文杂文类奖项，同时入围鲁迅文学奖的还有王蒙、阿乙等知名作家。鲁迅文学奖创立于1986年，每三年评选一次，是中国具有最高荣誉的文学大奖之一。

入围：吃了一惊　深感荣幸

"我昨天才知道这个消息"，瞿东滨昨日上午在网上看到了王蒙入围第六届鲁迅文学奖的新闻，就抱着好奇的心态搜索了一下鲁迅文学奖的入围名单。当看到散文杂文类第67篇入围文章时，他吃了一惊，原来这个作品正是他出国援非两年写出的30万字散文集《心儿向着远方》。

"得奖什么的我根本没有想，只是觉得名字能在文学界露一露脸挺好玩的"，瞿东滨说，能入围鲁迅文学奖让他深感荣幸。

写作：援非寂寞　散文排遣

“援非生活，虽是枯燥，内心体验，并不苍白”，这是瞿东滨对自己援非生活的感悟。瞿东滨说，这篇散文集其实是打发非洲枯燥生活折腾出来的。

在非洲，瞿东滨最怕的是周末，“每到周末一切都归于寂静，连往常热闹的QQ和邮箱都无人问津”。为了打发寂寞，瞿东滨除了联系亲人，只能靠写散文记录生活为乐，散文集就是他两年来辛辛苦苦积攒下来的文章。

为瞿东滨写序的钟世镇院士曾说过，人生和文学是相通的，瞿东滨就是把他看到的东西进行思考，然后把思考后领悟的内容自然而然地形成一篇文章。瞿东滨说，通过他的文章可以看出非洲的风土人情，其实非洲不是大家想象的那样。

瞿东滨的书推出后得到了医生群体的积极回应，年近40岁的同龄医生们特别有感触。

两年下来，让瞿东滨最牵挂也感觉最愧疚的是他的妻子。他在妻子生日的时候写了一封浪漫的信，信中称妻子是他“芬芳四溢的水仙花”，这封感人的情书让他的妻子潸然泪下。

啊，还是我的水仙花！

“无意苦争春，一任群芳妒。零落成泥碾作尘，只有香如故。”这是宋代词人陆游咏梅的。“俏也不争春，只把春来报。待到山花烂漫时，她在丛中笑。”这是当代伟人毛泽东咏梅的。比起梅花，水仙花自然“无意苦争春”、“俏也不争春”，因为她本身就是这春的使者

——只有香如故。

（谨向文中有关机构、人士表示感谢）

2015-08-28 修改

附一篇：

请钟世镇院士作序记

著名临床解剖学家钟世镇院士（中国工程院资深院士）是我的恩师，我们弟子们都亲切地称呼他——钟老师。

1983 年高中毕业迈入第一军医大学校门时，接触人生的第一节医学课就是钟老师讲授的人体解剖学。那时候钟老师名气已经相当大，在临床解剖学领域成就非凡，建立了现代临床解剖学，头上还有炫目的“全国人大代表”光环，让人有一种很大的距离感。我坐在教室的角落，注视着讲台上侃侃而谈的钟老师，并没有想到日后自己会成为钟老师的弟子。自己将来的职业是一名军医，怎可能去追随人体解剖学的老师？作为学生，“授业解惑”老师众多，斗转星移中自己整日呆坐在教室里，讲台上老师换了一茬又一茬。1992 年回校攻读骨外科学硕士研究生，接触人生的第一节医学科研课也是钟老师讲授的科研选题，而专业基础课程就是临床解剖学，连学位课题也在生物力学实验室完成。那时候我已经知道，作为外科医生，此生最亲密的专业应该就是临床解剖学了，所以 1996 年直接拜师入门，成为钟老师的博士研究生。一切都是机缘巧合，我成为钟老师的入室弟子，亦有了一位真正的人生导师。

能近距离地接受钟老师院士的“跨学科培养”，确是一大幸事。博士三年，钟老师给我们讲授更多的是科学和人生的哲学，其中印象最深刻一点是，钟老师语重心长地告诫我们，要成为适应型人才，这个国家、这个社会、这个时代、这个环境需要什么样人才，就要成为什么样人才，要“顺势而为”，而不要“两耳不闻窗外事，一心只读圣贤书”。博士毕业后留校工作，当有解不开心结时，就会不由自主地走到钟老师办公室，静静聆听一会儿老师的点拨和教诲，便“如坐春风之中，仰沾时雨之化”，内心多一分宁静，思想多一分启悟。自己天资并不聪颖，但在钟老师身边工作、生活和学习，不时得到老师的指导，因此不至于迷失前行方向，乃三生之幸。

临床解剖、生物力学及生物材料是脊柱外科的三大基石。“近水楼台先得月”，利用解剖学教研室的平台，我先后主持了几期国家继续医学项目“脊柱内固定术的临床解剖”学习班，萌发了主编一部有关“脊柱内固定术临床解剖和生物力学”专著的设想。师从临床解剖学大师，我想能给老师一点慰藉的，就是把老师的事业在自己的本职岗位上发扬光大。2010年获得科学出版社的出版立项，并建议书名更改为“脊柱内固定学”。从“脊柱内固定术的临床解剖和生物力学”到“脊柱内固定学”，之间有很大的跨越，自己心里忐忑不安，我又不由自主地走进钟老师的院士办公室。钟老师笑笑说：“生个孩子，且不论长得如何，好歹名字要起得响亮一点。要对自己有信心！”

在钟老师的鼓励下，经过近两年时间潜心写作，2011年10月，共148万字的《脊柱内固定学》全部完稿。“好的艺术家模仿皮毛，伟大的艺术家窃取灵魂。”（毕加索语）我有点沾沾自喜，总算完成一项“窃取皮毛”的工作。我请钟老师为该书作序，钟老师欣然同意，并很快将序言寄来。

序言第一句是：“‘碧海无波，瑶台有路’。这部《脊柱内固定学》专著描绘了科学技术传承与创新的关系，陈述了在批判中传承、传承中创新、创新中发展、发展中超越的历史。”我觉得钟院士不仅向我讲授科学史的故事，也是向我传授人生追求的哲理。序言结尾，以欧阳修词起，“‘今年花胜去年红，可惜明年花更好，知与谁同？’愿创新之花常开，徜徉创新的海洋，激发创新的欲望，迎接更美的明天。”“创新”是这篇序言的主题，也是钟老师学术思想的头条关键词。读钟老师的序言，我深切感受到老师依然保持一颗青春的心，或许就是这种“创新”思想使然。生活本身就是平淡无奇，假如也能经常添加一些“创新”的作料，人生定会多姿多彩。

2011年12月，我受国家派遣，远赴西部非洲的加纳共和国执行援非任务，在加纳大学医学院克里布教学医院担任脊柱外科医生。援非生活同样平淡无奇，只是属于自己支配的时间更多了，内心也清净不少，因此就拾起久违的笔头，将自己的所见所闻、所思所想均以“援非日志”形式记录下来，其中部分内容发回国内，作为自己援非工作汇报。2012年5月，钟老师作为研究生学位论文答辩主席，来到南方医院脊柱骨科，看到我写的这些材料，认为这些材料一改过去那种内容干瘪、废话连篇的工作汇报，图文并茂，内容精彩，遂叮嘱科室及时将我的援非工作汇报抄送他一份，同时鼓励我要笔耕不辍，将来可以结集出版。

2013年7月，我选取30多篇散文随笔，取名《心儿向着远方——我在加纳的援非经历》，交由花城出版社出版。这是中国医疗援非50年历史上第一部援非纪实散文集，也是第一部在任中国医疗队队员创作的援非散文集。我有点沾沾自喜，心想这下应该算是“窃取筋骨”了。我请钟老师为之作序，钟老师欣然同意，没几日我在非洲收到了钟老师写的序言。

本来，我想请钟老师讲讲医学人生与文学情怀，但钟老师说不能喧宾夺主，谦逊人格可见一斑。钟老师在序言中写道：“‘人不可貌相，海水不可斗量’。医学职业中，骨科医生曾被认为是‘粗人’……现在，又有骨科医生拿起了笔杆子，呈现的是‘满腹经纶’的散文集，看来不能不对骨科医生这个群体‘刮目相看’。”我窃喜能得到钟老师的夸奖。文中一句，“衣钵相传岂是真，文章只得方为贵”，那就是对我个人的谆谆教导了。而序言结尾，“‘大医精诚，杏林春暖’，我为这本援非散文集出版叫好，为瞿东滨医生的文学情怀叫好：‘洛阳亲友如相问，一片冰心在玉壶。’”则让我有点受宠若惊。我清醒知道，那是老师对我的鞭策，也是对所有从事医生职业学生的殷殷期望——“大医精诚”！我想，这也是今后要更加努力的目标，真正的“窃取灵魂”——学习钟老师的“仙风道骨”！“修炼多从苦处来”，我岂敢再沾沾自喜！

我可能属于众多学生中比较幸运的一位，主编医学专著、创作散文集都能得到钟老师亲笔作序，尤其文学作品中竟有中国工程院资深院士的墨宝，这是莫大的殊荣。“纸上得来终觉浅，绝知此事须躬行”，人生即修行，要学习的东西很多，要做的事情不少。“高山仰止”，钟老师的思想会指引我在人生路上奋力前行。

2014-05-13

对于候鸟来说，期望只是一个模糊的概念，他只知道期望在远方，所以他总是微笑着飞向远方。他知道，只要有人生存的地方，他一样可以在那里生存；只要有人快乐的地方，他一样可以在那里找到快乐；只要有人与人相爱的地方，他一样可以在那里被爱和爱人。因此，他欢快地飞向远方，纵然这一路前行，可能会遍体鳞伤……

——摘自援非散文集《心儿向着远方——我在加纳的援非经历》

越洋后送

1

当我再次见到杨毅（化名）时，已经是两年后的 2015 年 3 月 12 日。当然，空间亦已变换，不是在非洲的加纳，而是在中国广州的南方医院。

此次，杨毅从非洲加纳回国，要住院取出两年前骨折手术植入体内的内固定物。

杨毅坐在病床上，还是那样小小瘦瘦的结实个子，略微黝黑的皮肤，一双小小的眼睛依然属于那种逆来顺受的眼神。见到我走进病房时，杨毅脸上露出憨厚又带点腼腆的微笑，双手仓促间不知想举起还是要伸出，有点像未见世面的农村男子，嘴唇抖动几下，也没有说出什么话来。

我说："很高兴在国内见到你。这两年还是一直在加纳？一切都好吗？你妻子也和你一起在加纳工作？现在那边的采金工程还好做吗？"

我有点激动，竟忘记了主任医师查房不能闲扯太多无关的事情。

杨毅忙着点头："现在比两年前好多了。"

"胳膊、腿活动怎么样？日常生活、劳动有没有影响？"

两年前杨毅的腰椎及胳膊受伤骨折，所以这功能恢复如何，才应是我这个主任要关心的内容。

杨毅从病床上跳了下来，站在地上，一边随心展现其四肢活动的灵活度和力量，一边兴奋地说：

"一切都很好！"

"现在这一手可以提走好几块金砖了。"

杨毅还是憨厚地笑着，眼睑连续眨巴几下，最后才挤出一句："我老婆让我说，我们……我们全家永远感谢您、永远记在心上！”

我对杨毅笑一笑，说：“谢谢！不必客气！我们医生也只能做点医生要做的事。大家都在非洲，都在加纳，这也是我们有缘。”

的确，这世界免不了“运气”二字。既有“运气”，就有“不幸”与“幸运”。而这幸运，必须“有缘”。

在非洲加纳有一群来自中国的农民群体，他们的职业是在加纳挖矿采金，故有一个特殊的身份名称——采金客。从古到今、历朝历代、国内国外、世界各地，这与“采金”挂钩的职业从来就不是那么显赫荣耀，而是处于社会的最底层，无不充满诱惑与危险、阴谋与欺诈、苦难与血腥。这群在加纳的采金客也摆脱不了这样的命运。

这位来自广西的杨毅就是其中一员。两年前，可怕的事情发生在这个处于社会最底层的杨毅身上，杨毅在加纳遭受车祸重伤。他的工友找到了驻加纳中国医疗队，请求帮助。后面的事情就是一段“有求必应”的缘了。

所以，我诚恳地对杨毅说：“要说感谢，那要感谢中国援非医疗队。中国医疗队是政府派出的，你说要真正感谢谁呢？”

杨毅没有更多迟疑，说：“这大道理，我也明白。但是……两年前，假如没有你回到加纳……”

杨毅没有说下去，只是一直摇头，眼里闪现出一丝恐慌，因为“不幸”与“幸运”都是在一刹那间转换，对他来说，或许更不敢想象那种“不幸”的场景。

“假如……没有假如，我们就是有缘！”

假如无缘，一次并不寻常的越洋后送怎么会发生在这个普普通通的农村工身上呢？

2

2013 年 9 月 8 日，周日。这天，我回到加纳，算是第 3 次入境加纳了。

8 月 7 日晚，我临时回国回到广州。父亲罹患结肠癌并肝转移，已从福州转到我的工作单位——南方医院住院。我必须回国确定最终治疗方案，当然不是作为专家医生，而是作为具有医学背景的病人家属。父亲于 8 月 12 日在南方医院接受了腹腔镜下结肠癌切除手术，手术非常顺利，术后恢复良好。9 月 2 日父亲入住肿瘤科进行后续化疗等。1 个月假期匆匆过完了，赶忙回到加纳，继续完成自己的援非任务。

当地时间11时，阿联酋航空EK787航班准时到达阿克拉科托卡国际机场。办理入境通关时，见到入境大堂一侧有50多人的中国农民工团队整齐列队聚集一起，正在聆听一个领头的介绍事项。没想到与自己同机来到加纳的还有这么多同胞。这与几个月前的情景截然不同。

那时每天都有成百上千中国农民工聚集在科托卡机场，其中一大部分是采金客，不过是在出境大厅里。在加纳这个小国，短短的一个多月时间里，近8000的中国农民工陆续从这个科托卡机场被遣送回国，这个事件在加纳国内轰动一时，在中国国内也轰动一时。现在，随着加纳最高法院对2012总统选举案判决的尘埃落定，国内矛盾暂时平息，加纳政府的心思也回到经济建设上来了。非洲的经济建设除了金钱外，或许少了这些中国农民工还真的不行，因为全世界只有中国农民才是最能吃苦耐劳的群体！去欧洲、美国、日本，能招到那么多工人去非洲长期工作，而且是在生存环境恶劣的偏僻的非洲农村工作，那可能只是一个梦想！当地黑人不说其缺乏技能，也缺乏勤劳本性，动不动还兴罢工争取权益等，许多基础建设工程只有一拖再拖，这对于拥有“时间就是金钱”价值观的人们来说，更是觉得难以承受。我想，从这几十位入境的中国农民工可以看出，沸沸扬扬一时的“中国采金客”事件已经过去了，因为中国农民工又开始返回加纳了。

那些日子，在加纳这么一个并不辽阔的地方，这一下子走了8000人（实际数量可能比这数字大，因为还有跨境到邻近国家的），这对当地经济影响很大。我一直负责医疗队的伙食采购，在中国人的商场里见到许多从库玛西市运过来的蔬菜，因为当地许多中国人离开了，蔬菜销售不了，只好转运到阿克拉来，因此价格便宜不少，我们心里暗自高兴会儿。一家中资企业老总说，即使就这8000人，每天要吃掉多少头猪啊！（达主任在库玛西市办农场养猪，可能也是为了卖给当地工作的中国人）。他还提起一事，原来他打高尔夫球时认识一个球童，关系不错，后来那小兄弟嫌工资收入低，就去了一家中国饭店，那些有很多Chinese madams（中国女性）。但是最近中国人走了很多，花钱的主没有了，这些Chinese madams也走了，只剩下Ghanian madams（加纳女性），所以小费收入也少了可怜，就想回来继续当球童。我在加纳新闻网站上还看到，那些中国采金人被遣送回去后，当地社会工作者（在国内称为“失足女性”）向记者抱怨收入有明显影响，已经影响到她们生计了，因为她们也要养家糊口。

等候行李时间较长。真担心又发生上次乘坐埃塞航空那样发生行李遗落事件，事情虽小，但比较闹心。这次行李中也没有什么值钱的东西。临走前，与妻子一起到超市买了几百元的食品，包括糖果、花生、牛肉干、鱿鱼丝、葡萄干以及旺旺雪饼等，要给加纳朋友带点小礼物。中途迪拜转机时，买了几包巧克力，准备送给达主任和手术室护士。科室同事送的三盒广式月饼，一并带上，给医疗队队友尝尝。再带上一本自己主编的《脊柱内固定学》，准备撤离前送给 Wepaba 医生作为纪念。还有一支从手术室拿着用于修补脑膜、硬脊膜裂隙的“耳脑胶”，中国产的，作为样品给 Wepeba 医生，如符合他们的要求，就让他们自己去中国采购。嗨，这也是援非的一种方式嘛。整个箱子里物品价值不上 1000 元。临走时，戏谑地对妻子说，从非洲回来，两个箱子装得满满的，都是 30KG；回到非洲时，只有 1 个箱子，也才 19KG。这到底是中国在援助非洲呢？还是非洲在援助中国？

终于见到输送带优哉地送来我的箱子。过海关时，再开箱检查一遍。那个海关女官员有点吃惊：“这么简单的行李？都是一些吃的啊！”

我介绍说：“是的。我是中国医疗队医生，在（加纳大学医学院）克里布教学医院已经工作一年多了，这次只是短期返回中国，所以没有太多行李。”

在加纳，医生的地位很高，在克里布教学医院工作的医生，更是加纳顶级的医生。那女官员的眼光一下子变得十分柔和。我顺手拿出一包花生糖送给她，她高兴地咧嘴一笑：“欢迎又回到加纳！”

医疗队翻译老彭已经在到达厅等候。队里人员接送的活，常常都是他在兼职。上车后，老彭就告诉我：“有一位中国人车祸受伤，已经入住克里布医院三天了，现在正着急地等待你回来，做出最终的治疗决定。”

我说：“拜托了老兄。这一个月我马不停蹄，十分疲倦。这 20 小时的飞行，也没睡着，又饥又渴又困又累，你能不能先帮我解决一下这些问题？”

老彭看到我的倦态，抿嘴一乐：“应该、应该！好，已经安排好了，先去翠竹园吃点、喝点，然后回驻地休息会儿……”

“再让我倒一下时差！”

3

晚上 7 时，我在睡梦中被叫醒。

我迷迷糊糊地从床上起来，心里嘀咕着：“病人已经受伤多日了，不会有什么生命危险了，哪用得着这么着急呢？”

老彭看到我睡眼惺忪，有点歉意地说："不得已把你从床上叫起，病人很着急，已经等你好几天了。等把这事情办完，你再继续睡吧，愿睡多久，就睡多久。"

我无可奈何地说："想得美！在我们这个岁数，已经不是想睡就能睡的时候了。完了，美梦醒来——是晚上。走吧！"

"那我们走起！"

老彭驱车，带着我和另一名队友一起到了克里布教学医院急诊科，见到了那个男性病人。这个病人就是杨毅。

杨毅小小的个子，平卧在床上，左侧胳膊被厚重的石膏固定着，在我走进急诊科观察室时，他那双小眼睛一直都在追随着我，我见到杨毅眼里那种颇为熟悉的逆来顺受的眼神，熟悉中国农民的人都可在广大农村看到这种眼神。在这种眼神中，我见到了一丝难以觉察的光芒，那是我所熟悉的病人对于医生的希望、期待与请求的眼光。看到这种眼光，我身上的疲惫与困意顿时一消而光。

杨毅来自广西南宁市邕宁区的郊区农村，36 岁，是一位 7 岁女孩和一位 3 岁男孩的父亲，来到加纳已经两年多时间了。据陪伴杨毅的工友介绍，他们是一家中国与加纳合资的投资公司员工，从事机械服务、物流及房地产，总部设在加纳的塔科拉迪市，杨毅为公司的机械维修工程师。我心里十分清楚，杨毅绝对是一位地道的中国农民。不过，在国外，这种典型的中国身份成分区分毫无意义，都是劳动者 laborer（劳动者）或者 worker（工人）。在我们医生眼里，更只有健康者与病人之分了。

"怎么受伤呢？"我首先询问杨毅。

9 月 4 日下午，杨毅在库玛西市出差时遇到车祸。说起这段经历，杨毅依然惊魂未定、心有余悸：

"当时我坐在比较破旧的士车的后排，没有系安全带（好像没有找到）。库玛西市的道路比较陈旧，路况很差，路面经常有坑坑洼洼，有的路段还在改建中。那黑人司机开车很快，我们的英语又不好，就知道说'Slow! Slow!'我们不清楚那个司机听懂没有，就是觉得他越开越快，可能以为我们是嫌他开得太慢了，拼命踩油门。我们只能紧紧抓着前排靠背。经过一个拐弯路面时，又遇上路面有个坑，车辆就弹起侧翻了，以后就不知道了……据说，被人从车里拉出来，送到当地医院。我醒来时已经在库玛西市的医院里。"

"噢，是在库玛西市受伤的。"我无意识地点点头，似乎在确认自己心中的某种看法。库玛西市是加纳仅次于阿克拉的加纳第二大城市，但比阿克拉市更加古老。一年前，我曾作为中国大使馆的医学代表参加了被加纳军警误杀的一名中国农民"采金客”的法医尸检，到过这座城市。在这座城市里，生活着相当一部分中国人（可能比阿克拉还多），除部分从事基础建设的国企员工外，大部分是来自中国广西上林、湖南邵阳、黑龙江等地的农民，他们在当地从事一项古老的工作——淘金，故被称为中国“采金客”。

不过，这不是我现在要关心的问题。“的士车有没有撞扁？散架没有？噢，没有！那比较幸运。”作为骨科专科医生，我要从杨毅的描述中，还原出当时他受伤的情景——“坐在后排……高速运动车辆……侧翻……被拖出来……”

这是骨科职业的要求，我们甚至比法医更关心遭受损伤的暴力、能量大小、作用部位等，可以评估骨折损伤的严重程度，尤其有无合并其他重要内脏损伤。

幸运的是，这场车祸仅导致杨毅的腰椎骨折以及左上臂肱骨骨折，没有生命危险。更幸运的是，并没有因为骨折而导致严重的脊髓和外周神经损伤，大小便功能好，双下肢活动好，双手活动亦正常。假如车辆侧翻时出现撞击，假如不专业的现场救护导致骨折移位，那后果就难以想象。这也是让人感到后怕之处。

第二天，杨毅从库玛西转送到阿克拉市的克里布教学医院，并联系上驻加纳中国医疗队。中国医疗队仅我一名骨科专科医生，所以病情评估如何、怎么治疗、下一步怎么办，这些问题都要等待我从国内回来后来定夺。

杨毅用右手紧紧握着我的左手，有些激动：“见到了中国医疗队，心里……没有那么恐慌，相信……自己有救了。我害怕……害怕像那些同胞一样，一场车祸命没了，或者伤残了，那老婆和孩子……靠谁来供养啊！”

“你放心。我们会尽心尽力的。”

杨毅的眼睛一直看着我，好像生怕我会逃离。

不仅杨毅的眼睛注视着我，我感觉到有好几双眼睛在注视着我，也包括我自己的一双眼睛。

杨毅的骨折有两处。一处是腰椎，第1腰椎椎体骨折，压缩1/2，骨块部分突入椎管，脊柱后部结构完整没有破坏。检查时看了腰部软组织情况，局部没有血肿形成，说明韧带结构正常，脊柱稳定性尚有保障。另一处是左侧肱骨（左上臂长骨），这处骨折就相当严重。肱骨骨折断成三截，中段一段为大块旋转骨折骨块，肱骨上段骨折块还出现纵向劈裂，至肱骨头部（肩关节），因此属于复杂的骨折。

这两处骨折都需要进行骨折复位、内固定的手术治疗。现实的问题是，我如何决断安排这种治疗？决定权在我这里！

杨毅看着我的那双眼睛比较单纯，那就是希望得到真诚的帮助，得到最合适的治疗，能治好病，保住功能，减轻伤残，恢复工作。这点，我深深理解。

有几双眼睛来自中国医疗队，甚至使馆经商参处以及国内驻加纳的媒体记者，当然也包括老彭翻译。翻阅中国医疗队援非历史，能记上一笔的，都是在当地完成首例手术、重大抢救成功等。只有这些才会得到国内以及当地媒体的重视，才会有所谓的社会轰动。即使上一批援加纳医疗队，也是完成了一例尿道镜取石手术，就为他们的援非工作写下浓墨重彩的一笔。因此，他们也希望我能够在克里布教学医院完成一些手术，可以为即将完成的两年援非任务画上圆满的句号。无论为非洲人民服务，还是为自己同胞服务，同样都值得大书特书。

有几双眼睛来自我的加纳医生同事。或许他们想得没有我们那么复杂，只是想看看我们这些中国人如何帮助自己的同胞，假如连自己的同胞都不施援手，那“大爱无疆”万里迢迢跑到非洲去援助非洲人民岂不就是一场“国际秀”？

而最关键的那一道眼光却来自我自己，我也在注视着自己。说实在的，我可以在加纳为杨毅实施腰椎骨折的固定手术，手术难度并不大，各项条件也具备。但是我无法在加纳开展杨毅的肱骨手术，即使我可以完成此类手术，因为加纳卫生部给我颁发的执业医师证书只是“spine surgeon”（脊柱外科医师），而不是“orthopedic surgeon”（骨科医师），这涉及行医的合法性问题；其次，加纳的骨科内固定器械不全，许多内固定器械需要向国外预定，等到这些器械邮寄到加纳之后，才能开展手术（中国国内不存在这个问题），而对于此类复杂骨折，如果这些内固定器械不齐全或者不匹配，那就会骑虎难下，草草收场。

——“那先把病人腰椎手术完成了，这样病人可以走着出院，再回国接受胳膊肱骨手术？”

这对各方都好交差，我个人也可以因此获得更大、更高的荣誉。因为这有新闻的“卖点”，况且恰逢中国援非医疗50周年大庆，即使只是为一名普通同胞服务，但放在非洲、采金、农民等等背景下，亦可以发掘出众多新闻点，我可以借此“大名远播”，什么先进、优秀、最佳等等之类的荣誉接踵而至，最后就是——名利双收！

“多好啊！”我不禁苦笑地摇摇头，让自己从幻觉中清醒。我可以从中获得个人荣誉，但病人呢？如果等到腰椎手术完成之后，等病人康复出院了，再回国做肱骨手术，那就错过骨折治疗的黄金期，骨折周围骨痂形成会影响骨折复位及正常骨折愈合，无疑影响上臂及关节功能，增加病人伤残度。只有回国治疗，才能使病人得到最合适的治疗，病人目前全身情况良好，可以越洋后送。

个人荣誉……病人伤残……这二者之间的选择已经用不着太多的迟疑。

“回国手术治疗！”我双眼平静地注视着杨毅说。

“如果选择从广州入境，我可以负责联系到我们南方医院手术治疗。后送治疗，无缝对接！”我又加了一句。

我看到杨毅的眼里闪着泪花。

4

告别了杨毅，我一身轻松地走出急诊科。天上星星与月亮都显得那么高远，只有大西洋吹来的阵阵海风，让自己身心从里到外倍感凉爽和舒坦。

杨毅的工友小林紧跟在我的身后，口里不停地说：“谢谢！谢谢！”

我说：“比起在加纳，回国可以得到更好的治疗。这是最好的选择。”

工友小林说：“我们也是希望能回国治疗。国内杨毅家人焦急万分，每天都是提心吊胆、胆战心惊，他们家全靠杨毅一个人。能不能回国治疗？回国要到哪家医院治疗？又不熟悉大医院，怎么去托人、找人？到了机场，又怎么转到医院？他们心里越想越没谱，越想越担心。没想到你一回到加纳，这么多国内、国外的问题一下子就解决了，真是遇到贵人啊！作为工友，我们非常感动、非常感激啊！”

工友小林系广东潮州人，原在深圳某家报社工作，因超生而主动辞去国内工作，刚到加纳半年，主要担任翻译的工作。

我说：“我们不用客气了。大家分工协作，你联系好航空公司，飞机落地后对接由我负责联系。”

小林说：“好、好！这下我们真正吃上一颗定心丸了！”

突然想起一件事，我停下脚步，小林也停步不前。我问小林：“你们在库玛西项目也是与采金有关吧？”

小林点点头：“确实是从事采金项目。所以，我们也担心我们这种身份，不是实力雄厚的国企，又没有什么显赫的背景，就怕不会得到你们的帮助。现在看来，我们这种担心是多余的。”

我也点点头：“这种担心确实多余，因为我们都有一样的背景——中国！”

说这话时，我心里不由自主地涌起一种自豪感——作为中国医疗队医生的自豪感。一个人能代表祖国出征的机会并不多，自己能获得这样一次机会，有时觉得自己不乏崇高的情怀，故偶尔也独自陶醉在这种崇高的情怀之中。

回想起机场入境大厅见到农民工回流，我问小林："你们一直没有被遣送回国吗？"

小林说："那时候，我刚到加纳不久，不能回去，而杨毅他们则是回不去。"

小林刚到加纳不久，就遇上加纳政府开展的取缔中国人"非法采金"事情。中国人采金项目主要位于加纳中北部地区，首府为库玛西市的阿散帝省是重点区域。一些中国人从当地部落酋长手中购买采矿权，然后组织金矿采矿施工，工人来自中国国内与加纳当地农民。杨毅他们主要在金矿采矿设备中有投入，多数在国内亲戚、乡亲中众筹、举债等获得资金，然后到加纳投资。加纳取缔非法采金事件中，那些采矿工人可以被遣送回国，但是杨毅他们走不了，因为那些采矿设备就是他们的全部身家，没有这些设备或者这些设备被破坏了，那他们就倾家荡产了，所以他们只能拼老命留守下来，看护这些设备。后来，他们就与加纳合作方一起在塔克拉迪成立公司，将这些设备合法化。现在，情况已经有所改善，杨毅他们一起想如何恢复生产。没想到就出了这场车祸……

"不容易！中国农民为了生存，不容易！"我从农村来，对此深有体会。

可小林的神情却一下子黯淡下来，我有点疑惑："怎么？很担心自己安全啊？"

小林摇摇头，长叹一口气说："我并不担心自己什么，来非洲之前，就已经想好了。我只是想起这次加纳取缔采金事情，心里就觉得窝火，因为点燃导火索、扣响扳机的竟然是中国国内媒体……"

"噢？"

小林轻声地告诉我这事件的真实原委，生怕旁边那些加纳人也会中文似的："中国人在加纳采金工程进展较快，确实对当地生态环境有较大破坏和影响，后期已经重视治理了，加纳政府心知肚明，默许这些开采活动。去年大选前后加纳政府集中整治，取缔了一些非法采金点，收容遣送了一些逾期居留的中国采金客。本来事件已经告一段落了，但是中国国内媒体却再次点燃导火索，引爆了这次大规模的国际事件，直接损害了中国国际形象，也伤害了我们这些苦苦在国外求生存的人。"

"那怎么说，国内媒体扣响了射向中国人的扳机？"

"……大背景是加纳大选后最高法院对选举结果的裁决诉讼，国内各派别政治斗争的白热化，国际事件容易成为斗争的手段。你知道，5月14日国内某经济导报发表发自深圳（不是发自加纳的，小林还强调一声）的记者文章宣称，中国人每年从加纳赚10亿元，5个上林人成为亿万富翁，从加纳回来的广西上林暴发户刚到香港就电话预定世界顶级豪车，俨然就是从非洲回来的富翁。凭自己曾经在报社干过，我当时的唯一感觉就是要出事了！尤其，文章玄乎其神地炫耀着中国人的幽默，称之为‘上林帮’，还说他们为了保卫自己金矿，持有枪支武装，并曾发生枪击事件。”

我也读过这篇报道，还专门在 facebook 个人网页上截屏留存。

小林继续说：“5 月 17 日加纳当地报纸就引述该文进行报道，题目是 Chinese men strike 1bn yuan worth of gold from Ghana。Strike，什么意思？那是暴力掠夺！‘上林帮’怎么译？那是‘Shanlin gang’。英文 gang，什么意思？那是黑社会有组织团伙了，而且还有枪支武装。不久，加纳政府因此召开最高级别的国家安全会议，视这些非法采金为‘国家威胁’。所以，我将加纳当地这篇英文报道转发国内该媒体，很气愤地写上一句：‘因为你们不当报道，让加纳的上林人面临着灭顶之灾。’”

顿了一下，小林又说：“后来，事实证明就是如此。因为证据是从国人报道出来的，加纳政府还省着去调查取证。要知道 10 亿人民币财富对于加纳是个什么概念？那是加纳政府财政收入近 1%。中国口口声声援助非洲，帮助非洲人民，而就一个“非法的采金活动”就将 1% 的财政收入掠夺去了，加纳人民能不起来反对吗！国内报纸还刊载这些采金人拿着金块炫耀的照片，哪有不引起加纳人的愤怒。现在网上国人大发雷霆，辱骂加纳人什么‘忘恩负义’、‘恩将仇报’、‘反华屠杀’，都是瞎扯！怎么不说，这些事都是中国人自己在搞自己呢？害中国人的恰恰是真正的中国人！”

小林说到后面，有点激动，有点慷慨激昂，甚至义愤填膺，差点就咬牙切齿了。

我心中确实为此感到有点心寒。因为中国媒体眼中几乎只有“权”与“钱”，不是跟着有权有势的屁股转，就是跟着金钱财富的屁股转。有谁去关注那些在底层苦苦生存的人呢？有谁去关心新闻的真正价值在哪里呢？有谁去在乎媒体的底线在哪里呢？有谁去思考媒体人的节操又在哪里呢？

小林停了会儿，苦笑地说：“很不好意思，刚才有点激动。不过，我庆幸自己跳出了这个媒体圈。现在国内还有一些人认为宣传有对内宣传、对外宣传，都什么年代了，宣传上还要闭关锁国，那一套早就行不通了！连老外都知道，在中国国内看到的、见到的、读到的都是真实的，而拿到国外宣传的，都是裁剪的，简直就是忽悠外国人的。”

一层浮云飘过，遮掩一些淡淡的月光。我没有说什么，让我慷慨激昂的年龄已经过去了，自己现在能做些什么，这关乎自己的事，而声讨别人应该怎么做，似乎早已是过去的事了。

“说多了，耽误你休息了。哦，差点忘记了……”小林长吁口气，脸上露出歉意神情。

在淡淡的月光下，小林偷偷地往我手中递来一个大信封，轻声地说道：“这是应该的、应该的！”

我拿着这个大信封，掂量一下，有点沉甸甸的，微笑地说：“这是美金，还是加纳塞地？”

不等小林回答，我随手将信封递还小林。远处传来早已熟悉的大西洋涛声。

5

2013年9月10日（周二）。

这天对杨毅工友小林来说，显得特别忙碌。他要在克里布教学医院与航空公司代表处之间来回奔跑数次。先到航空公司咨询后送流程及材料准备，再到医院出具医疗报告及转院文书；再返航空公司商定后送航班日期，递交广州接收医院资料（包括全称、地址和联系电话）；最后预付所有费用，航空公司予以确认。我强烈推荐杨毅他们选择阿联酋航空公司，我已经3次乘坐这家航空公司飞机往返阿克拉与广州，了解他们的服务水准。在此之前有两家中资公司受伤人员后送，也是选择阿联酋航空公司。

国际病人空运转送（包括遗体灵柩运输）对航空公司来说并不鲜见，但程序相对烦琐，尤其是担架空运，需要走特殊通道，由货舱升到客舱，故当天执行航班需要拆除后排座位，以安置担架。像阿克拉到广州之间航行，需在迪拜中转，因此阿克拉—迪拜以及迪拜—广州间执行航班均需拆除后排座位，而航空公司要在迪拜拆除航班座位后飞阿克拉，这对航空公司来说也是很烦琐的工作。但是，阿联酋公司这点做得很好，是我们学习的榜样。自然这趟航行的费用亦不菲，前些日子有两位病人后送，费用均达单程5万美金以上。或许对于无价的生命与健康来说，这些中资企业，甚至杨毅这些私企，都不会吝啬金钱（后来有位中企员工胸腹部外伤转运到南非救治，就联系SOS医疗救援包机，费用更加高昂）。

当天晚上，小林给我来电，疲惫的语气中透出一分如释重负的欣喜：“已预订阿联酋航空公司9月16日（下周一）航班从阿克拉飞往广州，阿联酋航空将派出随行医生负责飞行过程的医学保障。”

“那好，后面由我来联系。”

晚上11时（北京时间下午3时），我给南方医院组织人事处李瑛副处长发出一则短信：

一华人因车祸致腰椎骨折和肱骨骨折，无神经损伤，拟下周一从加纳空运回国到我院手术治疗，需救护车接机，请予以大力协助。具体情况待后详报。多谢！

“放心！全程跟进，全力保障！”短信回复更加简洁明了。有时候，我庆幸自己曾当过军人，因为军人的作风让我们这些人受益终身——办起事来，从不拖泥带水！

一封邮件亦发给我所在的脊柱骨科……

后面的事情就这么顺理成章了。

2013年9月17日（周二）。北京时间晚上10点10分，阿联酋航空公司EK362航班稳稳地降落在广州白云国际机场。

机场急救中心救护车就驶向客机后部。杨毅躺在运输担架上，从机舱后部缓慢地降下来，搬运到救护车上。

救护车驶向白云机场27号门，南方医院救护车正在那里等候交接。在车上，有来自南方医院脊柱骨科的程博士和护士，还有从广西南宁提前到达广州的杨毅妻子。

救护车载着在加纳受伤的杨毅驶向广州市距离白云机场最近的三甲医院——南方医科大学南方医院。

这天加纳时间（时差8小时）14时30分，午睡半个小时，就起来了，因为心里有个挂念。这时候杨毅应该已经到达广州了？这一趟后送能否顺利交接？国内没有来电，我只能耐心等待。15时许QQ来消息，交接过程顺利，杨毅已入住南方医院。

18时35分，收到杨毅妻子的短信：

瞿教授您好，我是杨毅的爱人。这边得到你们的帮助，已经都安排好住院了。对您的感激无法用语言来表达。当知道有你这位医生回到加纳时，我们每一个人就好像抓住了救命的手，万幸能碰上您这位贵人了。谢谢您的帮助。谢谢您仁慈的爱心！祝福您好人一生平安。

半夜入睡时，短信声让我又睁开眼睛，一看是妻子来的，祝生日快乐。噢，原来今日是自己身份证上登记的出生日子。人生从这天，迈入47.1岁了。在自己生日时，能收到一个病人的祝福，倍感心中说不出的喜悦——举杯，为自己祝福！

6

这次杨毅回国，在南方医院完成了内固定取出手术。住院7天，就出院了。返回广西老家休整几周，就会返回加纳。

早上查房时，我走进杨毅的病房，与杨毅话别。

“代向你妻子问好！祝你们大家在加纳生活平安、幸福、愉快！”

杨毅看着我，脸上露出憨厚又带点腼腆的微笑：“谢谢你们！我、全家不会忘记大家的！”

我不禁地调侃说：“挖到金子，挣到钱，你们心里偷着乐就行了。千万别抱着金块，登上国内报纸网站，全世界土豪都是要挨打的。”

杨毅还是那点微笑：“我们、农民，没有那么多想法。现在加纳，我们、也很守法……”

“昨天看到新闻，加纳塞地贬值很厉害，你们在那边，也不是那么好挣钱吧？”

“我们、农民，能比在家里多挣一点，就好、好……”

“那——就——好！”我握着杨毅的手，会心一笑。

2015-07-21 修改

少年时有理想，有梦想，也有幻想；青年时也有理想，也有梦想，还有幻想；人到中年，理想没有了，但梦想还在，幻想还在。理想在远方，在山那边的地方，在海那边的地方；梦想也在远方，在遥远的天边，在人迹罕至的远方；那些幻想更在不着边际的远方，脚步不能到达，只有心可以神往……

——摘自援非散文集《心儿向着远方——我在加纳的援非经历》

其实理想

（一）其实理想

一个研究生毕业了，没有考上博士，没有找到城市里理想单位，回到老家一家县级医院上班。他给我来封邮件，哀叹自己对于前途感到十分迷茫。正如一本书的书名叫“谁的青春不迷茫”，迷茫似乎属于青年人的专利，哪个青年人没有迷茫过？这不足为奇。他坦率地告诉我，这种迷茫就是来自现实与理想之间的巨大反差。我不禁苦笑——都是理想惹的祸！

或许我们的教育过于正统，总以为理想犹如其字眼一样，总是那么美好，因为美好，所以要形影相随；或许我们接受的教育过于理想，总以为这世间的一切，只有想不到的，而没有做不到的；或许我们让教育给自己的生活赋予了太多的内涵，总以为这天下万物都是如此，不知不觉间，我们才发现怎么步履如此沉重……

等到哪一天，当我们走进一间静室，没有了心中的浮躁，卸掉身上的背负，冥思静想自己走过的人生——

你一定不会记得，父亲曾经因为你的淘气而掌挨你的屁股；你一定不会记得，老师因为你没有完成作业而责罚你站在课堂上；你也一定不会记得，曾经摔过的每一跤，即使鼻青脸肿、血流满面，除非那一跤现在还在摔……因为谁都不会带着儿时的怒气和怨恨去成长，否则早就失去心智，迷失了成长的方向。

你一定不会记得，可爱女同学最是那么纯情的一瞥和曾经的心动；你一定不会记得，在家长会上老师的夸奖和同学们的掌声；你也一定不会记得，你曾经发出的那些无拘无束的笑声，除非那些笑声还一直延续到现在……因为谁都不会带着儿时的多情和荣耀去成长，否则早就失去心智，在成长中有恃无恐。

但是，你一定会记得，儿时那一颗棒棒糖的香甜，可能记不清是父母外出时带回来的，还是邻家那个阿姨给的。那一缕香甜始终让你回味，想一想都让你不由自主地分泌口中的津液。那一缕香甜始终萦绕在你的心间，夜深人静时，都让你不由自主地露出会心的微笑。那一缕香甜始终伴随着你的成长，因为它已经将童年的幸福镌刻在你的记忆中。

假如在儿时，连一颗棒棒糖都没有尝过，那童年生活可能就是相当悲戚；假如连儿时棒棒糖的滋味都没有记住，那童年生活可能就是相当苍白；假如儿时的棒棒糖记忆都没有收藏，那童年生活一定乏善可陈。

其实理想就是那一颗棒棒糖，它会给人一种甜蜜。因为甜蜜，它让人感到这世界有一个东西，那叫美好。因为美好，它让人感到这世界上有一种力量，那叫追求。因为追求，它让人感到这世界上有一种成就，那叫收获。因为收获，它让人感到这世界上有一种体验，那叫快乐。因为快乐，它让人感到这世界上有一种回忆，永远地难以割舍。

所以，当我听到大学里或刚走进社会的青年人奢谈理想时，我会不禁地发笑，这并不是我的心田已经荒芜和苍老，而是我深深知道，其实理想仅是儿时的那颗棒棒糖。如果它存在，它早会根植于幼小的心灵中，伴随着你成长；如果它不在，以后也很难寻找到它的踪影，没有一个人在大学课堂中找到自己的理想殿堂，也没有一个人走进社会后才发现自己的理想原来在那里拼命地向他招手。

但是，理想也仅仅是一颗棒棒糖。孩提时，或许它可以为你提供一种向往，可以为你提供一段时限的能量，但是长大成人后就会明白，一颗棒棒糖的热量并不足够，无法充饥，人还是要吃一大碗饭，不管是粗茶淡饭，还是丰盛美餐。总归完全不能依靠那颗棒棒糖，否则身心就无法健康地发育，茁壮地成长。何况生活中并不是只有一种甜蜜的滋味，其他的滋味一样值得体验、尝试和回味。

当我听到一个成功人士对着一群人高谈理想时，我会不禁地发笑，这不是我的心田已经波澜不惊，而是我深深知道，其实理想仅是儿时的那颗棒棒糖。但并不是谁都能讲述那颗棒棒糖的故事，只有沉淀到最后还有故事的人，或许才有资格讲述那个棒棒糖的故事，只不过是原生态的，还是加了许多添加剂，那就不知道了。

其实理想，它只是留存心中的一个向往，或许跟你这一辈子的努力都毫无关系；其实理想，它只是收藏在心中的一段美好，或许跟你这一辈子的追求也不着边际；其实理想，它只是人生中儿时的那颗棒棒糖，给你一点甜蜜，只是为了让你能够保守一份童心和回忆。

没有哪一位美国总统，其年轻时的理想是成为一名美国总统。没有哪位军事家，其穿上军装的那一天就是梦想自己成为伟大的军事家，即使拿破仑说过，不想当将军的兵不是好士兵。没有哪一位成功的企业家，其年轻时候的理想就是拥有富可敌国的财富，可以天天晚上数着钞票入睡。没有哪一位科学家，其年轻时候的理想就是为了诺贝尔科学奖。即使是孙中山、鲁迅、郭沫若等，年青时代的理想无非就是成为一名可以挣钱养家糊口、生活体面有尊严、能够帮助到别人的医生，以后走上的道路绝对不是其年轻时所谓的“理想”，连梦想都不是。

其实理想不过就是一颗棒棒糖。但是，没有了这颗棒棒糖，或许在成长经历中，就没有了那份值得收藏的回味；没有那一份收藏的回味，或许在以后的人生中，就只有跋涉的苦楚，而没有艰辛的快乐。

其实理想不过就是一颗棒棒糖。长大成年后，走进社会后，不能整日将这颗棒棒糖含在嘴里，天天喊着理想去憧憬着未来。否则，棒棒糖会在嘴里变得乏味，最后味蕾麻木了，棒棒糖化了，毫无踪影。陶醉在理想中，空喊着理想，就会像挂在屋檐下的那刀肉，久久地被风吹干了。陶醉在理想中，空喊着理想，就会像路边那颗楝树，永远没有枯木逢春的时候。陶醉在理想中，空喊着理想，就像海浪一样不停地扑向沙滩，在大地上却总没有自己的位置。

其实理想不过儿时的一颗棒棒糖。当你长大成人时，你该如何对待这颗棒棒糖呢？继续把它含在嘴里，听着别人讲理想的故事，自己也在幻想着理想的未来，那一定是相当幼稚的。将它寄放在别处，可能自己也放心不下，毕竟是自己心中的一段美好。直接吞到肚子里，安全倒是挺安全了，只有以后连一个回味都没有了。因此，只能收藏在自己的心底深处。

因此，这世界上可以谈理想的，只有这么两类人。一类人是少不更事的少年儿童，正在品味理想这颗棒棒糖的甜蜜。另一类人，就是老了，能唠叨的只有理想了，其实就是儿时那颗棒棒糖的故事。只不过，现在许多年轻人已经不太买账了，因为时过境迁，很多人早就明白，既然不是“官二代”、“富二代”，那么自己的理想就是通过自己的努力和奋斗，寻找到在这个世界上属于自己的一片天地。当然，还有一类人也在谈理想，那是近乎宗教的狂热分子，但是他们那种追求似乎与理想无关，因为已经失去了心智。

青春是迷茫的，源自现实与理想的反差。但是，如果将这个理想的棒棒糖早早地收藏起来，就不会存在如此的反差了，那还会迷茫吗?

理想就是心底收藏的那一颗棒棒糖。当你疲惫不堪时，当你苦不堪言时，你可以将它拿出来，在嘴里含一口，轻轻地舔一下，只是为了那种儿时的熟悉回忆，让自己的心灵得到慰藉，振奋一下自己的潜能，而不是为了物质上补充能量、恢复体力。当你阔步前进时，当你乐不思蜀时，也不妨将它拿出来，在嘴边亲一亲，不是为了甜上加甜，只是为了那种儿时的熟悉回忆，让自己不至于迷失心智。当你无所事事时，当你浑浑噩噩时，你一定要记起自己还收藏着那颗棒棒糖，将它拿出来，凝视着它，想想那种熟悉的儿时记忆，让自己混沌的思想变得清晰，看看前方的道路，微笑自信地迈步前行。

把理想收藏在自己心底吧。一个人要在现实的人世间踏出最坚实的脚步，迈向前方，那才是真正的人生。让理想这颗孩提时的棒棒糖，暗自陪伴自己前行。假如那个前进方向与儿时棒棒糖的回忆相重合，那就是真正的幸福人生。

2013-07-05 初稿

2013-10-28 修改

（二）其实事业

孩时懵懂时代，举着小手，竭尽全力地用童音宣誓，“为共产主义，时刻准备着”。那时候还不知道共产主义究竟为何物，但相信这事业无比神圣。

长大上了军校，穿上了军装，握着拳头，信誓旦旦地喊着，“为了祖国的国防事业奋斗终生”。那时候知道好男儿一诺千金，保家卫国，这事业自然伟大。

在军装外面套上了白大衣，于是也信心百倍地喊着，“为我国国防卫生事业奉献毕生精力”。那时候也知道军人的价值就是牺牲，为了自己理想追求，这事业一定崇高。

从军 20 年余，一纸令下，集体转业，曾经努力奋斗的所谓事业刹那间成了过眼云烟。别说终身，仅仅半生，就匆匆告别了，这伟大的事业似乎也不能是一生的追求。

有一天回老家，从福州长乐机场出来，路过一个公路收费站，看到一位美女以及一块广告牌，那广告牌振振有词曰：“把青春献给公路征费事业”。陡然间，我有一种感觉，那就是“青春”已经一文不值了，而“事业”这个神圣的字眼也已经一分钱不值了，所谓“事业”的大厦在我心底轰然坠地。

我们曾经受到太多“事业”的感召，也接受了太多“事业”的诱惑。到了现在，才有点明白，其实所谓“事业”的事业根本就不是什么“事业”。古人云，事成即谓业。很遗憾，我们所谓的那些“事业”从没有事成过，或者就是半途而废。不然没有那么多人在那里叹息，事业不顺、事业坎坷、事业低谷、事业彷徨……其实，这些所谓的事业无非就是一种职业罢了。把职业当作事业，可能就是我们这一代人莫大的悲哀了。

或许有的人会说，“事业”有很多的含义，但是既然有“职业”存在，“事业”就可以回归到其圣洁的意义。我更愿意认为，事业是伟大的辞藻，而职业是平凡的字眼；事业是精神的，而职业却是物质的。事业是一份崇高的理想，可望，却常常不可求；而职业是一种现实的渴望，实在，尽管有时并不称心。事业是大众的事业，而职业是个人的需求；事业是众人拾柴火焰高，而职业是默默为着自己的谋生和发展；事业是活着为了别人活得更好，而职业只是活着为了明天活得更好。有的人以事业的名义，却干着不光彩的职业；有的人从事极为平凡的职业，却是很无私甚至崇高的事业。有的人为了理想的事业或者事业的理想，可以粉身碎骨，在所不惜；但更多人为了生存，不得不为斗米折弯腰。有的人为了心中的事业矢志不移、痴心不改，有的人一时兴起，可能不时变换职业，不断奔波。我更愿意认为，事业就是事业，职业就是职业，本来就不是一个层次，何必混为一谈。

以前，我们乐意接受“我是党的一块砖，东西南北任党搬”。那是为了事业，丝毫没有怨言。因为那时候，只有事业，没有职业；只有集体，没有个人；只有革命分工不同，没有贵贱之分。因为那时候，只有贫穷，没有富裕；只有付出，没有回报；只有国有，没有私有；只有叫你做的，没有我要做的。因为那时候，看到的这世界只有单一色彩，没有像现在这样，千姿百态魅力无穷；因为那时候，听到的都是高音喇叭的声嘶力竭，没有像现在这样，一点鼠标就到千里之外；因为那时候，想到的都是不需要自己思想的东西，没有像现在这样，没想到仅仅是一点不关自己的东西。时代不同了，无须留恋过去，亦无须惊恐未来。事业归事业，职业归职业，不是很好吗?

有人说，只有把职业当作事业，才不会虚度年华，才会干一行、热爱一行；有人说，只有把职业当作事业，才不会迷失方向，才会插上理想的翅膀；有人说，只有把职业当作事业，才不会得过且过，才会有无穷的动力和活力。其实，这些都是理想者的呓语。现在的事业已不是从前的不食人间烟火，而现在的职业也不是从前的胸无大志。比尔盖茨并没有一开始把他的职业当作事业，但是他成就了事业；乔布斯也从来没有一开始把他的职业当作事业，但是他也成就了事业；李嘉诚在卖皮蛋时，他什么时候想到过事业，能谋得一份职业就是一种奢求。没有一位成功者一开始就是追求什么事业，都是先就业、后职业，最后稀里糊涂或者英勇地迈进了自己的事业历程。这难道不是经典的职业典范吗？

我们很清醒地明白，任何事情不能超越历史阶段，但是我们却不由自主，总希望一步就能跨越到理想的彼岸；我们很清醒地明白，任何事情都要先吃饱再说，但是我们却不由自主，总拿望梅止渴、画饼充饥的例子来鼓励自己；我们很清醒地明白，什么事情都要有付出才有回报，但是我们却不由自主，总想着精诚所至、金石为开。其实，不是那样的。职业是为了今日或者明日的生活更美好，而事业似乎更无关今日和明日，而是为了更加久远的明天；职业是为了获取，需要回报，而事业似乎需要付出，需要牺牲，不图回报。在这个世界上，确实有一些才俊英杰，他们的事业就是他们的职业，为了事业不惜一切，那是大家敬仰的楷模。但是绝大部分人都是凡夫俗子、普罗大众，他们只是为了职业而努力，或许他们压根就没有什么事业的追求，但是他们默默地工作，有意无意间为了那些伟大的事业添了一块砖、加了一片瓦。你能说这些大众不值得尊敬吗？

我们要通过劳动来获取报酬，所以我们需要一份职业；我们有自己的兴趣和爱好，所以我们需要一份自己钟情的职业；我们想尝试一种不同的生活，所以我们也会放弃习惯和熟悉的职业。如果哪一天，我们惊奇地发现，自己很热爱那份职业，那无疑是上天的眷顾；如果哪一天，我们无奈地发现，自己并不合适那份职业，那也不需要沮丧，接着去寻找自己的方向吧。如果哪一天，我们在从事自己职业的同时，也顺利地推动了事业往前走了一步，相信那绝不是有意的强求，只不过是顺水推舟、水到渠成。

职业不是卑微者的事业，事业也不只是伟大者的职业。普通者可以伟大，平凡者也有智慧之光。站在职业的山岭上，我们并不是只想仰望事业的巅峰，也想俯瞰云海茫茫。别整天为事业用心良苦，去用心地经营自己的职业吧——做好自己这份工，这就是小人物的大志向！

2012-06-29

（三）其实人生

30多年前，在中国改革开放启航初期，有一篇文章席卷整个中国大地，为那个时代那段岁月留下清晰的注脚。

1980年《中国青年》杂志第5期发表了读者“潘晓”来信，“人生的路啊，为什么越走越窄”，说出了那个时代年轻人对人生的彷徨、困惑、焦虑与无奈：

“没有一个真正虔诚地服从那平日挂在嘴头上的崇高的道德和信念……”

“人都是自私的，不可能有什么忘我高尚的人……过去那些宣传，要么就是虚伪，要么就是大大夸大了事实本身。”

“任何人不管是生存还是创造，都是主观为自我，客观为别人……只要每一个人都尽量去提高自我存在的价值，那么整个人类社会的向前发展也成为必然的了。这大概是人的规律，也是生物进化的某种规律——是任何专横说教都不能淹没、不能哄骗的规律。”

“有人说，时代在前进，可我触不到它有力的臂膀；也有人说世上有一种宽广的、伟大的事业，可我不知它在哪里。人生的路呵，怎么越走越窄……”

在中国长期思想禁锢的时代，这些质问振聋发聩。由此引发的一场轰轰烈烈的人生观、价值观大讨论至今仍被津津乐道。

文章刊登后，《中国青年》杂志社共收到6万多封读者来信。那个时候没有电脑和互联网，每封来信每个字都是用笔写出来。与现在网络上百万次的点击量不同，那6万多来信可都是6万多长博客啊！一个话题，引发6万多长博客回应，现在这个时代亦难望其项背。

如果说，1978年人民日报发表“实践是检验真理的唯一标准”引发的真理问题大讨论开启中国一个崭新的思想时代，让国人的世界观从此耳目一新，那么这场人生观大讨论引发中国年青一代对人生观、价值观的深刻反思，从此中国年轻人的人生观也耳目一新。真理上求实、思想上批判，这两场大讨论从此深深地渗透到中国一代人的精神骨髓中去，为中国改革开放奠定了思想基础，从此中国迈开了改革开放的坚实脚步，一路向前。

——那年，我14岁。

也是30多年前，我高中毕业，作为应届生参加全国统一高考。

那年语文试卷的作文题可能是历年高考最简单的，因为是看图作文。而那个图，或许没有一个人会看不懂。图上，有一个人在掘井，连挖几口井，都是离地下水仅一步之遥就放弃了。地上，那个人扛着铁锹往前走；地下，水还在那里静静流淌着。看图作文嘛，先说明图的意思，但发一通议论，说说自己的看法。

我清楚出题者的用意，系鞭挞一些人做事用情不专、没有持之以恒，因为坚持再深挖几锹，“掘井吃水”的目标即可达到。但是，当时审题时我也有困惑。我在想，假如我是这个人，我可能早就放弃了这种“吃水”的方式。为什么呢？因为在我们那儿农村，迁徙定居的前提就是要有水源地，即使要找水，那也是去找到泉眼、泉水，然后再设法引水过来，这应该是最省事的。（以后才知道中国有很多地方干旱缺水，那里的泉眼、泉水早已干涸。）再说，谁能说得清挖地三尺或者掘地三丈，就一定能见到水呢？假如这个地方本来就没水，只顾一根筋地往下挖，即使挖到死，也不会有水出来，或者没等到挖到水，人早就渴死了。再说，此人亦可能试探性挖掘，先选几处下挖，观察土壤含水情况，便于日后选择。但不管怎样，关键应该是获得当地水文资料，知道哪里有水、水有多深，再去挖吧；而不应该是先挖挖，行或不行，试试再看。

由此可引申到人生思考。想什么事，是不是总是那么一往情深呢？干什么活，是不是总是那么一如既往呢？走什么路，是不是总是那么一往无前呢？目标切实不，现实可行不，个人适合不？如什么都是 No，这“从一而终”又有什么意义呢？人生就像考试多选题，假如一律选择 A，那么绝对不及格，因为排列前面选项未必都是正确。何况，挖井姑且能试一试，人生谁又能试几回呢？

当然，倘若命题作文如此假设，不按照出题者思路作答，只有两种结局：满分，或零分。我不敢如此尝试，所以写的作文题目是“论恒心”。成绩不高不低，40 分作文，得了 32 分。

后来，我明白一点，其实有一种人生就是这样，不求满分，绝不零分。

——那年，我 17 岁。

从小就被告知，泥巴是糊（扶）不上墙的。

泥巴羡慕砌墙的土坯，不甘于被踩在地上，于是跳进木制的模板，也制成了土坯。没高兴几天，土坯觉得自己不够结实，羡慕土砖，于是跳进了火热的砖窑里，烧成了土砖。多了一段日子，土砖发现自己还不够结实，而且土气，很羡慕那些坚硬的花岗岩，只是自己无能为力进化为花岗岩了，因此终日唉声叹气。不久，花岗岩亦被冷落了，因为其再坚硬，也比不上某些石头烧制的钢筋水泥。于是，钢筋水泥自豪地跳进预制的模板里，浇筑起坚实的支柱，支撑起整个城市的天空。不仅如此，钢筋指数、水泥指数等亦应运而生……

高楼起来了，矗立在那里，但是夺目的却是依附在这些钢筋铁骨外面的玻璃幕墙，在阳光下闪耀着光辉。钢筋水泥不高兴，控诉这些玻璃幕墙不环保、不节能减排、产生光污染。有一天，这些玻璃幕墙终于被拆除了。人们发现，这钢筋水泥的支柱和墙体屹立在那里，实在突兀、难看、扎眼，于是又将黄的、灰的以及五颜六色的泥巴喷涂墙体的外面，既环保又自然和谐，引起众人惊喜的注目。

最后，钢筋水泥支柱还屹立那儿，墙体因嵌入土砖变得古色古香，泥巴也被糊（扶）上墙了。

其实人生就是如此简单，有自己的位置，有自己的空间，有自己的作用，有自己的价值，就行了。其实人生就是如此简单，找到自己的位置，找到自己的空间，发挥自己的作用，体现自己的价值，就行了。其实人生就是如此简单，做自己能做的，想自己所想的，挥洒自己的汗水，收获自己的果实，享受自己的快乐，品味自己的人生，仅此而已。

但是，很多人会在人生的路上迷失。

因为一个时代总是按照自己时代要求来定制一个时代的“模板”，而一个人的人生观自觉或不自觉间、有意或无意中、主动或被动地为这个时代的“模板”所影响、所定制。因此，一个人不仅被这个世界所塑造，被这个社会所塑造，被学校所塑造，被家庭所塑造，也被自己所塑造。

于是乎，一段段故事被精彩演绎，让人们心动，让人们眼红，让人们痴想。一个个偶像人物被塑造出来，让人们仿效，让人们追逐，让人们梦想。“一个人活着为了什么”被不停重复，“一个人应该怎么活着”日夜在耳边回响，类似“标准的、规范的人生道路”仿佛出现在眼前。人生的目标简化成两个字“成功”，或者另两个字“精英”。因此，诱惑或被诱惑，羡慕或被羡慕，躁动或被躁动，奢望或被奢望，梦想或被梦想，崇拜或被崇拜，追逐或者被追逐，无不充满着这个世界、社会、学校、家庭以及自己的内心。社会被割裂成两个阶层，精英和草根；人生被贴上不同标签，成功或失意、高峰或低谷、有名大咖或无名小卒、春风得意或郁郁寡欢……

即使今天，也总会有人在哀叹，人生的路啊，为什么越走越窄！

倘若发展只有一种模式，发展就会走进死胡同；倘若人生只有一种模式，任何人都会越走越窄。

“赤足走在窄窄的田埂上，听着脚步劈啪劈啪响……”田埂，应算是这世界上最窄小的路。走过田埂的人都会觉得，世界上任何一条路都比田埂宽广，即便那乡间小路。

在海边生长的人都会知道，除了陆路外，还有水路，而海洋比大地更辽阔。比海洋更辽阔的是天空，比天空更辽阔的是宇宙，脚步不能到达，只有心可以神往……

你想成为一团火焰，燃烧自己、照亮别人，我会很欣赏；你想成为巍峨的山峰，矗立人间，俯瞰大地，我会很欣赏；你想成为青山一棵松、昆仑一雪莲，独树一帜，秀色一方，我会很欣赏；你想成为穿山越岭的河水，奔腾不息，激荡回响，我会很欣赏；你想成为小草、野花，装点着乡间，吐露着芬芳，我会很欣赏；你想成为蜜蜂、蝴蝶，追逐在田间，赏心悦目，我会很欣赏；你想成为小鸟或雄鹰，飞翔在天上，自由又自在，我会很欣赏……

我会很欣赏，因为我热爱人生；但我不会羡慕，因为我有自己的人生。再精彩的人生，只要不属于我的，我会一笑了之，因为我学不来、仿不来，也走不来，我只能走自己的人生。高考那年，面临人生选项有考上大学、复读、招干、当兵等。后来，又上大学又当兵，走上属于自己的人生路。

假如不上大学不当兵呢？人生没有假如！因为人生不是单选题，而是多选题；既有最优选项，也有备选项目；条件不同了，选项也在变化；时代改变了，答案更是迥异。投资不能孤注一掷，相信“鸡蛋不能放在一个篮子里”；人生也不能一根筋，别轻易相信什么“精诚所至，金石为开”。即使在现在，我依然认为，在人生的节点上，应有最优选项，更必须有备选项目。其实这样的人生，才能保持张弛有度，才能享受真正的自由度。

其实人生啊，就像一片云，随风飘荡，有几人说得清目标在何方。蔚蓝的天空少了这片云，就像蔚蓝的大海少了帆影，浩瀚、深邃就无从谈起。因此，天空注定就是那片云的舞台，这舞台上从没有一模一样的那片云。你看那云朵一会儿翻滚，一会儿浮沉，一会儿散开，一会儿聚集，不断组合各异的图案，花样表演，精彩纷呈……热爱时，灿若朝霞；恬静时，天高云淡；愤懑时，乌云蔽日；激情时，绚烂天际间……春天，它化作柔曼轻纱，为大地增添些许诗情画意；炎夏，它化作硕大的树伞，为大地带来些许清凉；清秋，它化作为一阵秋雨，湿润着干涸的土地，为大地润色着金黄的秋色；冬天，它化作片片雪花，飘飘洒洒，为大地勾勒出银装素裹……这样的人生不是一样有意思、不是一样有意义吗？

“鼻中装满野花香，成串的笑语在耳畔，劈啪劈啪的足声响彻田埂的那端……”

赤足走在田埂上，我就这么看着天边那一片云。

其实人生就是一片云。

2015-10-01 修改

面包车沿着大西洋岸边缓慢地形式，经过了解放大道、独立广场，也经过了古老的城堡和那座孤独的灯塔，就像在巡游阿克拉这座美丽的城市。窗外，海浪在翻腾地扑到沙滩上，几只白鹭欢快地飞越那树梢，留下几声清脆的叫声，仿佛在告诉着这个炽热的世界——阳光路上，我们一路同行……

——摘自援非散文集《心儿向着远方——我在加纳的援非经历》

归去来兮

1

第 3 批援加纳中国医疗队于 2013 年 12 月 15 日如期抵达加纳首都阿克拉。我们归期已近，心里自然难掩一种淡淡的喜悦。

对我们来说，后来者已经来到，我们就可以退出这已经有点疲倦的舞台。有一种感觉是，我们终于可以轻松地喘口气了。

看得出来，这些刚刚来到加纳的后来者有一股兴奋劲。对他们来说，援非时间已经缩短为一年一换。有我们这些援非两年的苦主垫底，他们心里自然难掩一种淡淡的喜悦，一年时间并不长，就当一回非洲游了。

这世界、这人生，假如选择不同的参照物，结论就会截然不同。对于我们从事医学临床及研究的人来说，或许这个道理早就明白在心。

凌晨 4 时半，不远处古老清真寺的祷告声准时地传到耳边。两年前刚到加纳时，还觉得这些祷告扰人清梦，后来渐渐习惯了。再后来睡眠质量提高了，很少大清早醒来去欣赏这些祷告。只是偶尔睡眠紊乱，才会静静地欣赏一下，觉得这些祷告声也有一种空灵，会让人心情逐渐平静。其实，真正的宗教都是让人内心平静的。假如哪种宗教会让人热血沸腾，那一定是狂热的宗教，早已偏离了正常宗教的轨迹。

过几天要离开了，我突然觉得对这种日复一日的祷告声有一种恋恋不舍。我不是一个宗教徒，并不清楚那祷告声中的含义。在我看来，那只是一种悠扬的、优美的、舒缓的、古老的音乐，它会安慰着我、抚慰着我……我心中的躁动因此消之无形，我心中的焦虑因此消之无形，我心中的郁闷因此消之无形，我心中的贪念亦因此消之无形。因此我少了失眠、少了计较、少了欲求，而多了一分舒坦和愉悦，这或许就是我援非的最大享受。而回国之后，顿时少了那些悠扬的、优美的、舒缓的、古老的音乐，就冲自己的定力和修行，可能那些躁动、焦虑、郁闷和贪念就会蠢蠢欲动，而非洲生活中曾经的那份舒坦、那份愉悦啊……

对非洲、对加纳、对阿克拉，还真有点恋恋不舍。

上午 9 时，我带车到第 3 批中国医疗队员下榻的酒店，准备带他们膳食组人员外出熟悉一下情况，算是对口交接。

援非这两年，我负责承担医疗队内最重要的两项工作：（1）膳食。与厨师一起确定每周食谱，讲究营养均衡，保证食品卫生。雷打不动的工作就是负责日常采购，除柴米油盐酱醋茶外，需买米面、肉蛋及蔬菜等。不管在什么时候、什么地方，活着从来就是最重要的命题。吃得好，才能干得好（似乎逻辑是这样的，但不是充分必要！）。因此，我确定每周固定两天时间外出采购买菜，周四与周六。周六属休息时间，大家都休息，但我们膳食组人员要外出采购，这就要讲究一点牺牲精神。我们厨师不会英语，每周只有周六时间可以外出看看，所以这天一定要带厨师出去，否则关在一个小院子中，再强大的人精神也会垮。周四则属于工作时间，膳食组其他人员都说要工作上班，我不用去上班，因为我已经与我的同事达主任讲好了，这天我要去为医疗队买 foodstuffs（食材）。周四，我就和老彭翻译一起开车出去采购，尤其要买一些蔬菜，否则这些医生就容易出现习惯性便秘。除了回国休假外，这两年里我一直坚持每周两天外出进行膳食采购，从未间断。我不会去计较什么牺牲不牺牲休息时间。当时间不能转化为创造财富、知识、技巧、能力时，时间都只能定义为休息时间，近乎动物的休眠期。如此定义，援非这些弟兄们，即使工作时间基本上也是在休息，何谓牺牲与否？（2）车辆。我要负责全队两部车辆的年审、保险、定检、维修。有一个原则，零件绝不修修补补，有怀疑的，一律买新换旧。钱是国家的，不是自己的；命是国家的，更是自己的，孰轻孰重，安全第一。援非两年时间里，在我所负责的膳食及车辆安全方面没有出现任何纰漏，第 2 批援加纳医疗队安全地来到加纳，亦安全地离开加纳，我尽力践行了自己对卫生厅领导的承诺。在安全问题上，要不求有功，但求无过！假如要问，什么叫问心无愧？这才是问心无愧！

我带着第 3 批医疗队罗医生等三位医生以及陈大厨等，先到了阿克拉机场附近的 Marina Mall（滨海湾购物城）。该购物中心刚开张不久，毗邻机场商务区及使馆区，定位相对高档一些，购物环境较佳，且离医疗队驻地更近一点。几位医生从一楼逛到四楼，兴趣颇浓，就像在深圳逛商场一样。一楼的大型超市由几位黎巴嫩人开的，超市里商品琳琅满目，应有尽有，可谓汇聚世界各地，当然也包括一些中国商品，且价格并不是很昂贵。罗医生说，在我们国内，超市里的东西也就是这么多嘛，非洲并不像我们以前所想象的那样物资匮乏。我点点头说，等你们在非洲生活一段时间了，更多对非洲的看法都会改变。

我们接着去 Osu，主要去中国人开的长城超市和丰收超市。这些地方主要采购来自国内的配料及蔬菜等，基本上就可以满足日常生活需求了，因此也是中国人经常光顾的地方。丰收超市是温州人开的，有自己的农场，因此每天都可以提供一些新鲜的蔬菜。不过，如遇周六、周日，中资企业、机构等也都放假，大家簇拥而至，买菜一幕几乎等同于抢菜。所以，我更习惯于周四到这里买点新鲜蔬菜。我这么向新队员们介绍。

在 Osu 地区，还有一家也是黎巴嫩人开的小超市。我们习惯从那里买牛肉。在阿克拉，牛肉真的好，吃了之后回国基本不想再吃牛肉了。所以我推荐，不妨在膳食中多在牛肉上做做文章，那就是学会享受非洲生活了。鸡蛋也可以在附近路边摊档买的，价格不贵。不过，千万别图便宜。卖鸡蛋的当地人不会英语，只用当地方言交流，他们不会告诉你，贵一点的较新鲜，而便宜的除了个子小一点外，一般时间放置也长一点。

转了两个多小时，几个医生脸上已经布满援非生活的自信。想当初，第 1 批队员带着我熟悉这些情况时，这种自信也曾经出现在我的脸上，因为我是这么想的，既然你们能够生活下来，凭啥我就不行呢？没理由啊！我想，现在他们肯定也是这么想的。不过，就像我们在家里，家人整日不厌其烦地买菜做饭，可能我们还会在埋怨，怎么每天都是吃这些饭菜！只有自己天天去市场买菜时，才会有体会，什么新鲜菜都是有季节性的，除非在冰箱中那些冷冻的东西。买菜不是技术活，似乎不苦也不累，但是要习惯"不厌其烦"。假如在非洲学不会享受，至少要好好活着，回家再去享受，而不要互相抱怨。我如是说。

回来路上有些拥堵，这似乎没有影响这些新队员的情绪。就像来自国内的旅行团刚到一个新景点，定会有不少感慨和体会，刚好在关起车窗的车里，可以无拘无束地谈论。

——非洲不是我想象……

下午 3 时，新旧医疗队一起出发去中国驻加纳大使馆经商参处。由于事先没有协调好，从中地公司借的车没有到，所以两队人马都挤在两辆车中，属于严重超载，我和新队员罗医生甚至挤在帕杰罗的尾箱中，算是最后体验一下非洲的“艰苦”生活。

座谈会由高文志经商参赞主持，主题是欢送援非任期结束的第2批医疗队，欢迎第3批医疗队来加纳。高参说，采用座谈的形式，就是不要尽他一个人讲，大家都讲讲、都说说。因此，座谈气氛轻松，大家踊跃发言，老队员讲援非两年的体会，新队员说来到加纳两天的感受。

轮到我讲时，我也说了三点。我说，对于在加纳的援非工作，第一要确保安全，这是一切工作的前提，没有安全、前功尽弃；第二要充分尊重加纳同事，这是工作的出发点，相互学习，共同进步；第三要搞好与医院科室主任的关系，这是工作的落脚点，不然工作做得再好，加纳主任医生不知道，自己再“问心无愧”也只是自我安慰。对于我自己援非两年的收获，可谓收获颇丰，至少有一点，把身体调养一下。当然最大的收获是出版了一本30万字的援非散文集《心儿向着远方》，已经由花城出版社正式出版了。我就将几页散文集复印件送给高参，并允诺回国后尽快将散文集寄赠。

最后高参总结，也就是说好话。高参评价我们这批医疗队，特别讲团队精神，特别有战斗力，为国家争光。也寄望新队，在已有基础上，取得更大成绩。不过，高参也说出自己的担心。现在只签一年，他认为这不利于开展工作，刚熟悉情况就走了，那能做啥呢？

“能做啥呢？”这个问题已经不由我来回答了，留待新队员去思考了。我第一次觉得开会竟然可以如此轻松。

晚上7时，移师翠竹园中餐馆，举行晚宴。中国驻加纳大使龚建忠先生与夫人、经商参赞高文志先生与夫人、经商参处秘书牛韬等出席晚宴。晚宴费用AA制，老队与新队各承担一半。在国外，这是规矩。

那晚，酒喝得有点high，人感觉轻飘飘的。走进梦乡，更是轻飘飘的，早已不知身在何处了。睡梦中不远处古老的清真寺又响起不变的祷告声，伴我入眠。

2

祷告声天天不绝于耳，但这世界似乎哪里都不会平静。

加纳也是如此。2012年底加纳大选之后，因选举争议进入了漫长的法庭诉讼程序。花了大半年时间聆讯，最后终结判决选举有效。此事刚消停，严重的社会问题就凸显出来，经济恶化、货币贬值，财政税收下降，入不敷出，民生得不到改善，政府腐败严重等。政府为了增加税收收入，拟将电费提高78.9%、水费提高50.2%，这势必加重人民负担，因此引起整个社会的动荡。先有多个行业协会罢工，要求政府发放拖欠的工作津贴。然后贸联会 (Trades Union Congress) 威胁发起示威游行、发动全国总罢工。而最近一则消息，更是让加纳政府焦头烂额。加纳交通部(deputy communications minister) 一位女性副部长的一个私人讲话录音被泄漏出去，其扬言，“没有挣到100万美金前，不会离开政治”。据说这是其与表妹谈话的内容，可能被其司机泄漏出去。民不聊生之时，这些高官厚禄者想的还是怎么腐败，自然令加纳马哈马总统暴跳如雷，才一天时间，就将其免除职务了。

腐败问题似乎也已经侵蚀了加纳的肌体。据加纳本地新闻网爆，克里布教学医院收费人员贪污，私自给病人减免，尤其是自费部分。记者爆料，如住院真正产生自费费用为1500加纳塞地，他们可以帮助搞成只收费750塞地，但是病人需要将获益部分的50%，即350塞地现金给他们，进入他们自己的腰包。已经有50人受到调查，说明这是个“共同致富”的窝案。如此算来，这些人的贪污金额还是比较可观的，这下加纳医生可能心理要失衡了。据说，医院准备全部换成银行人员直接收银结账。在跟帖中，发现很多人对此早有怨言了，认为机场海关人员也是如此，也在贪污，塞一点钱，就可以过关。一些官员也在明着索要钱财，不然就拖着不办事。这一点与中国改革开放初期乱象有点相似，只要有位置、过关卡、托办事，都要钱开路，各级部门、各级人员都虎视眈眈地想分点羹，或者抢一块肥肉，故政府部门职位竟然可以被区分为“肥差”、“苦差”等——这并不是一个冷笑话。

不过，我相信加纳有智慧和能力解决前进道路上这些问题。

“真对不住了，我不能与你们同甘共苦了。”我举杯对江西国际的朋友说。

这晚，江西国际在皇上皇中餐馆举行晚宴欢送我们，老队和新队均有几名队员出席。我与江西国际的交情较深，也希望新来医疗队能把这种友谊保持下去，在加纳互相有个照应。社会关系交接也是医疗队工作交接的一项重要内容。酒酣之时，谈起非洲的生活，大家似乎都找到了某种共同语言。

“中国医疗队到非洲，一讲就是如何艰辛万苦，好像没有苦字，就不显得自己伟大。”前几个月我临时回国，给正在培训中的第3批医疗队员介绍加纳情况，通篇没有一个苦字，大家似乎都不相信，以为我是卫生厅找来的托，纯粹就是为了糊弄大家去援非。现在，第 3 批医疗队员也来到了加纳，了解了一些情况，有了一些切身体会，给家里的第一个电话就是“这里比想象的要好”。国内很多人的非洲印象都是从电视、广播、报纸中来的，有哪一段话说的是非洲的好话呢？所以，当我参加援非时，有一些人确实带着幸灾乐祸的心理，看我去非洲“尝尽人间苦”，没想到我是那么享受非洲，最后只能感叹我“占尽大便宜”了。“所以，我希望大家学会享受非洲的生活，眼里看到的是非洲的好，而不要那么凄凄惨惨戚戚。”

江西国际肖副主任说：“确实在我们国内宣传中，非洲的主题词只有一个——苦。”

“再者就是艾滋病，或者疟疾，仿佛没有艾滋病、没有疟疾，援非就不伟大。非洲是非洲人民生生不息的地方，把非洲说得一无是处，最后连非洲政府都不乐意接收我们中国医疗队了，这不是一个讽刺吗？何况我们国内，同样也要接触艾滋病患者，甚至比在非洲还危险。所以，不要总拿艰苦、艾滋病、疟疾说事，那没意思！”几杯酒下肚，我有一吐为快的冲动。

肖副主任说：“我在非洲生活十几年了。最先去的非洲国家是博茨瓦纳，那个国家比加纳还美丽。如果非洲真的那么可怕，那我们这些人应该比谁都跑得快。”

“要说援非苦不苦？苦！我自己总结的，主要是有两大饥饿。一个是胃的饥饿，那是想吃啥，基本上都吃不上的。因为在国内，舌尖上的中国，养成舌尖比较刁钻，自然胃也比较刁钻。有时候，就是莫名其妙出现嘴巴馋，但就是没有办法解馋，那感觉很难受。所以，中地公司等中资企业每半年就换一个厨师，就是为了带来一点不一样的舌尖享受。第二个饥饿呢？一般人不敢讲，也不好意思讲，所以只能由我来讲。那就是性饥饿。人说，一辈子光棍好当，半辈子光棍难熬，就是这个道理。很多派出去的都是 30 岁出头的，血气方刚，甚至结婚不久，你说难熬不难熬？”

肖副主任嘿嘿一笑，可能不习惯大庭广众下谈论这个话题。

“好，换一个话题。有天，参赞到我们驻地来访。他说，估计现在在非洲中国人达 100 万以上。这更说明非洲是‘希望之地’，而不是死亡之所。我们在这块希望之地上生活一段时间，应感荣幸。”

肖副主任说：“人生有这段非洲经历，可以深度感受非洲，知道真正的非洲，这也是千金买不来的。我们在非洲的员工都很年轻，他们不但在这里赚了钱，还增加了阅历、长了见识、多了本事，回国后都谋到很好的工作岗位（他们是按照项目来招聘的，而不是固定员工），各方面发展都不错。”

“你们公司在项目部的年轻人确实能吃苦，我很钦佩。或许只要真正吃过苦的人，才会懂得去珍惜那些本来就是很美好的东西。”

肖副主任点点头，补充说：“在项目部工作虽然很苦，但在项目完成后，可以获得比较丰厚的津贴报酬。现在年轻人考虑问题很现实，一是历练，二是报酬，如果什么都不挨边，谁会傻乎乎地自找罪受。”

江西国际在加纳主要进行基础建设项目，项目都在比较落后偏远的加纳北部地区。在我写的散文集《心儿向着远方》中，专门有一章节“从此路不再漫长”，写的就是他们在塔马利项目部的生活。趁着酒兴，我情不自禁地朗读其中一段：

……夜色笼罩着原野，原野沉浸在夜色中。皎洁的月亮挂在天空，静静的白沃尔特河不停地流淌。平坦的道路在原野上默默向前延伸。大地不言，河流不言，日月不言。但加纳人民一定会记得这些来自中国的建设者们。

——因为有他们，从此山不再高，路不再漫长……

“下午已经看了这篇散文，写得太好了，尤其写我们江西国际项目部那些内容，很感人。从来没有一个中国作家走进我们的非洲生活，即使国内来个把记者，也是干巴巴的新闻报道。没想到竟然会有一位中国医疗队医生来写我们的生活，非常感谢。”

我激动地说：“以散文形式见证我们的友谊。也见证你们江西国际以及其他中资机构对我们中国医疗队的支持和帮助。这比赠面锦旗、送份宣传画强。”

肖副主任哈哈一笑，“在非洲，什么都强！”

那几天，接受了好几家中资机构的宴请。

不是我个人，而是中国医疗队。

3

2013 年，中国向非洲派遣中国医疗队 50 周年。

1962 年，法属阿尔及利亚独立，法国医生全部撤离，阿尔及利亚整个国家没有医生。阿卫生部部长向中国求助，周恩来总理下令向阿派遣中国医疗队。1963 年由湖北省组建的第一支中国医疗队来到阿尔及利亚。50 年过去了，中国医疗队的足迹遍及非洲大地，有 48 支医疗队（42 个国家）坚持在非洲服务，1.8 万名中国医生（包括我）来到非洲，累积诊治患者达2亿人次，而因公殉职在非洲的中国医生也超过了50名。这是一组很不简单、很不容易的数据。这个世界上能坚持50年不懈的医疗援助就是中国援非医疗队，因此在国际上广受赞誉。

不过，并非没有非议。其中比较典型观点认为，中国派遣医疗队也是对非洲文化入侵的一种方式。这有点像国内有些人认为，肯特基、麦当劳是对中国文化入侵的一种方式。也有认为，这是中国政府施加对非洲影响的一种方式，如非洲一些小国与台湾建立关系，中国就立即撤走中国医疗队，中国医疗队成了一种制裁的工具。但是，确实有一些国家并不十分愿意接收中国医疗队，其中缘由耐人寻味。总结起来，有这么几点：①钱的问题。医疗援助应属于慈善性质的人道主义援助，但是中国政府与非洲驻在国政府签署的协议中，却要求驻在国政府要提供独院式住处，提供安全保障，提供每年一次来回中国探亲的国际机票，这也是一笔大费用支出。②形象问题。在中国国内宣传中，那些援非医疗队不仅忍受抛妻离子、骨肉分离、背井离乡的人间万苦（“难道你们中国人就是以非人道方式来实行人道主义援助？”），还要面临生存恶劣、社会动荡、战火横飞、疟疾及艾滋病施虐等威胁，这令非洲人极度反感：“难道你们中国医疗队比上帝还伟大？”③作用问题。现在中国医疗队都撤到非洲一些中大城市医院开展工作，而一些比较偏远、真正缺医少药的地区，中国医疗队也不去。比如，在加纳中国医疗队选择工作地方是加纳大学医学院克里布教学医院，那里并不缺医生和医术，而中国援建的加中友好医院更缺医生和医术，但中国医疗队却不愿意去。因此，到底是不是非洲急需的，他们心里也在掂量着。反正，现在加纳政府要求中国医疗队每年轮换一批（中途家属来加纳探亲1次，妻离子散之苦相对缓解一点），驻地租金由中国政府负责，国际旅行机票由中国政府负责等，加纳方面一毛钱都不出，似乎透露出言下之意：“中国医疗队爱来不来。”

其实，在非洲这两年时间里，我一直也在思考着中国医疗援非的问题，或者说，我就是带着这个问题走进非洲的。在2012年3月18日写作的“烈日下思考”一文中（参见散文集《心儿向着远方——我在加纳的援非经历》），我就提出了自己的思考：

非洲人口10亿，缺医、少药、缺钱，没有本国社会经济的发展，连自己国家的人都跑了，援非岂能从根本上解决问题？以埃塞俄比亚为例，1985年两国签署派遣医疗队协议，从1985～2007（22年），其千人口医生从0.01提高到0.02，而埃塞俄比亚人口达8000万，显然医生缺口非常巨大。但是这个国家的人才却在不断流失（非洲国家面临的严重问题），据埃塞俄比亚2007年统计资料，在过去10年中，有75%技术人员外流，其中包括全国的1/3医生。一个国家，这边医生不断流失，那边接纳援助医疗队，到底能有多大用处呢？如果说，50年前周恩来时代派遣援非医疗队有必要、有意义（至少让人家认识中国人，进而认识中国），那么50年后我们援非医疗工作难道还是局限于派遣这种常驻医疗队？非洲的发展还是要靠非洲人民，帮助非洲组建"留得住、能战斗"的人才军团才是关键。而现在这种常驻医疗队形式纯属"劳民（医疗队员付出艰辛劳动，做出巨大牺牲）、伤财（不用说了）、吃力（各级卫生部门、医院和家庭都是一个负担）、不讨好（没搞到点子上嘛，连非洲人都不领情）"！不客气地说，有时中国政府还"十分自作多情"，真是无语！说实在的，中国人发明的一个新生事物——"赤脚医生（bare-foot doctor）"，是人类医学发展史上最杰出的贡献。现在欧美社会医学者都在研究这个问题，不过不是传统意义的"赤脚医生"，而是活跃在中国广泛农村地区的乡村医生。如何借鉴中国经验，为非洲人民培养众多实用的乡村医生，却是值得探讨的问题。非洲需要医生，非洲需要援助，但这种援助能不能做得更好、做到点子上呢？

2013年8月我临时回国（因父亲住院手术），期间接受了新华社记者关于"援外志愿服务"的书面采访。采访内容为：

1. 您个人背景的简单介绍。为什么想到援外，想过其危险性么？

2. 在援外的过程中，您在服务当地人中的感人故事。

3. 结合您个人的亲身体验，觉得援外志愿者在树立国家形象等方面发挥了哪些作用？

4. 是否碰到了困难？需要怎样来完善援外志愿者的保障机制？

5. 更好发挥援外志愿者作用的一些建设性意见。

上述问题已经不局限于医疗援非的领域，也促使我在更广的范围内去思考。有关个人部分内容，散见于本书及《心儿向着远方》。对于上述第3点，我是这么回答的：

中国作为安理会常任理事国、世界第二大经济体、一个负责任的大国，一定在国际事务中有所担当、有所作为、有所贡献，否则中国就不会有更大的话语权。援外志愿者服务作为民间外交的重要组成部分，其意义及作用不容小觑。我想，在树立国家形象方面，援外志愿者至少在以下几个方面发挥重要作用：

（1）树立负责任的大国形象。援外志愿者工作面广、线长、点多，直接接触和服务广大国家和地区的各层次民众，通过提供无私的帮助和真诚合作，可让广大受援国民众感受到中国人民的友好、慷慨，感受到中国政府为世界人民共同幸福、共同进步、共同发展而努力的诚意，感受到中国的进步、发展惠泽世界人民的真正意义，从而有助于树立负责任大国的形象。

（2）树立有影响力的大国形象。其实，国内许多人片面理解援外工作，以为援外就是一种施舍，自己国内有许多人还需要帮助，何必将自己资源送去帮助别人。从最近埃及政府要重新考虑西方一些国家援助项目的表态就可以明白，援外工作是双方的共同合作的结果。受援国政府和人民欢迎的援外项目，就是对援助国影响力的认可。中国向非洲国家50年来持续派遣援非医疗队，就是中国有影响力大国的体现。

（3）树立自信的大国形象。众多援外志愿者将中国技术、中国文化、中国服务等带到受援国，这是一种对中国技术、中国文化、中国服务的自信，有助于树立中国的良好形象。随着中国经济发展，许多中国产品进入一些发展滞后的国家和地区，其中也有不少价格低廉但质量难以保证的商品，故在一些非洲国家电台的广告中竟然会出现“American quality，Chinese price”（美国质量、中国价格）的广告词。而援外群体中由于经过层层选拔，保证援外的质量。

（4）树立友好的大国形象。中国一直把非洲视为不离不弃的朋友，但是近一段时间内，在西方一些国家媒体中不乏“中国掠夺非洲资源”的声音。援非志愿者在非洲的工作就是对这种声音的反击，其不仅向受援国人民表达了中国人民友好的祝愿，也向世界人民传达了中国友好的国家形象。

对于上述第5点，我是这么认为的：

援外志愿者工作的意义和作用不言而喻。随着国际形势的发展以及国内社会经济的进步，援外志愿者工作可以在更大的领域和空间发挥其不可替代的作用。

（1）要建立多渠道的援外志愿者派遣途径。目前援外志愿者派遣更多的是政府间途径，有其局限性。要有效地利用国际组织、国际非政府机构以及扶持中国的民间慈善机构（或者基金会）等进行多渠道派遣，这将有利于中国在更大的国际空间上有更大作为，而且能有利于国际援外志愿者之间相互交流和学习，这样既完成了援外任务，又是援外人员得到锻炼、学习和提高的机会。

（2）要将援外志愿者工作纳入后备人才的培养途径。目前援疆援藏以及下乡入村服务等均由组织部门来协调组织，政治荣誉高，而援外工作却是多头派遣，如教育部派汉语教师、农业部派农业专家、卫生部派医生，而青年志愿者则属于团委组织。给人一个感觉，援外志愿者派遣较杂，且不受重视，不单派出单位不积极，连受派人员亦无热情。能否将所有“援”字行动统一起来，均纳入后备人才的培养途径，并制定相互一致的政治待遇、经济待遇、职业待遇等标准，我想，会有更多人、更多年轻人会吸引到这支队伍中来，这也将锻造一支庞大的忠诚于祖国的人才队伍。

（3）要优化援外志愿者的选拔制度。目前在选拔援外人员时，一般采用层层派遣的方法。如援非医疗队员的派遣，中央政府下达到省政府，省政府又下达到市政府，市政府又下达到医院，医院下达到科室，基本上“志愿者”仅一个科室的相关人员。这样的选拔制度有明显的局限性，不能充分体现志愿者的“志愿”热情。因此，要优化志愿者的选拔制度，应该在更大的范围内进行宣传、选拔，使更多有理想、有热情、有本领的人走进这个队伍，到国外去进行志愿服务，为树立中国国家形象服务。

（4）要建立援外志愿者的保障制度。对于长时间执行援外任务的，应该享受类似外交人员的保障制度，应允许携配偶前往受援国服务，而不是享受极为“不人道”的“两地分居”，这在国际上已为众多国家所不齿。尤其是医生等科技人员，在国外都是享受比较尊贵地位，却接受类似极为陈旧的管理模式，也极大影响到中国的国际形象。如不能携配偶前往受援国，则应保证援外志愿者及配偶至少每半年有一次团聚机会。其次，要关心援外人员的专业成长，毕竟受援国都是科技欠发达地区，所以长时间援外对专业进步有影响，需要有一些保障机制，包括适当安排援外期间短期回国交流活动等。

中国援外志愿者所作出的贡献受到了党和国家的高度赞扬，亦为世界所瞩目。援外志愿者所作出的牺牲也应该为整个社会所知道。

最后，我这么写道：

作为一名援非医疗队队员，两年的援非生活将为自己的人生增加一节精彩的篇章，自己亦为之感到自豪。在自己47年的人生中，有一段从军经历，有一段援非经历，主编一本148万字的《脊柱内固定学》，还写出一本30万字援非散文集《心儿向着远方》，这就是我的人生财富。如果没有成为一名军人，我不可能理解祖国在心中沉甸甸的分量；如果没有成为一名援外志愿者，我不可能体会祖国在心中沉甸甸的分量。衷心希望我伟大祖国的发展硕果是沉甸甸的，人民的幸福是沉甸甸的，在国际上的影响力也是沉甸甸的，对世界的贡献也是沉甸甸的。

2013年10月31日，我收到国内有关方面的通报：

新华社采访你的稿件出来了，发表在《新华社内参》上。当期系列稿件共有15篇，采访你那篇为对外援助方面，共采访了4个人。目前稿件没有公开，只在中央领导和省部级领导层面传阅。

至今一想起这事，我依然有点激动，无意间我成就了一段传奇。

——位卑未敢忘忧国！

4

2013年12月20日，加纳方面举行迎送中国医疗队仪式。地点选择在新来医疗队下榻的Unique Palace Hotel，这地方也是我们两年前刚到加纳时的临时住处。时间定在上午11时，后来推后至11时30分。

9时许，我换上西装，叫上老彭，请他开车送我到克里布教学医院，向加纳同事达主任告别。昨天专门到Accra Mall（阿克拉购物城）的Shoprite超市买些礼物，包括巧克力、咖啡、曲奇、葡萄酒等，准备送给相处两年时间的加纳同事（也包括手术室美眉们）。整整三大包，一个人提不动，所以麻烦老彭一起去一趟。

在克里布医院神经外科医生办公室，我见到了热情的达主任。一见面，达主任就开起玩笑："我们还以为Dr Qu不告而别，那太不友好了。"

"不会不告而别。我还要买些礼物来告别。"我向他示意我和老彭手提的礼物。

达主任说："谢谢！你是我们朋友，欢迎你以后再来加纳。我们也有礼物要送给你，希望你能喜欢。"

"非常感谢！感谢你们两年来的合作和帮助，我会记住你们这些加纳朋友的，也希望能在中国欢迎你们。"我接过达主任和护士长递过来的礼物，那是两件加纳男士服装和一条加纳围巾领带。

"OK，我们中国见！"

告别达主任后，一看时间尚早，又回到驻地房间里开着空调，看起电视。

电视里在播放一个中国大厨在国外的故事。说一位川菜大厨来到国外，麻婆豆腐也像在国内一样制作，最后老外一吃，就喊："中毒了！"因为厚厚的嘴唇全麻了，一点感觉都没有，连警察都招来了。这也是在告诉他，一方水土一方人，你不能自以为就是什么都要正宗，人家不接受，也是白搭。后来他就改良了，加入西红柿，少放花椒，弄成一道酸酸甜甜、麻麻辣辣的"麻婆豆腐"，很受当地人的喜爱。大家一进这家中餐馆，就指名道姓要这道"麻婆豆腐"。

我十分佩服这位川菜大厨的智慧。一个真正大厨，就是要根据当地的条件、当地的口味、当地的食材，做出一道道可口的菜肴，这才是真正的本事。

我与老彭在路上也谈论了这两年中国医疗队的工作。老彭说："看到达主任对你深厚的友情，就知道你在加纳工作开展得不错。"

我略表谦逊地说："还有很大差距，只能说开展了一点工作。"

老彭说："有的医生在加纳两年，基本上没有开展什么事情，把时间都浪费了，很可惜。在我第一次参加援非医疗队中，有医生刚出来时，干活也是笨手笨脚的，但在非洲锻炼两年后，手术技术进步很快，回国后其手术熟练程度都让大家感到很诧异。"

我说："一个成熟的、有智慧的人，不管在什么环境下、什么条件下，都要做出一些力所能及、切合实际的事来，而不是在抱怨什么没有条件、没有设备、没有配套等等的客观因素。"

"你有点自夸了！"

"我们这个年纪经不起虚度。"我沉吟了一会儿说，"我至少可以称得上'问心无愧'吧。"

"这涉及'三观'问题。"

"同意老兄的观点。我看过你的习作，在你的画笔下，即使那堵破旧的墙壁，也显得那么苍劲、有力、不屈、不巧。"

"有的人在黑暗中可以看到光明，有的人在光明中只看到阴暗的角落。"

"是啊，在我们的眼里，非洲有不尽的美；在我们心里，非洲生活更有不尽的享受。"

"我们享受着这种非洲生活，所以我们没有虚度非洲的时光，所以我们问心无愧。这辈子，你一定不会忘记非洲了。"

"敬佩老兄，继续留守加纳。我要回去享受天伦之乐了。现在我要说，惭愧、惭愧！"

老彭将继续担任第3批援加纳中国医疗队翻译工作。

迎送仪式的会场设在酒店小院的草坪上。搭起几个帐篷，披上几条彩带，摆上几张桌椅，就是一个会场。这点我比较欣赏，简便、实用、不占地方，省钱，还空气清新。

我穿着西服正装，披上刚才达主任赠送的那条加纳领带，带副深色墨镜，走进会场。很多人看到，觉得我当日的着装很有特色，想借用我的加纳领带照张相。我说Sorry，这是我今日的特色，你们都用了，那就不是我的特色。也有一些人说，穿着西服，再披条花领带，有点像电影中的黑帮大佬了。我说，那都是你们在国内的感觉。在国外，聚会场合，要会讲究个性，在加纳也要如此，否则就埋没在大众之中。

当然，披上加纳服饰，更是对主人方的尊重。几位加纳人很夸张地惊呼："Dr Qu， today you are a handsome boy！"（你是一个俊男啊）

"Not a handsome boy，but an old fellow！"（只是一个老孩子）

等待、等待，等到了下午1时，安排出席仪式的加纳官方人员还没来。我们肚子已经饿了咕咕叫了，开始先用餐。房东Susan张罗今日的迎送仪式，比较用心，因为以后她将直接收取中国医疗队的房租了，是美金硬通货，而且不会像加纳卫生部那样拖欠。我走过去，看到饮料的台面上还有黑方威士忌，就问："我能喝点黑方吗？"服务生赶忙把酒打开，倒了一杯加冰黑方。然后，夹了一块鸡翅、两片烤肉片，外加一个卷饼。找个地方，平静地享用起来。好长时间没有喝黑方威士忌了，在烈日下，这么小口一抿，让酒在口中慢慢流淌几回，再顺势而下，感觉十分畅快，渐渐地阳光也变了有点柔和了。生活就是这样，有时就要靠酒精，让自己感觉到这等待的世界并不是那么漫长。

迎送仪式下午2时才开始，加纳卫生部部长没来，副部长没来，就来个司长。克里布医院CEO刚上任，也来了。上一批迎送仪式有加纳卫生部副部长出席，由卫生部司长Arshin主持，这次迎送仪式只有卫生部司长出席，主持也换成克里布医院公关部主任（相当于院办），说明规格有点下降，所以出现仪式的中方经商参赞面有愠色。

仪式开始后，首先由克里布医院CEO致辞，接着是中国医疗队队长致辞，然后是中方经商参赞致辞。致辞结束后，就是给结束任务的老医疗队队员颁发克里布医院的工作证明文书。

此份证明如此写道：

This is hereby to certified that

Dr. Qu Dongbin

Worked as Neurology and Spine Surgery for the Chinese Medical Team

From 2011 to 2013 in the Korle Bu Teaching Hospital.

The Chinese Medical Team was in the hospital as part of the exchange programme between the Government of Ghana and China.

谨此证明：

瞿东滨医生

于 2011 年至 2013 年在克里布教学医院为中国医疗队开展神经外科及脊柱外科工作。

中国医疗队在本医院系加纳和中国政府间交流项目的一部分。

言下之意，一目了然。其一，我到非洲，在克里布教学医院工作，是为中国医疗队工作，并非为本医院服务的；其二，中国医疗队待在克里布教学医院，只是双方政府的合作项目，并非我院方诚意邀请的。这令我有点感慨。我们在国内吹到了天上，人家却是这么感觉的，你做的手术就是为你医疗队的，而不是为了加纳人民。这让我怎么说呢？！

证书发放完毕，就是赠送礼品。应该说，是房东 Susan 给我们赠送礼物。礼物是一条加纳的领带或者绶带，还有一套西餐用小桌布。我将身上达主任赠送的领带取下来，再让 Susan 披个绶带，一起与加纳卫生部司长合影。最后就是新队、老队还有一起合影留念。迎送仪式至此结束。

回到驻地，在 QQ 科室群及同学群上传当天迎送仪式的两张照片，一张背景为迎送仪式的个人照，另一张是克里布医院颁发的“援非”证书。再附上自己一句感慨式留言：为了祖国，我无怨无悔！

确实如此。

2015-08-09 修改

附注：2013 年 12 月 22 日（周日），第 2 批援加纳中国医疗队撤离加纳，经欧洲，于当年 12 月 31 日抵达广州白云机场，援非任务宣告完成。

“曾经年少爱追梦，一心只想往前飞”。飞不动了，就奔跑在路上。跑不动了，就缓步前行。走不动了，就坐在家门口的小竹椅上，看着别人飞，看着别人跑，看着别人前行……只要路上充满回忆，心中总有一分快慰。

——摘自援非散文集《心儿向着远方——我在加纳的援非经历》

人生偶得

1

2014年12月，从非洲回到国内已一年。这天，与妻一起驱车来到广州郊外的帽峰山，享受寂寞的爬山运动。

南国的冬天，没有冰天雪地，亦没有凛冽寒风，但在郊外，可感到有一点寒意。登高放眼，群峰环抱，满目苍翠，偶尔见到几簇早熟的花枝迎风招展，更为冬日平添一丝暖意。往揽月峰的登山小径旁，树木开始吐露新绿，阵阵草木清香徐来，不禁心旷神怡。嫩枝叶上挂着晶莹的晨露，花蕾饱满，鼓鼓的似乎要顶破花衣，渴望着来春绽放。

应有闲情逸致，此时不免雅兴而起，一首五言小诗“待春”脱口而出：

犹在寒风中，
含苞待早春。
莫道君不识，
我自暗香来。

语言用来交流，亦用来自娱，这不是作家或者语言学家的专利。“君子不夺人之美”，此小诗属于高仿作品。王安石原诗为：

墙角数枝梅，
凌寒独自开；

遥知不是雪，
为有暗香来。

这又令我想起弘一大师的一首“口占五绝”：

我到为植种，
我行花未开。
岂无佳色在，
留待后人来。

既为“口占”之作，随兴所至，上口就行，自然不必讲究什么深刻内涵。不过，总有人喜爱挖掘什么内涵或境界，尤其那些名人之作必有深刻之处。我只是一位老文艺青年，随性之作，绝无什么内涵和境界可言，只为自娱其乐。

从非洲回国一年间，总感到自己一半生活在现实中，一半生活在云雾里，做什么事都提不起劲，可能在非洲悠闲时间长了，在非洲修习的人生观、价值观一时尚未转变。我常常一人呆坐那里，竟不知道脑子里要想些什么；常常自己一人信步前行，也不知道自己要迈向何方。

这天，只是想出来散散心，怀抱一下大自然，不经意间收获一首小诗，心头难免涌上一分自喜。

作为一名骨科医生，看好一个病人，做好一台手术，已经司空见惯，早没有更多喜悦的感受，那是职业使命感使然，医生必须如此选择，尽心尽力而为。从这个意义上说，医生的职业是冰冷的，尽管赋予无穷的热情，但科学的严谨与规范的程序必须无条件遵循，因为健康和生命容不得半点玩笑和疏忽。当然，医生的人生也是多彩的，多彩的人生并不缺乏快乐和喜悦，亦不缺乏诗情和浪漫，只不过这些常与职业无关，因为那是——生活！

在帽峰山上，我将这首小诗分享在微信朋友圈中。

有道是，诗以言志。至于此时，是否有感而发，借物抒何情、述何怀、言何心声，我并没有多想。我只是觉得，无论诗词、散文、小说之类文字创作，甚至歌曲之类创作，都应该给人一个鲜活的画面感（《人间词话》所谓“写境”与“造境”），就像一幅绘画、一张照片、一帧电影等，带人走进想象的空间，让人如临其境，感受此情此景，感受那份真实存在，感受那份真情实感。此所谓“诗情画意”，即“诗情”要有“画意”。同样，“画意”也是为了“诗情”，没有“诗情”的画意一定是呆滞的。苏轼说，“诗画本一律，天公与清新”，可能就有这层意思。

本是学医之士，并无专门研习文学艺术之创作，但我一直持有这么一个观点，任何为学之道都是相同的，必须具有X线透视式慧眼去探究事物，只不过探究的目的和角度有所差异。为医者探究肉体、生命、疾病与健康，为文者探究精神、社会、人生与人性，都应“视微知著”、“一叶知天下秋”，其中脉动的同样是思考、思索、思维。“我思故我在”，医生与作家在这一点上应该是一致的。

当了20多年外科医生，无意对文学创作评头论足。我要说的是，这世界确实很大，大的让人惊恐，仿佛什么都做不了；这世界其实也很小，小的可以自如地收纳在心中，一股“暗香”总在静静地、若有若无地流淌着……

这天，偶得一小诗。

2

纵观唐诗之中，不乏偶得之作。

“偶得”不是一种文体，却常作为一些文人写作的注释，唐诗中冠以“即兴”或者“偶书”，多半一抒诗人胸中愤懑、抑郁、落魄、无奈。

不妨摘录几首：

【春行即兴】

宜阳城下草萋萋，涧水东流复向西。

芳树无人花自落，春山一路鸟空啼。

——唐·李华

【柳州榕叶落尽偶题】

宦情羁思共凄凄，春半如秋意转迷。

山城过雨百花尽，榕叶满庭莺乱啼。

——唐·柳宗元

【偶书】

日出扶桑一丈高，人间万事细如毛。

野夫怒见不平处，磨损胸中万古刀。

——唐·刘叉

唐诗中，最著名的“偶书”莫过于贺知章的《回乡偶书》：

【回乡偶书】

少小离家老大回，乡音无改鬓毛衰。

儿童相见不相识，笑问客从何处来。

——唐·贺知章

既为“偶书”，定然是偶然得之，但绝不会轻易间信手拈来。从贺知章“回乡偶书”之中，首先可领会到一幅鲜活的画面，再体会到其告老还乡时心中难掩的一种苦涩。人生易老，世事沧桑。这位贺老离家50多载，官至秘书监（给皇帝写稿子，总结皇帝治国方略），应该是高居庙堂之上，极尽荣华富贵，原以为光宗耀祖、衣锦还乡、福荫子孙之时，其大名一定如雷贯耳、如日中天，不料在天真无邪的孩童眼里，最真实的印象只是一位迟暮的糟老头，而那些自以为洋洋得意的东西只是一些虚幻——的确只是人生的虚幻。不过，这位贺老如此高寿，定然为豁达大气之士，绝不是抑郁、苦闷之徒，虽有苦涩，却能一笑了之，留下如此不朽的篇章。

宋词中，讲究词牌格律音韵，对遣词十分讲究，故不是赋诗，而是填词。即便“即兴”、“急就章”、“小令”之作，偶以得之，也要兼顾风雅，不敢轻易示人。如摇船见到溪边浣纱女，胸中偶得佳作，亦不能如山歌一样起兴，否则被认为轻佻、不雅、草根之作；定要登楼煮酒，研墨铺纸，琴声悦耳中，沉吟几时，挥洒下笔，方显大雅风范。

不过，南宋词人陆游却为“偶得”注脚，其云：“文章本天成，妙手偶得之。”此话有深意。说陆游属于谦逊之士，也对，那些奇妙文章都是“天成”的，而不是自己造出来的；说陆游属于得意之士，也对，那些“天成”文章只有妙手方可“偶得”。显然，天下文章均为“偶得之”，不过，怎么有的是名篇佳作、字字珠玑，有的却是陈词滥调、废话连篇？看来陆游是对的，这“偶得”还要垂青“妙手”啊。

故“偶得”不易。

3

作为中国医疗队队员，我来到加纳援非两年，于是便有一部“偶得”之作——援非纪实散文集《心儿向着远方——我在加纳的援非经历》。

此散文集于2013年12月由花城出版社出版。出版之时，我尚未完成援非任务回国。故言，此散文集系由一位在任援非医疗队队员创作的，这在中国医疗援非50多年历史中，尚属首次。不论文采如何，由于题材独特，花城出版社力荐这部散文集参评第六届鲁迅文学奖散文类作品并入围。尽管最后落榜，亦感有一分说不出的殊荣。

在广州日报的采访报道中，我有点沾沾自喜地说道：“在骨科医生中，我应该算是散文写得最好的。”

此话并不是我原创的，而是出自一位在外科领域有相当学术地位的兄长的评论。我套用一下，委实些许大言不惭。

援非两年期间，除了创作出版这部30万字援非散文集外，出国前独立主编完成的148万字医学专著——《脊柱内固定学》亦由科学出版社正式出版。至少，在医学圈、文学圈内，如此跨界写作亦不多见，上述有点沾沾自喜的话语即是针对这种跨界写作而言。

此乃偶得，非我不务正业。

在这部散文集后记中，我如此写道：

写罢脊柱专著，远赴非洲大陆，难得如此经历，自当真实记忆。“第一封信”、“在阿克拉过春节”、“叙事克里布”、“人在非洲”等，均系援非汇报，并无惊人之举，岂不津津乐道？援非生活，虽是枯燥，内心体验，并不苍白；所见所闻，所思所悟，情之所至，皆成文章。惟生活点滴，体裁不一，有长有短，亦叙亦议；实感真情，滋味迥异，个人修行，恕难专一。援非两年，苦乐参半，得失之间，无须在意；人生几何，忙忙碌碌，成就高低，均有定数。然心怀一丝梦想，总在跋涉路上，纵有几分疲惫，但求一分快慰，借以小小此书，感激远近亲疏。

既为纪实散文，事件均非虚构，所有机构人物，见证我的历程。援非事业，坦坦荡荡，虽有心酸，豪情万丈。感激各界，关怀备至，情深意切，似水流长。过去已成记忆，五彩褪为单色，缤纷斑斓世界，各自憧憬未来。

援非生活确实枯燥无聊。无所事事中，要有所作为，系我对自己人生的唯一要求。不求精彩，但求多彩，如此而已。

“自磨碎墨写天真”。于是，援非两年，留下了四本厚厚的达百万字的援非日志。于是，出版了《心儿向着远方——我在加纳的援非经历》，还有这部即将出版的《阿克拉的阳光——一个骨科主任的援非记忆》。

“无意插柳柳成荫”。《增广贤文》如是说。其实，我根本没有去想“柳成荫”的事。人生之中，“不以物喜，不以己悲”，得失之间，无须在意。“文以自娱”，文人皆如此。一生中，所作所为，其实绝大部分都是在“自娱”。

不信？自己回头看一看。

4

这世界应是神创造的，因此这世界怎么都有点“神”。其“神”在，凡事不是有求必应，虽不至于事事与愿违，但随心所愿者多属可遇不可求。

于是，在人生中，但凡刻意追求的，常不会有什么如意硕果；最终到手的，多半与初衷大相径庭，甚至都是无意间偶得。一心沉迷于赚大钱、发大财者，一般都不会财富连城，因为他心中眼里只有“金钱”，生活成为一种物欲的生存；只有那些鄙视财富的，会醉心于做好每件事的，最后金钱却滚滚而来。一心沉迷于名利往上爬的，一般都登不上高位，或者也不会长久，因为他心中眼里只有“权势”，生活成为一种变态的生存；反而真正淡泊名利的人，会醉心于做好每件事，最后不经意间名利双收。一心沉迷于成就大事的，一般都成就不了大事，因为他心中眼里只有“成就”，生活成为一种虚无的生存；而只有那些脚踏实地、享受生活的人，会醉心于做好每一件小事，最后抬头一看，“成就”二字便落在“偶得”后面。

当然，“偶得”并非“不劳而获”。就像那些在田间劳作的农民，能做的事就是耕地、播种、灌溉、施肥、防虫害等，这些必须做，而且必须做好。尽管最后有好收成还要看老大的脸色，但“不劳”绝对没有收获，更别说“偶得”。

自然界亦有相似“偶得”之处，白银即是一例。与黄金并列一起，俗称“金银财宝”的贵金属白银至今还是财富的象征，但其并非以单体银矿形式存在于自然界，而是以化合物形式存在于其他矿产中。在一些矿石金属冶炼中，白银只是作为副产品出现的，其并非冶炼初始的目标，而是冶炼过程中纯化其他金属时被分离出来的，确系冶炼之偶得（不过可以预测的）。其被提炼、纯化后，制作成银锭，可能比真正冶炼的其他金属更具价值。这告诉我们一个道理，并非“副产品”都是没有价值的。

既为偶得，则不必刻意所为，或有意为之。这不禁让我想到那则著名的寓言——“守株待兔”。话说，某兄勤快，天天上山劳作，某日遇到兔子撞树，不费吹灰之力，便有一点收获，惊喜有加（可以理解）。“踏破铁鞋无觅处，得来全不费工夫”，实乃偶得的境界。不料此兄竟如此当真，以为兔子天天都会来撞树，故仍天天上山，并不是为了劳作，而是在树下苦苦守候，从此再无那份所获。虽然“偶然之中有必然”，但偶得便是偶得，不是必得。既求之不得，又何必强求？

在那棵苹果树下，被苹果落下砸中脑袋者不计其数，但只是砸到牛顿，才砸出了一个万有引力定律。这牛顿的“偶得”之大，世界至今仍为此津津乐道。

不过，一般普罗大众，难以奢望如此“偶得”的垂青。现在，山上的野兔已经难觅踪影了，无论怎么坚守，最后都是徒劳无功。也千万别在树下等挨砸，如遇上椰子砸中脑袋，那是要死人的。故只能做自己的事，让“偶得”交给上天决定。

或许这就是人生。

5

记得有一年记者会，中共中央原总书记胡锦涛在记者会上说了言简意赅的三个字——“不折腾！”

最后，译员不知道怎么翻译，台上的官员也不知道如何应对。后来，外交部官员说了一通意思，中央政要也说了一通意思，学者也出来理解一通意思，但原总书记本意如何，大概谁也不敢到其跟前一问究竟。政治家所站的高度，所想的问题，绝非字面那么简单。即使现在倒回去看，似乎还有一种“道不清、说未明”之感。正所谓，“道可道，非常道，名可名，非常名”，如此而已。

“折腾”此语通俗地道，谁都明白，但若言明此意，却有难度，属于“只可意会不可言传”之类。治国之道，我们不懂。但对个体的人来说，不折腾似乎说不过去。因为不折腾，就代表着因循守旧、安于现状、故步自封；不折腾就代表着墨守成规，代表着没有创新；不折腾就代表着乐享其成，是等待上苍的垂青，还是等待天上掉下馅饼？假如不折腾，或许子子孙孙要想出现一点有益的进化都困难，最后只有族群的退化，甚至遭遇“灭顶之灾”。因此愚公也要移山，从现代眼光看，那就是典型的折腾。

有一本书，书名叫作“生命不息，折腾不止”，是很会折腾的创业者罗永浩写的。此类创业者总富有无穷的激情，人生总没有停止折腾。因为他们认为，尽管折腾并不都能成功，但不折腾更是万万不会成功的。故在成功者词典中，折腾便是他们人生的主旋律，即便很多时候，他们可能也是在“瞎折腾”。

对我来说，因为前面一截人生路被反复折腾，后面就不由自主地喜欢上折腾，有点属于“被虐”人格。只是现在去折腾，并不是为了博取什么成功，而是为了让自己人生丰富多彩。

在这世界上，有什么真正属于自己呢？世间万物，太阳、月亮、星辰、山川、河流、草木……似乎与自己有关，似乎与自己亦无关；芸芸众生，社会、法律、权势、地位、名利、财富、资产……似乎与自己有关，似乎与自己亦无关。真正属于自己的，可能只有自己，还有一份亲情。我无意去折腾别人，但我一定折腾自己，不为别的，只为了自己多彩的人生。

……上苍啊，我可以坚守自己的灵魂和精神，但是我的身体已经不由自己，脚步不由自主地前行。哪怕前方一片漆黑，抑或只有一点星光，我要向前一探究竟；哪怕前方布满荆棘，我也想掏掏那荆棘中的鸟窝；哪怕前方只是一堆废墟，我也想掀开瓦砾，听听废墟下面的故事……

我不是无畏的登山者，征服那一座座高山，绝不是我的梦想和追求。我只是一名爬山者，只想像小时候那样，爬上村后面的山头，登高只是为了看到不一样的景色。现在看了这山，又爬那山，还是为了看看不一样的景色；或者徜徉在山间小径，看那些不一样的小花小草，听一听不一样的小河淌水，如能收获一些不一样的山果野花，那绝对感恩大自然对我的垂青。

这世界太大了，没有景色是复制的。人生是自己的，自然不能复制别人。没有折腾，怎能远行！只有在远行中，才能领略这世界的多姿多彩、这人生的多姿多彩。只有多彩的生活，才会有精彩的桥段。

所以，人生应该如此，自己去折腾自己，然后一切随缘。

6

后来，遇有空暇时，我还经常去爬广州郊外的那座帽峰山。

或许为了暂时躲避都市的喧嚣，为了强身健体，也为了呼吸一些新鲜的空气，再看看赏心悦目的山花烂漫。季节交替变换，山上景色各异，总让人有不同的心旷神怡。下山后，可以在山脚下的农庄享用当地特色的太和烧鸡、水库鱼等，也是一大享受。

爬山就是爬山，绝不是为了偶得一小诗。“过往不恋，将来不负”。我只是不想辜负这人生中的大好时光！

2015-06-08